TORBJØRN ØVERLAND AMUNDSEN

I BAMBINI DEL CREPUSCOLO

Traduzione di Alice Tonzig

Con la collaborazione di
Alessandro Storti

Romanzo

Salani Editore

Titolo dell'originale norvegese
BIAN SHEN

ISBN 978-88-6715-738-9

Questo libro è stato pubblicato con il contributo di
NORLA (Norvegian Literature Abroad, Fiction and Non-Fiction)

Per essere informato sulle novità
del Gruppo editoriale Mauri Spagnol visita:
www.illibraio.it

ADRIANO SALANI EDITORE
Da 150 anni più felici con un libro

Gruppo editoriale Mauri Spagnol
Milano

www.salani.it

Ad Anette e Arild

Ida Knapstad, Igor Dunderovic, Christian Fjellstad:
senza di voi sarebbe stato un libro tutto diverso.

Grazie a Tord Ketilson Øverland, Nikola Heitmann,
Andreas Christensen, Kjersti Corneliussen,
Synnøve Fjeldaas, Maria e André Granå,
Grete Hasvold e Sanne Mathiassen.

Grazie di cuore a tutti quelli della Gyldendal
che mi hanno aiutato con il libro,
e un ringraziamento particolare
a Marianne Koch Knudsen che ha creduto
in questo progetto fin dall'inizio.

Prefazione

In realtà non avevo pensato di aggiungere una prefazione, ma scrivere un libro è un viaggio al termine del quale l'autore può ritrovarsi in un luogo completamente diverso da quello che aveva programmato.

In questo libro ci sono due storie. Ogni capitolo è preceduto da una piccola sezione contraddistinta da un numero romano. Non voglio rivelare di cosa trattano queste sezioni, ma sono scritte in modo tale da poter essere lette in tempi diversi. La cosa più naturale è leggerle nell'ordine delle pagine del libro, ma si possono anche leggere tutte assieme una volta finita la storia principale. Qualcuno forse preferirà fare entrambe le cose. Per correttezza devo menzionare anche l'ultima alternativa, che è di non leggerle affatto.

Qualunque sarà la tua scelta, spero che la storia ti darà tanta soddisfazione quanta ne ha data a me.

Cordiali saluti,

Torbjørn Øverland Amundsen
www.rilchned.com

I

Mi sveglia l'odore acre e mi ricordo che cos'è.

I denti bianchi luccicano al bagliore della dea del cielo. Mi aspetto un ruggito, un ringhio, ma la mandibola si limita a scendere verso la mia gamba e sparire. La mia testa batte contro il terreno mentre vengo trascinato via, ma non sento dolore. Alcune voci gridano il mio nome, ma la mia non c'è più. Il cielo è terso, tutti gli dei abbassano lo sguardo su di me. Chiedo loro di salvarmi, di portarmi via, ma loro scompaiono nelle tenebre.

Ci fermiamo.

Sento soltanto il fiato corto che esce dalle narici. Ho una sensazione strana alla gamba, come se non fosse la mia. La bestia molla la presa e si volta a guardarmi. Gli occhi brillano come fiammelle nel buio. Non vedo altro, ma sento che saltano giù dagli alberi, corpi invisibili in uno stormire di fronde e in uno spezzarsi di ramoscelli.

Poi mi sono addosso, e per la prima volta urlo.

Capitolo 1

Il sogno sparì in un attimo. Arthur era completamente sveglio, e c'era qualcosa di sbagliato. Non aveva bisogno di aprire gli occhi per sapere che si trovava nella stessa casa, nello stesso letto, nello stesso corpo di quando si era addormentato. Si tirò a sedere nel letto con un ansito. Aveva in bocca un sapore di ferro e gomma. La luce della radiosveglia, di un neon azzurrino, dava alla sua pelle un colorito malato. 06.42. Mancavano ancora quarantotto minuti al suono della sveglia. Arthur andò alla finestra e sollevò la tenda avvolgibile. La luce gli fece male agli occhi. Il quartiere era ancora silenzioso. Si mise una mano sul cuore ed espirò profondamente. C'era sempre una spiegazione.

Si ricordava il giorno in cui era nato in quella famiglia. Era stata una giornata strana. Quando lo avevano visto per la prima volta, i genitori erano stati felici e addolorati allo stesso tempo. Felici per l'arrivo del primogenito, addolorati per la perdita di un padre e di un suocero. Il nonno di Arthur era morto poco prima della sua nascita, e il dolore era evidente sul volto del padre. No, non aveva sbagliato data. Arthur sedette alla scrivania e guardò il diario, che stava nascosto alla bell'e meglio sotto alcuni fumetti. Quante volte si era immaginato quella mattina? I genitori e le sorelle che sarebbero venuti a svegliarlo cantando, la colazione e i regali, solo per essere testimoni di un tragico mistero che avrebbe segnato il resto delle loro vite. Fece scorrere le pagine con il pollice. Molte erano riempite con fotografie fatte da lui stesso. Si fermò alla pagina con la grande macchia bruna. Ricordava bene che sua sorella ci aveva versato sopra un bicchiere di coca, e cominciò a piangere. La carta era corrugata, e faceva pensare a una lingua scritta che il mondo aveva dimenticato da tempo. La sua grafia era veloce e incurante, ma non priva di una certa eleganza. Più che leggerle, le parole se le ricordava.

Sono io che sono strano quando mi chiedo come dev'essere morire? Sono strano quando mi domando come dev'essere perdere un genitore o una sorella? Mi immagino come sarebbe, come mi sentirei. Una parte di me teme che non sarei triste. Non ho alcuna paura della morte. Essere morti è così diverso da dormire per sempre? Se tutti gli esseri umani morissero in contemporanea, sarebbe triste? Non è forse chi rimane, i congiunti, a soffrire? Ma anche questo passa, dicono. Tutto passa. Tutti muoiono. E tutti dobbiamo usare il tempo che ci è concesso nel miglior modo possibile.

Arthur sapeva che non tutto passa, non completamente, ma qualche volta era meglio crederlo. Non aveva scritto quel diario per se stesso. Era destinato alla sua famiglia, perché potesse in qualche modo alleviare il loro dolore. La foto che lo ritraeva sulla scrivania era del suo scorso compleanno, e Arthur fissava qualcosa sulla sinistra del fotografo, non ricordava cosa. Un normalissimo tredicenne, alto per la sua età, con i capelli biondo scuro, gli occhi blu-verdi e un naso un po' storto che nessuno sapeva da chi avesse preso. Gettò il diario sul letto. 06.47. Non ricordava l'ultima volta che aveva provato ciò che provava in quel momento.

Paura? Panico?

Andò in bagno. Dal viso l'acqua fredda gli gocciolò sul petto, facendogli accapponare la pelle. La faccia allo specchio era ancora la stessa, cos'altro si era aspettato? Aveva cominciato a crescere presto, come sempre. Sua madre diceva che era grande per la sua età, cosa di cui lui non dubitava, anche se non per gli stessi motivi. Studiò minuziosamente ogni singolo dettaglio di se stesso, cercando un qualsiasi elemento che potesse rivelare che in effetti qualcosa era cambiato dal giorno prima. Non trovò nulla.

Aveva sul serio compiuto quattordici anni?

Si passò le mani sul viso. Entro una mezz'ora la famiglia sarebbe entrata nella sua stanza con regali e auguri, e per qualche ragione lui era ancora lì, vivo. Aveva fatto piani a lungo per quel giorno, preparandosi a ritrovarsi ancora una volta imprigionato in un corpo indifeso e appena nato.

Ma per quella situazione non aveva alcun piano.

II

Urlo.

Mi fa male dappertutto, ma il corpo non mi sembra il mio. Cerco di aprire gli occhi, ma le palpebre restano immobili. Tutti i suoni sono attutiti, come sul fondale di un fiume. E sono bagnato, ma non mi trovo sott'acqua. L'aria fredda sulla pelle cancella per un istante il dolore, mentre il gelo mi attraversa e mi scuote. Rumori dappertutto, rumori che non ho mai sentito.

Vengo sollevato e scagliato in aria, il mondo rotea. I miei occhi vengono aperti a forza. Un bruciore. Ombre enormi passano davanti a me come demoni nella notte. Vedo qualcosa avvicinarsi, un gigantesco volto bianco che sghignazza. Un altro urlo mi svuota i polmoni.

Sono giunto nel regno dei morti.

Capitolo 2

La sedia finì sul pavimento con un rumore a metà tra il canto di una balena e la sirena di un battello a vapore, e Nathaniel rabbrividì dentro, anche se stava ascoltando musica con gli auricolari. Christian si alzò, stiracchiò le braccia, sbadigliò rumorosamente e disse qualcosa. Nathaniel si sfilò gli auricolari e soffiò via la frangia dagli occhi.

«Cosa hai detto?»

«Ho detto che è ora di cominciare il fine settimana».

Erano quasi le tre e mezzo, e Nathaniel fu sorpreso che il suo compagno d'ufficio non avesse già cominciato ufficialmente il weekend da un bel po'.

«Hai piani per il fine settimana?» chiese Christian.

«Devo lavorare».

«Lavori già abbastanza. Hai bisogno di una festa. Anche ai geni serve una pausa ogni tanto, lo so benissimo. Fa bene al cervello farsi distrarre un po'. Specialmente da ragazze carine del primo anno. Chiedono di te, sai?»

Nathaniel non era sicuro che alle piccole carine facesse altrettanto bene essere distratte da Christian. Quanto a lui, doveva ancora incontrarne una con cui fosse davvero interessante parlare. A volte si chiedeva se Christian mettesse volutamente in giro storie su di lui. Mezzo afroamericano, un quarto indiano, un quarto bianco, cento percento misterioso.

«I satelliti saranno pronti entro oggi, quindi...»

«Davvero? Entro oggi?»

«Sì» rispose Nathaniel, e si pentì subito di averlo detto.

« Ok, allora capisco. Wow. Chi l'avrebbe creduto? »

« Io, per esempio? »

« Be', certo. Allora speriamo in risultati positivi, e... »

Nathaniel si alzò di scatto spingendo indietro la sedia con un nuovo raschio stridente. « Andrà bene. In bocca al lupo per stasera, è una festa grande ».

« Sì, sarà fantastico ».

« Non ne dubito. Mi racconterai lunedì ».

Non lo intendeva sul serio, ma qualsiasi cosa era meglio che parlare dei risultati che aspettava. Christian sparì fuori dalla porta, in ritardo come sempre. Nathaniel si prese dell'acqua dal bollitore. Il dipartimento era già vuoto, per fortuna.

Mancava poco alle sei quando iniziò a sentire i morsi della fame. A pensarci bene, non mangiava dalla colazione. Non rimaneva altro da fare che aspettare i risultati. Se tutto era andato secondo i piani, i satelliti dovevano aver svolto il proprio lavoro. Certo, ci voleva del tempo per la trasmissione dei dati, ma nemmeno tantissimo. Le dita gli prudevano dal desiderio di scrivere una mail per sapere se la trasmissione era andata a buon fine, ma lasciò perdere. Però per sicurezza compose la mail e la salvò nelle bozze. La pazienza poteva pure essere una virtù, ma non ancora una delle sue.

Spense il computer, controllò di avere le chiavi, il portafoglio e il cellulare e uscì. Sul prato la gente si godeva il sole, circondata da borse, vestiti, termos e pile di libri e carte. Due persone si lanciavano a vicenda un frisbee, irritando tutti gli altri. Nathaniel era felice di aver finito il periodo degli esami.

Scelse una direzione che gli permetteva di avere il sole in faccia, e si incamminò.

Dopo quattro anni aveva provato quasi tutte le combinazioni di ciascun percorso del campus, ma gli piaceva la sfida di ricordarsele tutte e di crearne di nuove. Si ricordava il primo giorno in cui era arrivato, un ragazzino sedicenne dagli enormi riccioli neri. Se li era subito tagliati. Sembrava una vita fa. Solo quando si era seduto sull'erba davanti all'istituto con i libri appena comprati aveva realizzato di aver cominciato gli studi universitari. Era facile ricordare quella sensazione. La pensava come un'immagine, ma era molto di più di una semplice fotografia. Non gli piacevano le comuni fotografie: quando vedeva quelle della sua infanzia non si ricordava mai nulla, tranne quello che gli era stato raccontato. Perfino le foto dei primi anni dell'adolescenza non corrispondevano a veri ricordi. Che senso avevano i ricordi se non erano i suoi? Così, invece di una macchina fotografica, Nathaniel possedeva una sua propria tecnica. Anche se forse non era corretto dire che era sua, perché non la controllava del tutto. Quando era il momento giusto, o quando una sensazione lo colpiva mentalmente e fisicamente, si fermava ad assaporare l'attimo, e sapeva che avrebbe potuto ricordare quell'esatto momento in seguito. Qualunque cosa lo poteva far scattare: la sensazione delle gocce di pioggia sul viso, capire un problema di matematica, l'odore di un libro nuovo o sentirsi felice senza alcun motivo apparente. Perché funzionasse, perché lui fosse in grado di ricordare con precisione quegli attimi a distanza di tempo, non lo sapeva.

Due ricordi gli balzarono in mente mentre camminava. Il giorno che aveva avuto l'idea del progetto, e la notte in cui aveva finalmente risolto le equazioni necessarie per portarlo a termine. Si ricordava soprattutto la notte, perché si era ripromesso di tenere a mente l'attimo in cui aveva finito. Era passato più di un anno, e da allora aveva svolto ancora una quantità incredibile di lavoro, ma in quel preciso momento aveva avuto l'assoluta convinzione di essere nel giusto. Tutti i dubbi erano scomparsi per non ritornare mai più. Neppure il suo maestro e mentore, che alla fine era arrivato a chiamare l'intero progetto pseudo-scienza, rifiutandosi di parteciparvi, era riuscito a convincerlo del contrario. Nathaniel si fidava nel modo più assoluto della matematica. Una prova matematica non si poteva ignorare, come non si poteva negare che uno più uno fa due. Lo aveva deluso che il mentore non avesse capito le formule, nonostante Nathaniel gliele avesse spiegate per ore. A dire il vero non le capiva nessuno. Ma da quel giorno non ne avrebbero avuto bisogno, i risultati avrebbero parlato da sé. Avrebbero parlato per lui. Per la prima volta nella storia si sarebbe saputo esattamente quanti abitanti ci fossero sulla Terra. Be', quasi: la gente moriva e nasceva a ogni secondo, e il sistema non poteva venir aggiornato in continuazione. Ma il suo nome sarebbe stato associato per sempre a qualsiasi censimento. Tirò fuori il cellulare e controllò che le impostazioni di avviso fossero giuste. Si chiese se quella capacità di controllare e preoccuparsi per cose che in fondo sapeva essere a posto non l'avesse ereditata da uno dei genitori. Dubitava che fosse toccata a Martha, la sorella maggiore, ma una volta doveva chiederlo a Emma. Era lei la più simile a lui.

Quando il cellulare finalmente squillò, Nathaniel si trovava dalla parte opposta del campus. Tornò all'ufficio sudato e affannato, e si mise subito a scaricare i dati. Da lì a poco tutto fu pronto: non gli rimaneva che eseguire il programma che avrebbe confermato il suo trionfo. Doveva solo scrivere la riga di comando e premere Invio. Pensò che una piccola fanfara sarebbe stata appropriata, ma tutto quello che accadde fu che la riga di comando sparì. Perché non aveva inserito una qualche sorta di indicatore che mostrasse l'avanzamento del processo? Non era un errore, ma il non averci pensato lo irritava. Allo stato delle cose, era impossibile vedere con che velocità venivano elaborati i dati. L'unica indicazione che qualcosa stava succedendo era il rumore dell'hard disk, che sembrava voler fuoriuscire dal suo piccolo guscio metallico. E non era un suono rassicurante. Nathaniel prese in mano *The Reality Dysfunction* di Peter F. Hamilton ed estrasse alcune bustine di tè dal cassetto. C'era ancora acqua nel bollitore, ma la buttò via e ne fece bollire di nuova prima di tornare a sedersi. Come al solito aveva dimenticato il segnalibro e cominciò a scorrere le pagine cercando il punto a cui era arrivato. Trovò il paragrafo, ma c'era qualcosa che non andava. Gli ci vollero alcuni secondi per realizzare che era il silenzio a disturbarlo. L'hard disk mostrava una mancanza di attività alquanto sospetta. Nathaniel rimosse il salvaschermo, e un breve messaggio lo informò che tutto era stato eseguito correttamente. Aprì la mappa e vi trovò cinque file di immagini, proprio come si aspettava. Eppure non poteva essere giusto. Per comporre tutti i file il computer avrebbe dovuto impiegare almeno qualche ora. Nathaniel cliccò due volte sul file, così lentamente che invece di aprirlo cominciò a redigerne il nome. Imprecò tra sé a voce bassa. Lo schermo venne coperto da un'immagine dell'Africa di Google Earth che aveva già visto troppe volte in passato. Aveva creato lui stesso il programma che permetteva di collocare le localizzazioni del GPS sulla carta geografica. Non fu sorpreso che l'immagine fosse la stessa di sempre. Avrebbe dovuto essere piena di puntini bianchi, ciascuno rappresentante una persona, ma naturalmente non poteva funzionare al primo tentativo.

Avviò uno degli altri programmi.

Controllò l'insieme dei dati grezzi ed estrasse alcuni singoli risultati. Le coordinate arrivarono, una dopo l'altra. Dopo trenta risultati lasciò perdere. Doveva esserci qualche errore nel disegno sulla carta. Ingrandì le dimensioni di uno dei puntini bianchi e inserì il risultato di un test nel centro dell'Africa. Anche quello funzionò come doveva. Nathaniel appoggiò il gomito destro sulla scrivania e si sostenne il viso con la mano, mentre con la sinistra si tamburellava sulla coscia. Avviò il programma da capo, ritrovò il suo libro e bevve un sorso di tè tiepido.

Ottenne lo stesso risultato.

Il mondo non aveva abitanti, ma i test indicavano che tutto era a posto. Anche se era una cosa stupida, ingrandì la dimensione di tutti i puntini e aprì di nuovo l'immagine. Si riappoggiò all'indietro sulla sedia.

In Africa si trovavano circa ottanta persone.

Questo spiegava un problema, ma ne poneva almeno uno nuovo. A Nathaniel si torse lo stomaco. Non aveva voglia di avviare l'ultimo programma che aveva preparato. Era quello che avrebbe dovuto fornire la cifra di cui tutto il mondo avrebbe parlato nei giorni successivi, quello che avrebbe dovuto essere il suo trionfo.

Quattrocentoventuno.

C'erano quattrocentoventuno persone sulla Terra. Nathaniel si mise a ridere. Era una bella cifra, ma non esattamente una cifra che il mondo avrebbe notato. Le dita cercarono la frangia e la tirarono di lato. Ci sarebbe voluta un'eternità per controllare i dati, per non parlare di ripetere tutto il processo matematico, ma non aveva molte alternative.

Erano le cinque di mattina quando tornò a casa a dormire.

Non c'era nemmeno un errore. Nathaniel non sapeva se questo doveva tranquillizzarlo o allarmarlo. I dati producevano ogni volta la stessa quantità di risultati, e solo un segnale era forte abbastanza da poter essere collocato con relativa precisione. L'ultima cosa che Nathaniel fece fu mandare una mail alla persona di riferimento con un nuovo programma di controllo per verificare la calibrazione dei satelliti, assieme alla richiesta di poter effettuare un nuovo test. Cliccò su Invio con uno strano presentimento.

Il cellulare lo strappò al sonno con la suoneria consueta. Non pensò neanche a che ore fossero prima di controllare la mail. Non era quello che aveva sperato. Il direttore d'istituto, Reynolds, voleva incontrarlo per discutere il futuro e il proseguimento del suo lavoro. A Nathaniel la formulazione non piacque per nulla. Reynolds suggeriva di vedersi in un piccolo caffè appena fuori dal campus quella domenica. Già di per sé questo era strano, ma Nathaniel rispose di sì: se non altro, forse Reynolds poteva aiutarlo a procurarsi più tempo con i satelliti.

Gli serviva più tempo.

III

Sono vivo.

Gli dei hanno ascoltato la mia preghiera e mi hanno restituito la vita. Ho il corpo di un bambino. Braccia e gambe fanno ciò che vogliono loro, ma ci vedo e ci sento come prima. In questa terra di dei parlano una lingua tutta loro. Tutti sono stranamente pallidi e bianchi. Non ho mai freddo, ma il calore non è nemmeno così forte da fare dell'ombra la mia migliore amica nelle ore diurne. È tutto tanto diverso. La notte non hanno paura della foresta, ma ridono e danzano davanti alla dea del cielo, che splende su di noi.

Tutti i giorni ringrazio gli dei per la mia nuova vita fra i loro prescelti.

Ma sembra che non sappiano dove sono, che cosa mi è stato donato.

Vedono solo un bambino.

Capitolo 3

« Tanti auguri, ragazzo mio ».

Il papà si chinò in avanti per abbracciarlo. Arthur si sforzò di produrre un sorriso sincero. Il papà, la mamma, Julie ed Emilie gli si sedettero intorno a semicerchio. Emilie stringeva in mano il suo regalo. Anche i genitori e Julie avevano un regalo ciascuno, ma prima che Arthur potesse aprirli dovevano mangiare la colazione che avevano portato con sé.

« Possiamo aprire i regali adesso? » chiese Emilie impaziente, finito di mangiare. Aveva cinque anni ed era la più piccola delle due sorelle. Julie ne aveva dodici.

« È Arthur che apre i regali oggi » disse la mamma.

Emilie rifletté guardando il pacchetto che aveva in mano. « Ma questo lo posso aprire io per lui » annunciò con un gran sorriso.

La mamma indicò Arthur con la testa. « Devi chiedere ad Arthur se ti dà il permesso ».

« Arthur, posso aprire il pacchetto? » chiese Emilie strascicando le parole. « Per piacere » aggiunse in fretta.

« Solo se fai molta attenzione » rispose Arthur.

Emilie si lanciò ad aprire il pacchetto con la massima prudenza, cosa che avrebbe richiesto un certo tempo. Julie gli diede il suo regalo assicurandolo che poteva cambiarlo se non gli piaceva. Era una scatola, ma era fatta apposta per ingannarlo, perché dentro c'era un libro di elettronica con esperimenti del tipo 'fai da te'. Un'idea creativa, per essere di Julie, e Arthur non fu sorpreso di ricevere un kit di elettronica dai genitori.

«Spero che ti piaccia. Il tizio che lo vendeva ha detto che forse era un po' complicato per un quattordicenne, ma abbiamo pensato che te la saresti cavata bene» disse il papà.

«Grazie mille. Mi sembra molto bello».

Arthur rimase a fissare la scatola, coi pensieri che gli si affollavano nel cervello. E se Bian Shen si fosse verificato all'improvviso in quel momento? Oppure se fosse successo a scuola? Di colpo si rese conto di quanto avesse il corpo irrigidito e di quanto fosse stato perso nel proprio mondo.

«Grazie mille» disse di nuovo, protendendosi verso la madre per abbracciarla.

«Ti tremano le mani, sai?» fece lei.

Lo vedeva anche lui: tremavano leggermente. La madre gli mise una mano sulla fronte. «Febbre non ne hai».

I Bambini non venivano colpiti dalle malattie. Erano immuni a tutto, e Arthur non era stato ammalato neppure un solo giorno in quel corpo, cosa che la madre di quando in quando menzionava con orgoglio.

«Che strano». Arthur tese le mani davanti a sé e le guardò. Non credeva alle casualità.

«Ti fa male da qualche parte?» domandò la mamma.

Arthur fece finta di controllare. «No, sono solo stanco».

«Sei stato di nuovo alzato fino a tardi ieri?»

«Non stanco per il sonno. Stanco nel corpo. Come se avessi sciato tutto il giorno».

La mamma guardò il papà, che si strinse nelle spalle.

Emilie aveva finito di scartare il regalo, e gli gettò un libro in grembo. «Ecco» disse, sorridendo soddisfatta.

Arthur guardò il libro. Era un romanzo di Umberto Eco, un libro che una volta *en passant* aveva detto al papà di voler leggere. La mamma si alzò dal letto e sollevò la tenda avvolgibile. Per un attimo tutti socchiusero gli occhi a causa del sole.

«Vedi se ti passa quando ti alzi» disse la mamma.

Non passò. In un attimo di assurdità Arthur chiese al padre se era sicuro che lui fosse nato in quella data. La situazione non avrebbe dovuto inquietarlo così tanto: dopotutto non era che un giorno di ritardo. Un ritardo, però, che non si era mai verificato nel corso di migliaia di anni. Di per sé avrebbe dovuto essere una piacevole sorpresa, ma il corpo non era d'accordo. Non si faceva la comune illusione di avere il controllo, come la maggior parte delle altre persone, e si era trovato in situazioni veramente incontrollabili abbastanza spesso da sapere come gestirle. Ma sapeva anche che tutti hanno bisogno di una certa sensazione di sicurezza, reale o meno. E ora che uno dei pilastri della sua vita stava per crollare, sentiva il suo controllo sparire con una rapidità inquietante.

Perché aveva ancora tanta sete?

Scese in cucina e tirò fuori il latte dal frigo, ma il cartone gli scivolò tra le mani, come se tutte le forze l'avessero abbandonato, e gli atterrò sul piede schizzando latte tutt'attorno. Arthur si fissò le mani. La macchia di latte si allargò sul pavimento, incanalandosi nelle fughe tra le piastrelle. Gli fece venire in mente un vecchio sistema di irrigazione che aveva costruito una volta. Dov'era stato? Persia? Cina?

«Arthur, puoi prepararmi un panino da portar via per il pranzo?» La voce della madre dal corridoio. «Arthur?»

La madre entrò in cucina, mentre Arthur carponi sul pavimento asciugava il latte con una spugnetta e carta assorbente.

«Cos'è successo?»

« Mi è caduto ».

La mamma non disse nulla, ma Arthur sapeva che la sua preoccupazione aveva raggiunto il punto in cui non se la sarebbe scrollata di dosso con facilità. « Christian, puoi star dietro a Emilie? » chiese.

« Certo » rispose il papà allegramente.

La madre andò nella stanza della lavanderia, tornò con uno straccio, lo depose sulla macchia di latte e finì di pulire. Arthur si sedette al tavolo e cercò di sembrare spossato, cosa che gli riuscì più facile di quanto avesse creduto. La madre tagliò in fretta alcune fette di pane.

« Posso rimanere a casa oggi? » chiese Arthur.

La madre si fermò e lo guardò. « Non hai febbre ». Esitò. « Ti senti davvero così poco bene? »

« Non sono riuscito a tenere in mano un cartone di latte ».

« Noi andiamo! » gridò il papà.

« Ok. Torna a letto. Ti telefono più tardi ». La madre lo abbracciò e uscì dalla cucina, senza il panino.

« Il pranzo! » le gridò dietro Arthur.

La situazione non gli piaceva per nulla. Probabilmente Bian Shen si sarebbe verificato la notte successiva. Conosceva sua madre: si sarebbe rimproverata per il resto della vita di non aver capito che lui stava male sul serio.

E se non avesse trasmutato?

Non voleva pensarci, ma era difficile non farlo. Era mai accaduta una cosa simile a qualcuno dei Bambini? Non c'era alcuna possibilità di collegarsi al Network. Il suo conto veniva chiuso automaticamente il giorno del suo quattordicesimo compleanno e non veniva riattivato prima di diciotto mesi esatti, quando aveva di nuovo un anno e mezzo. Poteva provare a contattare alcuni degli altri attraverso un normale account MSN o Skype, ma ci sarebbero volute ore prima che fossero disponibili.

Quando alla fine anche Julie uscì, sentì chiudere a chiave la porta. In casa c'era un insolito silenzio. Le mani gli tremavano ancora. Cosa gli stava accadendo? Non c'erano molte certezze nella sua vita, ma il fatto che non aveva mai vissuto il giorno del suo quattordicesimo compleanno era una di queste. Nessuno nel Network discuteva più il perché fossero così, ma non erano mancate le teorie. Vivevano in eterno come bambini, senza alcun motivo apparente. Ma ci doveva pur essere una ragione. C'era sempre una ragione. Qualcuno diceva che se fossero diventati adulti avrebbero governato il mondo, ed era per quello che non gli era mai concesso di crescere. Arthur non avvertiva una grande necessità di governare il mondo, ma per lui e per gli altri Bambini riuscire a diventare adulti era una sorta di Santo Graal. C'erano cose più importanti da realizzare che scalare i vertici di una gerarchia di potere.

Dubitava che gli altri gli avrebbero creduto.

IV

Finalmente i loro suoni significano qualcosa.

È una lingua tanto strana. Non hanno la parola 'mano', né 'dita'. Solo 'braccio'. Esiste un pronome per 'quelli che non siamo noi', ma non capisco chi siano costoro. Cerco di parlare con loro, ma la mia voce non mi obbedisce. Riprovo ancora e ancora, ma loro ridono di me. Mio padre mi getta in aria e mi chiama con un nome che non capisco. Ma io non rido.

Credevo di vedere lo stesso mondo che vedono loro, ma ogni tanto ne scorgo un pezzetto e non mi sembra la stessa cosa.

Come mai gli dei ci hanno creati tanto diversi?

Alcuni prescelti si sono fatti dipingere il corpo in onore di un dio, poi hanno fatto un duello all'ultimo sangue, non capisco perché. Nessuno ha pianto, nessuno ha gridato, c'era soltanto un silenzio che non capivo. Parlano di onore, di qualcosa che continua a vivere dentro di loro. Di qualcosa che verrà da loro quando saranno adulti.

Non so se ho voglia di conoscere quest'essere.

Capitolo 4

La rastrelliera per biciclette fuori dal caffè era piena, e Nathaniel dovette incatenare la sua a una rete metallica un po' più in là lungo la via. La luce del sole rendeva impossibile vedere attraverso le finestre del locale. Aprì la porta e fu investito da un turbine di suoni che non fece esultare il suo bioritmo. La musica era l'unica cosa su cui era possibile concentrarsi nella miriade di conversazioni con cui gli studenti tentavano tenacemente di coprire il volume dei loro vicini. Nathaniel non poté fare a meno di chiedersi se non sarebbe stato più semplice essere uno di loro – uno che a malapena sapeva cosa voleva, uno che non aveva la possibilità di cambiare il mondo e gli stava bene così. Ma sospettava che parecchi di quelli il mondo lo volessero cambiare davvero, qualunque cosa ciò potesse significare.

Il caffè era una grande stanza rettangolare, con un lungo bancone alla parete di fondo. Un'antiquata scala a chiocciola conduceva al piano superiore. Gruppi di sofà scuri e logori erano sparsi dappertutto come piccole colonie. In quel locale nessuno stava seduto da solo. Quasi tutti sembravano occupati a discutere, e i più infervorati si notavano perché gesticolavano con le braccia, anziché solo con le mani. Le pareti erano stracolme di quadri, fotografie, manifesti e cartelli in lingue che Nathaniel non conosceva. Nell'aria aleggiava un vago sentore di spezie. In un certo strano modo tutto si armonizzava bene, ma non avrebbe saputo dire se era un effetto voluto o se i diversi elementi si fossero intrecciati assieme col tempo, come un esperimento organico fuori controllo.

Non vide Reynolds da nessuna parte.

La scala a chiocciola era abbastanza ripida da rappresentare un rischio per chi voleva salirci. Sopra, il volume della musica era più basso. Reynolds sedeva a un tavolo vicino alla finestra e doveva essere arrivato in anticipo, oppure aveva riservato il posto. Teneva un foglio davanti a sé con il braccio teso mentre sorseggiava cautamente una tazza di caffè. Quando vide Nathaniel, si alzò.

« Eccomi, buongiorno » disse Nathaniel, allungando la mano per salutare e lanciando un'occhiata ai fogli che giacevano sul tavolo.

« Buongiorno. È un bel po' che non ci si vede. Siediti. Ho ordinato un caffè: qui sono più famosi per il tè, ma io sono sempre stato un amante del caffè ».

Reynolds si sedette di nuovo, riordinò il blocchetto di fogli e allungò a Nathaniel un menu.

« Io consiglio il sandwich al pollo tandoori, è ottimo ».

« Ah, sì, mangiare » fece Nathaniel, come se fosse qualcosa a cui non aveva mai pensato. « Come si ordina? Viene qualcuno qui? »

« Si ordina al piano di sotto, e si dà il numero del tavolo ». Reynolds indicò una targhetta di metallo sul bordo del tavolo su cui era inciso il numero otto.

Nathaniel scese giù al bar. Il sandwich al pollo andava bene, come peraltro quasiasi altra cosa sul menu, così ordinò quello e un bicchiere d'acqua. Avevano solo acqua in bottiglia, e non era possibile farsi dare acqua di rubinetto. Non era nemmeno economica, e guarda caso nel bicchiere c'erano cubetti di ghiaccio. Gli venne voglia di domandare se avevano fatto il ghiaccio con acqua di bottiglia, o se l'acqua normale non avrebbe forse inquinato la sua preziosa bibita, ma il ragazzo dietro il bancone non sembrava particolarmente ricettivo all'ironia né al sarcasmo. Nathaniel ritornò da Reynolds, che sedeva di nuovo sprofondato nelle sue carte.

«Mi affascina la nanotecnologia. È fantastico cosa sono già riusciti a fare. Immagina dove possono arrivare tra qualche anno. Ne sai qualcosa?»

«Non molto, ma so in cosa consiste».

Reynolds annuì con forza. «È uno dei campi in crescita più rapida. Probabilmente ci daranno abbastanza finanziamenti per mettere in piedi un laboratorio nuovo di zecca. Ma basta parlare di questo. Come va?»

Nathaniel cominciò a versare l'acqua nel bicchiere.

«Bene. Sono stati mesi intensi, ma adesso credo di essere vicino alla fine del lavoro». In un modo o nell'altro ce l'avrebbe fatta. No, non poteva vederla così.

«Mmh, mmh...» fece Reynolds mentre prendeva un sorso di caffè. «E cosa hai pensato di fare dopo?»

«Non ci ho pensato per nulla. Prima voglio concludere il progetto».

«Lo posso ben capire. È una virtù portare a termine le cose. Ma a qualcosa avrai pur pensato».

«No» rispose Nathaniel, ma ebbe una piccola esitazione. Certo, aveva sempre idee, era così che funzionava la sua testa, ma per il momento non gliene importava nulla.

«Ci sono diversi progetti interessanti che cominciano all'istituto tra breve, specialmente nel campo della nanotecnologia. Ci sarà un incontro informativo a questo proposito la settimana prossima. Ti interesserebbe venire?»

«Be', a dire il vero...» cominciò Nathaniel, e vide Reynolds appoggiarsi allo schienale della sedia con una ruga sulla fronte. «Sì, insomma, potrebbe essere un'idea».

«Ecco, è una buona idea, no? È mercoledì all'una, nella presidenza dell'istituto. Ci sono solo pochi invitati». Reynolds si schiarì cautamente la voce. «Tra l'altro, mi hanno telefonato a proposito dei satelliti a cui ha accesso l'università: tu hai espresso il dubbio che fossero calibrati in modo giusto o qualcosa del genere, vero?»

Nathaniel quasi rovesciò la bottiglietta d'acqua.

«Sì, penso che non lo siano. Ho ottenuto dei risultati strani, ma tutti i miei programmi funzionano perfettamente, così ho pensato che ci potesse essere qualcosa che non andava nei satelliti».

«E così hai scritto un programma di calibrazione e glielo hai mandato?» annuì Reynolds.

«Sì, ci è voluta quasi tutta la notte, ma ormai conosco piuttosto bene il sistema». Avrebbe anche potuto dire 'meglio di chiunque altro'.

«Quindi l'hai scritto solo in una notte?»

«Sì».

Reynolds scosse la testa. «Be', hanno eseguito il tuo programma, e ha funzionato molto bene».

«Ah, sì? E hanno trovato qualche guasto?» Nathaniel si sentì la pelle d'oca sulle braccia.

«Da quello che ho capito, no. Ma hanno scoperto un difetto di regolazione che avrebbe potuto diventare un problema se non l'avessero corretto in tempo. Sono molto contenti del tuo programma».

«Non c'era nessuna anomalia nei satelliti?»

«No. Funzionano come devono funzionare».

Doveva esserci qualcosa che non andava. «E ne sono assolutamente certi?»

«Così ho capito. Perché credevi che ci fosse un guasto?»

«I mie risultati non hanno senso» borbottò Nathaniel quasi tra sé.

«Cos'è che non va? Stai cercando di localizzare gli esseri umani via satellite perché il cervello invia una sorta di segnale, non è vero?»

«No, non è...» Nathaniel si fermò. «Non è un segnale.

I satelliti sono stati configurati per misurare speciali interferenze nello spazio-tempo».

«Giusto, adesso ricordo. Era l'ipotesi che la complessità e il contenuto di informazioni nel cervello sia così grande da influenzare perfino lo spazio-tempo, quasi come la gravitazione?»

«Esatto».

«Ecco com'era. È una teoria interessante».

Nathaniel sentì quel che si celava dietro a quella frase, come tante altre volte in passato. Non esisteva alcuna possibilità di convincere le persone a parole, e nessuno capiva la matematica.

Reynolds ricominciò a parlare guardando fuori dalla finestra. «Non so se ne sei al corrente, ma c'è stata una grande discussione sul darti accesso ai satelliti. La manutenzione costa una fortuna, e per ogni minuto che li diamo in affitto riceviamo buoni proventi. Nessun altro studente ha ottenuto lo stesso tuo grado di accesso. Diverse persone si sono espresse, diciamo così, criticamente nei confronti di un simile impiego del tempo. Se non fosse stato per gli algoritmi che hai scritto, che hanno ridotto il consumo di elettricità dei satelliti, non avresti mai avuto il permesso. Hai impiegato un mese per una cosa che è costata ad altri enormi quantità di tempo e denaro, senza risultato. E adesso hai scritto un programma di calibrazione in una notte». Reynolds sorrise, ma il sorriso era tutt'altro che benevolo. «Ma nonostante questo, non riesco a farti concedere più tempo. Costa semplicemente troppo, e il tuo lavoro è, be', troppo sperimentale. E in più, dato che non puoi mostrare dei risultati concreti, ma hai registrato solo delle interferenze casuali, c'è davvero poco che io possa fare».

Nathaniel sapeva bene quel che aveva voglia di dire, ma non riuscì a proferire parola. Non era né sorpreso né deluso. Dal ristretto punto di vista di Reynolds, era comprensibile, si trattava solo di interferenze casuali.

« Tu sei un brillante pensatore, Nathaniel. Forse il migliore che abbiamo avuto da anni. Non c'è nessun progetto che non ti vorrebbe come partecipante ».

Nathaniel sentiva quello che Reynolds diceva, ma non lo stava ascoltando. Una parola gli ronzava senza posa nella testa: casuale. I pensieri gli uscirono di bocca prima che avesse avuto l'intenzione di dire qualcosa.

« Non sono casuali ».

« Cosa vuoi dire? » fece Reynolds sorpreso.

« Le mie registrazioni. Non sono casuali, non possono essere casuali. La superficie della Terra consiste al settanta percento d'acqua, ma tutti i miei puntini erano sulla terraferma. Erano ben distribuiti attraverso i diversi continenti, ergo non possono essere casuali! » Si alzò e tese la mano a Reynolds. « Scusi se il nostro incontro è così breve, ma devo controllare immediatamente una cosa. Mi dispiace davvero. Faccio un salto nel suo ufficio lunedì ».

I satelliti avevano captato qualcosa. Quando Nathaniel si fiondò in sella alla bicicletta, stava già pensando a cosa poteva essere. Solo quando fu arrivato a metà della strada per l'ufficio si ricordò del panino che aveva ordinato.

V

Cerco di parlare con loro, ma non riesco a pronunciare le parole. Sento la mia voce, è ancora quella di un bambino: un guazzabuglio incomprensibile, anche se so che cosa devo dire.

Loro non fanno che ridere di me.

Alla fine disegno per terra. La mano mi colpisce prima che io abbia il tempo di reagire. Un dolore bruciante, ma in tutto quel fiume di parole mi dimentico di piangere. È tabù, proibito. Solo i corpi possono essere onorati con la lingua degli dei, e solo quelli che ne sono degni. Nominano dei di cui io non ho mai sentito parlare, dei che li spaventano quando se ne pronuncia il nome. Li vedo, sono come estranei per me, ma ho un solo pensiero: quale dio mi ha mandato qui?

Capitolo 5

Arthur aprì gli occhi e fissò il soffitto, senza avere la più pallida idea di dove fosse. Poi di colpo la suoneria del cellulare divenne qualcosa in più di un vago ricordo del sogno, e lo riportò bruscamente alla realtà.

«P-pronto!»

«Ciao, tesoro. Perché non rispondi al telefono?» domandò la madre con una punta di irritazione nella voce.

«Stavo dormendo».

Cosa aveva sognato? Era tutto ancora così vivido, riusciva quasi a ricordarlo. Erano degli sprazzi di immagini, ma senza senso logico.

«Non puoi portarti il telefono in camera?»

Arthur sbadigliò. Si era già portato dietro il telefono proprio perché sapeva che la madre avrebbe chiamato. Per quanto tempo aveva squillato accanto a lui, senza svegliarlo?

«Sì, adesso lo porto con me».

«Come ti senti? Va meglio?»

«Stanco. Ma mi sembra che le mani abbiano smesso di tremarmi». Ma cos'era quel mal di testa?

«Bene. Stai tranquillo e riposati».

«Sì».

«È strano, questa è la prima volta che sei malato, sai?»

«Mmh...»

«Ah senti, oggi sei tu che decidi il menu della cena. C'è qualcosa che desideri?»

Arthur si sentì chiudere la bocca dello stomaco. «È lo

stesso. Possiamo fare i pancake, così saranno contente anche Julie ed Emilie».

«Ma li facciamo a quasi tutti i compleanni! E non è passato molto tempo dall'ultima volta. Qualcosa di più originale?»

«Decido io oppure no?»

«Ok, vada per i pancake. Ma adesso devo andare. Ci sentiamo più tardi. Ciao!»

«Ciao».

«Ti voglio bene».

«Ti voglio bene anch'io».

Gli dolevano le tempie. Era come se dei minuscoli coltelli fossero al lavoro giusto sotto la sua pelle. Il tremito non era scomparso del tutto, ma Arthur preferiva quello al mal di testa. Non era abituato a quel genere di dolore. Un taglio profondo al braccio, nessun problema. Mal di testa, ed era fuori combattimento. C'era una certa ironia in tutto ciò. Si alzò: nella stanza l'aria era calda e pesante, avvolta nell'odore di sonno. Non c'era da stupirsi che avesse mal di testa. La lingua sembrava volerglisi appiccicare al palato. Avrebbe dato chissà cosa per svegliarsi nel buon vecchio corpo a cui era abituato. Impossibile cercare di riaddormentarsi. Arthur guardò fuori: in cielo c'erano nuvole, ma sottili e velate. Aprì la finestra, e l'aria fresca lo fece sentire più leggero. Erano quasi le dodici: poteva tentare di contattare Lilith in Giappone, ma non in quel momento, non in quella stanza, con quel mal di testa.

Scese giù, prese le scarpe da ginnastica e uscì in veranda. I raggi del sole avevano appena girato l'angolo della casa. Gli unici suoni provenivano dal giardino della babysitter tre case più in giù. Arthur si incamminò nella direzione opposta. Cosa avrebbe detto agli altri Bambini? C'era una parte di lui che si era risvegliata dal letargo. Vecchie idee, pensieri su un'esistenza da adulto tornavano improvvisamente in vita come se lui non li avesse mai respinti.

Cominciò a correre.

La sicurezza del Network si basava in parte sul fatto che loro non arrivavano mai a vivere il giorno del loro quattordicesimo compleanno. Avevano sempre avuto la convinzione che qualcuno o qualcosa li controllasse. La lunghezza della loro vita era prestabilita e seguiva sempre il calcolo del tempo attuale, come se qualcuno li sorvegliasse e adattasse di conseguenza le regole cammin facendo. Cosa succedeva negli anni bisestili? Arthur non era mai nato il 29 febbraio, ma a qualcuno doveva pur essere capitato, no?

Quando avevano messo in piedi il Network il motivo della loro esistenza era stato dibattuto fino alla noia, ma le discussioni somigliavano troppo a dibattiti religiosi. C'erano elementi che potevano far pensare che i Bambini fossero stati creati per uno scopo, ma in fondo era una questione di fede. Quanti anni aveva ormai Arthur? A occhio e croce settemila, cosa che lo rendeva uno dei più vecchi. Di molte delle prime vite ricordava ben poco, con qualche importante eccezione. Si ricordava ancora la sua prima rinascita, e la sensazione che aveva provato: un miscuglio di paura, meraviglia e impotenza. L'unica cosa che ricordava della sua prima vita era la sua morte. Tuttora non gli piacevano i gorilla. Della sua seconda vita, al contrario, ricordava tutto. In un certo senso era stata quella la sua infanzia, e al tempo stesso un risveglio a qualcos'altro. Quante tracce si era lasciato dietro nella valle dell'Indo, quanti pensieri e quante idee? Il piccolo bambino che spaventava tutti, perfino il suo proprio padre, che era il gran sacerdote.

Aveva vuoti di memoria anche per i periodi di pazzia, ma non sapeva se fosse perché non permetteva a se stesso di ricordare. Tutti i Bambini in certi periodi avevano perso il contatto con la realtà, per poi ritrovarlo ciascuno a proprio modo. Forse era inevitabile, dal momento che facevano così tante esperienze. Vivevano molte vite, ma non c'era mai nemmeno un indizio che facesse pensare che fossero parte di un disegno più grande. Gli esseri umani andavano e venivano, ma i Bambini restavano. Migliaia di anni di solitudine.

Il bosco era silenzioso. Arthur afferrò un ramo, strappò tutte le foglie e le gettò a terra. Sulle dita gli restò l'odore di linfa e di verde. Un giorno supplementare di vita, in particolar modo uno splendido giorno di primavera, avrebbe dovuto essere una gradita sorpresa. Dopotutto si era aspettato di risvegliarsi in un'esistenza indicibilmente noiosa e monotona, dentro un corpicino con arti che non rispondevano ai comandi e una vista che registrava solo ombre. Ciò che gli stava accadendo in quel momento era in tutti i sensi infinitamente meglio, ma al tempo stesso non sembrava sufficiente. Doveva parlare con qualcuno. Più di tutto voleva parlare con Raven, ma probabilmente non sarebbe stata raggiungibile prima di qualche ora. Doveva accontentarsi di Lilith, o Natsuyo, che era il suo attuale nome giapponese.

La stanza era ancora troppo calda, ma grazie all'aria era in ogni caso vivibile. Il mal di testa c'era ancora, ma più debole. Arthur accese il computer. Conosceva il normale account MSN di Lilith: il punto era se lei avrebbe accettato l'invito. Creò un nuovo account che chiamò Phoenix. Poi si ricordò che quello era un soprannome già in uso tra loro, ma era troppo tardi. L'invito era un messaggio privato in giapponese. Con sua sorpresa, fu accettato quasi istantaneamente.

«Chi sei? ☺» apparve subito sullo schermo.

Era la prima volta che Arthur doveva servirsi di un protocollo d'emergenza. Scrisse in inglese usando il nome con cui era conosciuto tra i Bambini.

«Ciao, qui Eshu. Ho risolto l'ultimo rebus su quel sito web. Le lettere sono GRWQNKL».

Poteva vedere nella finestra della chat che l'altra aveva cominciato a rispondere, ma poi cancellò tutto.

«Quel rebus è impossibile. La risposta esatta è YQRCXWA».

Arthur sorrise allo schermo. «Niente è impossibile, secondo me. Che ne dici di IIKRVUT?»

Si scambiarono i successivi cinque codici senza troppi preamboli.

«Baka!»

Strano come alcune parole quasi si traducevano da sole.

Lei continuò in giapponese. «Come hai potuto sbagliarti sul giorno del tuo compleanno?»

«Non mi sono sbagliato. Compio quattordici anni oggi».

«Ah, ah, divertente».

Comparve un invito a iniziare una conversazione.

Arthur trovò il microfono e accettò. «Moshi moshi» disse in giapponese. Ci fu un crepitio nelle orecchie, come se qualcuno strisciasse un dito sul microfono. «Mi senti?» chiese.

«Sì, prima volevo solo sentire la tua voce. Il tuo senso dell'umorismo è parecchio peggiorato».

«Magari fosse una battuta, ma non sto scherzando».

«Sì, bella questa».

«Davvero, non sto scherzando. Perché dovrei mentire su una cosa del genere?»

Nessuna risposta.

«Lo so quello che puoi pensare, e credimi, ho controllato e ricontrollato, ma il fatto è che sono nello stesso corpo. E ho quattordici anni».

«Devi esserti dimenticato qualcosa».

«Hai mai sentito di qualcuno che si sia dimenticato il proprio compleanno?»

«Dimenticato? No. Qualcuno che non sapeva esattamente in che giorno cadeva? Sì».

«Come se io appartenessi a una tribù della giungla vissuta migliaia di anni fa? No, sono sicurissimo. Per qualche strana ragione stanotte non sono trasmutato, anche se era arrivata l'ora».

«Hai informato qualcun altro?»

«No, non ho accesso a nessuno dei normali sistemi, lo sai che adesso sono tagliato fuori».

«Ma ne parlerai con qualcuno?»

«Credo di sì». Il tremito delle mani era ricomparso, forte.

«E adesso cosa fai?»

«Non c'è molto da fare. Aspetto».

«Strano... Perché dovresti trasmutare adesso se non l'hai fatto al momento giusto?»

«Non ne ho la più pallida idea. Mica lo so perché sta accadendo questo». Arthur si appoggiò allo schienale della sedia. Era una frase stupida: in realtà non sapevano neanche perché rinascevano.

«Forse Nishanu una volta tanto ha ragione».

«È il tipo che ha quella teoria che potremo crescere solo quando avremo imparato qualcosa di importante sulla vita?»

«Esatto».

Arthur non aveva voglia di abboccare all'amo.

«A proposito, ti senti diverso? È successo qualcosa di particolare?» chiese Lilith.

« No ». La risposta fu un po' troppo categorica, Arthur stesso se ne rese conto.

« Ok. Suppongo che tu abbia pensato alle conseguenze ».

« Difficile non farlo. Ma non voglio pensarci, non ancora ».

« Può essere che sia successo prima, e che il Consiglio abbia deciso di non dircelo ».

« Quante probabilità ci sono? »

« Quante probabilità ci sono che succeda quello che ti è capitato? »

« Su questo hai ragione, ma sarebbe strano. Perché l'avrebbero tenuto segreto? »

« Non lo so, sto riflettendo ad alta voce ».

In effetti Arthur a questo non aveva pensato. E se fosse già successo in passato, e lo avessero tenuto nascosto? In quel caso Raven lo avrebbe saputo, faceva parte del Consiglio da tempo. Non che necessariamente lo avrebbe raccontato a lui.

« Senti, vuoi che mandi a Raven un messaggio da parte tua? Immagino che tu voglia parlare con lei il prima possibile ».

« È senz'altro la cosa migliore. Potrei provare il suo account privato, ma se lei non ha mai sentito di un evento simile c'è il pericolo che si rifiuti di parlarmi. A volte è un po' paranoica ».

Lilith si mise a ridere. « Non è forse per questo che svolge quel lavoro? Sotto tutta quell'arroganza, sa quello che fa ».

« Sì, sì ». Arthur sorrise. Lilith e Raven non condividevano la stessa filosofia in quel campo.

« A proposito, lei dov'è? »

« Da qualche parte negli USA. Su due piedi non ricordo con precisione. Vicino a Boston, credo ».

«Ok. Ti fai sentire più tardi?»
«Sì, ma se non lo faccio, sai il perché».
«Speriamo. A dopo!»

C'erano sei ore di differenza tra lui e Raven, e Arthur aveva poca speranza di contattarla prima di sera tardi. Poteva cominciare a scrivere un rapporto o qualcosa di simile, ma non ce n'era motivo. Non ancora. Se avesse trasmutato l'indomani, sarebbe stato come creare una tempesta in un bicchier d'acqua. Per non parlare del fatto che tutti lo avrebbero preso per uno scemo che non si ricordava il giorno del suo compleanno. C'erano modi migliori per impiegare il tempo: poteva cominciare a leggere il libro che aveva ricevuto, ma aveva la sensazione che i suoi pensieri non si sarebbero concentrati sul contenuto, e in quel momento aveva bisogno di distrarsi. Un videogioco era più efficace. Fece partire un turno di *Civilization V*, stavolta al livello di massima difficoltà. Se doveva conquistare il mondo, gli servivano delle sfide.

VI

E d'un tratto eccolo, il linguaggio. Un fiume di parole, canzoni che mi salgono alle labbra come se le avessi imparate tanto tempo fa. Non riesco a trattenermi dal cantare.

Mia sorella si gira e mi fissa. « Cos'è questa scemenza che stai cantando? » mi chiede, prendendomi per mano.

« È la mia canzone » rispondo.

Lei incespica, per poco non cade. Io rido e subito ride anche lei. « Cantala di nuovo » mi dice. La mia voce è chiara e flebile, ma le note e le antiche parole sono ancora lì. Vedo gli sguardi confusi e spaventati degli altri, ma non riesco a fermarmi.

Canto fino a liberarmi, liberarmi da un mondo di silenzio e ringraziare il mio dio.

Capitolo 6

Nathaniel sedeva in una posizione yoga al centro del pavimento nel suo appartamento, e fissava la lavagna bianca che aveva appeso alla parete. Era piena di lunghe equazioni. Numeri, lettere e simboli matematici, scritti in piccolo con cura in pennarello nero e rosso, in linee perfettamente rette come se al di sotto ci fossero state delle righe invisibili. Poco o niente rivelava il caos di idee e pensieri che c'era dietro. Nathaniel girò il cellulare, che era appoggiato sul pavimento accanto a lui. Era più tardi di quanto avesse creduto, nonostante avesse notato che la stanza si era fatta più buia. Si rialzò con un gemito: uno dei piedi gli si era intorpidito, e formicolava sotto la pianta. Nathaniel accese la luce, che lo ferì agli occhi. La matematica purtroppo non era di nessun aiuto. Aveva controllato i risultati più volte, e tutti erano della stessa intensità, con una eccezione. Qualcosa che probabilmente era significativo, solo che non sapeva il perché. Era tuttora convinto che il satellite avesse rilevato degli esseri umani. In ogni caso non si trattava di interferenze casuali: se lo fossero state, circa la metà dei risultati sarebbe stata sparsa sopra il mare. La superficie della Terra dopotutto consisteva per il settanta percento di acqua, quindi quasi trecento risultati avrebbero dovuto essere localizzati sull'acqua. Per sicurezza Nathaniel aveva anche controllato bene cosa si trovava nelle aree dove la carta indicava dei rilevamenti: più di cento zone, e su ottanta di queste c'era una città. Nemmeno uno dei luoghi si trovava in un'area disabitata. Dovevano per forza essere persone quelle che i satelliti avevano registrato.

C'erano diverse possibilità, ma al momento Nathaniel aveva solo una teoria: c'erano quattrocentoventuno persone nel mondo con un cervello abbastanza complesso da imprimere nello spazio-tempo quella specifica impronta che lui andava cercando. Per molti versi quella teoria si adattava anche ai suoi calcoli: aveva forumle per calcolare il livello di complessità necessario per essere rilevato, ma non esisteva uno studio completo del cervello. Quella che i satelliti dovevano percepire non era una complessità qualsiasi: ci voleva una combinazione di segnali elettrici generati organicamente, del tipo emanato dai neuroni. Ma stabilire la quantità di neuroni che costituiva un cervello era una forma avanzata di tirare a indovinare alla cieca. La stessa cosa valeva per la quantità di connessioni tra di loro. Il grande punto di domanda era se esistessero connessioni diverse a livello fondamentale, come per esempio campi elettrici che reagivano a contatto gli uni con gli altri, o – Dio non volesse – un'interazione a livello quantistico. Avrebbe dovuto pensarci prima. Nel peggiore dei casi ciò avrebbe indicato un limite assoluto, e alcune persone non sarebbero mai state rilevate dalla ricerca. E cosa significava davvero complessità in quel caso? Aveva trovato le persone più intelligenti del pianeta, oppure erano persone con una struttura cerebrale radicalmente diversa dagli altri? In realtà Nathaniel sperava nella seconda ipotesi, perché non c'era neppure un singolo rilevamento nelle vicinanze di una qualche università, neppure la sua.

La stranezza era quel misterioso rilevamento, forte quasi il doppio degli altri. Quella persona non poteva avere un cervello doppiamente complesso rispetto al normale, ma c'era in ogni caso un aumento della complessità pari al trenta percento circa. Una differenza che avrebbe dovuto essere fisicamente impossibile, a meno che la persona in questione non avesse una qualche malattia che gli faceva crescere troppo il cervello.

Nathaniel era bloccato. Non aveva idea di cosa fare.

Gli brontolò lo stomaco. Per un attimo valutò di cancellare la lavagna, ma lasciò perdere. Non ce n'era bisogno, fintantoché non aveva nient'altro da scriverci sopra. Quella poteva aspettare, al contrario di tante altre cose.

VII

Credono che io sia un messaggero degli dei.

Maedoc, il saggio, mi ha accolto in casa sua. Ogni giorno gli racconto le mie esperienze precedenti. Lui mi fa domande alle quali non so rispondere. Provo a dirgli che non sono in contatto con gli dei, ma lui non vuole capire. Quando gli parlo delle cose che ho visto, quando canto le mie antiche canzoni, lui fa uno strano sorriso e fissa il cielo, poi chiude gli occhi e annuisce.

Il villaggio mi detesta.

Anche i miei genitori mi guardano come un estraneo. Forse hanno ragione. Non vogliono sapere che cos'ho visto e sentito adesso o prima, non mi fanno domande. Secondo mia sorella, credono che gli dei li guardino attraverso i miei occhi.

Non so che spiegazioni dare.

Capitolo 7

La chiave entrò nella serratura senza alcun intoppo. Raven aveva temuto che la qualità dell'impronta non fosse sufficiente per farne una copia, ma la porta si aprì con un lieve cigolio. Ogni parete era ricoperta di scaffali, stipati di tutti i generi di articoli di pulizia. Era qui che B. doveva averlo nascosto. Raven aveva controllato tutti gli altri posti suggeriti dagli indizi di B. senza trovare nulla, ma non aveva intenzione di arrendersi.

Eccolo: naturalmente stava in cima al ripiano più in alto in fondo allo stanzino.

Poteva non sembrare saggio arrampicarsi a un'altezza tre volte superiore alla propria, ma se ce l'aveva fatta lui, ce l'avrebbe fatta anche lei. Si assicurò che i ripiani reggessero il suo peso e cominciò l'ascesa. Aveva già deciso il luogo del prossimo nascondiglio, e il pensiero la fece sorridere. Pensava che a B. non sarebbe stato facile scovare un nascondiglio migliore di quello, ma lo aveva già sottovalutato in passato.

Nel momento in cui afferrò la coppa, bussarono alla porta.

Raven saltò giù subito, sedette sul pavimento e aspettò. Per un attimo si chiese se dovesse gridare aiuto, ma non accadde nulla. La coppa stava a malapena dentro la tasca della giacca. Prese un paio di pacchi di carta igienica e aprì la porta, uno spiraglio più sottile possibile, si girò così da uscire camminando all'indietro con entrambe le mani piene e richiuse la porta con un piede, una tecnica che la diceva lunga su quante altre volte prima doveva averlo fatto, nel caso fuori ci fosse qualcuno di diverso da B.

«Come pensavo». La voce aveva un tono soddisfatto.

Raven si voltò e non fece alcun tentativo di nascondere il sorriso. «Non ti sarai mica aspettato che non fossi all'altezza di questa sfida?»

«Era una sfida. Forse non difficilissima, ma dobbiamo procedere a piccoli passi, non trovi?»

B. fece quell'espressione che Raven odiava. La prima volta che l'aveva vista era uno dei primi giorni di scuola, quando avevano giocato a scacchi insieme. Non aveva solo perso, era anche stata beffata. È vero che di solito vinceva lei, ma non era quello l'importante. Raven non lo aveva riconosciuto per quello che era. Neppure quando lui l'aveva guardata con lo stesso sguardo di adesso, dicendo che dopotutto era più vecchio di lei di un *intero* anno, il pensiero l'aveva sfiorata.

«Ok. Allora hai ventiquattro ore di tempo per trovare il prossimo nascondiglio» disse B.

Raven si girò e se ne andò. Non riusciva mai a capirlo sul serio. Non erano per nulla amici cari, anche se condividevano lo stesso destino. Non avevano mai parlato di quel che avevano vissuto in precedenza, e a lui il Network non interessava minimamente: ne faceva parte, ma la cosa si fermava lì. E aveva scelto di chiamarsi B. Doveva esserci dietro una storia, supponeva Raven. Ma condividevano l'interesse per quel genere di sfide. Era stata un'idea di B., anche se era stata lei a mettere in moto la cosa rubando la coppa che B. aveva vinto a un torneo. L'aveva collocata nell'armadio a vetri con serratura assieme a tutti i trofei che aveva vinto la scuola, e ci aveva attaccato un bigliettino con la scritta *Tocca a te*.

Un allarme a basso volume dal cellulare le ricordò che di lì a poco sarebbe cominciata la lezione. Non vedeva l'ora. La scuola non era mai stata così divertente come in quel posto. Talmente divertente che Raven era tentata di ripetere nella sua prossima vita lo stesso errore che l'aveva fatta arrivare lì, se era possibile. Molte volte si era chiesta cos'era successo, perché non era da lei commettere errori del genere. Il padre le aveva dato un foglio e dei pennarelli. Perché avesse cominciato a scrivere una poesia non riusciva a capirlo, ma l'espressione che si era dipinta sul volto del padre la faceva ancora sorridere. Lei aveva sì e no un anno e mezzo. La madre naturalmente non aveva creduto alla storia assurda del marito, e quando lui aveva messo giù la figlia sul tavolo della cucina con carta e penna, aveva cominciato a chiedersi se si sentisse bene.

«Su, Noorah, da brava, scrivi qualcosa per mamma e papà».

Lei aveva tracciato alcuni ghirigori, concentrandosi per non scoppiare a ridere davanti ai genitori. La mamma l'aveva presa in braccio e aveva guardato stranita il papà. «Non c'è che dire, vedo il suo grande talento».

Il danno era fatto. L'idea che il padre d'ora innanzi l'avrebbe sorvegliata a ogni passo era insostenibile. Raven aveva afferrato una busta che sporgeva dalla borsa della madre, e aveva letto ad alta voce il nome della ditta mittente. Poi aveva fatto un bel sorriso. Non si aspettava che la mamma per la sorpresa quasi se la lasciasse sfuggire dalle braccia.

Ma tutto era andato bene. Oltre ogni aspettativa. Una volta superato lo shock, i genitori l'avevano presa in modo razionale. Si erano rivolti a esperti, i quali avevano dichiarato che lei era una bambina prodigio con un quoziente d'intelligenza fuori dal normale. Per fortuna non era stata sottoposta a bizzarri esperimenti, ma l'avevano mandata a una scuola speciale quando aveva compiuto tre anni. Anche se avevano scoperto che era 'un po' al di sopra della media', come erano soliti dire i genitori, Raven non aveva mai fatto capire a nessuno esattamente di quanto. Era convinta di essere la più intelligente della scuola. Perlomeno finché non aveva incontrato B.

Tirò fuori lo zaino dall'armadietto e si avviò all'aula di fisica. Il portatile emise un *pling* familiare. Raven pensò che fosse una mail di informazione da parte della scuola, ma il nome del mittente attirò subito la sua attenzione: Lilith non aveva l'abitudine di scriverle.

« Eshu non ha ricevuto nessun regalo per il suo compleanno. Forse dovresti mandargliene uno? »

Raven dovette rileggere la frase più volte. Se non avesse saputo che Lilith odiava gli scherzi, non l'avrebbe mai presa sul serio. Perché *quello*, be', proprio quello non succedeva mai. Eshu doveva aver sbagliato la data. E poi voleva che lei lo contattasse? E in che modo poteva mai aiutarlo? Raven controllò l'orario scolastico di B. sul sito internet della scuola e abbandonò l'aula di fisica. L'insegnante la seguì con lo sguardo, ma non disse nulla.

B. si trovava nel posto che gli piaceva di più durante le ore di studio individuale: davanti a un pianoforte. Non sembrò accorgersi che Raven era entrata nella stanza, ma lei sapeva che era solo apparenza.

Raven si distese sul pavimento davanti al pianoforte e guardò il cielo attraverso il grande soffitto di vetro. Capiva come mai B. andasse sempre lì. Le note sgorgavano nella stanza, rincorrendosi a vicenda come pedine di domino senza altra scelta se non quella di cadere. Fantasia-Improvviso. Il nome le venne in mente di colpo, nell'attimo in cui il pezzo sfociò nel primo movimento lento. Raven chiuse gli occhi e si lasciò fluttuare sostenuta dalla musica.

B. concluse il brano, e cominciò a giocare con gli accordi.

« Cosa penseresti se uno di noi non trasmutasse il giorno del suo quattordicesimo compleanno? » chiese Raven.

La nota si protrasse un po' troppo a lungo. « Chi? »

« Eshu ».

« Mi verrebbero delle idee ».

« Ovvio, ma quali idee? »

« E chi lo sa? »

Perché Raven se la prendeva tanto a cuore? Con ogni probabilità era solo un malinteso.

« Non dirmi che non credi che ci sia dietro una ragione. Nessuno di noi è mai arrivato a compiere quattordici anni, e poi succede così, all'improvviso? »

« Non deve per forza significare qualcosa. E se anche così fosse, dubito che noi lo verremmo a sapere. Non ha senso pensarci. Ma davvero non è mai successo prima? »

« Cosa vuoi dire? »

« Tu fai parte del Consiglio. Avete mai sentito di una cosa del genere? »

« No ».

Raven non ne aveva mai sentito parlare, ma gli altri membri del Consiglio erano lì da molto più tempo di lei, e non erano sempre disposti a condividere le loro storie. Era quello il motivo per cui Eshu voleva parlare con lei? Per chiederle se lei fosse a conoscenza di avvenimenti simili? No, Raven non voleva parlare con lui, non ancora.

Ma se invece era vero... allora cambiava tutto.

VIII

Dalla montagna sono scesi degli spiriti.

I loro corpi bianchi e trasparenti si estendono verso il basso come lunghi serpenti, si posano sulla regione come foglie sull'acqua.

Maedoc dice che dobbiamo parlare con loro, scoprire perché si sono turbati. Ci conduce dentro essi, dice che dobbiamo respirarli in modo che possano spiegarci che cosa vogliono. Io non sento altro che un freddo appiccicoso.

Mangiamo insieme.

La bevanda ha un sapore amaro. Voglio andare a casa, ma lui dice che dobbiamo restare. Mi chiede di bere ancora, dice che è la bevanda degli spiriti. I suoi occhi si spalancano, la sua risata mi spaventa. Cerca di afferrare qualcosa a mezz'aria, parla con spiriti che io non vedo né sento, racconta loro che cos'è successo, parla di me, risponde a domande che non odo. Voglio andare via, ma non ho il coraggio di allontanarmi da solo.

Lui si alza e urla: « Gli dei hanno sete! »

« Di cosa? » chiedo io.

Lui non risponde, ma tende le braccia verso il cielo e lancia un grido. Torniamo nella luce del dio del cielo. Lui mi tiene una mano su una spalla, mentre mi spiega che cosa vogliono gli dei.

Maedoc chiama a raccolta gli anziani.

Mi siedo al suo fianco e capisco che sanno già che cosa verrà detto. Parlano l'uno sopra l'altro, cantano e gemono. Discutono dell'onore da rendere, della sete da placare, ma io leggo nei loro volti la paura: il canto non riesce a celarla, solo a mascherarla. Volti senza luce, urla soffocate.

Non c'è nulla di nascosto nelle grida dei miei genitori, mentre loro li portano via.

Capitolo 8

Il sudore gli colava sulla fronte, anche se aveva cercato di andare con calma con quel caldo. Era arrivato puntuale, giocandosi la maglietta, che era completamente fradicia.

Nathaniel si passò la mano sulla fronte e se la asciugò sui pantaloni. Il dottor Jack Sorenson era stato uno dei migliori amici dei suoi genitori, ma non gli piaceva usare conoscenti della famiglia: se l'era cavata da solo fino a quel momento, e intendeva finire da solo. Ma sua sorella maggiore Martha aveva preso appuntamento per lui, e gli aveva fatto una lunga predica al telefono su quello che sarebbe successo se non si fosse presentato. Era già abbastanza che fosse sua sorella maggiore, non c'era bisogno che si mettesse a fargli anche da madre.

Nathaniel premette il campanello, che mise in moto qualcosa che assomigliava di più a un carillon di campane che a un normale squillo. La porta si aprì, e Jack gli apparve sorridente, con indosso un grembiule da cucina.

Gli tese la mano. «Ciao! Benvenuto, è un bel pezzo che non ci si vede».

Aveva un volto di età indefinibile, con un paio di occhi azzurro intenso che attiravano tutta l'attenzione. La sua stretta di mano era energica, e Nathaniel si sorprese a tentare di ricambiare con altrettanta forza.

«Entra, sto preparando da mangiare al nipotino».

«Grazie mille» disse Nathaniel ed entrò.

«Niente in contrario se ci sediamo in cucina?» Jack vi si stava già dirigendo, ancor prima che Nathaniel facesse in tempo a rispondere.

Un bimbetto dai capelli biondi e dagli occhi azzurri tanto quanto quelli del nonno era seduto in un seggiolone vicino al tavolo della cucina. C'erano giochi sparpagliati su tutta la tavola, ma il bambino non sembrava granché interessato. Invece fissò intensamente Nathaniel, e poi gli sorrise.

Jack si avvicinò ai fornelli e mescolò il contenuto di una pentola. «Questo è il figlio di mio figlio, si chiama Derek. Di' ciao a Nathaniel, Derek».

Derek sorrise ed emise una serie di suoni che potevano assomigliare a parole.

«Parla come una cascata, nella sua propria lingua, beninteso. Dice mamma e papà, ma ancora non molto altro. Diana e Mark sono in viaggio all'estero, perciò questa settimana io lavoro a casa e faccio il baby-sitter».

Nathaniel sedette sulla sedia accanto a Derek e prese una macchinina che era al di fuori della portata di quest'ultimo. I bambini erano divertenti, finché non era lui ad averne la responsabilità. Qualche volta aveva fatto il babysitter per sua sorella maggiore, ma dopo che si era trasferito non si poteva dire che ne avesse sentito la mancanza.

Nathaniel fece avanzare la macchinina lentamente verso Derek.

«*Brum*» disse il bimbo.

«Le macchine noiose fanno *brum*. Questa è una macchina sportiva, e fa *vruuuum*!» spiegò Nathaniel.

Derek spedì la macchinina oltre il bordo del tavolo e la fece finire a terra con un piccolo tonfo.

«Forse è ora di mangiare qualcosina» disse Jack, e con una scodella di pappa d'avena in mano si sedette su una sedia dirimpetto a Nathaniel.

Derek guardò il nonno e guardò la scodella con il suo contenuto. Poi si girò verso Nathaniel con uno sguardo che costrinse quest'ultimo a ridere.

Jack prese un cucchiaio di pappa d'avena e lo indirizzò verso la bocca del bambino: «Apri la bocca! Arriva l'aeroplano!»

Alla fine Derek si arrese, ma non prima che diversi cucchiai di pappa d'avena fossero finiti in luoghi non previsti.

Quando il grosso fu mangiato, il nonno lo sollevò dal seggiolone e lo depose sul pavimento. Derek gattonò rapido fino a una sedia e la usò per tirarsi su in piedi.

«Allora, come va?» chiese Jack, cominciando a riordinare il tavolo. «È passato un bel po' dall'ultima volta che ho visto qualcuno di voi. L'ultima cosa che ho sentito è che Emma era andata all'estero per studiare, e poi che Martha e la sua famiglia si sono trasferiti al sud».

Nathaniel incrociò le braccia e si appoggiò allo schienale della sedia. Non gli piaceva mai parlare della sua famiglia. Era come se tutti si concentrassero sul fatto che i suoi genitori erano morti, come se il mondo si fosse fermato allora e non fosse più andato avanti.

«Be', le cose sono un po' cambiate, perlomeno per Emma. Le è venuta una fissa, ha lasciato gli studi a metà anno e ora sta viaggiando con degli amici. In questo momento sono da qualche parte in Sudamerica. Credo che non sappia mai cosa vuole per davvero. Ho cercato di farla studiare nella mia stessa università, ma niente. Comunque troverà la sua strada, prima o poi. Martha e Jacob si sono finalmente sistemati nella loro nuova casa, e insistono più di prima perché io li vada a trovare».

«E tu, come va?»

Nathaniel fece spallucce. Perché la gente si aspettava che uno potesse tradurre la propria condizione in parole come se niente fosse?

Derek era seduto vicino a un cassetto e cercava di

estrarlo. Aveva una specie di sicura, ma il bimbo non si dava per vinto.

«È sempre il mio vecchio progetto che assorbe la maggior parte del mio tempo. Almeno finora».

«Mi ricordi tuo padre. Credo che a volte si sia chiesto lui stesso cosa sarebbe successo se tua madre non fosse stata così, ehm, tenace».

A giudicare dalla sua espressione, Jack doveva ricordare qualcosa di particolare. Nathaniel non aveva alcun ricordo della madre, perlomeno nessuno che potesse chiamare suo. Ma la sua cocciutaggine, che condividevano tutti e tre, veniva sempre imputata al lato materno.

Il padre non era stato un uomo molto paziente.

«Ma hai incontrato dei problemi per cui ti serve aiuto, se ho capito bene».

Nathaniel esitò. Odiava dover spiegare il suo progetto ad altri. Arrivava sempre il momento in cui doveva affrontare quegli sguardi disorientati o divertiti. E chiedere aiuto gli risultava altrettanto insopportabile quanto tutti gli sguardi. Anzi, peggio.

«Sì, in un certo senso».

«Allora cerca di spiegarmelo meglio che puoi, e vedremo se un vecchiardo come me può essere di qualche aiuto».

Jack sedette di nuovo al tavolo, e Nathaniel cominciò a spiegare la sua idea. Jack ascoltava e sorrideva, e faceva domande quando non capiva qualcosa. Vennero interrotti solo da Derek, che di colpo era diventato piagnucoloso e coccolone e voleva a tutti i costi star seduto in braccio a Nathaniel.

Con sua sorpresa, ci volle poco tempo a spiegare gli avvenimenti delle ultime settimane.

«Quindi tu sostieni che questi rilevamenti indicano

persone con un cervello particolarmente complesso, ho capito bene? »

Nathaniel annuì.

« Ma questo non significa per forza che siano gli esseri umani più intelligenti del pianeta ».

« Non lo so. Ma no, non per forza ».

Jack si coprì la fronte con la mano e si massaggiò le tempie. Nathaniel non sapeva se fosse un gesto abituale o se Jack avesse mal di testa.

« Ci sono di certo molti modi di interpretare la situazione, ma forse si può dire che tu non hai ancora visto i risultati del tuo lavoro. Sei d'accordo su questo? »

« Non proprio. Le mie ricerche di risultati ne hanno forniti ».

« Così come sono ora, si possono usare per qualcosa? »

A Nathaniel non piaceva il tono di Jack, ma non aveva una risposta.

« Comprendo che tu non voglia pensare di aver incontrato un muro, ma per poterti aiutare dobbiamo capire con chiarezza assoluta la tua posizione. Io non ho esperienza di ricerca, ma ho condotto e venduto abbastanza progetti da sapere di cosa sto parlando ».

Nathaniel sapeva che Jack aveva ragione, ma ammetterlo sembrava quasi lo stesso che arrendersi.

« Ma qualcosa ce l'ho. Ci sono quattrocentoventuno risultati che si possono verificare, se posso eseguire il test ancora una volta. Uno dei risultati è perfino forte abbastanza da poter essere localizzato con una certa precisione, se faccio qualche modifica ».

« Puoi localizzare con esattezza i risultati? Ma questo non me lo avevi detto prima! »

« No, e come ho detto si tratta solo di uno dei risultati. È molto più forte di tutti gli altri ».

Nathaniel spostò Derek sull'altra gamba, che non era sul punto di informicolirsi.

«Sei in grado di localizzare quel risultato?»

«No, anzi sì... Ma non con enorme precisione. I risultati hanno un raggio di approssimazione dai tre ai cinque chilometri, ma questo sono riuscito a ridurlo a qualche centinaio di metri».

«Ah, sì? E dunque dove si trova?»

Nathaniel sospirò demoralizzato. «In Norvegia».

«Norvegia» ripeté Jack, annuendo con entrambi i sopraccigli alzati.

«È una zona residenziale, quindi ci sono diverse centinaia di persone. Il famoso ago nel pagliaio».

«Mmh. Sai una cosa, dato che il bambino sta così volentieri in braccio a te, adesso metto su un caffè».

Derek guardò Nathaniel con aria seria e tenne un discorso che fece scambiare ai due adulti uno sguardo meravigliato. Per sicurezza, Nathaniel si dichiarò d'accordo su tutto.

Jack tirò fuori una moka e la mise sul fornello. «Mia moglie ha comprato questo aggeggio per fare il caffè come al bar» disse poi indicando una grande macchina da caffè espresso su uno degli scaffali inferiori del ripiano da cucina. «Ma io preferisco il vecchio metodo, sebbene non possa garantire che il caffè venga più buono».

Nathaniel si chiese se dovesse menzionare il fatto che lui il caffè non lo beveva, perlomeno non l'espresso.

«Non è che per caso potresti fare un caffelatte?» domandò esitante.

«Che ne dici di un cappuccino?»

Nathaniel annuì.

Nella stanza calò il silenzio mentre Jack preparava il caffè. Derek sedeva perso nei propri pensieri e non emetteva un suono. A Nathaniel il silenzio piaceva, ma in quel particolare frangente era come se fosse un orologio ticchettante. Non sapeva nemmeno se desiderava davvero che Jack trovasse una soluzione al problema.

« Da quello che capisco non hai molte possibilità, Nathaniel. Ma forse una c'è: puoi vendere l'intero progetto come una ricerca delle persone più intelligenti del pianeta. Ce n'è abbastanza di gente che per svariati motivi sarebbe interessata a una cosa del genere. Di quanti soldi hai bisogno per ottenere più tempo con i satelliti? »

Nathaniel si sentì uno stupido. « Non lo so ».

« Ok, informati e poi vedi se puoi dividere la somma tra sponsor che sarebbero interessati a questa caccia all'intelligenza. Forse ci sono dei fondi di ricerca, o dei programmi nazionali o internazionali di contributi che ti possono servire ».

Erano suggerimenti ragionevoli, non fosse stato per il piccolo neo che Nathaniel non si sentiva in grado di vendere un bel niente. E in special modo sapendo che forse stava mentendo sul prodotto.

Se ne andò pedalando con la sensazione di non aver ottenuto un granché, ma almeno Jack era stato sincero e gli aveva dato una prospettiva più realistica. Se per questo Jack gli piacesse più o meno di prima, Nathaniel non era in grado di dirlo.

IX

Lei viene in sogno.

So di aver già visto il suo sorriso. Le sue labbra si muovono, ma io non sento niente. Le chiedo che cosa vuole. Le sue dita tracciano segni nell'aria, ogni movimento resta sospeso come un simbolo. Non ho mai visto niente del genere, ma ognuno di quei simboli mi parla come soltanto una lingua divina può fare.

D'un tratto la sento. « Benvenuto ».

La sua voce sembra un fiume in piena.

Una domanda impensabile sfugge dalle mie labbra prima che io abbia il tempo di fermarla. « Sei tu il mio dio? »

E cado a terra.

« Ho molti nomi. Guardami ».

Cerco di sollevare la testa, ma è come inchiodata al suolo.

Le sue mani si posano sulle mie spalle e una cascata di emozioni si abbatte su di me, facendomi tremare tutto. Lei mi solleva. I suoi occhi scrutano tutto, ma io non riesco a distogliere lo sguardo. Attende a lungo, senza dire nulla. Alla fine sorride e io spero che non smetta mai.

La sua voce è bassissima, appena un bisbiglio: « Volevo incontrare il mio prescelto, un'unica volta ».

Capitolo 9

Raven gli aveva mandato un'unica frase via Skype prima di sconnettersi di nuovo: « Ci sentiamo domani ».

Era in momenti come quello che Arthur desiderava che ci fosse un tasto in grado di trasmettere una scarica elettrica attraverso la rete. Non era difficile capire cosa intendeva Raven, ma Arthur avvertì comunque un'intensa irritazione.

La giornata trascorse lenta, proprio come Arthur si era immaginato. Il mal di testa persistette fino a che non prese due pastiglie di analgesico, che ebbero solo l'effetto di attenuarlo un poco. Era la prima volta, in quel corpo, che prendeva pastiglie contenenti qualcosa di diverso dalle vitamine. Non accadde nulla se non quello che era solito accadere il giorno del suo compleanno: ricevette gli auguri da nonni, zii e zie, e naturalmente il suo compagno di classe Geir fece un salto a trovarlo per fargli gli auguri e per sentire come stava, visto che non era andato a scuola. Arthur non aveva molta voglia di ricevere visite, ma non poteva impedire a Geir di fermarsi per un poco. Guardarono insieme i regali, e Geir gli mostrò dei video on line. Poi ci furono pancake per cena e gelato per dessert.

Con l'avvicinarsi della sera, il malessere fisico aumentò. Il mal di testa ritornò a tutta forza, e Arthur decise di andare a letto presto. Sia il padre che la madre vennero nella sua stanza per fare due chiacchiere prima di augurargli la buonanotte. Era strano quanto si sentisse goffo Arthur nel nascondere il proprio malessere ai genitori.

Sbadigliò con tutto l'impegno di cui era capace: erano appena le dieci, e si aspettava di rimanere sveglio a fissare il soffitto fino a notte fonda.

Fu svegliato di soprassalto dalla sveglia. Il corpo reagì come a un allarme antincendio: saltò giù dal letto e schiacciò con forza il tasto per far cessare il suono, poi si abbandonò di nuovo sul letto. Non si ricordava nulla della sera precedente, tranne di essersi sentito sveglio come un grillo. Era un caso anomalo, come era solito dire Geir dopo aver sentito quell'espressione in un vecchio film. Se non fosse stato che l'allarme della sveglia gli aveva fatto prendere un colpo, si sarebbe riaddormentato. Cosa gli stava succedendo? Un giorno si poteva forse spiegare, ma due? Neanche per sogno.

Entrò nella doccia. I suoi pensieri inseguivano ossessivi una risposta che non esisteva. Era come se il cervello rifiutasse di rassegnarsi e lo costringesse a discutere con se stesso. Era impossibile. Sopravvivere al quattordicesimo compleanno doveva essere impossibile. Poteva diventare adulto? Arthur scacciò quei pensieri, ma gli costò forze che non aveva.

A scuola il professore non mancò di commentare che Arthur aveva fatto la sua prima assenza, e alcuni tra i compagni sembrarono un po' troppo contenti del fatto che finalmente fosse stato ammalato. Non che la cosa lo sorprendesse: Arthur conosceva molti di loro meglio di quanto conoscesse se stesso. Le persone erano il suo unico hobby. Era una specie di sfida che ingaggiava con se stesso. A volte non ci voleva molto a far stare qualcuno indicibilmente meglio. Arthur aveva la teoria che tutti potevano giungere a un punto decisivo, una situazione che avrebbe avuto conseguenze per gli eventi futuri, a volte per il resto della vita. La situazione poteva rendere la persona sicura di sé, o distruggerne del tutto l'autostima.

Preparò la cartella, stanco dopo una giornata che non sembrava voler mai finire.

«Vieni con me in biblioteca?» chiese Geir. «Devo restituire dei libri».

Arthur ci pensò un attimo. «Ok».

«Non sei ancora guarito del tutto, vero?»

«Pensavo di sì. Perché?»

«Hai la faccia di uno che sta per addormentarsi da un momento all'altro, e non sei stato per niente attento a scuola».

«Sì che sono stato attento».

«Sì, buonanotte. Allora vediamo, cosa dobbiamo fare per domani?»

«Vuoi dire il tema?»

«E su cosa?»

Arthur allargò le braccia. «Ok, mi arrendo, non sono stato attento. Cosa dobbiamo fare per domani?»

«Proprio niente». Geir parlò lentamente strascicando le vocali. Arthur sollevò le sopracciglia, ma Geir continuò. «Non sei stato attento. Se lo fossi stato, avresti saputo che mi stavo solo inventando qualcosa».

Arthur non poté evitare di assumere un'espressione sorpresa.

Geir si mise a ridere. «*Yeah*! Finalmente ce l'ho fatta!»

Era una gara tra loro che durava da almeno sei mesi. Bisognava confondere o sorprendere l'avversario, e Arthur era in testa due a zero, punteggio che gli pareva adeguato. Aveva pensato di lasciar vincere un punto a Geir prima o poi, ma fino ad allora non ce n'era stata l'occasione.

«Due a uno! È cominciata la rimonta!»

« Ti piacerebbe, eh? » ritorse Arthur, un po' più irritato di quanto avrebbe dovuto.

Geir continuò a ridere di lui. « Dai, facciamo un salto al negozio prima di andare in biblioteca ».

Era una liberazione stare in biblioteca a discutere di libri e fumetti. Arthur sapeva benissimo perché gli piaceva Geir: sebbene fossero molto diversi, stavano bene insieme. Condividevano una sintonia che passava attraverso creatività, senso dell'umorismo e premura per gli altri. Tre qualità che a ben guardare molto spesso si formavano con l'età e con l'esperienza, ma che potevano anche esserne del tutto indipendenti.

« Progetti per le vacanze? » chiese Geir.

Arthur sollevò gli occhi dal libro. «Vacanze? »

« Oddio, non dovrebbero nemmeno permetterti di alzarti dal letto. Le vacanze, non dirmi che non hai pensato alle vacanze?! »

« Mah, le solite cose. Dormire fino a tardi, leggere libri, giocare al computer, andare da qualche parte con la famiglia ».

« Io voglio andare al campo estivo. Mio cugino c'è stato l'anno scorso, e mi ha chiesto se voglio andare anch'io quest'anno. Vuoi venire anche tu? »

« Campo estivo? » Arthur si sentì come un pappagallo.

« Sì, campo estivo. Una settimana. Tu scegli le attività che vuoi fare, una principale e altre secondarie. Io come attività principale voglio arrampicare. Sembra una vera figata ».

« Sì, forse » disse Arthur, facendo finta di risprofondare nel suo libro.

Cosa avrebbe fatto se Bian Shen non si fosse verificato per niente? Si era immaginato una vita adulta così tante volte da perdere il conto, ma sogno e realtà erano due cose diverse. Il campo estivo forse era un'alternativa buona come un'altra. Una parte di lui pensò che era tempo buttato, che il tempo supplementare che gli era stato concesso doveva essere impiegato per qualcosa di ragionevole. Era un pensiero stupido: non poteva mica fare qualcosa di speciale solo perché all'improvviso era diventato un quattordicenne. Scosse la testa e si chiese se il suo cervello avesse subito dei danni negli ultimi due giorni.

Lungo la via di casa faceva molto caldo, e si fermarono a comprare qualcosa da bere.

«Quale superpotere ti piacerebbe avere?» chiese Geir, e fece un sonoro rutto.

«Superpotere? Solo uno?»

«Sì, solo uno. E niente imbrogli, niente robe alla Superman».

«Quindi niente poteri divini. Va bene. Lasciami pensare, allora. Tu sai già cosa sceglieresti, immagino».

«Io voglio essere invulnerabile».

«Immortale, quindi?»

Geir si fermò con lo sguardo fisso davanti a sé. «No, sarebbe come barare, giusto?»

«Forse» rispose Arthur, e fece una risata.

«E tu, allora? Hai finito di pensarci?»

«Credo che mi piacerebbe poter vedere il futuro».

«Vedere il futuro? E che razza di superpotere è?»

«Un superpotere utile, mi sembra».

«Puoi vedere il futuro, ma non significa che puoi cambiarlo, vero?»

«Mmh. Forse no».

«Che bidone di superpotere!»

«Ok. E se ti dico che voglio conoscere la conseguenza delle mie azioni prima di decidere se compierle?»

Geir produsse un suono di fanfara tenendosi le mani davanti alla bocca. «Attenzione, passa l'uomo-che-conosce-la-conseguenza-delle-sue-azioni-prima-di-decidere-se-compierle! C'è un mantello speciale in dotazione?»

«Certo. E un paio di occhiali».

«E io che credevo che tu fossi un tipo sveglio. Questo è quasi un punto a mio favore».

«Quasi» rispose Arthur, ma scosse la testa.

A casa fervevano i preparativi per la cena. Arthur si stese sul divano: non ricordava di essere mai stato così stanco dopo una giornata a scuola. Chiudere gli occhi era una tentazione troppo grande. Si girò verso lo schienale del divano, affondò la testa nell'incavo tra il sedile e lo schienale stesso, chiuse gli occhi e sprofondò nel sonno.

Guardò in giù verso il bosco.

Gli alberi erano un mare verde che si stendeva a perdita d'occhio. Il vento sospingeva le foglie davanti a sé in piccole onde. Il sole stava per scomparire all'orizzonte, e presto sarebbe calata l'oscurità. Arthur si sistemò sul ramo e tirò fuori il flauto. Non si era mai sentito così a casa. Tutto era così grande in quel luogo, così intenso. La natura giocava con tutti i colori del mondo, come a dire: guarda, è così che dev'essere.

Arthur appoggiò il flauto alle labbra e inspirò lentamente.

Le note rimasero a vibrare nell'aria come gocce sul punto di cadere. Arthur inspirava ed espirava allo stesso tempo, lasciando la melodia libera di fuoriuscire come voleva. Era come imbattersi in qualcosa di nuovo, sapendo al tempo stesso come sarebbe stato il seguito.

In lontananza c'era qualcuno che canterellava sulla stessa melodia. Arthur suonò più piano per sentire dov'era quella persona, ma il vento disperdeva il suono attraverso gli alberi. Non erano forse parole quelle che venivano cantate? Sapeva che quelle parole erano importanti, qualcosa che avrebbe dovuto ricordare. Si costrinse a smettere di suonare, e rimase in ascolto.

Pian piano, la voce si avvicinò.

« È pronto! »

Arthur si svegliò di soprassalto.

« La cena è pronta. La tavola è già apparecchiata, manchi solo tu ». Suo padre stava chino su di lui con una mano sulla sua spalla.

Arthur cercò delle parole, ma non ne trovò nessuna. La maglietta gli si era appiccicata alla schiena sudata, e la testa gli martellava come impazzita. Si tirò su a sedere e si accorse di avere un rivolo di saliva in un angolo della bocca. Immagini variopinte gli balenarono davanti agli occhi. Cos'è che aveva sognato? Cercò di ricordare, ma il sogno era già lontano.

Si sforzò di mangiare, ma non aveva fame, solo sete.

« Continui a non sentirti bene? » chiese la madre.

Arthur scosse la testa. « Hai degli antidolorifici nella borsa? L'armadietto è vuoto ».

Il padre si fermò con la forchetta a mezz'aria. « Tu prendi antidolorifici? »

« Ne ho presi due e basta ».

La madre si alzò, trovò la sua borsa e ne estrasse un blister. « Ecco, prendi questi due ».

« Grazie » fece Arthur.

« Vai a stenderti, allora? »

« Non lo so. Forse ». Arthur si avviò verso il corridoio.

« Ah, senti, che canzone era? »

« Canzone? »

« Sì, quella che hai canterellato per la metà della cena ».

Arthur si strinse nelle spalle. « Non mi ricordo, sarà qualcosa che ho sentito alla radio ».

La melodia gli girava senza sosta nella testa. Dove l'aveva sentita? Non alla radio, ne era sicuro. Non era una vecchia ninnananna?

Salì nella sua stanza e accese il computer. Il corpo quasi lo supplicava di poter dormire, ma quel desiderio non sarebbe stato esaudito, non prima che Arthur avesse mandato un messaggio a Raven. Non un messaggio lungo: *Ci sentiamo domani*.

X

Lei mi trova sulla riva del fiume, come tante altre volte.

Per poco non sobbalzo nel vederla arrivare, e cerco di nascondere il mio sorriso. Ma non è lei a voler parlare con me. Glielo leggo negli occhi, lo sento dalla voce. È come se lei non fosse lì, come se fosse stata trasportata altrove. Parla in una lingua che non conosco, eppure la capisco.

« Siamo i loro strumenti » dice.

Lei è la loro voce, io sono i loro occhi e orecchie.

La mia nuova vita non è un dono, ma una missione.

Lei si china lentamente su di me. Io l'accolgo con un abbraccio. So che quando si sveglierà non ricorderà nulla di ciò che mi ha detto. Non vuole sapere che cosa viene detto tramite lei, ma soltanto che accada. Il mio dio mi ha parlato.

E allora perché penso soltanto a lei?

Capitolo 10

La casa era silenziosa. Ben presto non avrebbe più potuto vedere la luna attraverso la finestra, e voleva dire che era arrivato il momento giusto. Aveva fatto stancare i suoi genitori fin quasi all'esaurimento. Era stato divertente tenerli svegli per diversi giorni, o piangendo e urlando oppure parlando e ridendo ad alta voce con se stesso nel bel mezzo della notte. I genitori erano soliti svegliarsi al minimo rumore, ma ora non più.

Non sopportava quei primi anni. Guadagnare faticosamente il controllo sul corpo, aspettare prima di poter parlare, venir nutrito a vasetti di omogeneizzati che facevano vomitare, ed essere costretto a portare vestiti scomodi che pizzicavano e pungevano. Non aveva pietà, e i genitori scontavano tutto ciò a caro prezzo. Era una guerra psicologica, combattuta tramite semplici condizioni. Se credevano che la pappa d'avena gli facesse venire il mal di pancia, che lo credessero pure, purché smettessero di dargliela. Quelli inoltre erano genitori alle prime armi, cosa che ben di rado migliorava la situazione: bastava un suo colpo di tosse a farli diventare quasi isterici. Si chiese che cosa avrebbero fatto se lo avessero scoperto quella notte. Era un rischio, ma doveva correrlo. Più ci pensava, più gli appariva ovvio. Se il suo sospetto era fondato, era un problema di dimensioni indefinibili. Era quasi sollevato di non poter contribuire ad affrontarlo.

Si tirò su, così da reggersi in piedi nel lettino.

La ringhiera era alta, e c'era un bel salto fino al pavimento. Il suo controllo fisico non era sufficiente per farlo atterrare con grazia: con un po' di fortuna sarebbe caduto sul sedere, ma probabilmente sarebbe atterrato di schiena. Non sarebbe stato molto piacevole, ma quello che lo preoccupava di più era il rumore. Fece un respiro profondo e scavalcò piano la ringhiera. Piombò giù di faccia; e avrebbe avuto voglia di pronunciare diverse parole mentre si rotolava di nuovo sulla pancia. Una volta, in futuro, doveva ricordarsi di ringraziare i genitori per il tappeto sul pavimento.

Gattonò silenzioso in corridoio. Era immerso nell'oscurità, e la porta dei genitori era aperta a spiraglio. Il russare del padre era del tipo sommesso, ma irritante abbastanza per chi rimaneva sveglio a sentirlo. Il cancelletto di sicurezza non era chiuso, per fortuna. Non lo chiudevano mai di notte. Gattonò fino alle scale, si girò di centottanta gradi e scivolò senza un suono lungo i gradini. Scendere era divertente, salire era peggio.

Sperava che il computer portatile fosse là dove il padre l'aveva lasciato la sera precedente. Altrimenti poteva andare tutto in malora, non aveva la possibilità di usare il computer dell'ufficio. Solo la costruzione di una scala di libri avrebbe richiesto ore, e se i genitori lo scoprivano era impossibile prevedere cosa sarebbe accaduto. Il pc stava sullo scaffale. Premette un tasto, e la macchina si accese come previsto. Emise un sospiro di sollievo e sorrise quando la password fu accettata. Nel corso degli anni era entrato in possesso di molte informazioni segrete, perché nessuno pensava che un bebè potesse capire quello che dicevano. Se avesse trascritto tutto, avrebbe avuto almeno cinque libri in testa alle classifiche di vendita, per non parlare di tutti i libri di storia che avrebbero dovuto essere riscritti. Il Network gli mancava. Tutto ora era diventato molto più semplice: si ricordava gli inizi, quando potevano passare molti decenni tra una risposta e l'altra, se si aveva fortuna. Adesso poteva usare un telefono o un computer, e la comunicazione era istantanea. Si collegò a un account amministratore: diversi messaggi lo attendevano nell'inbox, e ci volle molta forza di volontà per non aprirne nemmeno uno. Compose un nuovo messaggio, digitando lettera per lettera. Il testo ce l'aveva pronto in testa da molti giorni. La vita di Nathaniel Wilkins avrebbe preso una piega interessante nel prossimo futuro.

Una mezz'ora più tardi aveva finito, e aveva perfino potuto leggere alcuni degli altri messaggi. Il computer era al suo posto e si stava spegnendo, quando udì il cigolio di una porta. Riconobbe la madre dal suono dei passi, che si diressero in bagno. L'acqua dello sciacquone scrosciò attraverso i tubi, i rubinetti del lavandino vennero aperti e chiusi. Poi si udirono di nuovo i passi, e lui trattenne il respiro. Ovviamente la madre sarebbe andata a controllare.

Maledizione. Contò i secondi.

«Derek!» il grido della madre perforò il silenzio della casa.

Non poté evitare di trovare la cosa un tantino divertente, malgrado tutto. Cosa doveva fare adesso? Gattonò fino alla libreria e tirò fuori uno dei libri per bambini dallo scaffale alla sua portata. Al secondo piano si era scatenato il caos: la madre urlava al marito, correvano da una stanza all'altra, e finalmente si precipitarono giù per le scale. Lui si sedette con il libro davanti a sé, borbottò soddisfatto e fece un grande sorriso quando lo videro. Non ebbe nemmeno bisogno di simulare una risatina: la madre scoppiò a piangere dal sollievo, mentre lo sollevava e lo stringeva troppo forte. Il padre era più pallido di come lo era stato durante il parto.

Lui sperò di evitare di essere messo a dormire in camera con i genitori.

Era una speranza stupida.

XI

Sono un uomo.

L'inverno è arrivato e se n'è andato tredici volte. Noi adulti stiamo raccolti davanti al falò. Sto tremando. Lei compie due giri intorno a tutti, poi mi conduce via. La notte ha coperto il cielo e la dea del cielo è a malapena visibile dietro al mondo degli spiriti. Camminiamo insieme lungo la riva. La sua pelle è tanto morbida, il corpo è caldo. Preghiamo di avere molti figli e molte estati fruttuose. Le nostre mani restano intrecciate per il resto della nottata. Con i primi raggi del dio in volto, lei si stende sopra di me. Ha uno sguardo strano e continua a baciarmi. I nostri corpi si uniscono e lentamente lei si trasforma davanti a me. Mi guarda come non mi ha mai guardato. Sparisco nei suoi occhi, cerco le parole adatte ma non ne trovo nemmeno una che sia abbastanza grandiosa. Lei annuisce e mi posa un dito sulle labbra.

Quando scende la sera, un altro pensiero mi ha avvinto e non vuole mollare la presa. M'insegue, mi costringe a pensare e mi dà una paura che non ho mai avuto.

Che cosa vogliono gli dei da noi due?

Capitolo 11

Coordinare degli incontri non annunciati attraverso cinque fusi orari diversi non era semplice. C'era voluta quasi una settimana per trovare un'ora che andasse bene per tutti. Raven guardò l'orologio: ancora un minuto. Cominciò a digitare le venti cifre sulla tastiera del telefono. Tutti i membri del Consiglio avevano un accesso speciale al sistema, eppure Raven non era mai riuscita a scoprire com'era costruito, anche se era lei la responsabile della sicurezza del Network. Era uno dei tanti segreti di Gabriel e Anko, i fondatori del Network. Era un sistema efficace: era possibile chiamare diversi numeri gratis da tutto il mondo e se avevi il codice giusto potevi organizzare una teleconferenza oppure prendervi parte. Una volta ottenuto l'accesso, attraverso il sistema era anche possibile chiamare qualsiasi numero al mondo. Ogni membro del Network aveva il suo proprio codice per l'accesso, mentre i membri del Consiglio avevano un codice ulteriore per poter utilizzare alcune delle funzioni più avanzate.

La riunione di quel giorno si preannunciava molto diversa dal normale. C'erano solo due casi da discutere, ma entrambi erano così insoliti che per una volta tanto era impossibile prevedere l'esito dell'incontro. Il primo caso era la condizione di Eshu, l'altro era il messaggio di Gabriel. L'aveva spaventata: se quello che scriveva era vero, era un problema che esigeva provvedimenti immediati. La questione era come risolverlo.

Raven diede inizio alla conferenza. Brevi *bip* indicarono che anche gli altri si erano collegati.

« Hello » disse Raven.

« Dobroj noči ». Era la voce di Anko.

« Bom Dia » disse Mani.

Si udì il crepitio di una linea disturbata.

« Amon? » chiese Raven.

« Ma guarda, è in ritardo, che shock! » fece Anko.

Seguì ancora un *bip*.

« Achaa » disse piano Amon. Aveva il respiro pesante.

« Allora cominciamo » annunciò Raven, e passò come sempre all'egiziano antico.

« Suppongo che tutti voi abbiate ricevuto e letto il messaggio di Gabriel » disse Anko.

Tutti risposero « Sì ».

« Bene. Per farla breve, sembra proprio che l'informazione spedita da Gabriel sia vera » continuò Anko con una voce che rivelava come fosse tutt'altro che soddisfatta.

Amon e Mani cominciarono a parlare simultaneamente.

« Prima tu » disse Amon.

« Come ha fatto Gabriel a scoprire questa cosa? E come sappiamo che è vera? Sembra del tutto assurdo » disse Mani.

« Alla prima domanda dovrà rispondere Gabriel stesso quando ne avrà occasione. E assurdo o no... Io e Raven abbiamo controllato personalmente l'informazione » replicò Anko.

« Allora, cosa sappiamo delle ricerche di questo Wilkins? »

« Sto lavorando per riuscire a saperne di più » disse Raven.

« Lavorando come? » chiese Mani.

« Nel solito modo » rispose Raven.

Per un po' nessuno disse nulla.

« Questa informazione è riservata al Consiglio, vero? » domandò Mani.

«Sì, per il momento» rispose Anko.

«Quindi Eshu non ne sa nulla?»

«No, e per il momento è meglio che continui a non sapere» replicò Anko.

«Perché no?» chiese Mani.

«Perché in questo preciso momento si trova in una situazione in cui non dovrebbe venire a sapere nulla che possa influenzarlo» disse Anko.

«Sono d'accordo» disse Amon. «Questo non farebbe che confonderlo. Eshu è in fase di trasformazione, ma non sappiamo in cosa si sta trasformando».

«Né perché» aggiunse Anko.

«A me piacerebbe sapere che qualcuno è in grado di individuarmi in qualunque parte del mondo io mi trovi» dichiarò Mani.

«E che cosa ci faresti con questa informazione?» ribatté Amon. «Te ne andresti in giro a preoccuparti ancora di più? No, non è proprio il caso».

«Ma scusate, c'è una relazione ovvia tra il fatto che Eshu ha compiuto quattordici anni e che il suo segnale sulla mappa è potente come un faro. Se si togliesse la vita nel corpo in cui è ora, il faro dovrebbe spegnersi» fece notare Mani con una certa insofferenza.

«Sì, di sicuro tutti ci saremmo suicidati se avessimo compiuto quattordici anni» commentò Amon. Era difficile superare la raffinatezza del tono ironico affinatosi per diversi millenni.

«La questione non è cosa pensiamo che Eshu avrebbe scelto di fare, ma che lo lasciamo scegliere da solo» continuò Mani, ma senza molta convinzione.

«Eshu dovrebbe essere messo al corrente delle ricerche, ma non per forza subito» disse Raven.

«Non avete forse contatti frequenti?» chiese Mani.

«E allora?»

«Mi chiedevo come sta».

«Tutto nella norma, tranne che si sente stanco e sonnolento, ha bisogno di dormire molto, ha mal di testa ed è distratto e pensieroso» disse Raven.

«Eh, già, perché tutto questo è assolutamente entro i limiti della norma» commentò Amon.

Raven si schiarì la voce.

«C'è qualcuno che aspetta Bian Shen la settimana prossima. Se non va come previsto, possiamo supporre che le cose si stiano alterando per noi tutti» disse Anko.

«In che senso?» chiese Mani.

Nessuno rispose, ma tutti sapevano a cosa stavano pensando gli altri. L'idea di diventare adulti era al tempo stesso inquietante e seducente.

«Tra l'altro, anche Lilith sa di Eshu. Le ho chiesto di tenersi l'informazione per sé fino a che non sapremo se si tratta di un caso isolato oppure no» disse Anko.

A Raven non sembrò che ci fosse alcun motivo di menzionare che anche B. ne era al corrente.

«E lei è d'accordo?» chiese Mani.

«E chi lo sa?» rispose Anko. «È chiaro che è libera di fare quello che vuole, quando vuole. Ma non credo che dirà nulla. Sarà nello stesso stato d'animo nostro».

Raven non era sicura che tutti fossero nello stesso stato d'animo. Alcuni di loro avrebbero dato qualsiasi cosa per essere Eshu, nel caso fosse davvero diventato adulto. Quanto a lei, era contenta che non fosse una reale alternativa.

«Cosa facciamo con Nathaniel Wilkins?» domandò Amon.

«Possiamo eliminarlo, è la cosa più semplice» disse Mani.

«È una possibilità» disse Anko.

«Scherzavo» ribatté Mani.

«Sicuro?»

Mani cominciò a dire qualcosa, ma si fermò e ricominciò daccapo. «Per prima cosa, non possiamo ammazzare una persona perché ha scoperto qualcosa che anche altri possono scoprire in futuro. Secondo, cosa facciamo se quel tizio attira ancora di più l'attenzione su di sé? Cosa può accadere? Dal messaggio di Gabriel sembra di capire che è proprio l'attenzione che va cercando».

«Capisco cosa vuoi dire» replicò Anko, scoraggiata. «Ma è una possibilità».

«E se lo assumessimo al nostro servizio?» chiese Raven.

«E se non facessimo assolutamente niente?» suggerì Amon.

«Questa più che una minaccia è un'occasione» disse Raven. «Abbiamo la possibilità di individuare tutti quelli come noi. Dopotutto dall'ultimo controllo che ho fatto non risultavano quattrocentoventuno membri nel Network». Poteva essere una minaccia più che un'occasione, ma una volta tanto Raven era disposta a correre il rischio.

«In questo caso, come dovremmo procedere?» chiese Anko.

«E se gli parlassimo di Rilchned?» propose Raven.

«Nemmeno per sogno» ribatté Amon risoluto. «È un rischio stupido».

«È un rischio minore» commentò Mani.

«Sì, ma con conseguenze ridicole. Avanti, colleghiamo pure fra loro le due cose al mondo che possono far capire alla gente molto di più di quanto dovrebbe».

«E se tenessimo Rilchned al di fuori, ma ci servissimo delle loro risorse?» disse ancora Raven.

«Non puoi piuttosto usare alcune delle tue, di risorse?» chiese Anko.

Raven smise di giocherellare con il filo del telefono. « A cosa ti riferisci? »

« Penso a quel progetto a cui stavi lavorando qualche anno fa, in Svizzera... » rispose Anko, e lasciò la frase incompleta.

Raven fece finta di niente, ma dentro ribolliva. La Svizzera era stata l'inizio di tutto, ma come faceva Anko a saperlo? Aveva rivelato esattamente quanto sapeva, senza raccontare a Mani e Amon nulla di concreto.

Doveva rispondere qualcosa. Se il silenzio fosse proseguito, uno di loro avrebbe cominciato a fare domande.

« Ok. Ma a una condizione: lo faccio a modo mio ».

« Ehi, aspetta un attimo » fece Mani.

« O così, o usiamo Rilchned » disse Raven.

« Entrambe le cose sono fuori questione » dichiarò Amon. « Ci sono altre alternative ».

« Non far niente non è un'alternativa » obiettò Anko.

Qualcuno sospirò.

« Facciamo un compromesso » disse Raven. « Lasciatemi usare Rilchned solo con il nome ».

« E come? » chiese Mani.

« Userò il nome se può servire, ma solo se ci sono costretta » rispose Raven. « E farò in modo che non si trovino tracce, se qualcuno dovesse cominciare a cercare ».

Nessuno disse nulla.

Raven sapeva che Anko non avrebbe detto niente prima che parlasse qualcun altro, indipendentemente dalla propria opinione. Probabile che fosse soddisfatta. Aveva pianificato quella soluzione fin dall'inizio? E come faceva a sapere della Svizzera?

« Per me va bene » disse Mani.

Raven stessa non aveva alcuna intenzione di dire qualcosa.

« Fai rapporto a noi » disse Amon alla fine.

«Sì, certo» convenne Raven un po' troppo in fretta.

«Allora siamo d'accordo» disse Anko. «Ci incontriamo di nuovo tra due settimane. Credi che riuscirai ad avere qualcosa di pronto per allora?»

Raven ci pensò su. Aveva già un piano, ma non sapeva se si poteva portarlo a termine in due settimane. «Ne dubito, ma posso tentare».

«Ok, allora abbiamo finito» disse Anko.

Raven si distese sulla pancia. Le riunioni del Consiglio la stancavano sempre. Erano così diversi: vicini, in un certo senso, ma lungi dall'essere buoni amici. Ma forse era un vantaggio. Aveva spesso la sensazione che Anko controllasse la maggior parte di quello che veniva deciso nel Consiglio, ma neppure lei aveva potuto prevedere quello che era accaduto. E se doveva succedere l'impossibile, se tutti loro fossero diventati adulti, non aveva certo pensato di lasciarsi sfuggire l'occasione, questo era poco ma sicuro. Sicuro tanto quanto il fatto che tutti loro avevano i propri progetti per il mondo.

XII

Lei si alza di notte.

Mi sveglio al suono dei suoi passi. Tiene le mani dinanzi a sé, non sul ventre come fa di solito. Gli occhi sono persi nel vuoto e mi domando che cosa vedano. Mi metto davanti a lei, in attesa delle parole che arriveranno. La sua voce mi raggela. Parla di altri luoghi, altre tribù. Devo andare a cercarle, devo capirle.

« Giudicali meritevoli oppure condannali ».

« In che modo? » chiedo.

Non ottengo risposta.

« In che modo? » chiedo.

Una risata che non conosco trasforma il silenzio.

« Perché ».

Chiudo gli occhi davanti a quel sorriso che non è il suo. Lei cade fra le mie braccia e mi accorgo di tremare.

Capitolo 12

Il cortile della scuola era sempre molto più grigio dopo che aveva suonato la campanella. L'autista stava accanto al vecchio pullman rosso che veniva utilizzato per le gite. Sia lui che il mezzo sbuffavano fumo bianco nell'aria. Il professor Knudsen era in piedi davanti alla portiera e cercava come sempre i suoi occhiali nello zaino. La classe era sparpagliata, suddivisa nei soliti gruppi. Il bordo del marciapiede era duro come sedile, ma era sempre meglio che stare in piedi. Arthur scorse la playlist: aveva scaricato diverse canzoni nuove che voleva ascoltare, ma non ne aveva ancora trovata una da riascoltare fino alla noia.

Knudsen cominciò a leggere ad alta voce da un foglio e disse qualcosa circa la gita, ma era difficile leggere le labbra di uno che borbottava.

Le ragazze entrarono davanti, i ragazzi dietro. Geir gli fece un cenno di saluto, entrò e si sedette a metà del pullman, e Arthur si gettò sul sedile dietro di lui. Chiuse gli occhi e appoggiò la testa al vetro.

La voce di Knudsen si propagò con un suono metallico dal vecchio sistema di altoparlanti. « Il viaggio durerà quarantacinque minuti. Per il ritorno, ci incontriamo davanti all'uscita alle quattordici. Ripeto, alle quattordici. Ok, e adesso facciamo l'appello ».

Arthur si era quasi addormentato quando venne chiamato il suo nome. Buttò fuori un « Presente ».

Geir lo svegliò con un colpo sul braccio.

L'entrata al museo era decorata con bandiere cinesi e norvegesi e con grandi poster raffiguranti gli antichi guerrieri di terracotta. Arthur era già stato in quel museo in precedenza, e sperava che stavolta la mostra sarebbe stata più interessante. Sulla porta a incontrarli c'erano il padre di una delle ragazze della classe e la direttrice del museo. Il padre era vestito casual ma elegante, in jeans, camicia e blazer, e sembrava più giovane di quello che probabilmente era. La direttrice poteva avere quarant'anni, e aveva cercato di vestirsi adeguatamente per l'occasione. Knudsen la salutò con entusiasmo esagerato.

Con voce alta e sottile, la direttrice diede loro il benvenuto. Ripeté in continuazione quale occasione straordinaria avessero, grazie al signor Kristian Eriksen. Arthur sorrise tra sé: il *signor* Kristian Eriksen nascondeva bene la sua superiorità. Ammiccò a sua figlia Karoline, la quale sfoggiava un sorriso da un orecchio all'altro.

Furono condotti in una grande sala, dove file ordinate di sedie erano disposte davanti a un piccolo podio. In fondo alla stanza c'erano già un bel po' di persone. Alcune di queste fecero un cenno di saluto eloquente a Eriksen. C'erano manichini rivestiti di antiche armature cinesi, che brandivano la tradizionale lancia. Arthur avrebbe scommesso che fossero copie di armature datate attorno all'anno Mille, ma non ne era sicuro. Le volte in cui si era trovato in quei paraggi, era stato dall'altra parte del muro.

Alla classe fu detto di prendere posto sulle sedie. Eriksen andò dall'ambasciatore cinese, che stava in piedi assieme a suo figlio e ad altri due cinesi. Arthur ricordò di aver letto sull'invito che il figlio si chiamava Pei-Fu. Indossava un completo che sembrava di una taglia più grande, e aveva con sé uno zainetto che stringeva un po' troppo forte con entrambe le mani.

L'ambasciatore parlava con uno degli altri uomini. La voce era bassa, ma c'era qualcosa di estremamente aggressivo nel suo linguaggio corporeo. Arthur non poté sentire cosa diceva, ma a giudicare dall'espressione del volto l'altro uomo sembrava sia impaurito che arrabbiato, ed era chiaro che l'ambasciatore era scontento di lui. Quando Eriksen li raggiunse, l'ambasciatore cambiò del tutto atteggiamento, sorrise con calore a Eriksen e gli presentò suo figlio. Pei-Fu aveva tutta l'aria di voler essere altrove.

Dopo una breve introduzione, l'ambasciatore cominciò a parlare. Iniziò con alcune frasi fatte sull'importanza per le giovani generazioni di imparare dalla storia. Parlava un norvegese stentato, cosa che indusse uno di quelli seduti dietro, probabilmente Halvard, a scimmiottarlo a bassa voce. Questo provocò quasi uno scoppio di risa dalle retrovie, ma un'occhiata di Knudsen lo soffocò sul nascere.

Della mostra l'ambasciatore sapeva sorprendentemente poco. Sapeva quale periodo era rappresentato, da dove venivano i ritrovamenti più importanti e quali erano le perle della collezione, ma solo perché così c'era scritto sul foglietto che teneva davanti a sé. Strano, pareva irritato e indispettito dalle proprie scarse conoscenze.

« Per finire, vorrei presentarvi mio figlio, Pei-Fu. Ha la vostra stessa età e si è appena trasferito in questo paese. Purtroppo non parla norvegese. Io sono costretto a lasciarvi, ma rimarrà il mio assistente, Chen Hu, così che potrete fare domande a mio figlio ».

Tutti applaudirono educatamente. La direttrice ringraziò l'ambasciatore, che scomparve in corridoio insieme a Eriksen. L'assistente era l'uomo che Arthur aveva notato in precedenza. Non era molto contento di dover rimanere a rispondere alle domande di una scolaresca. Knudsen salì sul podio, lo salutò e scambiò qualche parola in inglese, poi salutò Pei-Fu.

« Ok, per le domande o chiedete direttamente in inglese, oppure posso tradurre io per voi, se non siete sicuri di qualche parola » disse Knudsen rivolto ad Arthur e al resto della classe. Poi si girò verso l'assistente. « Forse Pei-Fu vuole cominciare dicendo qualcosa di se stesso? »

Arthur tradusse a mente l'ultima frase in mandarino prima che lo facesse Chen. L'assistente formulò la domanda in modo un po' diverso da Arthur, che capì comunque con facilità cosa veniva detto. Ma c'era qualcosa di strano nel tono tra di loro, che non riuscì ad afferrare del tutto. Pei-Fu raccontò che si era appena trasferito in Norvegia e aveva cominciato alla scuola internazionale. Si chiedeva se dovesse imparare il norvegese, ma credeva che avrebbe dovuto prima imparare l'inglese.

All'inizio non ci furono molte domande. Geir chiese se leggeva fumetti, Elisabeth volle sapere che musica ascoltava.

Poi fu la volta di Elisabeth. « Avete voti a scuola in Cina? »

Arthur continuò a tradurre mentalmente, ma quando Chen rivolse la domanda a Pei-Fu, dapprima non capì. Si ripeté in silenzio la domanda di Elisabeth e comprese il motivo della propria confusione: l'assistente non aveva fatto la stessa domanda.

Pei-Fu abbassò gli occhi a terra e parlò a voce così bassa che Arthur quasi non riuscì a sentirlo: « *Ce la sto mettendo tutta per i voti, e intendo migliorarli* ».

« Sì, abbiamo i voti a scuola, e sono importanti per poter entrare in certi istituti » disse Chen.

« E tu, cosa ne pensi dei voti? » domandò ancora Elisabeth.

Di nuovo, la traduzione fu completamente sbagliata, e Arthur poté vedere come Pei-Fu lottava per trattenere le lacrime. Era evidente che l'assistente lo faceva apposta, solo per ferire Pei-Fu.

Anche Knudsen si accorse che qualcosa non andava, ma aveva l'aria di non saper che pesci pigliare.

Allora Arthur afferrò lo zainetto di Geir, tirò fuori un foglio e una penna e iniziò a piegare il foglio per farne un 'Inferno e Paradiso'.*

« Be'? » fece Geir, guardandolo meravigliato. « Cosa stai facendo? »

Arthur saltò su continuando a scrivere, e parlò in fretta e a voce alta. « Professore? Avrei una domanda, ma la vorrei fare direttamente io ».

Knudsen lo guardò confuso. « Ah, sì? »

« Ho sempre saputo che ai cinesi piace farsi predire il futuro, così ho pensato che magari potrei mostrare a Pei-Fu un tipico 'Inferno e Paradiso', come li facciamo qui in Norvegia » disse Arthur, e sorrise a Pei-Fu.

Era chiaro che Knudsen non sapeva bene cosa dire, e Arthur approfittò della sua esitazione per cominciare. Dall'ultima fila provenirono sbuffi e risatine.

Arthur si avvicinò a Chen tenendo in mano l'origami, e gli domandò in inglese di scegliere un numero. Chen scoccò un'occhiata confusa al professore, che spiegò esitante di cosa si trattava. La scelta cadde sul numero tre. Arthur mosse l'Inferno e Paradiso tre volte, e chiese all'assistente di scegliere ancora. Chen scelse nove. Arthur aprì l'origami e gli mostrò il suo contenuto. L'assistente indietreggiò, guardò Arthur e deglutì, poi fissò ancora una volta il carattere che significava 'slealtà'.

« Scelga un altro numero » disse Arthur, guardandolo negli occhi.

L'assistente aprì la bocca per dire qualcosa, ma le sue labbra si stirarono in una linea sottile.

* È quell'origami fatto a stella in cui si infilano i polpastrelli sotto le punte, e poi si apre e si chiude a seconda del numero desiderato rivelando lati di volta in volta diversi per indicare delle piccole 'profezie' all'interlocutore. (*N.d.T.*)

Arthur sorrise calorosamente. « Avanti, scelga un altro numero! »

Chen lanciò un'occhiata di sottecchi a Knudsen e poi a Pei-Fu. Lentamente indicò il numero cinque. Arthur gli aprì l'Inferno e Paradiso sotto gli occhi, gli mostrò il carattere per 'menzogna', lo richiuse immediatamente, si girò verso Pei-Fu e allungò la mano per salutarlo.

« Ni hao » disse.

Indicando e gesticolando, Arthur riuscì a spiegare a Pei-Fu che doveva scegliere un numero. Quattro movimenti, un nuovo numero, e Arthur aprì l'origami. Un sorriso si allargò sul volto di Pei-Fu, e le parole gli sgorgarono dalla bocca.

Arthur si girò verso Chen con un sorrisetto confuso. « Cosa dice? »

Chen si raddrizzò. Arthur sapeva esattamente perché esitava.

« Chiede se conosci la nostra lingua » tradusse Chen.

Arthur guardò Pei-Fu e scosse la testa. « No, non conosco la vostra lingua. Solo alcuni segni ».

Si girò verso l'assistente e gli fece discretamente l'occhiolino.

Su un foglietto scrisse il proprio indirizzo email e lo diede a Pei-Fu. « Magari ci possiamo scrivere più avanti? » Arthur mimò il gesto con le mani, indicando avanti e indietro tra sé e Pei-Fu. « Good luck » disse infine e fece un inchino profondo quanto bastava, solo a Pei-Fu.

Scese dal podio e gettò uno sguardo alla sua classe. Lo fissavano tutti come se non l'avessero mai visto prima. Ad Arthur scappava più che altro da ridere, ma con tutta probabilità avrebbero pensato che fosse pazzo. Avevano le facce pietrificate, colte in una comica espressione tra la curiosità e la sorpresa. Arthur si ficcò l'Inferno e Paradiso in tasca e si sedette.

«Cosa diavolo c'era scritto su quel tuo origami?!» chiese Geir.

Diverse facce si girarono e guardarono Arthur con aspettativa.

«Niente di speciale. Perché?»

«Non scherzare! L'assistente per poco non sveniva!»

Arthur sorrise. «Un piccolo trucco che ho imparato da un amico in rete».

«Dai, sul serio, cosa c'era scritto?»

Arthur si appoggiò allo schienale e incrociò le braccia. Nella stanza c'era uno strano silenzio. Alla fine il prof prese la parola e chiese se c'erano ancora domande, ma nessuno voleva dire altro.

La visita guidata andò molto più in fretta del previsto. Era una delle curatrici a illustrare la mostra, e lo fece con una tale ricchezza di dettagli che si sarebbe creduto fosse stata lei a crearla. Mescolava fatti storici e vita quotidiana in un modo che rendeva le digressioni interessanti al pari della storia stessa. Tutta la classe seguì con interesse.

A causa del traffico pomeridiano, Arthur fu l'ultimo della famiglia a tornare a casa. Quando arrivò, gli altri avevano appena cominciato a mangiare.

«Ciao Arthur, puoi prendere una caraffa d'acqua?» chiese la madre a bocca piena.

Arthur lasciò scorrere l'acqua dal rubinetto mentre si prendeva un piatto dalla credenza.

«In forno c'è della carne. È calda, stai attento» continuò la madre. «Hai avuto una buona giornata?»

«Siamo stati alla mostra al museo, quella sulla Cina» rispose Arthur servendosi della carne.

«Era oggi? Credevo fosse più avanti» disse la madre.

Arthur scosse la testa e si sedette al solito posto.

« Non c'era anche l'ambasciatore cinese con voi? » domandò il padre.

Arthur annuì con la bocca piena.

« Ho sentito dire che Kristian Eriksen ha mosso mari e monti per far arrivare qui la mostra » continuò il padre.

« Ah, sì? E come? » chiese la madre.

« Riuscendo a convincere le persone giuste. Evidentemente è una mostra molto richiesta in giro per il mondo » rispose il padre.

« Chi è sua figlia, me lo ripeti? »

« Karoline » rispose Arthur.

« Quella con i capelli lunghi e biondi? »

Arthur sospirò rassegnato. Quando si trattava di riconoscere nomi e volti, la madre era senza speranza. « No ».

« Forse dovremmo andare a vederla » disse il padre.

« La cosa migliore è fare una visita guidata, altrimenti può risultare un po' noiosa » suggerì Arthur.

Emilie appoggiò rumorosamente la forchetta sul suo piatto, facendo tintinnare la porcellana. « Non ne voglio più » annunciò scivolando giù dalla sua sedia.

« Conosci la regola: nessuno si alza da tavola fino a che tutti non hanno finito » disse la madre.

Emilie sbuffò, si arrampicò di nuovo sulla sedia e guardò irritata Arthur, il cui piatto era ancora quasi pieno.

« Oggi pensavamo di parlare delle vacanze » disse la madre.

I genitori discutevano sempre delle vacanze con loro, ma Arthur e le sue sorelle non avevano delle reali alternative. In estate c'erano sempre due viaggi obbligatori: la visita ai nonni a Bergen e sul Sognefjord, e due settimane in un luogo che non era mai molto lontano dalle frontiere nazionali, nei rari casi in cui uscivano dal paese.

« E dove si va, allora? » domandò Julie.

Il padre sorrise orgoglioso. «Abbiamo pensato alla Scozia».

«La Scozia?» ripeté Julie scettica.

«Abbiamo affittato una grande casa fuori da Edimburgo» continuò il padre.

«Andiamo prima a trovare il nonno e la nonna a Bergen, poi prendiamo l'aereo fino a Newcastle e proseguiamo verso nord in macchina» aggiunse la madre.

«Possiamo andare a Legoland invece che in Scozia?» domandò Emilie.

«No, tesoro, Legoland è in Danimarca, è un altro paese, ma forse possiamo andarci l'anno prossimo» rispose la madre.

«Lo so che Legoland è un altro paese!» esclamò Emilie offesa.

«Legoland non è un paese, è un parco» si intromise Julie con tono da saputella, sospingendo i resti del cibo nel piatto in modo da creare dei disegni nella salsa.

Emilie a momenti saltò su sulla sedia. «Sì, invece! Legoland è un paese, perché Line ci va per le vacanze» strillò. Come sempre, Emilie non era disposta ad arrendersi tanto presto.

«Legoland è un parco in Danimarca, e Line va in Danimarca» disse Julie.

«No, mamma, vero che Legoland è un paese?» Emilie guardò piena di speranza la madre, che scoccò un'occhiata a Julie.

«Legoland non è un paese, anche se il nome contiene la parola 'land'. Legoland è un parco di divertimenti che si trova in Danimarca, che è un paese».

Emilie rifletté. «E allora perché non possono andare a un parco di divertimenti qui?»

La faccia esasperata della madre fece sorridere Arthur.

« No, non è un comune parco di divertimenti, Emilie » spiegò la madre. « Dopo ti mostro delle foto, se vuoi ».

Emilie accettò soddisfatta, e chiese ancora di potersi alzare da tavola. Alla fine le venne concesso, a condizione che mettesse il suo piatto nella lavastoviglie.

« Che ne dite dei piani per le vacanze? » domandò il padre guardando Arthur e Julie.

« Mi sembrano buoni » rispose Arthur.

Secondo Julie poteva andare. Arthur sapeva che finché non si trattava di una gita in montagna con pernottamento in rifugio, tutto poteva andare per lei. Arthur aveva finalmente cominciato ad abituarsi all'idea che sarebbe rimasto vivo quell'estate, ma una parte di lui ancora opponeva resistenza. Non c'era niente che garantisse che la sua trasmutazione non potesse avvenire da un momento all'altro. Anche il pensiero che non dovesse trasmutare mai più gli si era affacciato alla mente, ma aveva cercato di reprimerlo.

Arthur rimise via il cibo. Prese una mela, andò nella sua stanza e controllò la posta. Ogni giorno inviava un breve messaggio a Raven. Era lei che aveva insistito, e lo aveva anche pregato di monitorare attentamente la sua salute. Fino a quel momento, quei 'giorni omaggio', come li chiamava lui nei suoi messaggi, non avevano portato con sé altro che stanchezza e mal di testa, cosa che rendeva la parola 'omaggio' forse non proprio adatta alla situazione. Raven voleva anche che Arthur si controllasse con l'aiuto di test cognitivi, ma lui si era rifiutato. Perché mai doveva farlo? Se stava per perdere la ragione, se ne sarebbe accorto anche senza test. Raven era come sempre atterrita all'idea che qualcuno potesse svelare il loro segreto.

La serata trascorse scaricando nuovi manga da internet e leggendo libri, oltre agli obbligatori minuti da dedicare ai compiti per casa. Fu solo a sera avanzata che gli venne in mente che ci potevano essere altri Bambini nelle vicinanze di Edimburgo, e scrisse un messaggio a Raven pregandola di controllare. Arthur non aveva niente in contrario a parlare a tu per tu con qualcuno in grado di capirlo.

XIII

Non mi sono mai sentito così impaurito, così impotente.

La sento, ma loro non mi lasciano entrare.

« Andrà tutto bene » dicono. « Questo non è nulla, per un uomo ».

All'improvviso un nuovo grido riempie l'aria. Lei dice che è una bambina. Io non riesco a non domandarmi se mi somiglierà.

La tengo per mano.

Quanto siamo piccoli e indifesi! Canto la canzone che ho composto per lei, la canzone che la attendeva. Lei smette di gridare, dischiude appena gli occhi. So che non ha importanza capire che cosa lei sia.

Io non posso fare altro che amarla.

Capitolo 13

L'estate procedeva bella, calda e con lunghe giornate luminose, eppure per Arthur ogni mattina era come l'inizio di un giorno d'autunno buio e un po' freddo, in cui il piumino assumeva magici poteri di persuasione e il cuscino era il miglior amico del mondo. I genitori avevano mormorato qualcosa a proposito dei profondi cambiamenti nel corpo degli adolescenti, e Arthur avrebbe voluto che fosse proprio quello a dargli tanta stanchezza e malessere. Ma nel suo corpo c'era qualcosa *che non andava*. Ogni mattina si svegliava annebbiato, a volte quasi con allucinazioni, come se il confine tra sogno e realtà fosse sul punto di dissolversi. Il mal di testa arrivava a ricordargli in continuazione quanto male dormisse. Andare a letto la sera era diventato un tormento. Il sonno non era più una fuga dalla stanchezza, ma una via per entrarci. Forse il suo corpo non era fatto per diventare adulto? E se non ce l'avesse fatta fisicamente?

Non mancava molto all'inizio delle vacanze estive. La scuola in realtà le aveva già cominciate ufficiosamente: tutti i compiti in classe importanti erano stati svolti, e perfino gli insegnanti avevano cambiato stile, anche se alcuni di loro ancora tentavano di mantenere un qualche grado di disciplina. Il giorno successivo sarebbero andati ancora in gita, stavolta nel bosco con il prof di scienze naturali. Arthur aprì gli occhi e fissò il soffitto. Erano appena passate le dieci, ma lui era a letto già da mezz'ora. Si girò su un fianco, chiuse gli occhi e tirò su le ginocchia.

Sentì che i genitori discutevano di qualcosa giù in salotto, ma le voci erano troppo lontane.

La pioggia stendeva un tappeto di tamburi sulla giungla, interrotto solo da qualche grido d'uccello. Arthur si voltò a guardare l'albero. Era più possente che mai. Appoggiò la mano sul tronco, un tronco che aveva visto accadere molte più cose di lui. Anche se tutti i bambini del villaggio si fossero tenuti per mano, non era certo che sarebbero riusciti a circondarlo. Arthur era seduto sulla cima, e lasciava vagare lo sguardo sul tranquillo mare di foglie che si allargava in tutte le direzioni fin dove poteva spingersi la vista. Il vento giocava a incidere disegni su quell'infinito tappeto verde. In lontananza si ergevano le montagne: lance bianche che segnavano la fine del mondo. Al di là c'era il mondo degli dei, dove ai mortali non era permesso entrare. Ricordava l'antica fede, sapendo al tempo stesso che si trattava di superstizione.

Sentì dei colpi contro il tronco dell'albero, che assunsero la stessa cadenza dei battiti del suo cuore. Si udì a malapena attraverso il vento un flauto che suonava. Il suono smorzato giungeva in riprese lunghe e sommesse. Nel suono si indovinava una melodia, ma la successione delle note era troppo lenta per riconoscerla. Infine Arthur la ricordò. Era una vecchia canzone per bambini. Le parole gli ritornarono in mente, una a una.

Io son qui e tu sei lì, ma che triste lontananza
incontrarci noi possiamo e colmare la distanza.
Vola in cielo, spicca il salto, col pensiero vola in alto
di' il tuo nome e pensa a me, sarò io a protegger te.

Arthur se la ricordava in diverse lingue, addirittura in ogni singolo idioma che conosceva. Dove aveva imparato quella canzone? Si appoggiò all'indietro e canticchiò tra sé e sé. A ogni parola il flauto aumentava di intensità, come se potesse udirlo suonare. Arthur aprì gli occhi e si guardò attorno. La foresta era sparita, e avrebbe potuto giurare di essersi appena svegliato da un sogno. I ricordi c'erano tutti ma erano annebbiati, come dopo essere stati strappati al sonno, ma in quel momento lui non era nel suo letto.

Davanti ai suoi occhi c'era un'enorme pianura che si stendeva piatta in tutte le direzioni. Il cielo era azzurro e quasi ricoperto da piccole nuvole. Qualcosa lo turbava. C'era troppo silenzio. Un silenzio innaturale, come se il paesaggio fosse isolato dal suono. Arthur non aveva dimenticato la canzone, si ricordava che esisteva in tutte le lingue di sua conoscenza. Ogni piccolo dettaglio del sogno era insolitamente nitido, e al tempo stesso tutto era fuori posto. Non poteva essere sveglio, ma era più sveglio che mai. Quel luogo era reale, ma anche del tutto assurdo. Scosse la testa: a sognare sapendo di sognare, ci era abituato. Ma quella era una sensazione del tutto diversa. Si pizzicò il braccio nell'infantile tentativo di svegliarsi, ma invano. Cosa stava succedendo?

La canzone gli si insinuò di nuovo nella testa. Doveva per forza significare qualcosa. Arthur ne ripercorse il testo, parola per parola. Qualcuno voleva incontrarlo, questo perlomeno era ovvio.

Vola in cielo, spicca il salto.

Arthur fece un balzo verso l'alto e cercò di volare. Non accadde nulla, se non che quasi arrossì del proprio tentativo.

Col pensiero vola in alto.

Significava che doveva pensare di volare? Arthur sedette sulla terra arida, chiuse gli occhi e cercò di sollevare il corpo. Stava quasi per rinunciare, quando il corpo perse qualunque peso e gli sembrò di essere sul punto di cadere. Aprì gli occhi, ed eccolo seduto compostamente a terra. Arthur conosceva bene l'effetto di trance e autosuggestione, e come fossero nati i miti sui monaci tibetani e la levitazione. In quel momento però lui non era in trance. Provò ancora una volta, e di nuovo quella strana sensazione di completa leggerezza. Strinse più forte gli occhi.

Di' il tuo nome e pensa a me.

Pensa a me? Chi era quel 'me'? E qual era il suo vero nome? Ora si chiamava Arthur, ma aveva scelto il nome di Eshu la prima volta che aveva fatto il suo ingresso nel Network. Alcuni Bambini si identificavano solo con il nome che si erano scelti da soli, ma lui non la pensava in quel modo. Entrambi i nomi erano lui in quel momento, ma non poteva dirli contemporaneamente.

Ne provò uno alla volta.

La sua voce non si udì. Arthur gridò, ma sentì a malapena se stesso, come se l'aria intorno a lui proteggesse quel silenzio innaturale. Provò a gridare ancora una volta. Pensò a persone che conosceva, cominciando con tutti i Bambini che riusciva a ricordarsi e continuando con le famiglie. Pian piano, nella sua testa si affollarono immagini di persone a cui non aveva pensato da lungo tempo. Alcune di quelle persone gli provocarono ricordi spiacevoli e dolorosi, ma più di tutto gioia.

Un soffio di vento lo accarezzò sul viso e lo spinse quasi ad aprire gli occhi. Il vento aumentò di forza, e all'improvviso giunsero nuovi suoni. Cominciò con un sussurro, centinaia di voci diverse parlavano tutte insieme. Arthur cercò di ascoltarne una per sentire cosa diceva, ma ogni volta una nuova voce si intrometteva e rendeva impossibile capire. Le parole si fecero più forti, eppure Arthur non riuscì ad afferrarle. C'erano al tempo stesso troppe voci che dicevano troppo. Stava per aprire gli occhi, quando tutte le voci si fecero chiare e vicinissime. Respiri gli sfiorarono l'orecchio, la nuca e la gola, e tutto il corpo ebbe un sussulto di sorpresa.

Arthur fissò il suolo sotto di sé.

La sensazione di essere senza peso sparì, e subito ebbe inizio la caduta. Arthur non sapeva perché lo sapesse, ma quello non era un normale sogno. Se si fosse schiantato a terra, sarebbe morto. Chiuse gli occhi e cercò ancora di fluttuare, ma era impossibile. Tese il corpo e allargò braccia e gambe, distese ogni singolo dito delle mani e dei piedi. Il vento lo frustava e lo strattonava con braccia invisibili che volevano rovesciarlo, fuori controllo, ma Arthur tenne a bada la paura canticchiando la canzone. Fece un mezzo salto mortale in aria e si guardò intorno, poi rivolse di nuovo il corpo verso la Terra. Niente poteva salvarlo. Il suolo era un ragno che lo voleva intrappolare nella sua rete. Arthur espirò e chiuse gli occhi.

Tutte le voci si fecero limpide come il cristallo. Udì lingue che da tempo aveva dimenticato. Ogni voce parlava il proprio idioma, ma tutte dicevano la stessa cosa. Una parola gli risuonò nella testa: *Guardiano*.

XIV

Loro la amano.

Mi fanno paura.

Li abbiamo sempre consigliati bene, insieme o uno per volta. Ma non posso cambiarli, adesso me ne accorgo. Quando mi guarderanno, continueranno sempre a vedere qualcos'altro, solo perché sono nato diverso. Che pensino pure quel che vogliono, a me non importa. Sono altre le cose che mi preoccupano. Ogni sera invio le mie preghiere. Quando ce ne andremo? Dove andremo? Non arriva mai nessuna risposta. Restiamo qui finché vuole lei.

Venerano mia moglie sempre di più.

Le storie si sviluppano da sé, ormai non ha più importanza se siano vere o meno. La sua fama è dilagata al di fuori del nostro villaggio. C'è chi viene da lontano, solo per vederla. Lei tratta tutti allo stesso modo, non fa promesse, ascolta e basta.

Vorrei che smettesse, che smettessero. Ma non è da lei, e non è da loro.

Capitolo 14

Era fin troppo facile. Bastava premere un tasto, e mille computer rispondevano con la velocità della luce. Raven inviò a tutti lo stesso comando e vide come lentamente ma inesorabilmente la capacità di cui il sito web aveva bisogno per funzionare veniva risucchiata via. Ben presto sarebbe stato impossibile comunicare con quasiasi entità che avesse lo stesso indirizzo IP del sito. Raven sorrise tra sé: era solo con l'aiuto della tecnologia che commetteva i crimini perfetti, quelli che non erano mai avvenuti. O che nessuno era in grado di provare. Certo, chi aveva programmato i sistemi informatici aveva piani di riserva per simili evenienze: di lì a qualche secondo avrebbero tentato di collegarsi al server secondario. E quello sarebbe stato accessibile, come previsto. Con la piccola, notabile eccezione che era sotto il completo controllo di Raven, e danzava solo al ritmo della sua tastiera. Lei non si faceva alcuno scrupolo di rubare a gente che si approfittava delle miserie altrui. Frodi fiscali, spaccio di stupefacenti, riciclaggio di denaro sporco, truffe telematiche... i criminali avevano abbracciato la tecnologia con la consueta creatività tipica degli opportunisti. Su questo piano, le autorità erano talmente indietro che c'era da piangere.

Somme, numeri di conti correnti e codici apparvero sul suo schermo. Raven sommò le cifre, canticchiando soddisfatta: quasi venti milioni di euro furono trasferiti a conti che aveva aperto con nomi diversi. In passato avrebbe formulato una piccola preghiera per tutte le teste che sarebbero cadute in conseguenza di ciò che stava facendo, ma ora non più. Era l'ironia del destino che molte volte, nelle sue numerose vite, Raven avesse rischiato la fustigazione per aver rubato un tozzo di pane, o l'amputazione di una mano per aver sottratto una mela. Non era altrettanto emozionante starsene seduti sul proprio letto e rubare quanto bastava per sfamare un piccolo stato per un lungo periodo. Esistevano ancora dei rischi, ma erano gestibili.

Non era soltanto brava in quello che faceva: era la migliore. Be', perlomeno tra i migliori. Ma non era ancora riuscita a penetrare il sistema di sicurezza nel cuore del Network. Questo la infastidiva, ma solo un poco. Trovava curioso che qualcosa che era cominciato come una necessità per sopravvivere si fosse sviluppato fino a diventare sia un lavoro che un hobby. Raven si sentiva bene nel ruolo di Robin Hood, anche se quest'ultimo in confronto a lei era un dilettante. Nell'arco degli ultimi anni, Raven aveva rubato ormai più di un miliardo di dollari. Tutti soldi presi a gente che meritava di vivere in povertà e in prigione, o forse nemmeno quello. Alcuni di loro pagavano anche con la vita.

Raven non era un'ingenua: ogni furto commesso aveva delle conseguenze. I trafficanti di droga non prendevano alla leggera simili perdite, e si doveva sempre trovare un capro espiatorio. Persone innocenti ci andavano di mezzo. Anche bambini, il cui unico peccato era di avere un padre o una madre criminale. Raven faceva quello che poteva per evitare casi di quel genere, e faceva in modo che i soldi da lei trafugati andassero ad aiutare altre persone. In un mondo dove molti sostenevano che ogni singola vita umana fosse inestimabile, c'era tuttavia una bella differenza tra teoria e pratica. Ma il mondo era quello che era, e anche se l'idealismo aveva un suo valore, il pragmatismo era meglio.

Il mondo era brutale. Lo era sempre stato. Da quando l'uomo era stato in grado di desiderare e manipolare, la sete di potere aveva percorso il tessuto della storia come un filo rosso. E alcuni facevano qualsiasi cosa per ottenerlo.

Raven aveva cominciato rubando dalle tasche. Una bambina, sola, triste e incapace di ritrovare la sua mamma, ma che con facilità sganciava un borsellino da una cintura. Che sgusciava su tetti e pavimenti, si arrampicava su ripide pareti. Tutto ciò l'aveva imparato in un tempo che il mondo ormai aveva dimenticato. In seguito aveva scassinato serrature, aperto casseforti, disconnesso allarmi, a seconda di quello che richiedeva l'epoca in cui si trovava a vivere. Rubare rendeva più semplice vivere meglio, ma più spesso ad attirarla erano l'eccitazione e le difficoltà da superare, sia sul piano tecnico che su quello umano. Perfino ai nostri giorni, dove tutto ciò che le serviva era un computer, la capacità di ingannare le persone era essenziale. Qualcuno la chiamava l'arte dell'ingegneria sociale. Raven aveva senza dubbio un'esperienza sufficiente.

Spesso erano state le circostanze a offrirle occasioni di cui non aveva potuto fare a meno di approfittare. La sua madre precedente era uno dei principali progettisti dietro a uno dei sistemi che tenevano collegate fra loro le banche di tutto il mondo. Era una miniera d'oro di informazioni a cui Raven difficilmente avrebbe potuto accedere altrimenti. Ed era cominciato in Svizzera. Le sarebbe piaciuto sapere come Anko l'aveva scoperto. Ma se non fosse stato per quell'unica circostanza casuale, non avrebbe mai potuto mettere insieme un piano tanto complesso. Aveva ricontrollato tutto due, tre volte. Tutto era pronto, restava solo da mandare una mail e fare una telefonata, e avrebbero avuto i satelliti a disposizione per il resto dell'anno, e l'opzione di un nuovo contratto per l'anno successivo.

Era costato molto di più del previsto, quasi cinquanta milioni di dollari, la maggior parte della sua disponibilità liquida. Diversi progetti in Africa dovevano essere rimandati a causa di quel prosciugamento delle finanze. Ancora più irritante era essere dipendenti da quel Nathaniel Wilkins. Raven si era impadronita degli algoritmi e delle formule matematiche dietro al suo lavoro, ma non ci aveva capito nulla. Era come se il lavoro fosse ancora incompleto. Mani e Amon erano sempre contrari al coinvolgere Rilchned, ma a giudicare dalla personalità di Nathaniel non sembrava che avessero altra scelta: Wilkins era disperato, questo sì, ma non era il tipo da lasciarsi convincere con il denaro. E poi avevano bisogno di lui, non solo del suo sistema. Raven non aveva ancora trovato alcun legame tra Nathaniel ed Eshu, e con ogni probabilità non ne esisteva nessuno. Ma se Eshu fosse diventato adulto, doveva avere il sistema di Nathaniel pronto a sua disposizione: allora finalmente i Bambini avrebbero avuto la possibilità di influenzare il mondo in modo totalmente diverso. Se si fossero messi d'accordo, beninteso.

A Eshu sarebbe toccato l'enorme lavoro di rintracciare tutti quelli che non facevano già parte del Network. Quattrocentoventuno persone erano state registrate dal sistema di Nathaniel. Di questi erano riusciti a identificarne centocinquanta attraverso le informazioni che i Bambini inserivano essi stessi nel sistema del Network quando vi accedevano per la prima volta dopo Bian Shen. Il Network aveva duecentonovantatré membri, dunque ne mancavano ancora molti, se erano soltanto i Bambini a essere rilevati dal sistema di Nathaniel. C'era la possibilità che alcuni di loro si fossero tenuti volontariamente lontano dal Network, che non fossero interessati a entrare in contatto con qualcuno nella loro stessa condizione, ma Raven lo trovava poco probabile. Erano spesso coincidenze fortuite che portavano a scoprire il Network o a esserne scoperti. Indovinare la sua esistenza era difficile, anche se erano ormai tre secoli che i Bambini disseminavano indizi.

Erano passati più di centocinquant'anni da quando Raven stessa era diventata membro, e se lo ricordava come se fosse stato ieri. Si trovava a Parigi, era la figlia di un altolocato professore di teologia, ben noto nei migliori circoli della città. Era un normalissimo giorno d'estate, e Raven stava facendo una passeggiata con la sua tata quando aveva visto un bambino della sua età che parlava con ragazzini di almeno tre, quattro anni più grandi. Erano ragazzi di strada, o forse solo poveri, ma qualcosa in quel bambino aveva suscitato il suo interesse. Per cominciare, gli altri ragazzini lo guardavano con un'attenzione insolita: sui loro volti c'era un rispetto che testimoniava una lealtà superiore a ogni altra cosa. E poi c'era qualcosa che non andava nell'accostamento dei suoi vestiti: aveva l'aspetto di un bambino di strada, ma con un che di artificiale, come se vari dettagli fossero stati collocati al loro posto intenzionalmente. Quando i loro occhi si erano incontrati, Raven non aveva più visto un comune bambino di strada. Nessuno dei due aveva distolto lo sguardo fino a che qualcuno non era passato in mezzo a loro.

Lui l'aveva seguita per il resto della giornata, senza allontanarsi mai tanto da impedirle di sapere a ogni momento dove si trovasse. Dal canto suo, Raven aveva fatto in modo che lui capisse che lei sapeva dov'era. Un piccolo cenno, un gesto della mano, un occhiolino. Un po' per volta il ragazzino aveva reso sempre più difficile farsi trovare. Alla fine Raven lo aveva perso di vista, anche se era sicura che lui la tenesse ancora d'occhio. Lei avrebbe potuto scappare alla tata. Doveva parlare con quel bambino, qualunque fossero state le conseguenze. Quel giorno lui non era ricomparso, ma Raven non dubitava che sarebbe tornato da lei.

Erano trascorsi due lunghi giorni prima di rivederlo.

Era accaduto al parco. Era giorno di mercato, e persone di tutte le provenienze sociali si godevano il sole. La madre l'aveva portata fuori assieme alle sue sorelle, ed erano sedute tutte insieme sull'erba a mangiare, quando all'improvviso il ragazzino si era materializzato, appoggiato a un albero. L'elegante vestito nero e il suo portamento le avevano fatto pensare che assomigliava più a un re o a un imperatore che a un bambino. Quasi non lo aveva riconosciuto. Lui le aveva sorriso, aveva dispiegato con eleganza un plaid in aria e lo aveva fatto atterrare sull'erba verde. Raven si era staccata dalla madre con una scusa e si era avvvicinata pian piano a lui.

Ricordava ancora la prima cosa che lui le aveva detto: « E che cosa farai da grande? »

Lei lo aveva guardato a lungo prima di rispondere. « Mi prenderò la rivincita per tutti gli anni da bambina ».

L'aveva rivisto la notte successiva. Con uno zaino in spalla, alla luce della luna fuori dalla finestra, era come ritagliato da una fiaba.

Erano stati i quattro anni migliori che avesse mai vissuto.

XV

L'ultima lancia ne ha colpito uno al ventre. Lui barcolla all'indietro fino ad accasciarsi in una pozza di sangue.

Impugno il coltello. Gli altri rallentano un poco, poi proseguono verso la cima. So che cosa vogliono, ma non posso permettere che la prendano. Non posso permettere che le facciano ciò che vogliono farle. Non è destinata a loro. A loro il suo potere non servirà. Sento il suo sguardo puntato sulla mia schiena e so che se mi volto sarò perduto. Ma non posso lasciare che la prendano.

La mia mano vive di vita propria. Mi costringe a girare, mi fa piroettare come una trottola. Non c'è alcun rumore. Il coltello non incontra alcuna resistenza. Il liquido rosso e caldo mi brucia la pelle, brucia come fuoco mentre cola giù.

Mi avvento su di loro.

Devo spegnere questa risata.

Capitolo 15

La terra era fredda sotto i suoi piedi nudi. Uno sbuffo di vento lo colpì sulla schiena, come se volesse sospingerlo. Arthur aprì gli occhi e fece un piccolo passo avanti per mantenere l'equilibrio. Si trovava su un altopiano. Non c'era niente, solo piccoli sassi. Attorno si stendeva un mare di nebbia fin dove si poteva spingere lo sguardo. Il cielo era azzurro intenso e sembrava quasi una tela dipinta, con nuvole che assomigliavano a quelle dei cartoni animati. Un uomo apparve d'improvviso all'estremità opposta dell'altopiano, e per un attimo parve levitare in aria. Dava le spalle ad Arthur, e teneva le mani dietro la schiena.

Arthur non fece il minimo rumore mentre camminava verso di lui. L'uomo aveva capelli ricci grigio argento, ed era vestito di una tunica che il vento gli faceva aderire al corpo. Teneva unite le mani grinzose, in atteggiamento pensoso. Le dita dei piedi si piegavano appena oltre l'orlo dell'altopiano, come le zampe di un uccello su un ramo.

Arthur gli si fermò di fianco, a una certa distanza e lo guardò. C'era qualcosa di stranamente familiare in quella figura.

«Ce ne hai messo di tempo ad arrivare» disse l'uomo. «Ti aspettavo prima».

La voce era chiara, con una bizzarra sonorità, come se ogni suono fosse accompagnato dalle sue note più alte e più basse. Si girò verso Arthur e si allontanò un poco dall'orlo dell'altopiano. Era alto, superava Arthur di quasi due teste, e aveva un volto senza età, con una barba dello stesso colore dei capelli. Le sopracciglia erano cespugliose quanto la barba e quasi si congiungevano al di sopra del naso. Il suo sorriso era caloroso e rivelava denti bianchi come perle, ma il viso non era bello: i lineamenti erano troppo asimmetrici, troppo grezzi. Al tempo stesso era come se negli occhi mancasse qualcosa. Gli faceva venire in mente un uomo che non era nato cieco, ma che aveva perso la vista col tempo.

«Chi sei?» chiese Arthur.

«Non ho un nome vero e proprio. Puoi chiamarmi come vuoi».

«Cosa sei, allora? E dove siamo? È un sogno questo?»

L'uomo si avvicinò di qualche passo. «Per cominciare dalla domanda a cui è più facile rispondere: no, questo non è un sogno, non più. Era cominciato come un sogno, perché è il modo più semplice di stabilire il contatto la prima volta. Ma in questo preciso istante non stai sognando. Al tempo stesso sei disteso nel tuo letto. Il paesaggio in cui ci troviamo proviene dalla tua testa, proprio come in un sogno, ma non sei tu a controllarlo».

L'uomo teneva ancora le mani dietro la schiena, ma ora con il suo portamento ritto ricordava piuttosto un alto ufficiale.

«Dove siamo è un po' più complicato da spiegare. In realtà non siamo in nessun luogo. Tutto ciò che è intorno a te sono immagini mentali. Si può dire che questo luogo è quello in cui hai pensato che dovesse avvenire il nostro incontro. Ci incontriamo qui perché preferiamo comunicare in questo modo. Pensalo come un mondo virtuale».

Dove aveva già sentito quella voce? Arthur lo guardò senza dire niente. Era come se dall'uomo emanassero dei sentimenti verso di lui. Riconobbe qualcosa che ricordava l'orgoglio, forse il sollievo.

«Rimane la domanda su cosa sono io. Non sono un dio, nel caso lo stessi pensando. E non sono neppure vivo nel modo in cui lo sei tu. Io sono il Guardiano. È il titolo che mi hanno dato. Il vostro creatore mi ha affidato l'incarico di controllare che le cose funzionino come previsto».

Arthur tentò di fare ordine tra tutte le domande che gli si affollarono nella testa.

«Puoi pure definirmi un alieno, ma a voler essere precisi sono i miei creatori a essere extraterrestri. Io sono sempre stato un abitante della Terra». E fece l'occhiolino con aria da monello.

Arthur si sedette, temendo che le gambe non l'avrebbero sostenuto. «È ridicolo. Questo è un sogno. Tra un attimo mi sveglio».

«Non è un sogno, anche se puoi svegliarti da un momento all'altro. D'altra parte, un momento qui non è come un momento lì, quindi abbiamo tutto il tempo».

Arthur era irritato con se stesso. Quella era la punizione per aver rimuginato troppo prima di addormentarsi. Andò fino al bordo dell'altopiano e si mise nella stessa posizione in cui l'uomo era stato prima, con le dita dei piedi oltre l'orlo.

«Non ti consiglio di saltare da lì. Non correre il rischio pensando che riuscirai a volare, perlomeno non nella tua attuale condizione».

Arthur sentì come lo strapiombo apparentemente senza fine metteva a dura prova il suo equilibrio. «Cosa intendi dire, nella mia attuale condizione?»

«Tu hai paura. Non sai nulla di cosa sta succedendo, e neghi che stia accadendo. Sei qui, ma non vuoi esserci. Non hai idea di quanto tempo ho impiegato per farti arrivare fino a qui. Lo sai che questo non è un sogno, ma al tempo stesso fai il possibile per convincerti del contrario. Stai combattendo con te stesso, dunque non puoi vincere».

Quell'uomo lo irritava tanto da fargli venire voglia di saltare sul serio.

« Non abbiamo tempo per questo » continuò. « Non ti ho fatto venire qui per divertimento ».

Si guardarono. L'uomo aveva sul volto un'espressione vuota che nessun essere vivente sarebbe riuscito a imitare. Arthur ripensò a quel che gli aveva detto: se quello era un sogno, allora stava parlando con se stesso, e le regole in vigore erano le sue proprie. Si sedette e chiuse gli occhi. Lentamente, si concentrò su ogni elemento che poteva percepire attraverso i sensi, per poi ignorarlo del tutto. Alla fine eliminò anche il suolo, ma sentiva ancora di essere seduto. A dire il vero il suo corpo ora si trovava sospeso in aria, ma non sembrava privo di peso.

Aprì gli occhi. Non c'era nulla da vedere, ma al tempo stesso poteva percepire lo spazio intorno a sé in modo strano. Il mal di testa lo aggredì di colpo, inviandogli ondate di dolore attraverso il corpo.

« Però. Non pensavo che saresti riuscito a fare una cosa del genere tutto da solo ». La voce proveniva da tutte le direzioni e da nessuna. « Hai eliminato tutti gli elementi che vengono da te stesso, ma io non sono in te. Tu puoi tentare di chiudermi fuori, ma io posso entrare lo stesso ».

« Tu sei in me, io sto parlando con me stesso ».

« Io non sono in te. Lascia che te lo dimostri ».

« Come potresti dimostrare qualcosa? O tu sei una parte del mio cervello malato, o ti ci sei introdotto in qualche modo. In entrambi i casi, sai quello che so io, e puoi formare la mia realtà come vuoi. Non è possibile per me fidarmi di quello che dici ».

« Allora chiedimi qualcosa che tu non puoi sapere e di conseguenza non puoi controllare nella realtà ». Il Guardiano sembrava quasi allegro, come se stessero giocando.

« Non capisco ».

«Chiedimi la risposta a qualcosa che ancora non è successo, qualcosa che tu non puoi sapere».

«Questo non prova nulla. Se tu sei dentro la mia testa, puoi farmelo dimenticare».

«Comincio a pentirmi di aver scelto te. Se non riesci a trovare una domanda, ti ho sopravvalutato».

Arthur ci pensò su. «E va bene: cosa succede nella prossima edizione di *Naruto*?»

«Cos'è *Naruto*?»

Era uno dei suoi manga preferiti. Veniva pubblicato a cadenza settimanale in Giappone, e c'erano state allusioni al fatto che il numero successivo avrebbe contenuto grandi rivelazioni. L'uomo ebbe bisogno di una lunga spiegazione, compreso come Arthur faceva a procurarsi quelle storie. Ma più parlava, più la sensazione di trovarsi in un sogno diminuiva.

«Ok, in condizioni normali non avrei la possibilità di farlo» disse l'uomo, «ma questo è uno di quei casi in cui ho il permesso di infrangere le regole».

«Quali regole?»

«Non mi è permesso darti informazioni dal mondo reale».

«Perché no?»

«Sono stato creato così. Un momento».

Il tempo passò, lentamente. Arthur non sapeva quanti minuti fossero trascorsi prima che la sua pazienza si mutasse in frustrazione. Il mal di testa c'era ancora, ma per fortuna si era fatto meno intenso. Provò a fare di tutto per svegliarsi, ma nulla funzionò. Alla fine richiamò alla mente l'immagine dell'altopiano. Gli sembrò che avere una montagna sotto i piedi non fosse mai stata una sensazione tanto bella. Perfino il mal di testa si alleggerì.

Arthur stava sul bordo e guardava giù, quando l'uomo comparve di nuovo, all'improvviso come prima.

« Ho la risposta alla tua domanda » annunciò con un sorriso soddisfatto.

« E...? »

« Non ti sarà rivelato niente, perché l'eroe riesce a fuggire ».

Arthur fece spallucce. Era una risposta a cui chiunque sarebbe potuto arrivare da solo. « Ok. Da quanto tempo siamo qui dentro? »

« Molto meno di quanto tu creda. Qui il tempo funziona diversamente ».

« Come faccio a uscire? »

« Lascia che ti spieghi perché ti ho portato qui ».

« Forse esisti veramente, ma non significa che mi fido di te. Non so che cosa vuoi, ma prima voglio sapere come faccio a uscire da qui ».

« Può darsi che rimpiangerai questa scelta. Non è facile farti rientrare, senza insegnarti come funzionano le tue nuove forze ».

Ad Arthur venne voglia di assestargli un bel calcio. « Risparmiami la predica. Mi hai fatto entrare una volta, quindi lo puoi fare di nuovo ».

L'uomo chiuse gli occhi e sparì. Per un pezzo non accadde nulla. Di colpo le immagini balzarono fuori intorno a lui, fluttuanti nell'aria, vive in un modo che nessuna immagine televisiva poteva eguagliare. Gli si raccolsero intorno e si fusero l'una con l'altra. Arthur non aveva mai visto niente di simile: erano disegni pulsanti, e a ogni pulsazione il significato cambiava. Lo capiva, ma non riusciva a esprimerlo in parole. Era una lingua che non sapeva esistesse. Le immagini lo avvolsero in un vortice sempre più rapido di colori e figure.

« Guarda i motivi fin quando riesci a distinguere la sequenza che si ripete. Quando sarai in grado di ricordarla, saprai quello che devi fare sia per entrare che per uscire ».

Le normali percezioni di spazio non avevano più alcun significato. Era una giostra alla rovescia: Arthur stava immobile mentre il mondo gli turbinava intorno. Era come leggere sapendo al tempo stesso di non capire cosa ci fosse scritto. A poco a poco cominciò a riconoscere i disegni.

Faceva freddo.

Arthur stava disteso sul piumino, con un braccio e una gamba fuori dal letto. Il cuore gli martellava all'unisono con il mal di testa. Aveva la lingua secca, e deglutì diverse volte per scacciare quella sensazione. L'orologio segnava le 04.35. Arthur sbatté le palpebre, e strani ghirigori gli rimasero impressi sulla retina.

Cosa aveva sognato?

A braccia tese si guardò le mani, aprendo e chiudendo le dita, che tremavano a un ritmo silenzioso. Lasciò il letto e sentì che le gambe si comportavano come le mani. La borsa della madre era in cucina: Arthur prese le ultime due aspirine e trovò un bicchiere nella credenza. Fece scorrere l'acqua, ma non riuscì a sentire se era calda o fredda.

«Cosa fai alzato a quest'ora?»

La madre era in piedi nel vano della porta. Arthur si girò per rispondere, ma l'espressione che le lesse in volto lo bloccò.

«Oh, mio Dio» fece lei.

Arthur richiuse il rubinetto. Qualcosa non andava, ma non sapeva cosa. La madre si avvicinò e gli mise una mano sulla fronte. Perché non poteva avvertire caldo e freddo?

La madre gli prese il polso e cominciò a misurargli il battito cardiaco. «Stavi poco bene quando sei andato a letto?»

Arthur scosse cautamente la testa. « No, avevo solo un po' di mal di testa ».

« Hai preso delle pastiglie prima di dormire? »

« No ».

« Ti fa male da qualche altra parte oltre alla testa? »

« Potrei stare meglio ». Arthur cercò di sorridere.

« Andiamo al pronto soccorso ».

« E perché? »

« Perché hai la febbre alta, sono giorni che hai mal di testa e il tuo polso batte all'impazzata ».

Arthur sapeva che la madre aveva tralasciato di dire qualcosa. « Ma non mi sento poi così male ».

Lo disse, ma non era sicuro di pensarlo veramente. Non si sentiva bene, ma non era certo una catastrofe. I dolori nella testa non erano niente rispetto a quello che aveva provato in passato. La madre sparì in camera e svegliò il padre, che venne fuori cercando a tentoni di infilare un braccio nella manica della vestaglia. Guardò Arthur e, anche se riuscì a nasconderlo bene, la sua espressione rispecchiò quella della madre.

« Che c'è? » chiese Arthur.

« Come 'che c'è?' » ribatté lei.

Arthur li guardò con aria assente. Andò in bagno e fissò la sua immagine allo specchio: gli occhi erano un reticolo di capillari rossi, la faccia grigio cenere. Avrebbe potuto essere truccato per Halloween. Si riconobbe a malapena. Qualcosa gli solleticò l'interno del naso. Piccole gocce rosse schizzarono sul lavandino. Arthur fece appena in tempo a chiudersi le narici prima che il sangue cominciasse a colare. Prese della carta igienica, la appallottolò e se la ficcò nel naso.

« Mettiti dei pantaloni e un maglione e andiamo » disse la madre, già vestita.

Il percorso in macchina fu poco piacevole. La vista di

se stesso non aveva diminuito il malessere nel corpo. Doveva per forza essere legato al fatto che Bian Shen non si era verificato. Per la prima volta aveva compiuto quattordici anni, e per la prima volta si era ammalato. Appariva sempre più probabile che in lui ci fosse qualcosa di seriamente sbagliato. Non gli piaceva pensarci, e domande gli affioravano alla mente: e se all'improvviso c'era qualcuno o qualcosa che faceva in modo di tenere vivi i Bambini? Stava per diventare adulto, in un suo modo strano, o stava per morire per sempre? Quando finalmente entrò in ambulatorio aveva ripreso colore in viso e gli occhi erano solo un po' arrossati, ma il mal di testa permaneva. Il medico fece qualche domanda e gli fece un prelievo di sangue per un controllo. La febbre non era tanto alta da costituire un pericolo, così poterono ritornare a casa.

La madre lo accompagnò fino in camera.

Arthur chiuse gli occhi. Per un qualche motivo, l'idea di dormire lo spaventava tanto quanto il pensiero di essere malato.

XVI

In questo corpo non colano lacrime.

Grido contro il mondo, ancora una volta imprigionato in un corpo, con sensi che non so controllare. Non riesco a chiudere gli occhi, a dormire senza sognare, a respirare senza vedere l'immagine di loro davanti a me. Perché devo vivere, se lei è dovuta morire? Mia figlia è altrove, in un luogo dove gli uomini credono di parlare con dei assetati di sangue e invidiano chi ne è davvero capace.

Non è questo che volevo.

Non è questo che voglio.

Non c'è nessun posto dove fuggire, non c'è nessuna parola che giovi. È la sua canzone, quella che sento prima di addormentarmi. Mi nascondo nelle melodie, poso le note una sopra l'altra fino a costruire un edificio che possa contenere il dolore.

Capitolo 16

Le vibrazioni del cellulare si propagarono attraverso il comodino fino alla sua testa. Buttò fuori un braccio per farle cessare. Il piccolo *bip* lo svegliò di colpo.

« Pronto? » disse una voce dal telefono.

Cercò di schiarirsi la voce il più silenziosamente possibile, pur sapendo che era impossibile. « Pronto, sono Nathaniel, chi parla? »

« Buongiorno, mi chiamo Isaac Franklin e chiamo dallo studio legale Hammersmith, Davids e Franklin. Parlo con Nathaniel Wilkins? »

« Sì? »

« La chiamo per conto di un cliente che è interessato al suo lavoro. Con il suo permesso, le farei qualche domanda ».

Non di nuovo! A Nathaniel venne voglia di mettere giù il telefono. « Mi dispiace, ma non sono in grado di trovare alieni, Nessie o lo Yeti ».

Ci fu un attimo di silenzio.

« Ok. Credo che non siano queste le aspettative del mio cliente. Ma forse potrebbe rispondere ad alcune domande sulla compressione di informazioni? »

Nathaniel si tirò su a sedere sul letto e guardò il numero sul display: non era locale. « Come ha detto? »

« Il mio cliente è molto curioso di come il suo sistema riesce a gestire l'enorme quantità di informazioni generata ».

« Può essere più specifico? »

L'uomo fu molto specifico. Nathaniel riuscì a malapena a riflettere tra una domanda e l'altra. Le domande si fecero sempre più dettagliate, molte a proposito di cose a cui quasi non aveva pensato. Aveva idee concrete su come si sarebbe servito della tecnologia? Possedeva del capitale proprio da investire? Quali clausole sulla segretezza sarebbe stato disposto a sottoscrivere? Poteva spiegare come gli era venuta l'idea?

La conversazione finì. Anche con tre ore scarse di sonno, ora Nathaniel era del tutto sveglio. Brividi gli scorrevano attraverso il corpo. Aveva risposto in modo razionale a tutte le domande? Franklin aveva promesso di richiamarlo quella sera stessa alle sette, e aveva pregato Nathaniel di annotarsi le sue eventuali domande, per poterle riguardare insieme. Il cliente voleva avere tutte le informazioni disponibili nel caso si decidesse di procedere a un accordo.

Un accordo.

Più di tutto Nathaniel aveva voglia di mettersi a saltare sul letto, ma non osò farlo. Era troppo bello per essere vero. E se era qualcuno che per l'ennesima volta cercava di prenderlo in giro? No, le domande erano troppo dettagliate, e chiunque fosse quel Franklin, di sicuro non era uno studente.

La giornata fu una tortura. Nathaniel era troppo stanco per star bene, e troppo eccitato per dormire. Fissò l'orologio del computer, che veniva aggiornato da un orologio atomico al cesio da qualche parte nel mondo. Alle sette e due secondi il telefono squillò. Franklin era decisamente puntuale.

« Pronto? »

« Buonasera, sono di nuovo Franklin. La disturbo? Sarò breve ».

Fu come se lo stomaco gli si attorcigliasse intorno alla

colonna vertebrale. « Sì, volentieri, cioè no, ok. Voglio dire, adesso va benissimo ».

« Bene. Il mio cliente ha esaminato le sue risposte, e desidera apportare una piccola modifica. Posso dirle che sono molto interessati sia a lei che al suo prodotto, se così possiamo chiamarlo. Può pure farmi delle domande ora, ma è possibile per lei venire da noi domani? Le spese di viaggio saranno naturalmente rimborsate ».

« Venire da voi? Perché? Voglio dire, sì, certo ».

« C'è un treno alle nove domattina, se può andar bene. O forse preferisce venire in auto? »

« Be', la macchina non ce l'ho, quindi... »

« In altre parole, treno. Ha delle domande? »

Nathaniel aprì la bocca per far uscire le parole, ma scosse la testa e si arrestò. Tossì, se non altro per dare l'idea che stesse accadendo qualcosa. « Scusi. Sì, ne ho una: dove devo andare? »

Un attimo di silenzio fu seguito da una risatina attutita. « Mi perdoni, ho dimenticato di dirglielo. Il nostro ufficio è a Manhattan. Si vede che siamo entrambi alquanto impazienti ».

Nathaniel non aveva altre domande. Si fece dare l'indirizzo e lo scrisse su un tovagliolino di carta incastrato nell'angolo di una scatola della pizza. Poi lo cercò subito in rete: non era il quartiere più economico, ma per fortuna era semplice arrivarci in metropolitana. Gli venne in mente che era venerdì. Cosa poteva essere tanto urgente da indurli a volerlo incontrare di sabato?

La sua immagine riflessa lo fissava dalla superficie azzurrognola della porta a vetri. Si aggiustò il collo della camicia e sfilò le braccia dal blazer. Si soffiò la frangia via dagli occhi, cambiò idea a provò a scompigliarsi i capelli con le dita. New York non era tra i posti preferiti di Nathaniel.

Le massicce porte erano sorprendentemente facili da aprire. Un uomo vestito in uniforme era seduto alla reception, e alla vista di Nathaniel accantonò la rivista che stava leggendo. Il suo nome era sulla lista, e il portiere gli aprì l'ascensore.

L'ufficio era al quarto piano. Una piccola targa elegante accanto alla porta gli confermò che era arrivato nel posto giusto. Suonò il campanello. Di lì a poco una serratura elettronica scattò, e la porta si aprì. Un uomo, forse di poco meno di quarant'anni, spalancò del tutto la porta e gli porse la mano tesa. Indossava jeans, sneakers, una T-shirt che pendeva sopra la cintura e sul viso aveva una barba di tre giorni. L'enorme orologio d'oro al polso sembrava quasi rubato.

«Nathaniel, suppongo. Sono Isaac, entri».

Un semplice gruppo di divani con enormi cuscini occupava uno degli angoli. Sul tavolo c'erano giornali e riviste, e una coppetta con piccoli cioccolatini accuratamente confezionati. Le pareti erano decorate con fotografie, manifesti e quadri. Isaac compariva in diverse foto. La stanza non era un'ostentazione, ma lasciava colpito il visitatore, cosa che Nathaniel immaginò fosse l'effetto voluto. Tutto dava un'impressione di professionalità, ma anche di genuino impegno. Gli piacque.

«Il viaggio è andato bene? Nessun problema a trovare il posto?»

«No, tutto bene».

«Posso offrirle qualcosa? Un sandwich, qualcosa da bere?»

«Volentieri una coca-cola, se c'è».

«E un sandwich al prosciutto? Sono buonissimi».

«Sì grazie, va bene anche quello».

Franklin aprì la porta di quella che era la cucina e tornò con coca-cola e sandwich.

«Andiamo nella sala riunioni».

Questa era un grande ufficio d'angolo con vista su Central Park. Un lungo tavolo ovale dominava la stanza. A un lato c'erano due pile di fogli. Franklin si sedette davanti a una di queste e appoggiò il cibo sul tavolo.

«Niente come lavorare di sabato, eh?» Franklin sorrise come per uno scherzo segreto. Scartò il sandwich e ne staccò un bel morso. Nathaniel si sedette. Non poté fare a meno di guardare la prima pagina della pila davanti a lui. La parola 'contratto' gli balzò agli occhi.

«Lei è molto più giovane di quel che credessi» disse Franklin. «Ci diamo del tu?»

Nathaniel non sapeva bene cosa rispondere. Aprì la bottiglietta e bevve un sorso fissando il foglio.

Franklin continuò: «Ok, suppongo che tu abbia delle domande. Io posso cominciare spiegandoti un po' chi siamo noi, e poi ti parlo del nostro cliente, se vuoi».

Nathaniel annuì e scartò il suo sandwich.

«Hammersmith, Davids e Franklin è un piccolo studio legale specializzato soprattutto in brevetti e in contratti legati ai brevetti. In altre parole abbiamo una grande esperienza con partner che desiderano collaborare allo sviluppo tecnologico, e alla ricerca e raffinamento del prodotto. Non siamo una grossa azienda: con la nostra segretaria siamo solo in quattro, ma ci consideriamo tra i migliori del ramo. Puoi vedere le nostre referenze, se lo desideri». Franklin staccò un altro piccolo morso del suo sandwich lanciando a Nathaniel un foglio attraverso il tavolo. «Al mio cliente non piace molto ricevere attenzione, e desidera perciò porre alcune condizioni legate alla riservatezza. Il foglio davanti a te è un accordo che stabilisce che tutto ciò che verrà detto in questo incontro deve essere tenuto segreto, a meno che entrambe le parti non siano d'accordo nell'annullare il contratto».

«Aha?» Nathaniel prese il foglio e cominciò a leggere. C'erano diversi riferimenti a leggi di cui non aveva mai sentito parlare, ma in sostanza c'era scritto che lui si impegnava a mantenere segreto l'accordo.

«Posso rifiutarmi?»

«Non se vuoi sapere che cosa ti offrono».

Fu il modo in cui Franklin disse 'offrono' che spazzò via gli ultimi dubbi. Franklin si tolse una penna dalla tasca interna e l'appoggiò sul tavolo. Nathaniel firmò, ripiegò le dita intorno alla penna e spinse il foglio verso Franklin.

«Bene, allora possiamo cominciare. Prima di tutto devo dire che il mio cliente paga anche perché tu possa usufruire dei miei servigi. Puoi domandarmi qualsiasi cosa legata all'argomento di cui tratteremo, e io mi sono impegnato a risponderti in modo neutrale».

Nathaniel diede qualche colpetto con la penna sul bordo del tavolo e poi si fermò. «Non sarà un po' strano?»

Franklin si appoggiò all'indietro e annuì. «In che senso?»

«Come posso fidarmi di te? Non mi intendo di diritto, ma in realtà non posso rivolgermi a terzi per un parere senza rompere l'accordo che ho appena firmato, giusto?»

«Giusto. Hai ragione, è un tantino insolito, ma il mio cliente mi ha chiesto di dirti e di fare questo. Se mi fai una domanda, io ti rispondo, e starà a te decidere se credermi o meno. A essere sincero non è questa l'unica cosa strana».

«Ah, no? E cos'altro c'è?»

Franklin si schiarì la voce. «Ci sono diverse cose che mi hanno sorpreso. Per cominciare, ci hanno fatto avere un abbozzo di contratto che non era da meno di quello che avremmo potuto scrivere noi, e questo già la dice lunga. Può sembrare un vanto da parte nostra, ma se lo desideri puoi controllare quello che sto dicendo. E poi il contratto è... come posso dire? 'Eccentrico' forse è un termine adeguato. Io non ho mai visto niente del genere». Scosse piano la testa.

Nathaniel lo guardò, aspettando che continuasse.

«Il contratto dice che verrà creata una società per la promozione della tua ricerca. A te spetta il cinquanta percento delle azioni, e in cambio tu lavorerai per la società per tre anni. Come dipendente riceverai un salario annuale di duecentocinquantamila dollari più un compenso una tantum di cinquecentomila dollari. Il capitale iniziale della società è di un milione di dollari, stanziati dal mio cliente, con possibilità di aumento. Tu sarai l'unico impiegato e potrai gestire la tua ricerca come meglio credi. Farai un rapporto scritto al mio cliente ogni mese. Un revisore di conti terrà la contabilità. Il consiglio di amministrazione sarà composto da noi più due persone esterne. Puoi leggere il contratto tu stesso, è quello che trovi davanti a te».

Nathaniel guardò la pila di fogli come se questa stesse per morderlo. Le cifre gli turbinavano in testa.

«Non capisco» disse, attirando lentamente a sé i documenti. «Sanno qual è l'oggetto della mia ricerca?»

«Certamente».

«Ma conoscono i miei ultimi risultati?»

«Ho trasmesso loro tutte le informazioni che mi hai dato. Sanno perfettamente in cosa stanno investendo».

«E non ci sono svantaggi di alcun tipo?»

Franklin sfogliò rapido il contratto. «Ci sono naturalmente delle condizioni. Alcune possono essere considerate svantaggiose».

«E quali sono?»

«C'è una condizione assoluta che *devi* accettare; né tu né il mio cliente avete il permesso di pubblicare informazioni sul tuo lavoro, senza prima avere l'autorizzazione scritta di entrambi».

«E perché?»

«Non lo so».

«È normale?»

Franklin scosse rassegnato la testa. «Quando si crea una società come questa, è normale che una delle parti si assuma un rischio maggiore, e quindi desidera anche averne il controllo. In questo caso, visto che l'investimento è di diverse decine di milioni, a te viene dato tanto controllo quanto al mio cliente, cosa a dir poco inaudita».

«Diverse decine di milioni?!» Nathaniel sentì di aver parlato a voce troppo alta.

«Sì, forse ho dimenticato di dirlo. La ditta ha anche accesso permanente ai satelliti».

Non poteva essere vero.

«Accesso permanente ai satelliti??? Per me?»

«Sì, fa parte del contratto, a pagina quattro».

«Ma... ma è ridicolo!»

Franklin non sembrò condividere il bisogno di ridere.

«Significa che ho tutto quello di cui ho bisogno per completare la ricerca!»

«Sì, l'intenzione è questa».

Nathaniel quasi balzò in piedi. «Non capisco. Io per quel che mi riguarda so che funzionerà, ma chi mai è pronto a investire cifre simili in qualcosa che non si sa ancora se avrà un esito?»

«Il mio cliente è un'organizzazione chiamata Rilchned. Forse ne hai sentito parlare?» Franklin pronunciò il nome in un modo che a Nathaniel ricordò il francese.

« No, non credo. Cosa fanno? »

« Rilchned è un'organizzazione che lavora perlopiù con investimenti, brevetti e opere di beneficenza. Il nome non è conosciuto al di fuori del mondo della finanza, dato che in generale preferiscono mantenere un profilo pubblico basso. Hanno molti brevetti, e assegnano ogni anno ingenti somme a scopi diversi ».

« E allora chi possiede l'organizzazione? »

« Si possiede da sola. Non c'è alcuna proprietà legata a persone fisiche. Si può essere soci, e da quello che ho capito è piuttosto difficile entrarci. Ci sono statuti che si è tenuti a seguire, e c'è un consiglio di amministrazione. Più di questo non so ».

« Posso incontrarli? »

« Nel contratto è stata inserita una clausola che dice che potresti essere costretto ad andare a Parigi per incontrarli, ma normalmente tutte le informazioni verranno trasmesse via mail o per telefono. Anche io sarò disponibile a rispondere a eventuali domande per un certo periodo di tempo ».

« Quante clausole ci sono in tutto? »

Franklin aprì la sua copia del contratto. « Possiamo vedere assieme tutti i punti ».

Ci impiegarono meno tempo di quello che Nathaniel aveva creduto. Non c'erano così tante frasi complesse come si era aspettato, e le poche che non capiva gliele spiegò Franklin. Non ebbe bisogno di riflettere nemmeno su un'unica domanda. Per tutto il tempo ebbe la sensazione che quel contratto fosse troppo bello per essere vero, ma non trovò nulla scritto nei fatidici caratteri piccoli. E questo lo preoccupava. Gli davano tutto ciò che voleva e molto di più, a condizione che tutto venisse tenuto segreto, fino a che le parti non si fossero messe d'accordo sull'utilizzo della tecnologia. Entrambe le parti avevano pieno diritto di veto.

« Perché insistono tanto sulle restrizioni per l'utilizzo? » domandò Nathaniel.

« Be', di tutta la tecnologia si può abusare. Considerano la tua particolarmente potente, così desiderano una garanzia contro l'abuso. Perlomeno questo è ciò che hanno detto ».

Nathaniel aveva rimuginato su molti modi in cui utilizzare la tecnologia per individuare le persone, ma non aveva mai valutato la possibilità di abuso. Ciononostante non dubitava che fosse possibile.

« C'è una cosa » disse.

« Sì? »

« Non è forse un po' troppo vantaggioso per me questo contratto? »

Franklin si alzò e aprì una finestra, poi restò in piedi dietro la sedia. Esitò un attimo. « Avevo consigliato a Rilchned di modificare l'accordo, ma non ne hanno voluto neanche sentir parlare. Ho domandato il perché, ma non desideravano discutere. Vogliono te e la tua ricerca. È evidente che si fidano di te e della tua capacità di produrre risultati che giustificheranno il loro investimento ».

Nathaniel si contorse sulla sedia. « E se non sarò all'altezza delle aspettative? »

« Sei assunto per tre anni. Se non potrai mostrare dei risultati dopo quel periodo, si rescinde il contratto ».

« Ok. C'è anche un'altra cosa che mi chiedo: la mia ricerca è pubblica, dato che costituisce parte della mia tesi di dottorato presso l'università. Come si può evitare che qualcuno faccia uso improprio di quello che trovano lì? »

« Quell'aspetto è già risolto. Verrà stilato un accordo con l'università. Tutte le parti hanno già approvato il contenuto ».

Nathaniel non aveva mai sentito nulla di simile, ma gli venne il sospetto che certa gente all'istituto avrebbe accettato volentieri del denaro per sbarazzarsi del suo progetto. Sorrise pensando a come avrebbero reagito il giorno in cui si fossero accorti di cosa avevano fatto.

«Tu che cosa mi consigli di fare?»

Franklin inclinò leggermente la testa da un lato. «Suppongo che tu abbia delle alternative, ma non posso immaginarmi che siano migliori di questa».

«Posso prendermi del tempo per riflettere?»

«Certo: hai una settimana per decidere. Nel frattempo puoi telefonare quando vuoi, ma apprezzerei molto non venir svegliato di notte» rispose Franklin e strizzò un occhio.

Conclusero l'incontro, e Nathaniel ricevette una busta di plastica per metterci dentro i suoi fogli.

«Un'ultima cosa» disse Franklin quando furono sulla porta. «È davvero possibile realizzare quello su cui hai fatto ricerca?» Sulla fronte gli era apparsa una profonda ruga.

«Sì, certamente. Altrimenti perché saremmo qui?»

Franklin rise brevemente. «Già, perché?»

Nathaniel lasciò l'ufficio con le sue carte, un'altra coca-cola e un sandwich. Sapeva di non aver ancora realizzato pienamente quel che gli era successo. Era solo qualcosa che era accaduto, come tutto il resto. Uscì in strada e guardò le persone intorno a sé. Quella nota sensazione lo pervase di colpo, e tutti i sensi confluirono assieme a formare un ricordo. Doveva solo firmare, e avrebbe potuto mantenere se stesso e tutta la sua famiglia per lungo tempo. Una ragazza gli passò davanti, e lui non poté trattenersi dal sorriderle. Lei ricambiò il sorriso. Nathaniel sentì come quel sorriso gli si propagava a tutto il corpo. Libertà economica. Il suo nome sulla bocca di tutti.

Forse New York stava cominciando a piacergli.

Franklin entrò nel suo ufficio e si mise al computer. Trovò la mail e compose il numero di telefono che gli era stato inviato. Ci volle molto tempo prima che dall'altro capo gli giungesse un suono, e mentre faceva squillare il telefono Franklin aprì il mobile bar e si versò uno scotch. Alla fine una voce maschile disse 'pronto', con inconfondibile accento tedesco. Il tedesco di Franklin era così così, ma per principio cercava sempre di parlare la lingua del suo interlocutore.

« *Guten Abend*, sono Isaac Franklin, desidererei parlare con Herr Kolkrabe ».

L'uomo rispose con voce profonda: « Ah, *Guten Tag*. L'aspettavo. Com'è andato l'incontro con Wilkins, abbiamo un accordo? »

« Al momento non ancora, ma non vedo alcun motivo per cui non dovrebbe firmare. Sembrava propenso ».

« Come ha reagito al contratto? »

« Con un misto di gioia, shock e incredulità, si può ben dire. Comprensibilmente ».

« Bene, mi faccia sapere quando il contratto sarà firmato ».

Franklin aveva cominciato a dire qualcosa, quando sentì un *clic* all'altro capo e tutto ciò che rimase fu una nota prolungata. Prese un gran sorso dal suo bicchiere e si sedette sul divano. Strano contratto, strana gente, ma quanto a pagar bene, niente da eccepire.

XVII

« Tu non puoi venire ».

Elam sorride agli altri, dopo aver detto questa cosa.

« Tu non sei uno di noi ».

Io non dico niente. Cos'è stato, a dare inizio a tutto questo? Qualcosa che ho detto o fatto?

Lui ha due anni più di me, è il più grosso di tutti. Uguale a suo padre: non conoscono altra lingua che la forza fisica. Ma non vedono mai che cosa accade alle loro spalle. Quant'è debole, con tutte queste occhiate malcelate, per assicurarsi che gli altri sorridano assieme a lui. Mi minaccia, mi sfida, come se fossimo già guerrieri. Lo lascio vivere nel suo delirio.

So che non vede paura in me, e la cosa lo spaventa.

Quant'è ingenuo.

Capitolo 17

Arthur guardava fuori dalla finestra. La pioggia cadeva in goccioloni pesanti così radi che ogni volta che venivano colpiti i fiori parevano ridestarsi da un profondo sonno. Le vacanze estive erano arrivate e avevano portato con sé nubi cariche di pioggia, come per puro piacere di far dispetto. Da tempo non si sentiva così in forma. Il mal di testa era scomparso e dormiva bene. Restava solo una sensazione di inquietudine di cui non riusciva a sbarazzarsi del tutto. A volte era arrabbiato ed esasperato con se stesso. Il peggio era di notte, quando sogni e realtà si mescolavano e producevano mondi che ormai da tempo non sognava più, smettendo di sperare che si sarebbero mai realizzati. Per non parlare di paure che aveva dimenticato, e che venivano risvegliate. Gli era anche venuto il bisogno di fare più sport, con grande sorpresa di Geir. Calcio, basket, jogging, qualsiasi cosa. La sospirata rottura del tran-tran quotidiano portata dalle vacanze estive era diventata un buco che occorreva riempire.

Tutti parlavano di viaggi.

Arthur avrebbe voluto spostare il tempo in avanzamento veloce di lì a quattro anni, direttamente al suo diciottesimo compleanno, quando avrebbe potuto scegliere cosa fare della sua vita. Non aveva paura di fare delle scelte. Quello che lo spaventava era non avere la possibilità di scegliere. Tutti i Bambini si rendevano conto di quanto poco umanamente si comportassero quando era questione di vita o di morte: quando la morte era un semplice concetto, poteva spaventarli solo fino a un certo punto. Ma ora Arthur poteva avvertirlo sulla pelle. La morte era un cacciatore che raggiungeva sempre la sua preda. La questione era quanto tempo ci avrebbe messo stavolta. Era una forma sottile di ansia, ma non era quella che lo tormentava di più in quel momento.

L'irrequietezza rodeva inesorabile la sua pazienza, e Arthur si impegnava più che poteva a combatterla. Le mail giornaliere che lui e Raven si scrivevano erano un valido aiuto. Un giorno sì e uno no si scambiavano nuove idee su ciò che lui avrebbe potuto fare da adulto: Raven aveva suggerito che poteva diventare un politico, anche se non era sicura di quanto sarebbe stato utile in un piccolo paese come la Norvegia. Arthur non aveva la minima inclinazione a fare il politico, a meno che non potesse diventare un supereroe della politica internazionale che parlasse tutte le lingue e potesse riconciliare culture e religioni, ma Raven non aveva fiducia nemmeno nella NATO. Allora era meglio che Arthur diventasse un uomo d'affari dietro ai brevetti sviluppati dai Bambini, e dirigesse Rilchned in un modo che a tutt'oggi era impossibile per loro. Arthur aveva la sensazione che fosse quello il desiderio del Consiglio.

Lui ancora non sapeva cosa voleva.

No, non era del tutto vero. Voleva troppe cose. Così tante che era impossibile realizzare tutto. Si sentiva responsabile nei confronti del Network, ma non voleva neppure farsi manovrare dal sistema. Il Consiglio non aveva detto nulla di specifico, ma non era difficile capire che avevano cominciato a pensarci. C'era qualcosa che Raven non gli diceva, era chiaro. Forse erano incerti quanto lui.

I suggerimenti meno seri erano molto più divertenti: fondare una nuova religione mondiale; diventare una superstar di una portata tale che il mondo non aveva mai visto, una che brillasse nel campo di film, musica, letteratura, ricerca, politica e arte culinaria. L'obiezione di Arthur era che qualunque campo avesse scelto, un ruolo del genere avrebbe probabilmente portato a una morte precoce: era un classico. Raven dovette ammettere che temeva che un giorno Arthur sarebbe stato trovato morto in una stanza d'albergo, la prima vittima al mondo di una overdose di fumetti o qualcosa di simile. Ma tra una proposta spettacolare e l'altra si insinuavano dei pensieri inquietanti. Li discutevano di rado, perché entrambi sapevano di non essere d'accordo su quali mezzi era lecito usare per raggiungere uno scopo. Diventare adulti implicava una serie infinita di scelte, ma le scelte comportavano anche responsabilità. Arthur non si illudeva che le sue scelte non avrebbero avuto conseguenze di vita o morte per altri... forse perfino per molti altri.

Salì nella sua stanza e controllò i soliti siti web. Il manga *Naruto* della settimana era pronto. Girò lo schermo e si sistemò per bene con il piumino e i cuscini dietro la schiena. Per una volta tanto, aveva grandi aspettative. Si sarebbe finalmente svelata l'identità dell'eroe? A metà dell'episodio l'immagine cominciò ad apparire strana. Linee di diversi colori attraversavano lo schermo. Solo per brevi istanti, ma davano abbastanza fastidio. Arthur arrestò il filmato, ma le linee rimasero sullo schermo. Poi si estesero a tutto il resto. Il mondo era uno schermo televisivo di cattiva qualità. Arthur balzò in piedi dalla sorpresa, solo che il corpo non gli obbedì.

La stanza si divise in strani colori e forme.

Qualcosa gli si staccò nella testa. Ora poteva finalmente arrivare a placare un prurito che a malapena sapeva di avere. Le immagini giunsero più veloci di quanto lui riuscisse a formulare i pensieri in parole. I ricordi sfilarono a velocità frenetica come pedine di domino in caduta libera. Arthur chiuse gli occhi, per ripararsi dalla luce accecante, ma non servì a nulla. Ciascun istante gli si presentò con tale chiarezza che era come se avesse potuto entrarci dentro e vedere ogni singolo dettaglio, come se i ricordi potessero essere riavvolti avanti e indietro e arrestati in qualunque punto.

Respirò pesantemente nell'aria rarefatta.

«Bentornato».

Arthur non ebbe bisogno di aprire gli occhi per sapere chi era. Diverse parole, tutte con lo stesso significato, gli stavano sulla punta della lingua, ma non riuscì ad aprire la bocca. Davanti a lui, il Guardiano annuì, le labbra congiunte in un mezzo sorriso.

Arthur si mosse più rapido di quanto credeva fosse possibile.

Il Guardiano bloccò il suo calcio senza sforzo con la mano, molto prima che il movimento potesse acquistare forza. Arthur girò su se stesso, tutto il corpo più rapido e forte di quanto fosse verosimile. Avvertì la potenza nella rotazione, la concentrazione della forza nella gamba. Avrebbe potuto staccare la testa da un corpo con un calcio simile, ma era troppo tardi per fermarsi.

La mano del Guardiano scattò così veloce che nemmeno la vide, e gli bloccò il piede, che afferrò come fosse una pallina. Arthur rimase appeso in aria a testa in giù.

Il Guardiano lasciò la presa.

Arthur piombò a terra malamente, impossibilitato ad attutire la caduta.

«Non credo di meritarmi questo benvenuto» disse il Guardiano.

La sua voce era secca come la polvere e la ghiaia appiccicate sul corpo di Arthur.

«Va' all'inferno». Gli faceva male una spalla, ma non sanguinava da nessuna parte.

«Sembra che almeno ti ricordi di me».

«Se ti aspetti che mi prostri al tuo cospetto, hai davvero sbagliato i calcoli».

«Evidentemente» fece il Guardiano, ridacchiando.

Arthur si rialzò, sputò e si stropicciò gli occhi.

«Bian Shen: non è così che lo chiamate quando cambiate corpo? Non siete stati creati stupidi, quindi suppongo che tu capisca che c'è un nesso tra quello che ti sta capitando ora e il fatto che hai compiuto quattordici anni. Non ho più esperienza di te in questo campo, quindi fammi tutte le domande che vuoi e andiamo avanti. Stavolta non rifiuterai le conoscenze che acquisirai qui».

Arthur non era sicuro di cosa intendesse il Guardiano con 'questo campo'. «Dove siamo?»

«A voler essere precisi non siamo in nessun luogo. Il tuo corpo è ancora dov'era prima. Questo posto esiste in te e tra di noi, come parte del canale che usiamo per comunicare».

«E che cos'è?»

«Tu potresti chiamarlo telepatia, ma non lo è. È più semplice paragonarlo a un'onda radio».

«Cosa vuoi da me?»

Il Guardiano allacciò le mani dietro la schiena e fissò per un attimo l'aria. «È una lunga storia. La versione corta è che ho bisogno del tuo aiuto».

«Sentiamo quella lunga».

«È più facile se posso mostrarti».

Arthur si strinse nelle spalle. «E allora mostrami».

Il Guardiano gli tese la mano. Arthur la sfiorò appena con la punta delle dita.

«Chiudi gli occhi».

Arthur obbedì solo dopo che il Guardiano ebbe chiuso i suoi. Poteva avvertire l'energia che scorreva verso di lui. Dalle loro dita puntate le une contro le altre si allargò un fascio di luce, ed era come se un fiotto di acqua calda gli scorresse sul dorso della mano. Nel flusso sorse un impulso, qualcosa che lo sospinse in avanti. Si lasciò condurre in un certo senso, senza sapere del tutto cosa stesse facendo.

«Guarda» disse il Guardiano, afferrandogli forte la mano.

Arthur vide il mondo da una posizione impossibile. Vide il globo terrestre al tempo stesso da tutte le angolature, senza inizio né fine, e nessuna mappa era più affidabile. Non c'era nord, sud, est o ovest. Apparvero dei fili argentati, che si allungavano da luoghi apparentemente casuali sulla Terra come lunghe ragnatele di nebbia che vibravano all'unisono, e si raccoglievano tutti in un punto molto al di sopra del mondo, in un gomitolo che lentamente attirava i fili dentro di sé.

«Ogni filo che vedi è uno di voi» disse il Guardiano.

Ce ne dovevano essere diverse centinaia. Il punto di vista si avvicinò alla Terra, verso il continente europeo. Un filo era più scuro di tutti gli altri, e Arthur lo seguì fino al luogo in cui aveva abitato per gli ultimi quattordici anni.

«Questo sono io» disse il Guardiano. Di colpo si trovarono a guardare direttamente la sfera dove si raccoglievano tutti i fili. «Io sono parte di quella macchina che fa in modo che la vostra coscienza si sposti in giro per il mondo».

«Quindi tu sei una macchina?»

«Non provo sentimenti nel modo in cui li provi tu, ma posso pensare bene quanto te».

«Un'intelligenza artificiale, dunque?»

«Non c'è nulla di artificiale nella mia intelligenza».

Arthur non era in vena di sofismi filosofici. Guardò la sfera bianca che risucchiava a sé ogni filo, e si accorse che non c'era nessun filo che ne usciva. Forse accadeva solo in occasione di Bian Shen?

«Dov'è questa macchina?» domandò.

«Non si trova in un solo luogo, è sparsa tutt'intorno. Non ho intenzione di dirti dove. E no, non può essere scoperta né distrutta».

«Allora non c'è nessun problema con la macchina?» chiese Arthur.

Ogni cosa intorno a loro si fece bianca, e Arthur riconobbe se stesso e il Guardiano. Una stanza fu calata sopra le loro teste, e un attimo dopo avevano un pavimento sotto i piedi. Davanti a loro crescevano delle colonne, distribuite in modo simmetrico come filari di alberi. Avevano una superficie metallica che scintillava in tutte le possibili sfumature di colori. Erano almeno due volte più alte del Guardiano.

Quest'ultimo cominciò a camminare, e Arthur lo seguì. C'erano diversi metri tra una colonna e l'altra.

Erano fantastiche.

Erano vive, pulsanti. Dai fusti emanavano sensazioni di gioia, dolore, fascinazione, calma e tutto il resto, quasi come odori diversi.

«Quando ho detto che la macchina non può essere distrutta, intendevo dire dagli uomini. Non avete la tecnologia per farlo».

Arthur si fermò. Ma il Guardiano proseguì, e Arthur dovette affrettarsi per raggiungerlo. Aveva finalmente deciso cosa gli avrebbe domandato, quando scorse la colonna. Era completamente nera.

Arthur poté avvertire la sensazione di vuoto dentro di sé in modo altrettanto tangibile di quanto lo registrasse la vista. Un brivido gli percorse la schiena. Per la sua evidente diversità, la colonna strideva con tutto ciò che la circondava, eppure Arthur se ne sentì stranamente attratto. E se le colonne erano i Bambini, e quella nera era lui? E se era quello il motivo per cui Bian Shen non si era verificato? E se stava per morire?

Il Guardiano si fermò davanti alla colonna nera e la toccò.

Arthur non sapeva cosa si era aspettato che succedesse, ma trasalì quando il Guardiano accarezzò la colonna con la mano e richiamò alla vita alcune strisce.

«Ogni colonna è uno di voi».

Arthur si avvicinò di un passo. Ora vide che la colonna non era del tutto nera. Dappertutto c'erano delle piccole strisce di colore, ma sia al tatto che alla vista la colonna pareva sostanzialmente morta.

«Questo è il luogo in cui io analizzo e controllo la vostra esistenza» disse il Guardiano. «Le diverse strisce di colore rappresentano i vostri ricordi, e sulle altre colonne vedi il risultato di ricordi di oltre mille anni. Ma su questa colonna puoi notare che manca qualcosa».

«Cosa significa?»

«Ho perso il contatto con uno di voi».

«Me?»

Il Guardiano volse lo sguardo a terra. «No, non so chi sia, e ciò fa parte del problema. Ogni colonna *rappresenta* i ricordi di uno di voi, non *è* i vostri ricordi. Puoi pensare a questo luogo come il mio campo di lavoro. I ricordi vengono prelevati dal sistema così che io possa vederli, senza influenzarli».

«Quindi la persona in questione non ha perduto la memoria?»

«No, il ragazzo non l'ha perduta».

«Ragazzo? Come sai che è un maschio?»

Il Guardiano lasciò scorrere la mano su una delle poche strisce colorate sulla colonna nera, e questa ebbe un barbaglio di vita. «Ho accesso ad alcuni ricordi, così so che è un maschio. So anche un po' di altre cose, che è il motivo per cui ti ho tirato fuori dal ciclo e ti ho fatto venire qui».

«Fuori dal ciclo? Cosa vuoi dire? Fuori da Bian Shen? Posso morire?»

Il Guardiano lo guardò negli occhi per un breve attimo. «Non diventerai di nuovo adulto se muori. Non adesso».

Era una mezza risposta, che conduceva ad altre domande che Arthur non sapeva se voleva fare.

«Cosa siamo veramente? Perché esistiamo?»

«Siete senz'altro esseri umani. Alla domanda del perché esistete si può rispondere in molti modi, perché non è una domanda sola. Tu, invece, sei diventato qualcos'altro perché ti ho risvegliato, ma non sei ancora niente di più di quello che un qualsiasi essere umano può diventare».

«Cosa dobbiamo fare, allora? Tu dici che mi hai risvegliato, che diventerò adulto. In altre parole, tutti noi possiamo diventare adulti» disse Arthur, incerto se stesse facendo una domanda o esprimendo un fatto. «Ma qual è la condizione?»

Arthur avrebbe giurato che il Guardiano per un attimo emanasse una sensazione di orgoglio, ma per il resto era triste. «Non lo so. Non ho accesso a quel genere di dati».

«Cosa sai, allora? Chi ci ha creato? E perché?»

«Non li chiamo con un nome. Per me, come per te, sono i creatori. Non so da dove vengono, dove sono, e se torneranno. Hanno creato me, voi, e hanno proseguito oltre. La mia funzione è di controllare. L'ho fatto fino a che la mia programmazione mi ha dato un ordine diverso».

«Ma che cosa è cambiato? Che cosa fai tu ora?»

«È difficile tradurlo in parole. I nostri creatori viaggiarono a lungo per l'universo, e vi trovarono altre forme di vita. Una delle loro molte esperienze fu che nessuna forma di vita raggiungeva il loro livello, cosa che li stupì e li deluse. Solitamente le forme di vita si estinguevano molto tempo prima che entrare in contatto con loro potesse divenire interessante. I creatori giunsero alla conclusione che il motivo, nella maggior parte dei casi, era la stessa forma di vita. Altre volte entravano anche in gioco delle casualità, legate ai cicli naturali, ma quelle semmai erano eccezioni».

«Intendi dire che si autodistruggevano?»

Il Guardiano annuì. «Possiamo dire così. Man mano che una forma di vita raggiungeva una tecnologia sufficientemente avanzata, aveva la possibilità di autodistruggersi, come ce l'avete voi oggi. Si possono fare progressi tecnologici anche se le condizioni della società non sono stabili: voi stessi sapete bene quali progressi sono avvenuti a causa delle guerre. E anche in tempi di pace si verificano crisi, casualità che possono precipitare il mondo in un mare di problemi. Nel corso del tempo si manifesterebbero troppo spesso eventi che porterebbero al collasso totale».

Arthur non sapeva cosa pensare. Non c'era alcun motivo per fidarsi del Guardiano. D'altra parte, non riusciva nemmeno a trovare nessuna ragione per cui dovesse mentire.

«Forse tu hai capito qual è la funzione dei Bambini?» chiese il Guardiano.

Arthur non aveva formulato i propri pensieri in modo preciso, ma l'idea in sé era evidente.

Il Guardiano gliel'aveva quasi già rivelato: i creatori desideravano stabilità.

«Noi siamo storia, in senso letterale» rispose. «Probabilmente non è un caso che siamo esistiti prima delle più antiche civiltà. Nessuno conosce il genere umano meglio di noi. Siamo una sorta di valvola di sicurezza: a un certo punto diventeremo adulti, e con la nostra esperienza faremo sì che l'umanità sopravviva alla catastrofe che ha davanti. Noi facciamo i baby-sitter per qualcuno che desidera molti compagni di gioco».

Dalla colonna nera provenne un barbaglio, e apparve una nuova striscia di colore. Il Guardiano ci appoggiò una mano.

«È un incarico che comprendi?» domandò.

«Ma Dio mio, che differenza farebbe? Posso scegliere di uscire da questa situazione? No».

La rabbia lo assalì all'improvviso. Non aveva chiesto lui questo destino. Nessuno dei Bambini l'aveva chiesto. Sapeva comunque che non avrebbe scelto diversamente, ammesso che ci fosse stata la possibilità di scegliere, e tuttavia la sensazione di essere sfruttato era schiacciante.

«È un'arroganza assurda. Con quale diritto si sono proclamati dei?»

La faccia del Guardiano divenne una maschera senza espressione. «Tu presupponi troppo. Devo dunque concludere che non desideri aiutarmi? Preferisci piuttosto rinascere?»

Arthur fu sul punto di mettersi a saltellare per il nervoso. «Risparmiami le domande cretine, sai benissimo che non ho alcuna scelta».

«No. C'è sempre una scelta. E tu lo sai. La scelta non è meno reale anche se tu neghi che sia così».

«È un'idiozia pura. Voglio dire, io non posso mica diventare...»

«Sì che puoi. Il fatto è che non vuoi, e sai bene qual è la differenza».

Arthur sapeva che il Guardiano aveva ragione, e la sua rabbia era diretta tanto contro se stesso quanto contro il Guardiano e ciò che egli rappresentava.

Si fissarono negli occhi, e alla fine Arthur dovette distogliere lo sguardo.

«Lasciami sottolineare che non ti ho detto tutto. Possiamo parlarne di più, ma prima è importante farti capire cosa c'è in gioco. Prelevare uno di voi dal ciclo è la mia ultima risorsa, e lo posso fare solo se l'intera vostra esistenza è in pericolo. È l'ultima spiaggia».

«Mi sembrava che tu avessi detto di aver perso uno di noi, e non che stavamo per morire».

«Non hai capito bene. È vero che anche i Bambini sono in pericolo, ma quando ho detto voi, intendevo il genere umano».

«Cosa?!»

«Uno di voi ha intenzione di distruggere l'umanità».

Arthur sorrise, ed era sul punto di fare una risata. «Ah, ah, certo. Sembra molto probabile».

«La probabilità non riguarda cose che sono già accadute».

Decifrare l'espressione del Guardiano era impossibile.

«Quindi uno di noi avrebbe pensato di uccidere tutti gli esseri umani sulla Terra? E come dovrebbe accadere?»

«Questo non lo so. È quello che tu devi scoprire, e fermare».

«Aspetta, fammi capire: tu sai che uno di noi ha intenzione di uccidere ogni singolo essere umano, ma non sai come? È semplicemente ridicolo».

«Perché ridicolo?»

Arthur allargò le braccia. «Perché non ha nessun senso! Punto primo, perché questa persona dovrebbe volere una cosa simile? Punto secondo, se non hai nessuna indicazione di come intende raggiungere il suo scopo, capisci bene che diventa impossibile valutare l'entità della minaccia».

Il Guardiano chiuse gli occhi e rimase a lungo in silenzio. « Posso mostrarti cosa intendo » disse alla fine, quando li riaprì.

« Ah, sì? »

« Quando comunichiamo in questo modo, ho la possibilità di farti vedere i ricordi degli altri. Posso trasferire un ricordo dentro la tua mente, fartelo rivivere ».

« Non capisco del tutto ».

« Quello che voglio dire è che quando riceverai un ricordo, sarà tuo. Non è come vedere delle foto o un film: te lo ricorderai, come se fossi stato tu a vivere realmente quell'esperienza ».

« E perché mai dovrei volerlo? E poi sembra una forma di stupro mentale ». I Bambini avevano discusso della possibilità di una simile tecnologia in futuro, e non avrebbe mai portato a nulla di buono.

« Perché è l'unico modo in cui puoi comprendere ».

« Stronzate. Forse tu sei una macchina senza empatia, ma non esiste una situazione che io non possa comprendere, non dopo tutte le vite che ho visto e vissuto. Non ho bisogno di entrare nella psiche degli altri per capirli. Ho provato di tutto, perfino la pazzia. Credimi, capirò, se solo me lo puoi spiegare ».

« Non vuoi nemmeno prendere in considerazione l'ipotesi che tu ti stia sbagliando? »

Arthur ci pensò su. Era bravo a comprendere le persone: aveva la capacità di mettersi nei panni degli altri, di capire cosa sentivano e cosa pensavano, perfino gli altri Bambini. Ma non poteva dimenticare che in quel preciso momento stava parlando con un'entità diversa da un essere umano, e che le regole dell'eternità erano cambiate. Eppure si trattava di uno di loro, non di un marziano.

« Sì, ma lo trovo altamente improbabile. In ogni caso non voglio invadere la mente altrui ».

Gli occhi del Guardiano si illuminarono di un baleno innaturale. «Allora spero che mi capirai in seguito». Si mosse così veloce che Arthur non fece in tempo a reagire. Gli imprigionò entrambe le mani nelle sue con una presa ferrea, come se fossero state murate nel cemento. Arthur lo sentì arrivare, anche se non lo poteva vedere. Era come un ago che penetrava attraverso barriere che lui non sapeva di avere. Poi tutto si fece nero.

XVIII

Uno scroscio di risate.

Jubal si rende conto di ciò che ha fatto, lo capisce molto prima degli altri. Eppure non scappa.

Il volto grondante di Elam si solleva dal fango e raggela tutto.

Era solo questione di tempo. Jubal mi guarda per un istante.

La testa, il collo, l'intero busto, tutto esprime la stessa cosa. Quanto ci somigliamo, eppure siamo tanto diversi.

La pietra sfreccia prima che qualcuno si accorga di cosa sta accadendo.

La gamba si frattura con un brutto rumore. Jubal si accascia senza un grido. Io vedo soltanto la seconda pietra, retta da una mano sanguinante. Elam si alza lentamente, il suo sguardo ha già ucciso. Mi metto davanti a lui, ma non basto a ostacolare la sua furia. Colpisce, ma io sono troppo veloce per lui. La terra lo colpisce agli occhi, ma tanto è già cieco. Leva di nuovo il braccio, sta per assalire Jubal, così io lancio la mia pietra. Lui cade a terra. Qualcuno degli anziani si è finalmente accorto dell'accaduto, ma è troppo tardi. Non so come faccio a saperlo.

Nessuno di loro sopravviverà.

Capitolo 18

Si chinò in avanti sulla sedia. La camicia umida fu trattenuta dalla tappezzeria della sedia, per poi incollarglisi di nuovo sulla schiena con una disgustosa sensazione di bagnato che gli provocò prurito. Gocce di sudore gli colavano dalle tempie. Si passò la lingua sui denti, portando dentro la bocca il sapore salato. Gli bruciavano gli angoli della bocca. Aveva bisogno di acqua, ma ne era rimasta una bottiglia sola, e non poteva uscire da solo a prenderne ancora.

Che quello fosse l'albergo migliore dei dintorni la diceva lunga sul postaccio in cui si trovavano. Perfino con un condizionatore d'aria funzionante era un maledetto angolo di inferno. L'alto soffitto non veniva lavato da anni, evidentemente nessuno si prendeva la briga di arrivare fin lì. Le pareti un tempo erano state bianche, e i mobili costosi. Ora puzzavano come tutto il resto di fumo stantio e sudore.

Bussarono alla porta. Tre volte, con una pausa in mezzo. Lui aprì la valigia sul tavolo, trovò la pistola e tolse la sicura prima di aprire pian piano. Fuori c'era Mercer che cincischiava una cartellina e dei documenti, i vestiti ancora stirati e con la piega impeccabile come quando era partita.

«Com'è andata?»

Mercer non rispose, andò al minibar e si versò una dose di whisky che buttò giù in un colpo solo, poi riempì di nuovo il bicchiere. Il caldo non sembrava disturbarla per nulla.

Lui chiuse la porta e rimise la pistola nella valigia.

« Più o meno come previsto » disse lei alla fine. « Si sono bevuti i tuoi argomenti, anche se uno di loro si è dovuto far convincere ».

« Kahyll? »

Mercer annuì.

« *Fuck* ».

Non era affatto sorpreso. Kahyll era uno di quelli che non sapevano arrendersi. Troppo avido, troppo intelligente, troppo stupido.

« Ci sarà d'impiccio? »

« No, se non risuscita il terzo giorno ».

« Sei stata tu? »

« No, gli altri, quando hanno capito che o tutti accettavano l'accordo, o non se ne faceva niente. E Kahyll aveva già pestato i piedi a molti di loro ».

« Bene ».

Le cose andavano secondo i piani, a parte quello stupido incidente a Johannesburg. Ancora non sapeva se c'era un collegamento tra il virus che si era beccato il turista australiano e quello a cui stavano lavorando, ma a ogni buon conto avevano dovuto interrompere l'intera operazione. Non era detto che fosse poi un male. Non credeva veramente che il virus Marburg fosse la soluzione. Doveva esistere un virus più mortale da qualche parte.

Si alzò e andò in bagno. Il volto nello specchio era abbronzato e lentigginoso, e i capelli biondo chiaro erano tagliati corti. Aveva l'aria stanca. Gli occhi azzurri erano un po' spenti, ma c'era anche dell'altro. Era come se dietro vi si nascondesse qualcosa.

Arthur si sentì tirare.

Di colpo fu scaraventato in un'altra realtà. Vide il mondo da due prospettive: vide se stesso, ma era cosciente di non essere *lui*. La faccia allo specchio era del tutto sconosciuta. Arthur avvertì il desiderio di ritornare a una sola coscienza, ma qualcosa in lui lottava disperatamente per evitarlo. Non capiva perché.

«Lasciati andare, devi vivere tutto» gli sussurrò all'orecchio la voce del Guardiano. «Usi troppe energie per evitare il peggio».

Vivere tutto? Di cosa stava parlando? Non stava opponendo resistenza!

«Va' dietro quegli occhi, senti e vedi tutto».

Arthur capì d'improvviso cosa intendeva dire il Guardiano, ma non voleva farlo. Non aveva la minima idea del perché, ma sapeva di volerlo evitare a qualsiasi costo. Poteva sentirsi oscillare tra due coscienze, due mondi che non andavano d'accordo. Uno che era il suo, l'altro quello di quel Bambino. C'era una sorta di confine tra loro, un confine che lui stesso poteva spostare.

Per un attimo il mondo rimase immobile. Il tempo si fermò.

C'era solo quell'unica immagine: un ragazzino che si guardava allo specchio, fissando i suoi stessi occhi. Arthur sentì un misto di curiosità e timore, una convinzione che certe porte non si dovrebbero mai aprire, assieme alla consapevolezza che stavolta doveva farlo. Spinse il confine più in là possibile, e si lasciò andare.

Il mondo riprese a funzionare, come un vecchio grammofono a cui venga data la carica.

Arthur si guardò negli occhi.

Fu aggredito da tutti i lati allo stesso tempo e sospinto in un'oscurità così fredda che ogni cosa si irrigidì. Ogni singolo sentimento fu risucchiato fuori di lui.

Tutto ciò che rimase fu un vuoto, un buco nero, che si allargava sempre più finché non rimase più nulla. Era un dolore che Arthur non aveva mai conosciuto, peggiore di qualunque altra cosa. Perfino la pazzia era meglio, perché non c'era alcuna razionalità. Faticò a trovare le parole per esprimere ciò che sentiva, ma infine arrivarono.

Odio. Un gelido odio calcolatore.

Arthur lottò per riprendere il controllo. Si allontanò dal ricordo quanto gli fu possibile, ma sentiva di esserne ancora pervaso. Quella non era tortura. Arthur l'aveva vissuta, ed era dolore fisico nella sua forma più pura. Ciò che stava vivendo in quel momento era qualcos'altro, qualcosa a cui non credeva.

Era l'inferno.

Qualcuno lo stava scuotendo.

«Svegliati! Arthur, svegliati!»

La voce di Julie era alta e penetrante, soffocata dal pianto e molto lontana. Arthur sollevò lo sguardo verso di lei e sentì come la lingua secca gli si era incollata al palato. Faceva male guardarla. Brevi flash di quello che aveva visto e sentito gli tornarono davanti, e il corpo ebbe dei sussulti al ritmo di quei barbagli.

Arthur chiuse gli occhi e lottò contro il bisogno di gridare. Prese la mano di Julie e la strinse.

«Aiutami a tornare a letto» disse. Si tirò su a sedere e tese il braccio, così che Julie potesse aiutarlo a rialzarsi. «Chiama il papà e digli di venire subito a casa. E poi chiama un'ambulanza, per sicurezza».

Julie andò alla scrivania, per poi scomparire alla sua vista assieme al resto del mondo. Più di ogni altra cosa, Arthur desiderava fuggire da tutto. Ma una voce si fece strada fino a lui, una voce che Arthur in quel momento non voleva sentire.

«Tua sorella farà ciò che le hai chiesto. Non so perché

sei voluto ritornare qui, ma è il posto sbagliato per te, visto che è qui che il problema ha avuto origine. Mi dispiace, ma era necessario. Andrà tutto bene, ma non mi aspettavo che saresti riuscito a lottare contro il ricordo per così tanto tempo».

XIX

Il villaggio è in subbuglio.

Tre uomini sono morti, due sono feriti, e non credo che la cosa finirà qui. Ciò che è cominciato con un battibecco fra due bambini ha portato il villaggio a una guerra. Non capisco che cosa succede. I miei genitori non vogliono parlarne. Si tratta di un'antica storia, ma nessuno me la racconta, nessuno ha il coraggio di dire il perché, nessuno osa dire che questa è una follia. Da dove viene la sete di sangue di queste persone?

Credo che nessuno se lo ricordi.

Credo che nessuno voglia ricordare.

Capitolo 19

Lo svegliò la luce. Il riverbero rosso gli bruciava le palpebre inviandogli piccole ondate di nausea attraverso il corpo. Cercò di girarsi dall'altra parte, ma né la testa né il corpo gli obbedirono. La bocca era secca e senza vita, le labbra incollate. Quando le schiuse sentì aprirsi dei piccoli tagli. Il suono che emise non somigliava neanche lontanamente a una parola.

Controvoglia, aprì gli occhi: c'era meno luce di quello che si era aspettato, ma in compenso faceva più male. L'indolenzimento provocato dalla cannula sul dorso della mano gli aveva già fatto capire che si trovava in un ospedale. Non c'era nessuno nella stanza, cosa che lo stupì. A giudicare dalla luce che entrava dalla finestra, la giornata doveva essere circa a metà. Alla sua sinistra c'era una sedia su cui Arthur riconobbe la giacca della madre. Da quanto tempo si trovava lì? Aveva più sete che fame, anche se la flebo gli iniettava del liquido direttamente nel sangue. Più di tutto era stanco.

Si ricordava ogni cosa.

Il solo pensiero fece riaffiorare sensazioni che Arthur non voleva rivivere, ma non riuscì a evitarlo. Come era possibile odiare tanto? Com'era concepibile vivere con un simile odio e vuoto interiore senza diventare pazzi? Non poteva ricordarne il nome, anche se l'aspetto del ragazzino era più vivido nella sua memoria perfino del suo stesso. Strano: ricordava ogni minimo dettaglio con insolita chiarezza. Sapeva che esistevano persone dalla memoria perfetta, ma se era così che ricordavano le cose, dovevano viverla come una maledizione. Arthur stesso aveva odiato qualcuno attraverso i secoli, ma mai come faceva quel ragazzino. Quello era un odio per tutto e tutti, incluso se stesso. Un odio talmente divorante che Arthur si sarebbe rifiutato di credere alla sua esistenza, se non l'avesse sperimentato.

La madre entrò nella stanza fissando il telefonino che teneva in mano. Arthur sollevò la mano e si sforzò di sorridere, ma entrambe le cose gli fecero male. Lei sollevò gli occhi. L'espressione del suo viso gli disse tutto ciò che doveva sapere. Era sollevata, ma non era stata atterrita. Gli prese la mano e si sedette sulla sedia, e sembrò che alternasse la ricerca di qualcosa da dire allo sforzo di trattenere le lacrime.

«Sete» disse Arthur nel tono infantile che usavano per scimmiottare Emilie.

La madre proruppe in un sorriso, ridendo e singhiozzando un poco al tempo stesso. «Adesso li chiamo, aspetta solo un po'». E tirò la cordicella a fianco del letto.

«Come ti senti?»

«Ancora sete» rispose Arthur, stringendole la mano.

«Questo l'abbiamo stabilito. Ma per il resto?»

«Come se qualcuno mi avesse infilzato con un grosso ago, mi avesse fatto camminare per venti ore in montagna e avesse detto al mio cervello che la luce del sole fa male agli occhi. Potrei star meglio».

La madre scosse la testa. «Non fai mai le cose a metà, tu. Se devi ammalarti, ti ci metti d'impegno».

«Posso dare la colpa alla mia educazione?»

«Allora piuttosto puoi cominciare ad assomigliare a tuo padre, mi sembra».

Arthur sollevò le sopracciglia e guardò la madre con aria interrogativa, ma non senza l'ombra di un sorriso all'angolo della bocca.

« Non c'è bisogno che tu ripeta questa frase quando arrivano gli altri » aggiunse la madre facendo l'occhiolino.

« Per quanto tempo sono rimasto qui? »

« Da ieri ».

Un uomo giovane si presentò alla porta, sorridendo un po' troppo. « Ma guarda un po'. Buongiorno, signori! »

« Ha sete, potremmo avere un bicchier d'acqua? » chiese la madre.

« Ma certo, vado anche a chiamare il dottore ».

« Grazie ».

Arthur si tirò su a sedere. La madre gli sistemò un cuscino dietro la schiena.

« Che problema ho? »

« Eri estremamente disidratato quando sei arrivato qui. Hanno fatto degli esami per scoprire il perché e, be', vedremo cosa dicono ».

« Quanto tempo devo restare qui? »

« Non pensare a questo, tesoro ».

Arthur si ricordò le ultime parole del Guardiano. Quella situazione era causata da qualcosa collegato al ricordo, giusto? Prima o poi avrebbe avuto una risposta, ma stare all'ospedale comportava una serie di problemi. Gli esami avrebbero rivelato qualcosa di insolito in lui? Alcuni dei Bambini in precedenza avevano temuto che vi fosse qualcosa di strano nella loro fisiologia, dato che non si ammalavano mai e i corpi si sviluppavano comunque. Arthur sarebbe guarito, secondo il Guardiano, ma a pensarci bene gli aveva dato anche un avvertimento. Quella era l'unica vita che aveva come adulto.

Doveva scoprire cosa gli stava succedendo, e tornare dal Guardiano il più presto possibile. Ma non se una delle possibili conseguenze era la sua morte.

« Come sta Julie? » domandò.

«Si è spaventata, ma adesso sta bene. Stanno venendo qui tutti».

C'erano un po' di cose che Arthur aveva voglia di chiedere a Julie, ma aveva la sensazione che la sorella non sarebbe comunque stata in grado di rispondere.

Il medico era una donna poco al di sotto della cinquantina che non amava fare conversazione. Visitò Arthur in fretta senza dire una parola, poi tirò fuori la cartella clinica e cominciò a fare domande: cosa aveva mangiato, se di recente era stato malato, se qualcuno a scuola o a casa era malato, se era stato in qualche luogo insolito.

Alla fine la madre la interruppe e chiese quanto rilevanti fossero quelle domande. Arthur suppose che la dottoressa fosse confusa perché non avevano trovato nulla che potesse spiegare il motivo della sua disidratazione.

«Crediamo che abbia contratto un virus» disse la dottoressa, con un tono che indicava che quella visita era più una formalità che una premura. «Ma può tornare a casa domani. Lo teniamo qui ancora una notte in osservazione». E sparì dalla stanza tanto in fretta quanto c'era entrata.

«La normale cortesia non è normale qui?» domandò Arthur scoraggiato.

La madre per un attimo fissò il muro. «Fintantoché fa il suo lavoro, per quanto mi riguarda può pure alzarsi con entrambi i piedi sbagliati. Ma come vita non è un granché». Poi lo guardò meravigliata. «A proposito, non l'aveva già detto qualcuno?»

«Detto cosa?»

«Quella storia della normale cortesia? L'ho già sentita».

Arthur si strinse nelle spalle.

*

Il padre e le sorelle avevano con sé cose da leggere e dolciumi: due libri, due riviste e un grande sacchetto di caramelle gommose dolci e salate. Emilie non era molto a suo agio nel vedere Arthur in un letto d'ospedale, ma le passò quando ebbe il permesso di sedersi sul letto e scoprì che poteva rubacchiare qualche caramella.

Julie fissò sgomenta la flebo nel braccio del fratello.

« Non è pericoloso, e i dottori dicono che non succederà di nuovo » la tranquillizzò Arthur, e guardò la madre per un attimo. « Ma è un bene sapere che sono in buone mani. Caramelle? » Allungò il sacchetto a Julie, che sorrise cauta e rovistò fino a pescare la sua preferita, che evidentemente sapeva essere da qualche parte sul fondo del sacchetto.

« Cos'hanno detto veramente i dottori? » domandò il padre, guardando la madre.

« Dopo » rispose lei, dando al marito un bacio leggero sulla bocca.

« *Bleah* » fece Emilie, arricciando il naso.

Rimasero fino alla fine dell'orario di visita. La madre avrebbe voluto passare la notte in ospedale, come la precedente, ma Arthur le aveva assicurato almeno dieci volte che non era necessario. Era meglio così, dato che lui aveva intenzione di scoprire come stavano le cose il più presto possibile. Non sapeva con sicurezza in quale stato appariva mentre comunicava con il Guardiano, ma sperava di avere l'aspetto di uno che stava semplicemente dormendo. In caso contrario, era meglio che lo scoprisse un infermiere piuttosto che sua madre.

*

Aveva già cominciato ad analizzare il ricordo mentre la sua famiglia era là. C'erano dei dettagli che notava per la prima volta adesso, come se la sua attenzione non fosse stata sufficiente quando aveva sperimentato il ricordo. L'accento di Mercer, il modo in cui si muoveva, il rimanente contenuto della valigia, il giornale gettato sulla sedia, i titoli, la data e l'anno: 1975. Sudafrica. Lui a quell'epoca si trovava in Cile.

Non dubitava più di quello che aveva detto il Guardiano: c'era uno di loro che intendeva distruggere il genere umano. Arthur non era un esperto di ricerca sui virus, ma ne sapeva abbastanza per conoscere il virus Marburg. Guerra biologica. Rabbrividì al solo pensiero. Molti dei Bambini avevano i loro settori speciali, o lavori, come insistevano a chiamarli. Era diventato facile, ora che le informazioni erano così disponibili. Alcuni di loro erano al livello dei migliori esperti mondiali, altri li avevano sorpassati già da tempo, perlomeno per quel che riguardava i quesiti teorici. L'idea che uno di loro stesse usando le proprie capacità per far ricerca su un virus con l'intenzione di provocare il maggior danno possibile era a dir poco spaventosa.

Arthur passò in rassegna tutto ciò che sapeva. Il ragazzo del ricordo aveva una motivazione, anche se non capiva cosa potesse provocare un simile odio. Aveva aiuto e soldi. Questi ultimi erano semplici da procurare, quando si aveva a disposizione il tempo illimitato dei Bambini, ma era l'aiuto a preoccuparlo. In che razza di modo era coinvolta quella donna? Arthur non aveva dubbi che lei sapesse di Bian Shen. C'era qualcosa nel tono tra i due che indicava rispetto, ma anche sottomissione da parte di lei. Arthur supponeva che Mercer in quell'episodio del 1975 avesse circa trentacinque anni, ma avrebbe potuto essere sia più giovane che più vecchia.

Cosa avevano fatto lei e il ragazzino negli anni che erano intercorsi?

D'improvviso ricordò le parole del Guardiano: «Prelevare uno di voi dal ciclo è la mia ultima risorsa».

La nausea minacciò per un attimo di travolgerlo, ma Arthur si distese sul letto, con la testa ben appoggiata al cuscino, e chiuse gli occhi. Le immagini arrivarono ancora più rapide della volta precedente, e lui si ritrovò sull'altopiano.

Anche il Guardiano era lì, ma c'era qualcosa di diverso in lui, che Arthur non riuscì a definire con esattezza.

«Ti piace davvero questo posto» disse il Guardiano.

«Cosa vuoi dire?»

«Visto che mi chiedi sempre di venire qui».

«Non è il luogo d'incontro, questo?»

Il Guardiano scosse la testa e sorrise. «Il luogo d'incontro è dove tu vuoi che ci troviamo. Dipende da te».

«Posso modificarlo quando voglio?»

«Sì, puoi fare quello che vuoi».

Arthur non si sentiva a suo agio sull'altopiano. Chiuse gli occhi e provò a immaginarsi un luogo in cui si sentiva sicuro. L'aria calda lo colpì come una forte spanciata, e di colpo udì suoni che non sentiva da un'eternità. Aprì gli occhi e lasciò vagare lo sguardo sulla savana. Tutti i rumori provenivano dalle sponde di un lago lì vicino, dove c'erano branchi di animali di varie specie. L'orizzonte tremolava lontano, come se il mondo fosse un apparecchio televisivo che non riceveva bene il segnale. I dettagli erano così numerosi che gli venne il dubbio se davvero si ricordava tutto questo, o se aveva supplito con la sua fantasia. Quella era senza dubbio l'Africa, ma Arthur non aveva idea di dove fosse di preciso.

Il Guardiano si materializzò al suo fianco.

«Perché sei diverso dall'ultima volta?» chiese Arthur.

«Sono diverso ogni volta, perché sono in primo luogo un prodotto delle tue aspettative».

«Ma come potevo avere un'aspettativa di qualcosa che non sapevo esistesse?»

«Hai sempre saputo di me, ma non avevi accesso ai ricordi».

Arthur diede un calcio a una pietra. «Sai perché stanotte sono quasi morto?»

Il Guardiano raccolse un filo d'erba, ne masticò un pezzetto e guardò in direzione di alcuni ippopotami che stavano sdraiati sulla riva non lontano da loro. «Saresti comunque sopravvissuto, anche senza il soccorso medico, ma i sintomi erano una reazione a un uso spropositato delle tue capacità. In più, alcune reazioni inconsapevoli, chiamiamolo pure il tuo inconscio, hanno contrastato le sensazioni che hai provato durante il ricordo. Il tuo cervello non ha finito di svilupparsi, e per questo motivo hai avuto una reazione».

Arthur non sapeva bene cosa dire, ma la conclusione era abbastanza chiara. «Ok. Quindi io ho un cervello che sta cambiando. Ci sono altre cose che dovrei sapere?»

Il Guardiano lo guardò e strizzò un occhio. Cosa volesse significare di preciso quel gesto, Arthur non lo capì. Sebbene il Guardiano fosse una macchina tecnologicamente avanzata, sembrava avere problemi a relazionarsi con le persone in modo normale.

«No. Non ti accorgerai di nulla fino a quando tutti i pezzi del puzzle non saranno andati a posto, per dirla così».

«Pezzi del puzzle?»

«Non è il giusto modo di dire? Credevo che fosse un'espressione in uso da voi».

«Dimmi solo cosa succederà quando tutti i pezzi saranno a posto».

«Si sono verificati dei cambiamenti in te dopo che hai

compiuto quattordici anni. Hai già sperimentato la possibilità del contatto con me, e del trasferimento dei ricordi. A poco a poco ti accorgerai anche che i tuoi sensi saranno diventati oltremodo acuti. Ci sono anche altre cose, ma ne possiamo parlare... più avanti».

Arthur non era sicuro se il Guardiano davvero non ne sapesse di più, o se ritenesse che il resto non fosse importante in quel momento.

«E quando andranno a posto i pezzi, allora?»

Il Guardiano si strinse nelle spalle. «Difficile a dirsi. Fra le tre e le sei settimane, forse».

La precisione non era evidentemente una delle funzioni di cui era dotato il Guardiano.

Arthur raccolse una pietra da terra e la ripulì dalla polvere, poi la lanciò in aria un paio di volte. «Stammi a sentire. Se io devo collaborare con te, devi darmi le informazioni di cui ho biosgno per fare quello che vuoi che io faccia. Non puoi aspettarti che io cominci a correre in giro per il mondo per trovare questo ragazzino senza avere almeno un'idea di cosa mi stia accadendo. E poi non capisco bene come pensi che io possa riuscire a trovarlo».

Anche il Guardiano raccolse una pietra da terra e la guardò con attenzione. «Oltre a quello che già ti ho detto, diventerai più intelligente. Ma con ogni probabilità non te ne renderai del tutto conto, perché avverrà per gradi. Piuttosto, ci saranno altre cose che cambieranno radicalmente rispetto a oggi. Una di queste sarà una nuova abilità, che si può descrivere come controllo della propria percezione temporale. Sarai in grado di modificare la velocità del tempo soggettivo di cui fai esperienza, o in parole più semplici penserai più in fretta. Molto più in fretta. Il tuo corpo però non può reggere quel ritmo, e ciò può comportare problemi. Vedremo. Non l'ho mai visto nella realtà». Il Guardiano fissò assente la pietra che teneva in mano. «È ovviamente l'abilità che stai usando ora, solo che la puoi utilizzare nel tempo stesso in cui stai facendo altre cose. Ah, e poi potrai volare».

«Volare?!»

«No, stavo scherzando».

Arthur non sapeva cosa pensare. Un'intelligenza artificiale poteva essere pazza? Era anche un po' deluso che fosse solo uno scherzo, e ciò lo stupiva. Forse aveva nutrito un sogno infantile di qualcosa di ancora più grande. Ma il tempo soggettivo sembrava un concetto sia bizzarro che interessante. In ogni caso, non capiva come tutto ciò avrebbe potuto aiutarlo.

«Non mi hai detto niente su come farò a trovare questo ragazzino».

«È qui che entrano in gioco i ricordi. Speravo che tu avresti potuto trovarlo aiutandoti con quelli».

Arthur strinse la pietra così forte da farsi male. «No, grazie, basta con quelli. Li puoi tenere per te».

«No, io sono in grado di ispezionare i vostri ricordi solo in maniera superficiale: non ho la possibilità di riviverli come puoi fare tu. Io comprendo solo le parti, non il tutto. È per questo motivo che ti ho risvegliato. Per questo, e per il fatto che tu puoi influenzare il mondo, cosa che io non posso fare».

«E allora dammi le parti».

Il Guardiano si mise le mani sulla schiena e cominciò a camminare su e giù. «Non servirebbe. Io posso selezionare le parti che ritengo rilevanti, ma tu devi per forza sperimentarle. Se il Bambino dev'essere fermato, devi entrare nella sua testa, capire come pensa».

Arthur chiuse gli occhi. Avrebbe potuto ingoiare tizzoni ardenti, e ciononostante si sarebbe sentito meglio.

«È un problema?» domandò il Guardiano.

« Sì, è un problema ».

« È per questo che ti sei opposto ai ricordi? »

« Quel bambino è un pazzo furioso ».

Il Guardiano si sedette. « No, non è pazzo, me ne accorgerei. Se smette di pensare razionalmente, è facile vederlo ».

« Non intendo questo. Mi riferisco ai suoi sentimenti. È pazzia pensare come lui ».

« Perché? »

« Quel Bambino odia se stesso e il mondo in maniera del tutto irreale. Come possa pensare e agire in modo razionale, per me è un mistero. L'ho sperimentato per un attimo, e ancora non posso pensarci senza sentirlo in tutto il corpo. Lui, io, desideravamo morire. Potevi minacciare di uccidermi, e ti avrei ringraziato con tutto il cuore ».

« Posso aiutarti con i sentimenti ».

Arthur pensò di aver sentito male.

« La mia conoscenza del cervello umano non è completa, ma presumo di saperne abbastanza per aiutarti su questo punto. Troveremo una soluzione ».

Arthur scagliò la pietra con forza sopra la savana. « Non ho alcuna intenzione di rivivere ancora un singolo ricordo ».

Il tono del Guardiano cambiò di colpo. « E invece lo farai ».

Arthur si raddrizzò automaticamente. Gabriel era l'unico dei Bambini ad avere la stessa capacità: ti faceva capire quando ti comportavi in modo infantile.

« Non ti ho scelto a caso » continuò il Guardiano. « Tra tutti i Bambini sei tu il più adatto a questo scopo, per svariati motivi. Lo farai, perché sai che è la cosa giusta da fare ».

Arthur aprì la bocca, ma non trovò le parole.

Il Guardiano ritornò se stesso. « Dunque, cominceremo l'allenamento non appena sarai di nuovo a casa. A poco a poco imparerai ad affrontare i sentimenti. Ma ok, niente ricordi per un po'. C'è qualcos'altro che vuoi sapere?»

C'era qualcosa che *non* voleva sapere?

Ma una cosa lo preoccupava più di tutto. «Chi è Mercer, e come mai ha a che fare con il Bambino?»

«Il bambino si fa chiamare Paolo. Non so come quei due si siano incontrati».

«Perché no?»

«Ho accesso solo a una minima parte della sua memoria, quindi posso analizzare solo ricordi casuali. La maggior parte sono troppo vecchi per avere una qualunque rilevanza».

«Ma come la mettiamo con quell'odio? Deve avere una causa. L'odio, evidentemente, è la ragione per cui vuole distruggere l'umanità. Scoprirne il motivo è l'unico modo per fermarlo».

«Alla lunga sì. In questo momento però non abbiamo tempo per pensarci».

Arthur si sporse in avanti e guardò il Guardiano. «Non abbiamo tempo? Cos'è che non mi hai detto?»

«Circa il 98,3 percento, credo. Non posso mostrarti altri ricordi qui sui due piedi, ma posso affermare che Paolo ha pensato di usare tutte le armi possibili per eliminare ogni singolo essere umano dalla faccia della Terra, e con ogni probabilità è già nella fase finale dei suoi piani. Non chiedermi come sono arrivato a questo: te lo mostrerò, ma non ora. Tutto ciò che desidera è morire, e ho paura che possa riuscirci».

Arthur comprese cosa voleva dire il Guardiano. Era uno dei dibattiti che si erano accesi nel Network all'inizio: i Bambini avevano discusso l'eventualità che potessero morire sul serio. Reincarnazione dopotutto non significava vita eterna. Se non si trovava un essere in cui rinascere, il sistema crollava. Se una meteora avesse colpito la Terra distruggendo ogni forma di vita, anche i Bambini sarebbero morti. Su questo la maggior parte di loro era d'accordo.

«Dio mio» esclamò Arthur. «E se Paolo fa parte del Network? Allora magari lo conosco!» Si maledì per non averci pensato prima.

«Ne dubito. Ho controllato, e nessuno di quelli che utilizzano il Network in tempi moderni è questo Bambino. Ma può essere venuto a conoscenza del Network prima, e poi essersene allontanato».

Arthur era confuso. «E perché l'avrebbe fatto?»

«Se è per questo, c'è più d'uno di voi che lo fa. Non a tutti interessa avere contatti con gli altri».

«Ho sentito voci sull'esistenza di Bambini così, ma questo Paolo vorrà pure aver accesso alle risorse del Network? Per non parlare del nostro livello di conoscenza».

Il Guardiano non aveva alcuna risposta.

«E dimmi, qual è la probabilità che uno di noi casualmente sparisca dal tuo sistema, o come vuoi chiamarlo, e che questa persona voglia ammazzare tutti quanti?»

«Credo che sia pari allo zero». Il Guardiano sembrava soddisfatto, ma Arthur ebbe l'impressione che si aspettasse che fosse lui a continuare.

«E questo non suggerisce forse qualche scenario inquietante?»

«Probabilmente non tanti quanti ne immagini tu».

«Cominciamo con i tre più scontati. O c'è qualcosa che non va nel sistema, o lui l'ha violato, o qualcuno l'ha aiutato a farlo».

Il Guardiano annuì, sempre soddisfatto. «E tu per quale propendi?»

Arthur allargò le braccia. « Questo non è un reality show! Non puoi dirmelo e basta?! »

Il Guardiano ridacchiò. Arthur sentì i pugni che si serravano.

« Non è possibile che abbia violato il sistema, ed è improbabile che qualcuno l'abbia aiutato dall'esterno. Posso solo supporre che tutto sia dovuto a un guasto del sistema ». Il Guardiano sollevò la mano nell'attimo in cui Arthur stava per cominciare a parlare. « È improbabile perché chi possedesse una tecnologia tanto avanzata da eludere i sistemi di sicurezza e apportare simili modifiche sarebbe anche in grado di cancellare la Terra premendo un grande bottone rosso, per così dire. È impossibile perché la tecnologia che permetterebbe a una persona di arrivare a far questo si trova a un numero imprecisato di millenni nel futuro ».

« E se i nostri cari creatori avessero deciso di divertirsi con un bel giochetto? »

« Non impossibile, ma improbabile. Non è nella loro natura sperimentare in quel modo ».

Arthur non sapeva se mettersi a ridere o a piangere, ma a quel punto non ne poteva più. Scomparve dalla savana e tornò in ospedale. Erano trascorsi solo pochi minuti, ma sembravano delle ore. Il sonno giunse immediato.

E in sogno lo attendevano ancora altre domande.

XX

Gli anziani si sono riuniti.

Si parla di giustizia, di onore. Del fatto che tutto questo debba finire. I due capiclan gridano rabbiosi, ma una parola del più anziano li zittisce. Nessuno di loro pagherà, nessuno ammetterà la propria colpa.

All'improvviso mi metto davanti a loro. Hanno sguardi assassini, e per un istante non so che cosa dire.

« Puniteli entrambi, per il male che hanno fatto al villaggio ».

Stavolta le grida erompono da quasi ogni bocca, anche da alcuni dei più anziani. Parole e sassi grandinano sull'unico bersaglio che ora hanno in comune.

Il più anziano si alza.

Il silenzio che segue è doloroso. Non ho il coraggio di guardare altrove che a terra.

« E a chi andrà ciò che devono pagare? »

Non capisco che sta parlando con me, fino al momento in cui mi posa una mano su una spalla. Alzo lo sguardo sui suoi occhi che cercano di capire. Le mie parole arrivano appena alle sue orecchie. Mi toglie la mano dalla spalla, si volta e leva il bastone sopra la testa, stringendolo con ambedue le mani. Le parole riecheggiano nel silenzio.

« Che siano loro a pagare il villaggio ».

Capitolo 20

Il cellulare giaceva a fianco del cuscino, come al solito. Nathaniel era riuscito a resistere a non guardarlo fino a quel momento. Erano le quattro passate, questo voleva dire che erano almeno due ore che se ne stava a fissare il soffitto. Perché era tornato a casa? Avrebbe potuto benissimo rimanere in ufficio a fissare il muro. Lì almeno aveva accesso a tutte le macchine.

D'altro canto il suo corpo non aveva beneficiato della vita che aveva fatto nelle ultime settimane: sonno scarso e irregolare e troppo pochi pasti gli avevano procurato una sorpresa quando si era visto allo specchio una mattina. Né le occhiaie scure né le labbra secche donavano alla sua faccia rotonda con la barba incolta. Dopo che aveva firmato il contratto, nel giro di due giorni gli avevano dato ufficio, computer e accesso ai satelliti che potevano fornire nuovi risultati del test. Nathaniel non sapeva quanto tempo aveva passato in ufficio. L'unico rapporto che aveva avuto con il mondo esterno, a parte le sorelle, era con un tecnico della Rilchned, e comunque solo via mail.

Non riusciva a vedere la soluzione.

I risultati erano coerenti, proprio come aveva previsto: quattrocentoventuno rilevamenti, di cui soltanto uno si poteva fissare su una carta con coordinate precise. Il resto aveva un margine di insicurezza fra i tre e i cinque chilometri.

Su richiesta di Rilchned, Nathaniel aveva creato un programma che elaborava i risultati di più ricerche e cercava di calcolare la posizione esatta di una persona, ma andava a rilento. La domanda era cosa dovessero fare con quell'unico segnale forte abbastanza da essere localizzato. Aveva comunicato i risultati a Rilchned, e loro gli avevano risposto di aspettare e di continuare a cercare di migliorare i risultati. A Nathaniel sembrava impossibile: non si poteva migliorare il modello esistente, la matematica era quella che era.

Negli ultimi giorni aveva anche cominciato a dubitare dell'intera teoria. E se non erano persone quelle che registrava il sistema? C'era solo un modo di confermarlo, e significava che doveva andare in Norvegia. La questione era se Rilchned gliel'avrebbe permesso. Poteva partire di sua iniziativa, ma questo si sarebbe potuto interpretare come rottura del contratto. E anche se avesse avuto la conferma della localizzazione di quel singolo individuo, in realtà non risolveva il problema. Un sistema in grado di individuare quattrocentoventuno persone in quel modo era forse una rivoluzione scientifica, ma di dubbia utilità. Forse qualche ricerca sugli individui localizzati avrebbe potuto suggerire il motivo per cui i satelliti avevano registrato proprio loro. Nathaniel avrebbe voluto avere una conoscenza più approfondita della neurologia. Se non riusciva ad andare avanti da solo, avrebbe dovuto chiedere a Rilchned di far entrare nel progetto altri esperti. Ma non voleva chiedere, non ancora.

Doveva pur esserci una soluzione.

Tutto ciò che doveva fare era semplificare il problema in parti minori e più gestibili, ma stava per raggiungere il punto estremo di saturazione. Una volta quella situazione gli era sembrata attraente, ora era più come un nodo gordiano che gli pendeva sopra la testa.

Si stropicciò gli occhi e uscì dal letto. Il pavimento era freddo e sgradevole. Andò al frigorifero, prese latte e cacao in polvere e si sedette davanti al computer. Erano arrivate diverse mail, una di queste era dal suo contatto a Rilchned. La lesse in fretta: uno dei dirigenti, una donna, sarebbe venuto a trovarlo, in tutta segretezza, l'indomani.

« Desideriamo discutere gli sviluppi del progetto, e fornire una spiegazione di cosa è all'origine dei segnali ».

Nathaniel dovette rileggerla diverse volte. Non aveva senso. Si abbandonò all'indietro sullo schienale e rimase a fissare lo schermo. Non poteva essere vero. Se già lo sapevano, perché non lo avevano detto subito?

« No. No, no, no... »

Quasi gli sfuggì il bicchiere di mano quando fu colpito dalla rivelazione. Quelli di Rilchned sapevano ciò che lui aveva trovato, in realtà lo avevano saputo fin dall'inizio. Ecco perché gli avevano offerto quel contratto. Nathaniel aveva sempre dato per scontato che quei rilevamenti fossero persone, dopotutto era quello lo scopo dell'intero progetto. Ma nella mail loro avevano usato la parola 'cosa', non 'chi'.

Che cosa mai aveva trovato?

A Rilchned stava molto a cuore trovarla, qualunque cosa fosse. E il giorno dopo gliel'avrebbero rivelata.

Una volta tanto, l'ufficio aveva un aspetto ordinato. Nathaniel aveva stipato pile di riviste e articoli dentro un armadio, e buttato i libri in un cassetto. La dirigente doveva venire alle due del pomeriggio, ma l'ora era già passata da dieci minuti. Non gli avevano dato alcun numero di telefono, e nessuno l'aveva contattato per modificare l'ora dell'appuntamento. Provò a tranquillizzarsi col pensiero che i direttori erano persone molto impegnate. Il contratto era sul tavolo davanti a lui.

Alcuni paragrafi li sapeva a memoria, ma non era riuscito a trovare alcuna scappatoia. Aveva anche cercato di scoprire qualcosa di più riguardo a Rilchned, ma invano. Rifuggivano dai media, a dir poco. Un indirizzo registrato in Svizzera era tutto ciò che aveva trovato come contatto. C'era stato un momento in cui gli era venuta la tentazione di scoprire chi o che cosa si celasse dietro l'indirizzo email attraverso cui comunicava con loro, ma poi aveva lasciato perdere.

Che ne era della dirigente?

Nathaniel guardò fuori dalla finestra e in strada, quando bussarono alla porta.

Respira a fondo, abbassa le spalle, non c'è motivo di essere nervoso.

Emma aveva detto che era impossibile sentirsi stressati in fase di espirazione. O era di inspirazione?

Nathaniel si sistemò il nodo della cravatta che aveva lasciato allentata intorno al collo, e si infilò meglio l'orlo della camicia dentro i pantaloni.

Aprì la porta.

Quasi subito questa colpì qualcosa, e Nathaniel udì qualcosa cadere.

« Mi scusi! La porta si apre all'infuori ».

Sentì che il proprio tono di voce era stranamente alto, e si chiese se sarebbe riuscito a dire subito altre cose banali. Vide il davanti di una bicicletta che veniva raddrizzato e tirato un po' indietro. Una ragazzina la reggeva per la sella. Aveva un grosso zaino sulla schiena e un casco che le creava una frangia bizzarra. La prima impressione di Nathaniel fu che fosse latinoamericana, con lunghi capelli scuri e occhi castani, ma a guardar meglio era più probabile che avesse tratti medio-orientali.

La ragazzina appoggiò la bicicletta al muro e gli sorrise.

« Salve » disse, tendendo la mano.

Nathaniel ricambiò il sorriso e gliela strinse. «Ciao, in cosa posso aiutarti?»

«Noorah Lamborn al-Bahri» disse lei seria.

Definitivamente Medio Oriente.

«Nathaniel Wilkins» replicò Nathaniel, senza riuscire del tutto a reprimere un sorriso confuso.

Era una nuova tattica di vendita del reparto femminile degli scout? La bambina non poteva avere più di dieci anni.

«Scusami se sono un po' in ritardo, ma ci ho messo un po' di più di quanto avevo previsto a venire in bicicletta».

«Scusa?»

«Dovevo arrivare alle due. Vengo da Rilchned».

Nathaniel si guardò intorno in corridoio. «Hai detto Rilchned?»

«Sì».

Molte domande gli si affollarono sulla punta della lingua. La maggior parte cominciava con un 'ma'.

«È una specie di test?» chiese.

«Sì, in effetti lo è».

«Cosa vorresti dire?»

La bambina lo guardò e fece un breve sorriso. «Forse possiamo continuare nei nostri locali?»

Nathaniel rimase impalato a fissare la stanza dietro di sé.

«Capisco la tua confusione, ma tutto diventerà chiaro quando ti avrò spiegato. Hai visto questa?»

Gli tese un foglio. Era la stampa della mail che gli avevano mandato. Nathaniel non aveva idea di cosa dire, ma fece un passo di lato. La bambina entrò, appese la giacca e si sedette sul divano. Nathaniel la seguì, sempre cercando qualcosa di ragionevole da dire.

Lei tirò fuori un pc portatile e lo accese. «Non è che per caso hai un cavo internet?»

Nathaniel ripescò il cavo che aveva gettato dietro il divano e glielo porse.

«Allora, posso rimanere fino alle sei di stasera, e non è molto tempo considerato quello di cui dobbiamo parlare. Siediti».

Nonostante gli sembrasse stupido farsi comandare da una ragazzina, Nathaniel obbedì.

«Questo sarà difficile da digerire, quindi comincio direttamente. Il tuo sistema indica quattrocentoventuno rilevazioni, distribuite in modo abbastanza uniforme in tutto il mondo».

Girò il computer verso di lui. Sullo schermo c'era un'immagine del mondo con le rilevazioni sotto forma di puntini rossi. Non era la stessa carta che utilizzava lui, ma Nathaniel non ebbe alcun problema a riconoscere il modello. «Come avevi supposto tu, ogni rilevamento è una persona. Quello che non sai è che tutti i risultati sono bambini tra gli zero e i quattordici anni». La bambina premette un tasto, e uno dei puntini rossi diventò blu. «Questa sono io, Noorah, nel caso ti fossi dimenticato il mio nome. In aggiunta, abbiamo confermato con buona probabilità centodiciannove persone, non contando quella che emette un segnale molto più forte delle altre».

Premette ancora una volta, e altri puntini blu apparvero tra l'altro negli USA, in Norvegia e in India. Nathaniel non poté fare a meno di fissare il punto blu sopra la Norvegia.

«Bambini?» domandò.

«Bambini».

«Perché?»

«Non so bene cosa mi stai chiedendo, ma diciamo che chiamarci bambini non è del tutto esatto».

«Ah, no?»

Noorah gli lanciò un'occhiata indagatrice e girò di

nuovo il computer senza interrompere il contatto visivo. «Viviamo da diverse migliaia di anni».

Nathaniel si appoggiò all'indietro e cominciò a ridere sommessamente. «Ma davvero. Avrei puntato su alieni travestiti o qualcosa del genere. Hai con te una macchina fotografica? Vuoi che saluti e faccia ciao ciao?» Non riuscì a nascondere l'irritazione nella voce. «Cos'è che vogliono davvero ricavare loro da tutto questo?»

«Chi sono loro?»

«Rilchned, è ovvio».

«Rilchned è un anagramma».

Nathaniel fissò Noorah senza capire. «E allora?»

Noorah girò di nuovo il pc verso di lui. Il nome Rilchned copriva quasi lo schermo intero, poi tutte le lettere cambiarono di posto in continuazione.

«Non mi aspetto che tu mi creda, ma non c'è alcun modo facile in cui spiegarlo».

Era facile rimescolare le lettere, ma Nathaniel lo rifece più e più volte.

«Devi esserti scervellato non poco su cosa esattamente rilevi il tuo sistema, e io ho formulato la mia mail in modo tale da spingerti a fare proprio quello. Noi non sappiamo perché il tuo sistema sia in grado di localizzarci, ma abbiamo le nostre teorie. Capisci di certo perché volevamo il controllo della tecnologia». Girò di nuovo il computer verso di sé.

«E io dovrei credere a questa storia?»

«Dipende da te, ma intendo darti informazioni che si spera ti convinceranno. Dopotutto tu lavori per noi adesso». Guardò l'orologio. «L'orario del nostro incontro d'altra parte non è stato scelto a caso. I satelliti ci rileveranno tra meno di un'ora».

A quello Nathaniel non aveva pensato per nulla, ma la bambina aveva ragione: il rilevamento sarebbe avvenuto di lì a un'ora, ma ci sarebbero volute diverse ore prima che i risultati fossero pronti.

Non desiderava stare lì un secondo di più, ogni fibra del suo essere si opponeva, ma c'era qualcosa in quella bambina che gli impediva di andarsene.

« La via più facile è che io ti spieghi le cose fondamentali prima che tu inizi a fare domande. Suppongo che tu conosca il concetto di reincarnazione ».

Nathaniel annuì suo malgrado.

« Be', esiste. Io ormai sono vissuta per settemila anni, in diversi corpi sparsi in tutto il mondo. Non sono mai arrivata a compiere quattordici anni. Morire è come dormire, finché mi risveglio a una nuova nascita. Sono sempre femmina, e ricordo le mie vite precedenti. Parlo tutte le lingue principali del mondo più una sessantina di lingue minori o estinte. Come me ce ne sono altri, non ho mai saputo esattamente quanti, perlomeno finché non sei arrivato tu. Non sappiamo perché o come ci reincarniamo, non abbiamo altre conoscenze se non quelle di cui abbiamo fatto esperienza, o che ci siamo immaginati. Siamo bambini, ma non siamo bambini. Siamo esseri umani, ma siamo anche qualcos'altro. Scusa, hai da bere? »

C'era qualcosa nella voce di lei, nel suo linguaggio corporeo. All'inizio Nathaniel l'aveva giudicato un atteggiamento da saputella, ma c'era qualcosa di più. Lo guardava come se fosse stato lui a piombare attraverso la porta chiedendo chi e dove fosse. C'erano in lei un'arroganza e un'aggressività che a stento aveva trovato in altri. Sapeva esattamente cosa stava accadendo, e Nathaniel era sicuro di non piacerle.

E lei gli aveva appena fatto una domanda, si ricordò improvvisamente. « Bere? Sì. Cosa vuoi? »

« Quello che hai. Volentieri del tè ».

Nathaniel accese il bollitore e tirò fuori una bottiglietta di coca, che aprì e mise sul tavolo davanti a sé.

«Il modo più facile di provare ciò che ti ho detto sarebbe naturalmente che io mi togliessi la vita, per poi telefonarti quando avrò due anni e darti informazioni che solo tu e io possiamo conoscere, ma ci sono un paio di motivi per cui non lo faccio. Il primo è che non mi piace particolarmente essere un bebè, e l'altro è lo spreco di tempo».

Nathaniel prese la bibita, sprofondò di nuovo nel divano e rimase seduto a fissarla.

«Tranquillo, mi crederai».

«È una situazione troppo assurda».

Noorah sollevò un sopracciglio. «Ho una certa comprensione per il tuo punto di vista. Ma finché non mi crederai non potremo andare avanti, dunque abbiamo un problema».

«Ecco, su questo preciso punto possiamo essere d'accordo».

«Ecco perché devo convincerti adesso. Non domani, non tra una settimana, ma adesso».

Nathaniel stava per dire 'buona fortuna', ma prima c'era una domanda che doveva fare. «Cos'ha di speciale quella persona in Norvegia?»

Per una volta tanto fu lei a non essere preparata. «Non lo so» rispose esitante.

Nathaniel non aveva idea se lei stava mentendo o no, ma qualcosa doveva pur sapere.

«Quindi tu non conosci quella persona?»

«È uno dei miei migliori amici».

Per un breve attimo Nathaniel non vide una bambina seduta sul divano, ma un'altra cosa. Qualcosa che lo spaventò. Ma di colpo davanti a lui c'era di nuovo una ragazzina. Lo sgradevole silenzio fu interrotto dal borbottio del bollitore. Nathaniel andò a prendere una tazza e delle bustine di tè, oltre allo zucchero.

«Se quello che dici è vero, non capisco bene perché me lo racconti. Non è un segreto?»

«Qualcuno ti crederebbe, se gli raccontassi quello che ti ho appena detto?»

«Probabilmente no, non fino a quando gli avessi mostrato le ricerche e spiegato il nesso tra i rilevamenti».

«E perché lo faresti?»

«Perché magari la gente dovrebbe saperlo? Se si venisse a sapere che ci sono delle persone che vivono in eterno, di sicuro molti dovrebbero cambiare la propria visione del mondo. Per non parlare della vostra conoscenza: è inestimabile. Quante lingue hai detto che conosci?»

Lei lo fissò. «Abbiamo valutato se eliminarti».

Lo disse come se stesse rispondendo a uno che le aveva chiesto l'ora. Un mezzo cucchiaino di zucchero finì dentro la sua tazza. Nathaniel era sicuro che Noorah intendeva veramente ciò che diceva, ma la cosa era troppo assurda. Si limitò a scrollare la testa e a sorridere rassegnato, poi si alzò in piedi.

Noorah sorseggiava il suo tè.

Nathaniel si risedette, più che altro perché non sapeva perché si era alzato.

«E così avete valutato se eliminarmi. Fantastico».

«Certo che lo abbiamo fatto. Pensaci bene. Supponi che tutto quello che ti ho detto sia vero. Cosa credi che ci farebbe la gente se venisse a sapere la verità?»

Nathaniel si contorse sul divano. «Ma io per voi valgo di più da vivo».

Non era sicuro se quella fosse una domanda a cui in realtà non desiderava ricevere risposta, o se volesse farla sembrare una constatazione.

«Sì, e abbiamo concluso che saresti stato in grado di reggere a quello che ti avremmo detto».

«Così mi avete fatto una specie di psicanalisi?»

Noorah si strinse nelle spalle. «Sarebbe dare troppo credito a Freud, ma sì, qualcosa del genere».

«Cos'è che devo fare per voi?»

«Per cominciare, quello che hai fatto fino a ora: continuare il progetto».

«E poi?»

«Questo lo discuteremo. Ci sono molte possibilità».

«Be', io mi ritiro». Nathaniel la scrutò cercando una reazione, ma non registrò nulla.

«Perché?» domandò Noorah.

«Tutto ciò non è di alcun interesse per me. Quindi mi ritiro, potete tenervi il progetto. Il lavoro è fatto. Il sistema funziona, solo che non fa quello che avevo pensato». Si alzò di nuovo dal divano, e stavolta rimase in piedi.

Noorah era assorbita da qualcosa sul computer. «Quindi d'improvviso mi credi, ma non sei minimamente curioso?»

«Non so a che cosa credo, ma in ogni caso questa non è roba per me». Una voce nella sua testa protestò forte e chiaro, ma la decisione ormai era presa.

«Che cosa ti spinge veramente a ritirarti?»

«È importante?»

Nathaniel aveva molti motivi. Non la sopportava. Non gli piaceva chi era, cosa era, e in definitiva non gli piaceva che avesse rovinato il suo progetto.

«Non c'è niente che io possa dire per convincerti del contrario?»

«No». Una piccola parte di lui avrebbe voluto che ci fosse.

«Avrei capito se tu non fossi stato in grado di reggere

la sfida, ma non è questo il tuo problema, vero? E credevi davvero di avere una scelta? »

Girò il computer verso di lui.

Nathaniel era troppo lontano per vedere chi fosse la persona nella foto di sinistra, ma la ragazza in quella di destra l'avrebbe potuta riconoscere anche con un occhio solo e malfunzionante. Anche a distanza, su quel profilo non ci si poteva sbagliare.

« Entrambe le foto sono state scattate ieri, come puoi vedere dalla data ».

Era come se le braccia e le gambe fossero pronte a esplodergli, come se il suo corpo aspettasse un segnale.

« Lavori per noi, che tu lo voglia o meno » disse Noorah.

Il corpo scattò come per un riflesso. In un attimo Nathaniel le fu accanto. Le strinse la mano attorno alla gola e la sollevò dal divano spingendola contro il muro, dove lei rimase sospesa scalciando in aria con espressione sbalordita, e il suo respiro lambì la faccia di Nathaniel come un'aria calda e umida. Lui le strinse la gola tanto da farla annaspare, ma solo una volta.

Gli occhi di lei incontrarono i suoi con uno sguardo curioso del tutto privo di paura.

Nathaniel allentò un poco la presa così che Noorah poté appoggiare i piedi a terra, ma la tenne inchiodata al muro. Era molto più alto di lei, ma lei lo guardava senza alcun timore. Alla fine Nathaniel la lasciò andare, si voltò e sollevò il computer.

La foto di Martha era stata fatta davanti a casa loro.

Stava uscendo dalla porta.

Nella foto di sinistra Emma stava in piedi davanti a delle amiche e gesticolava, come faceva sempre. Il suo sorriso mostrava denti bianchi e perfetti, e tutto il corpo emanava gioia.

Nathaniel si girò verso Noorah. Lei lo stava ancora guardando con la stessa espressione.

«Tocca le mie sorelle, e...» cominciò Nathaniel. Non era ben sicuro di quale minaccia potesse far effetto su di lei.

Noorah si risedette tranquilla sul divano. «Non mi aspetto che tu capisca, non adesso. Ma credo che il punto ti sia chiaro. Da certe cose ci si difende con ogni mezzo. Nessuno ha interesse a finire in una situazione *lose-lose*. Tu forse non vedi questa come una situazione *win-win*, ma posso garantirti che non te ne pentirai».

Nathaniel scagliò la bottiglietta contro il muro con tale forza che i frammenti di vetro schizzarono dappertutto. Ci volle molto tempo prima che si calmasse. Lo riempiva una mescolanza di sensazioni mai sperimentata prima: rabbia, paura, confusione, curiosità. Avrebbe potuto scoppiare a piangere, ma a tutto c'era un limite. Si sedette di nuovo.

«Cominciamo» disse Noorah, come se nulla fosse accaduto.

Le ore trascorsero molto più in fretta di quanto aveva creduto possibile, ma quando Noorah lo lasciò, Nathaniel non aveva ancora la minima idea di come rapportarsi a tutta quella storia. Il mondo non era cambiato. Era logicamente impossibile. Il mondo era quello che era sempre stato. Era lui stesso la variabile dell'equazione. E allora perché non si sentiva così?

Le settimane passarono senza che Noorah si rifacesse viva. Poi arrivò un pacco per lui in ufficio. Nathaniel fissò i passaporti: uno era il suo, ma lui non si chiamava più Wilkins. L'altro apparteneva a un teenager chiamato Arthur. Avevano dato a entrambi lo stesso cognome. I passaporti erano chiaramente falsi, ma tutto, dall'ologramma alla carta, faceva pensare che fossero veri. Quanto potere avevano quei bambini, o qualsiasi cosa fossero?

Noorah lo aveva chiamato 'l'inizio di una nuova vita davanti a lui'. La possibilità di comprendere il mondo come solo pochi erano in grado di fare. Nathaniel non aveva nessuna intenzione di chiudere la vita vissuta fino a quel momento, ma il mondo del giorno prima gli sembrava già molto, molto lontano.

Noorah pedalò per dieci minuti prima di chiamare il taxi con cui si era accordata perché venisse a prenderla. Su quasi tutti i fronti Nathaniel era stato esattamente come previsto, ma lei non aveva calcolato il suo temperamento. In quello aveva sbagliato a giudicarlo. La questione era se lui fosse uno che si lasciava governare dalla rabbia, o se fosse lui a governarla. Era senz'altro abbastanza intelligente da farle passare la voglia di averlo come nemico, soprattutto se lui era un tipo calcolatore.

Una possibile amicizia era probabilmente già andata perduta.

XXI

Mi sveglio.

Sono sicuro che sto ancora sognando. Niente è come dovrebbe essere. Il corpo non risponde come dovrebbe. La verità mi colpisce come un pugno. Cerco di ricordare cos'è successo l'ultima volta, ma niente da fare. Mi sono coricato assieme agli altri. L'ultima cosa che ricordo è il cielo pieno di stelle nitidissime.

Non capisco. Ero di nuovo un giovane di quattordici anni, pronto per andare a caccia con mio padre. E invece eccomi qui, in un luogo dove il gelo è un dolore pungente e sento il vento che ulula come un animale.

Maledico gli dei per questa vita, ma maledico di più chiunque mi abbia ucciso.

Capitolo 21

Arthur era stato in ospedale quattro giorni. I sintomi erano un piccolo mistero per i dottori, che intuivano la sgradita presenza di un qualcosa, ma gli esami effettuati non mostravano nulla di particolare. Ora Arthur si sentiva abbastanza bene e non era preoccupato. Il Guardiano gli aveva proibito di comunicare con le proprie forze.

A casa da una mezza giornata, avrebbe avuto ampiamente occasione di contattare Raven, ma ancora non l'aveva fatto. Probabilmente lei pensava che Bian Shen si fosse verificato. Cosa doveva dirle? La verità? Non aveva idea se esistesse una qualche verità. Ma aveva bisogno di parlare con qualcuno, qualcuno che lo conosceva, così alla fine si decise a chiamarla.

«Pronto?» la voce di Raven.

«Ciao, sono io».

«Era ora. Si può sapere cos'hai fatto negli ultimi giorni?»

«Sono stato in ospedale. Son tornato a casa oggi».

«Come mai?»

Perché il mondo era stato capovolto da bizzarre creature.

«Sono stato ammalato».

«Per ammalato intendi investito da una macchina, o ti sei rotto una gamba?»

«No, malato. Disidratato, se vogliamo essere precisi».

«E perché?»

«Non lo sanno. L'esito di tutti gli esami è più o meno normale».

«E tutto è come al solito?»

C'era qualcosa nella sua voce che per un attimo lo stupì. «Vuoi dire tranne l'ovvia constatazione che da un momento all'altro posso ammalarmi?»

«Bah, non è più strano del fatto che in effetti tu ora hai quattordici anni. Ma stai meglio adesso?»

«Sì».

«Be', non ci aspettavamo che tu morissi o qualcosa del genere. Niente scommesse o simili».

«Ah, ah... e quanto hai vinto?»

«Non tanto, ma qualcuno mi deve un favore o due».

La sua risata era irritante.

«Sempre buono a sapersi che posso fidarmi del tuo ottimismo sul mio conto». La frase suonò molto più dura di quanto fosse nelle sue intenzioni.

«Già, vero? Ma cosa posso fare per te? O hai qualcosa di importante da dirmi?»

«No. Nient'altro se non che sono ancora vivo. Pensavo che magari vi sareste preoccupati dopo quattro giorni senza mie notizie».

«Non sono neppure la tua baby-sitter. Ormai sei davvero diventato grande».

Arthur avrebbe voluto che quella fosse una videotelefonata, così che avrebbe potuto vederla. C'era qualcosa di strano nel comportamento di Raven.

«Molto divertente. Come mai sei così allegra?»

«E tu come mai sei così depresso? Sei tu che stai crescendo».

«Resta da vedere. C'è qualcosa che dovrei sapere, già che ci siamo?»

«Forse. Qualcuno di noi vuole andare a Parigi. Non avresti la possibilità di venire anche tu?»

Arthur non seppe cosa dire. Non era stato più a Parigi

da quella volta. Ma chi era che voleva andare alla Biblioteca, e perché volevano che ci andasse anche lui?

« Eh già, perché è facile per me fare una gitarella di un giorno a Parigi. Perché ci volete andare? »

« Non posso dirti il perché, ma è importante che tu ci sia. All'aspetto pratico della cosa ci penso io ».

Arthur si chiese che cosa volesse Raven. Non era possibile che sapesse qualcosa di ciò che gli era capitato, del suo incontro col Guardiano. Allora cos'era? E perché proprio lui?

Parlarono insieme per quasi un'ora. Tutto il tempo Arthur aveva in mente Paolo e i suoi piani, e più di una volta fu sul punto di raccontare a Raven quello che sapeva, ma non ci riuscì. Raven gli fece un riassunto delle ultime discussioni che si erano tenute nel Network, ma niente di interessante.

Niente che potesse essere messo in relazione a ciò che aveva appreso dal Guardiano. Raven non lo disse con chiarezza, ma Arthur capì che il Consiglio era in subbuglio perché lui ancora non era trasmutato. Non si sarebbe sorpreso che avessero dei piani pronti già da molto prima di sapere che lui poteva diventare adulto. In realtà ormai c'era ben poco in grado di sorprenderlo. Ma c'erano molte cose che lo annoiavano.

Le vacanze estive procedevano come al solito. Arthur era contento di avere tempo di fare quello che gli pareva, ma a volte il troppo tempo libero era un problema. Dopo il ricovero in ospedale aveva a malapena incontrato qualcun altro al di fuori della famiglia, e sfruttava quella scusa il più possibile.

Di regola era fuori casa solo quando andava a correre, come in quel momento. Scelse un percorso lungo il quale era poco probabile incontrare conoscenti: in quel periodo riusciva a rilassarsi del tutto unicamente quando era da solo. Per brevi attimi si perdeva nei sogni e si immaginava come sarebbe stato vivere da adulto. C'era qualcosa di assurdo in tutto ciò, perché sullo sfondo c'erano sempre i ricordi. Non era possibile sottrarsi all'incarico conferitogli dal Guardiano, un incarico per cui Arthur non si sentiva pronto. Faceva gli esercizi che il Guardiano gli aveva assegnato per tenere a distanza i ricordi, e l'allenamento si faceva sempre più intensivo. Lentamente guadagnava un controllo sempre maggiore, ma era spesso stanco, irritabile e impaziente. Perfino Emilie se ne accorgeva. Arthur si sentiva in colpa, e questo non migliorava la situazione. Gli sembrava che niente fosse come doveva essere.

Era proprio grazie alla mancanza di controllo che Arthur si era sempre permesso di affezionarsi alle sue famiglie. Ogni vita era di breve durata, ma lui non aveva la possibilità di cambiare quel fatto. Il pensiero di abbandonare la famiglia di sua volontà era molto più difficile di quanto avesse pensato.

Adesso aveva le pulsazioni al massimo. Era tutto bagnato di sudore e quasi svuotato di ogni forza, ma non aveva intenzione di arrendersi prima di essere arrivato sullo spiazzo antistante alla casa. Se non si prefiggeva chiari obiettivi, non si sforzava abbastanza.

C'era una macchina sconosciuta fuori dal garage. Vernice nera metallizzata, Lexus, nuova fiammante. I suoi genitori avevano visite.

Arthur si fermò di fianco alla macchina, si accoccolò sulle ginocchia piegate e recuperò il fiato. Poi andò verso l'ingresso e aprì il rubinetto della pompa da giardino. Non valeva la pena rischiare di disidratarsi di nuovo. Fiotti d'acqua gli si riversarono in parti uguali in bocca e sul corpo. Si sfilò la maglietta, la strizzò, si asciugò alla meglio ed entrò in casa. Accanto alla porta c'erano un paio di eleganti scarpe di pelle nera. Arthur si deterse il sudore dalla fronte con la maglietta, gettò quest'ultima nella lavanderia e si avviò verso la cucina. Lanciò uno sguardo in salotto: i genitori erano seduti sul divano e leggevano una pila di fogli. Su una sedia era seduto un uomo, che indossava un completo scuro dall'aria troppo pesante.

L'uomo si accorse di Arthur, si alzò e gli fece cenno di avvicinarsi. «Arthur, presumo».

I genitori guardarono il figlio ciascuno con un'espressione diversa: la madre come se lui ne avesse combinata una, il padre semplicemente sorpreso. Arthur si asciugò la mano sui calzoncini e la tese all'uomo. Lo sconosciuto gliela strinse forte, come fa solo chi ci mette intenzione.

«Einar Wilhelmsen. Piacere».

«Salve» replicò Arthur a bassa voce.

«E così fai jogging con questo caldo? Complimenti». Gli lasciò la mano e si risedette sulla sedia.

«Io rappresento il gruppo Children's Initiative in Norvegia». E fece una pausa, come se ciò avesse un significato speciale.

Arthur guardò i suoi genitori, e i suoi genitori guardarono lui.

«Okay?» Gli venne un brutto sospetto.

«Come ho spiegato ai tuoi genitori, e come tu già sai, la Children's Initiative è un'organizzazione che lavora per i bambini di tutto il mondo, con la particolare intenzione di aiutarli a far sentire la propria voce».

Arthur fece un cauto cenno di assenso.

«Forse hai capito perché mi trovo qui adesso?» L'avvocato guardò la madre di Arthur e sorrise orgoglioso.

Arthur avvertì una preoccupazione crescente. Imprecò dentro di sé e fece un sorriso teso alla madre. Decise di non dire niente. Quella era opera di Raven. Avrebbe avuto occasione di dirgliene quattro più tardi.

« Sei mesi fa hai partecipato a un concorso per ragazzi fra i dodici e i quindici anni, e hai inviato un tema. Be', per farla breve il tuo tema è stato notato, e ho il piacere di invitarti a una conferenza che l'organizzazione tiene a Parigi. Tutte le spese saranno coperte, e in aggiunta riceverai una piccola somma che potrai utilizzare durante il viaggio. Desideriamo che le famiglie non debbano sostenere alcuna spesa ».

Passò troppo tempo perché uno scoppio di gioia potesse sembrare naturale, ma neppure la nonchalance era una buona reazione. In ogni caso, fintantoché lui non diceva niente, avrebbe parlato qualcun altro. L'avvocato perlomeno non sarebbe stato zitto.

« Ho appena spiegato ai tuoi genitori che devono darti il permesso di partire, ma che durante il viaggio sarai assolutamente al sicuro. Come ho detto, tutte le spese saranno coperte, e avrai un compagno di viaggio ».

« Un compagno di viaggio?! » esclamò Arthur.

L'avvocato annuì. « Uno dei direttori ti accompagnerà dalla Norvegia ».

Il primo pensiero di Arthur fu in una lingua che nessuno avrebbe capito, e poi sarebbe certo stato improprio, così si limitò a un sorriso confuso. Raven non avrebbe potuto almeno discuterne con lui, prima che le saltasse in mente di sorprendere i suoi genitori a quel modo?

E che cosa diamine significava quella storia dell'accompagnatore?

Lo stavano guardando tutti.

Il contrasto tra l'entusiasmo dell'avvocato e lo scetticismo della madre sarebbe stato perfetto per un film muto. Per fortuna, non sembrava che il padre condividesse l'atteggiamento di sua moglie.

Arthur aveva deciso di non dire ancora niente. Se cercava di insistere per averla vinta, la madre avrebbe potuto opporsi.

Vide che lei desiderava dire qualcosa. «Arthur, avresti potuto chiedercelo prima di partecipare a un concorso di questo tipo».

Arthur guardò il pavimento, poi la parete, poi si toccò la testa. «Non mi aspettavo certo di vincere».

Il padre ridacchiò improvvisamente per qualcosa che aveva letto, e lanciò un'occhiata di sottecchi alla moglie, che ricambiò invece con uno sguardo alquanto duro. Il padre cercò di assumere un'espressione seria, ma non ci riuscì.

Puntò invece sull'avvocato. «Quanto tempo dura questa conferenza?»

«È divisa in due parti, ciascuna delle quali dura due settimane» rispose l'avvocato.

«Un mese?!» proruppe la madre. «Non se ne parla nemmeno».

L'avvocato sorrise tranquillo ed equilibrato. «La conferenza dura un mese, ma Arthur è invitato a partecipare solo alla prima parte».

La madre guardò il padre, e di colpo si fece insicura. Arthur applaudì l'avvocato dentro di sé.

«Certo che è un programma molto nutrito» disse il padre.

«Sì, è abbastanza unico nel suo genere. Non è una chance che si presenta spesso nella vita». L'avvocato si chinò in avanti con i gomiti sulle ginocchia giungendo i polpastrelli, e guardò la madre. «Mi rendo conto che siete preoccupati per Arthur, ma ho parlato con il suo accompagnatore, e posso garantire che vostro figlio sarà in ottime mani. È ovvio che ha un talento a cui si deve dare l'opportunità di svilupparsi. D'altro canto, capisco bene che questa è una cosa a cui dovete pensare e di cui dovete discutere tra voi. Non ho bisogno di una risposta nei prossimi giorni, ma devo sottolineare che questa è un'occasione unica per Arthur».

Arthur sapeva di cosa era preoccupata la madre. Se non fosse stato male di recente, tutto sarebbe filato molto più liscio.

«C'è del materiale che posso leggere?» chiese Arthur.

«Certo, è qui, assieme alla copia del tuo tema».

Arthur lanciò una rapida occhiata alla prima pagina e lesse il titolo. Poté quasi avvertire il sangue affluirgli alle guance: *Sui bambini e la sessualità in una prospettiva storica*. Cominciò a scorrere veloce le righe: era ben scritto, serio ma con passaggi umoristici, ma più di tutto Arthur era ammirato dal modo in cui Raven era riuscita a imitare il suo stile. La mamma non poteva aver letto molto, perché c'erano cose che l'avrebbero fatta sentire in imbarazzo. Raven aveva pescato liberamente dal contenuto delle lettere che si erano scambiati.

L'avvocato si schiarì discretamente la voce. «È un testo incredibilmente maturo, e non solo: è anche audace. Io, personalmente, non ho nessun problema a immaginare un grande futuro per te, se questo è un talento che desideri coltivare. Ma come ho detto, leggete il materiale informativo, e io vi contatterò di nuovo tra qualche giorno. Chiaro che potete telefonarmi in qualsiasi momento: il mio biglietto da visita è insieme al materiale».

Nessuno sentì il bisogno di aggiungere nulla. I genitori accompagnarono l'avvocato fuori di casa e lo ringraziarono di essere venuto. Arthur andò in cucina e lasciò scorrere l'acqua dal rubinetto mentre si prendeva un grande bicchiere. Guardò il dépliant che reclamizzava la conferenza. Raven aveva fatto un lavoro minuzioso: c'era perfino il nome dell'accompagnatore, e anche un numero che i genitori potevano chiamare in caso avessero delle domande.

I suoi entrarono in cucina e sedettero al tavolo.

« Hai già scritto cose simili in passato? » domandò il padre, tra lo scettico e l'ammirato.

Arthur si strinse nelle spalle.

« Dipende da cosa intendi. Forse ».

« Ma non ci hai mai mostrato niente del genere, giusto? »

« No ». Arthur strascicò la sillaba come se stesse pensando a qualcos'altro mentre rispondeva. L'acqua aveva raggiunto il massimo del freddo. Riempì il bicchiere a metà, bevve tutto d'un fiato e lo riempì di nuovo. « Mi lasciate partire? »

« Dobbiamo pensarci » rispose il padre alla fine.

Parigi. Arthur non c'era preparato. Erano passati quasi settant'anni dall'ultima volta che c'era stato. Da allora erano cambiate molte cose, ma alcune sarebbero state ancora le stesse. Aveva la sensazione che tutto ciò che gli accadeva fosse fuori dal suo controllo, ma al tempo stesso era lui a esserne al centro. Dietro al viaggio a Parigi c'era Raven, ma evidentemente con gli auspici del Consiglio. E che cosa mai ci stava a fare l'accompagnatore? Non lo avrebbe sorpreso che quel Nathaniel Wilkins fosse solo una delle invenzioni di Raven.

XXII

Me ne vado.

Sono passate cinque estati. Il viaggio non ha meta, ma devo compierlo. Rubo una tonaca e lascio che siano gli dei a decidere che cosa succederà. È strana la facilità con cui gli altri si lasciano influenzare da un semplice sguardo e da qualche parola. Le strade sono ancora pericolose, ma è sempre meglio che vivere con quel senso d'impotenza. La tonaca mi permette di procacciarmi il cibo e anche altro, se lo desidero.

Qualcuno mi ha dato un nome.

Le dicerie sulle mie risposte si sono sparse lungo le strade. Non viaggio più da solo, ma mi pento di aver scelto questa vita. È come se loro avessero bisogno di un simbolo, di qualcosa in cui credere. Non me la sento di giudicarli: in fin dei conti, anch'io sono alla ricerca.

Capitolo 22

Arthur fissò la cartina geografica che Raven gli aveva spedito. La mail era arrivata un quarto d'ora dopo la partenza dell'avvocato. L'immagine mostrava il mondo intero, e c'erano sparsi sopra diverse centinaia di puntini bianchi. Raven aveva mandato anche un file criptato con la spiegazione di cos'era la carta, e questa lo spaventava tanto quanto lo affascinava. Non era difficile trovare il puntino che rappresentava lui stesso, ce n'era uno solo in tutta la Scandinavia. Rilesse per l'ennesima volta quanto esatto era il sistema. Tutti i rilevamenti avevano un margine di approssimazione di almeno tre chilometri. Non era una precisione notevole in un'epoca in cui si poteva installare il GPS sul telefonino, ma era comunque fin troppo buona. Arthur non dubitava che se avessero effettuato sufficienti rilevamenti la notte e li avessero sovrapposti per poi estrapolare la posizione precisa, avrebbero trovato i letti dei Bambini, incluso il suo.

Non sapeva dire perché accettasse la spiegazione della carta senza obiezioni. Fino a qualche mese prima si sarebbe rifiutato di crederci, ma ora era solo l'ennesima stramberia che si aggiungeva all'insieme delle precedenti. Si sforzò di ricordare le immagini che aveva visto dal Guardiano. Gli sfocati fili nebbiosi partivano dalla Terra, ma non riusciva a mettere a fuoco i dettagli necessari per ricordare da dove venissero.

Non poteva essere una coincidenza: al Guardiano serviva aiuto per trovare uno dei Bambini, e all'improvviso saltava fuori una tecnologia che rendeva possibile individuare ogni singolo componente del loro gruppo? Il Guardiano aveva detto di non poter far niente nel mondo reale, ma per Arthur quello era affidabile tanto quanto la capacità di Emilie di non mangiare i dolciumi del sabato tutti in una volta.

Finalmente capiva perché il Consiglio desiderava che qualcuno andasse a Parigi. Ma non sapeva decidere qual era la sorpresa più grande: che lui fosse l'unico Bambino che avrebbe preso parte a quel viaggio, o che avessero scelto di coinvolgere quel Nathaniel Wilkins.

Raven aveva cose più importanti da fare, ma non scriveva cosa questo volesse dire. Gli aveva spedito dei documenti che spiegavano in dettaglio la tecnologia alla base della carta geografica, quello che avrebbero fatto a Parigi e una valutazione di Nathaniel. Non diceva nulla sul perché volevano che proprio lui, Arthur, andasse a Parigi; avrebbe avuto più senso che ci andasse Raven stessa. E perché poi avevano deciso di raccontare tutto ciò a Nathaniel? Quel ragazzo li aveva accidentalmente scoperti, è vero, ma ciò non spiegava i rischi che il Consiglio stava correndo. Ci doveva essere qualcosa che non gli avevano detto. O si lasciava influenzare troppo da quello che sapeva? Dopotutto era lui stesso il depositario dei segreti più importanti. Anche se a volte si pentiva del proprio silenzio, sapeva che si sarebbe pentito ancora di più se avesse rivelato qualcosa. Quando quella porta fosse stata aperta, non ci sarebbe stato più ritorno, e Arthur non era ancora pronto.

C'erano molte cose per cui non era ancora pronto.

Arrivò la sera.

Arthur aveva già raggiunto il controllo di cui aveva bisogno per gestire le sensazioni provocate dai ricordi, ma voleva essere meticoloso. Il pensiero dell'ultimo ricordo lo atterriva molto più del fatto che i piani di Paolo fossero reali.

Si distese sul letto e chiuse gli occhi.

Il mondo sparì in uno spazio vuoto, e la sgradevole ma familiare sensazione di essere risucchiato verso qualcosa giunse quasi immediata. Arthur impiegò il tempo necessario per prepararsi, poi si lasciò andare.

Sentì la propria coscienza scomparire, e un'altra prese il sopravvento.

Il sole era basso sull'orizzonte, e lui strizzò gli occhi verso l'alta torre. Era il suo unico punto di riferimento in quella città. Si sporse oltre l'orlo della grande terrazza sul tetto e guardò in basso verso il selciato bianco. Il profumo di pane appena sfornato che proveniva dalla famiglia del primo piano aveva raggiunto anche i due bambini che stavano giocando a scalone. L'aria marina era mite e si arricciava sulla pelle come una coperta invisibile. Una leggera brezza sollevò la cenere dalla vicina griglia e depositò uno strato di particelle grigie sulla ringhiera della terrazza. Lui ci premette sopra un dito ottenendo un'impronta perfetta, che soffiò via. La cenere si disperse nell'aria e scomparve.

«*Fimbulvinter.* Sol ter sortna, sigr fold imar*»** sussurrò piano.

* Il Fimbulvinter è, nella mitologia norrena, uno dei segni che annunceranno la venuta del Ragnarök, la fine del mondo. Letteralmente significa 'terribile inverno', e consisterà appunto in un primo inverno che avrà la durata di ben tre anni, senza altre stagioni in mezzo, in cui il sole non darà né luce né calore. Seguirà quindi un secondo inverno di altri tre anni, in cui tutti i legami sociali cadranno in rovina. (*N.d.T.*)

** 'Il sole si oscura, la terra è inghiottita dal mare' (dalla Völuspá – mia traduzione). (*N.d.T.*)

Si udì una voce da una finestra aperta al piano di sotto, e i due bambini si precipitarono dentro il portone sbattendolo contro il muro, con uno schianto che echeggiò per l'intero cortile. Lui si sedette al tavolino e aprì il raccoglitore che c'era sopra. Sul foglio c'era un cerchio grande, circondato da tanti piccoli. Seguì la linea che da un cerchio al margine portava a quello grande al centro, dentro cui campeggiava una F. C'erano diciotto cerchi in tutto, e dentro dodici di essi c'era una X. Anche i cerchi piccoli erano collegati fra loro da linee. Lui aveva un nome per ciascuno di essi. Era una ragnatela di cui il mondo non aveva mai visto l'uguale. Faceva quasi tristezza pensare che nessuno mai avrebbe capito il nesso logico.

Guardò l'orologio.

Che ne era di Mercer? Aveva voglia di mettere un'altra X in un cerchio. Si alzò, si sporse dalla ringhiera e guardò di nuovo la strada sottostante. I bambini erano tornati, stavano seduti su uno scalino, ciascuno con la sua enorme fetta di pane in mano. Potevano essere gemelli. Divorarono il pane fino all'ultima briciola, con un'urgenza che possono avere solo bambini affamati che non hanno il tempo di mangiare. Innocente ignoranza, semplice piacere. Quanto avrebbe dato per provare la stessa sensazione! Della sua propria infanzia lui non si ricordava più. Non si ricordava cosa si prova ad avere un fratello, una sorella, una madre o un padre. Quei bambini si sarebbero ricordati la propria infanzia come felice e spensierata? Una volta adulti, avrebbero ricordato momenti come quello? Ne dubitava.

Il cellulare sul tavolo squillò.

«Sì?»

«Vogliono il doppio».

Perché dovevano sempre essere così prevedibili?

« Dagli il trenta percento, cinquanta se consegnano in tempo ».

« E se non accettano? »

« Convincili ».

La linea cadde. Lui tracciò una X dentro il cerchio e sorrise. Non avrebbero consegnato nei tempi prestabiliti, e più tardi avrebbero preteso di più. Nessuna delle due cose era un problema. Non erano stupidi, ma avidi, e questo comportava sempre dell'imprudenza. Accese lo stereo, e con Verdi che si propagava in tutto il vicinato cominciò a preparare la cena.

Arthur aprì gli occhi. Le ultime note del quartetto di archi gli si ripetevano in continuazione nella testa. Più di tutto era sollevato. Era rimasto calmo ed equilibrato durante tutto il ricordo: non aveva riconosciuto la città, ma credeva che fosse in uno dei vecchi stati dell'Unione Sovietica. Qualunque fosse la cosa che quei due avevano fatto lì, era andata a buon fine.

L'immagine dei tanti cerchi era chiara come il cristallo nella sua mente. Non sapeva nulla di cosa ci fosse dietro ogni singolo cerchio, ma sapeva che tutto partiva dal cerchio nel mezzo e si allargava come anelli concentrici nell'acqua. Il fatto più preoccupante era il numero di cerchi con dentro una X. E che cosa volevano dire *fimbulvinter* e le parole che aveva sussurrato? *Fimbulvinter* era legato all'antica mitologia norrena e al Ragnarök, ma Arthur non conosceva il significato delle parole. Le cercò su Google, e il risultato fu: *Völuspá*. Un antico poema norreno sulla fine del mondo. I due primi versi di una strofa. Accanto c'era la traduzione: 'Il sole si oscura, la terra affonda nel mare, le stelle splendenti cadono dal cielo. Il vapore sibila con quel che alimenta la vita, l'alta vampa gioca con il cielo stesso'.

Era una tipica profezia da giorno del giudizio, ma Arthur dubitava che Paolo fosse religioso.

Continuò a cercare informazioni su *fimbulvinter*: secondo la mitologia era un rigido inverno che sarebbe giunto a preannunciare il Ragnarök, dove tutti gli esseri umani sarebbero periti. No, non tutti, ne sarebbero rimasti due. Significava qualcosa di particolare? Ricordava in modo sospetto l'inverno nucleare, ma Paolo non poteva certo riuscire a provocare una guerra atomica. Era impossibile. Doveva essere impossibile.

I pensieri gli turbinavano nella testa, ma ce n'era uno che si presentava ripetutamente: in quanti cerchi c'era la croce, adesso?

XXIII

Ho smesso di contare i giorni.

E anche i mesi. E anche gli anni. Non mi ricordo quante vite ho vissuto, ma adesso so che non diventerò mai adulto. Sono in prigione per vedere queste persone che si fanno la guerra l'una con l'altra, senza che nessuno intervenga, senza che nessuno le punisca. Sono costretto a vivere in un corpo senza potere, in un mondo nel quale il potere è l'unica cosa che conta davvero. In tutto il mondo c'è gente che crede agli dei, senza averne mai incontrato uno. Io ho incontrato una dea, ma non credo in lei.

Per quale motivo mi ha creato, se non vuole servirsi di me?

Capitolo 23

Arthur percorse la hall dell'aeroporto con la valigia in una mano e il cellulare nell'altra. Lanciò un'occhiata alla piccola foto di Nathaniel che gli aveva spedito Raven. Si erano messi d'accordo di trovarsi al gate. I genitori di Arthur gli camminavano a fianco, ciascuno da un lato: avevano insistito per accompagnarlo, se non altro per conoscere Nathaniel. Arthur aveva protestato, alla solita maniera degli adolescenti, assicurandogli che ce l'avrebbe fatta benissimo da solo, ma invano. Sperava che quel Nathaniel sarebbe stato in grado di comportarsi in maniera normale.

Nathaniel si era seduto in un angolo con un libro e cuffie nelle orecchie. Sulla sedia accanto c'era una piccola montagna di pezzi di carta stropicciati. O era un mangione, o era seduto lì da un pezzo. Arthur chiese ai genitori di aspettare mentre andava a prenderlo.

«Ehi!» disse, agitandogli la mano davanti agli occhi per fargli alzare lo sguardo.

Sul viso di Nathaniel non c'era neanche l'ombra di un sorriso. Arthur gli tese la mano.

Nathaniel si alzò e richiuse il suo libro in edizione tascabile.

«Arthur».

«Nathaniel».

«*Il mondo nuovo* di Aldous Huxley» fece Arthur quando vide la copertina del libro. «Un classico. Ti piace?»

Per un attimo, Nathaniel sembrò essere da tutt'altra

parte. Girò il libro e ne guardò il retro, come se lì ci dovesse essere una risposta. «Non lo so».

«Risposta onesta» ribatté Arthur, sorridendo. «Sei pronto per Parigi?»

Nathaniel lo guardò come se fosse l'incarnazione della stupidità. Evidentemente non aveva intenzione di rendergli le cose facili, cosa che Arthur poteva anche comprendere.

«Salutiamo dei genitori preoccupati e mandiamoli a casa» disse Arthur. «A proposito, negli ultimi giorni hai avuto lo stomaco sottosopra e non ti sei sentito bene». Poi si girò e ritornò dai genitori.

Nathaniel lo seguì, dopo aver raccolto uno zainetto.

«Non è in gran forma, è appena guarito da qualche giorno di disturbi intestinali» annunciò Arthur ai genitori.

Si salutarono, e Nathaniel riuscì finalmente a sorridere, sebbene in modo tirato. La madre gli domandò da dove veniva, cosa faceva e come era entrato a far parte di quell'organizzazione. Arthur si preoccupò per un istante, ma senza motivo. Nathaniel aveva le risposte pronte. Alla fine il padre li interruppe dicendo che era ora di tornare a casa. Si scambiarono abbracci, e poi Arthur e Nathaniel rimasero soli.

«Ti vogliono molto bene» commentò Nathaniel, in tono quasi sorpreso.

«E io voglio bene a loro».

«Ma non sanno niente?»

«Certo che no».

Nathaniel fu sul punto di dire qualcosa, ma cambiò idea. Arthur poteva forse immaginare a cosa stava pensando. Fecero qualche spesa prima dell'imbarco, senza parlarsi molto. Sull'aereo non avevano posti vicini, così Arthur approfittò del tempo per leggere. Arrivò quasi a metà del libro di Umberto Eco prima che l'aereo atterrasse al Charles de Gaulle. Nathaniel stava accanto al nastro del ritiro bagagli con la frangia negli occhi e i capelli di dietro che gli stavano sparati in fuori con una piega innaturale. Sbadigliò e si stropicciò gli occhi.

« E adesso che si fa? » domandò, quando entrambi ebbero ritirato le proprie valigie.

« Sai cosa dobbiamo fare qui? »

« No, Noorah ritiene che non mi serva saperlo. Non sono nient'altro che un alibi per te ».

« Scusa. Noorah può essere un po' difficile ».

« *Un po'* difficile? »

« Non prenderla sul personale, è così con tutti ».

« Ah, ecco, questa sì che è un'attenuante ».

Arthur non era sempre d'accordo sul modo in cui agiva Raven, ma in quello preferiva non immischiarsi.

Indicò il cartello dell'uscita. « Possiamo noleggiare una macchina o prendere un taxi, come preferisci ».

« Taxi » rispose Nathaniel risoluto.

Arrivarono all'hotel e si registrarono, ciascuno in una stanza. Era quasi mezzanotte, ma Arthur non voleva ancora andare a letto: lì almeno poteva parlare con Nathaniel a tu per tu senza che nessuno li ascoltasse.

Bussò alla porta e Nathaniel aprì. Teneva in mano un pc portatile, e indossava ancora la giacca e le scarpe. Lo guardò strano.

« Cosa c'è? » chiese Arthur entrando.

Nathaniel gli porse il computer senza dire una parola. Lo schermo mostrava un ingrandimento della carta geografica dell'Europa, su cui erano sparsi diversi puntini. Uno era grande quasi il doppio degli altri, e copriva quasi tutta l'area di Oslo.

« Continuo a non capire » fece Arthur.

« Ingrandisci ancora ».

Arthur cliccò sullo zoom, e al tempo stesso il puntino

si rimpicciolì notevolmente, solo qualche pixel di grandezza. Il suolo si avvicinava sempre più, e a poco a poco non fu difficile riconoscere l'aeroporto di Gardermoen. Alla fine non fu più possibile ingrandire ulteriormente l'immagine.

«Guarda l'ora» disse Nathaniel.

Ci volle un po' prima che Arthur capisse il senso di tutta quell'operazione. «Ma com'è possibile?! Il sistema ha un margine di approssimazione di diversi chilometri, ma questo puntino mostra quasi perfettamente dove mi trovavo!»

«Il tuo segnale è molto più forte di tutti gli altri».

«Non capisco».

«Il tuo segnale è molto più forte di tutti gli altri».

Arthur lo guardò disorientato.

«La domanda è: perché il tuo segnale si distingue? Il fatto che stai diventando adulto ha chiaramente avuto delle conseguenze su di te».

Era solo quello che Raven non gli aveva detto, o c'era dell'altro?

«Tu sai il perché, vero?» chiese Nathaniel.

«Cosa dovrei sapere?»

Nathaniel si riprese il computer e si sedette sul bordo del letto. «Non sembri tanto sorpreso che il tuo segnale sia molto più forte, e qualcosa mi dice che tu ne sai il perché».

«Non ne ho idea».

«Io non sono bravo a leggere le espressioni, ma Noorah mi ha spiegato in dettaglio quali segni dovevo osservare in questo caso».

Arthur inarcò le sopracciglia. «Sarebbe interessante sapere cosa siano questi segni».

«Be', se tu mi dici perché non sei sorpreso, io ti riferisco quello che ha detto Noorah».

«Ma io sono sorpreso».

«Sì, ma non abbastanza».

Arthur si voltò a guardare la porta che aveva già chiuso dietro di sé. Da quanto tempo Raven sapeva?

«Non è che per caso negli ultimi tempi sei diventato estremamente intelligente o qualcosa di simile?» domandò Nathaniel.

«Mi spiace, ma credo che possiamo affermare con certezza che quella parte della tua teoria non è vera».

«Meno intelligente, allora». Sul viso di Nathaniel si diffuse un lieve rossore. «Cioè, non era... non intendevo in quel senso».

Arthur non poté fare a meno di sorridere. «Chi lo sa? A volte sento che sto per diventare definitivamente pazzo».

Nathaniel non parve soddisfatto di quella dichiarazione. «Perché tu in realtà sai che cos'è veramente?»

«Scusa, adesso ti ho perso. So cos'è cosa?»

«Cosa c'è in voi che fa scattare il rilevamento. Perché non tutti gli esseri umani vengono registrati dal sistema?»

Ad Arthur fu evidente che quella domanda lo tormentava, proprio come aveva detto Raven nella sua descrizione di Nathaniel.

«Non so cosa sia, so solo che è in relazione a quello che siamo».

«Ma perché il tuo segnale è tanto più forte di quello di tutti gli altri? Cos'hai tu di speciale?»

«È proprio quello che mi chiedo anch'io».

Nathaniel non parve credergli, ma non fece altre domande.

Lo stomaco di Arthur emise un forte brontolio. Gli avevano dato un pasto caldo sull'aereo, ma piuttosto scarso, e il suo appetito era cresciuto parecchio nelle ultime settimane. «Ho bisogno di mangiare qualcosa. Tu hai fame?»

«Sì, tra le altre cose. Ma prima vorrei sapere cosa dobbiamo fare in questo posto».

«Sì, hai ragione. In poche parole, dobbiamo implementare il tuo sistema nel nostro Network. Ecco. Ora andiamo a mangiare?»

«È tutto? Facciamo tutto questo per l'upgrade di un sistema informatico?»

«Aspetta e vedrai. È un po' più complicato di così».

«Ok, andiamo allora».

«Mi sembra che abbiamo passato un ristorante a un isolato da qui».

Nathaniel si alzò. «No, andiamo a sistemare questo Network. Perché aspettare? Il mio ritmo sonno-veglia è ancora scombinato dal jet-lag, sono sveglio come un grillo. Possiamo trovare qualcosa da mettere sotto i denti lungo la strada, mica ci saranno solo ristoranti chic in questa città?»

Arthur non si era preparato ad andare subito alla Biblioteca, ma forse dopotutto non era una cattiva idea. «Ok, ma ci vuole una mezz'ora di cammino».

«Sicuro?» chiese Nathaniel, improvvisamente un po' scettico.

«Sì, perché no? Devo solo prendere una cosa dalla valigia e chiamare casa, altrimenti mia madre va in tilt».

«Non ne dubito» ribatté Nathaniel, e per la prima volta da quando si erano incontrati fece un sorriso genuino.

«Aspettami alla reception tra dieci minuti. E porta il computer».

La temperatura era perfetta per una sera d'estate. Si sarebbe mantenuta sopra i venti gradi per il resto della notte, quindi la giacca non serviva. Per le strade ferveva la vita, la gente si godeva appieno la serata estiva.

«Sei già stato a Parigi?» domandò Arthur.

Nathaniel camminava con le mani in tasca e guardava più per terra che in qualsiasi altra direzione. «No».

«È una bellissima città. Io ci ho abitato verso la fine degli anni Trenta. Anzi, guarda, non era lontano da qui, circa quindici minuti a piedi nella direzione opposta. A proposito, parli qualche altra lingua oltre all'inglese?»

«No».

Arthur non sapeva cosa si era aspettato da Nathaniel, ma una parte di lui era rimasta delusa. Allo stesso tempo vedeva l'ironia della situazione: finalmente aveva incontrato una persona che sapeva la verità sul conto dei Bambini, sapeva cosa erano. Ora che poteva perfino parlarne in libertà, non sapeva più bene cosa fosse lui stesso, dato che il suo processo di crescita non si era arrestato.

Passarono davanti a un chiosco che vendeva crêpe, e Arthur non poté fare a meno di comprarsene due col ripieno di cioccolato.

Una la diede a Nathaniel, che la guardò storto.

«Cos'è?»

«Una frittella dolce con ripieno di cioccolata. Assaggia».

Arthur ne prese un grosso morso, lo inghiottì soddisfatto e proseguì il cammino.

La città era cambiata, ma una certa atmosfera era ancora la stessa. Persone che non sembravano accorgersi del mondo intorno a loro, e altre che non facevano altro che lasciarsi intossicare da tutti gli stimoli: musicisti di strada, artisti, saltimbanchi. Erano vestiti secondo la loro epoca, ma immutabili nella loro natura.

«Tu parli un francese perfetto» disse d'improvviso Nathaniel. «Quante altre lingue parli?»

«Vive o morte?»

«Diciamo quelle utili».

«Sapere una lingua, anche se morta, è utile di per sé, dato che una lingua forma il modo in cui pensiamo. Ma okay, mmh... tutte le lingue principali, almeno, tranne l'indonesiano. Perfettamente, aggiungerei».

«Voi siete tutti così, immagino».

«Così come?»

«Sapete tutto, siete manipolatori, avete sempre una risposta pronta, siete cinici».

«Certo. Dobbiamo prendere il controllo del mondo, cosa credi?» rispose Arthur con un'espressione troppo seria. «No, ovviamente siamo diversi fra noi, come tutti. Per fortuna».

Forse più diversi di altri, se doveva essere onesto. Sperò che Paolo fosse un'eccezione molto particolare.

Nathaniel non era sicuro di credere ad Arthur. Non si era preparato psicologicamente all'esistenza della sua famiglia. Aveva due sorelle, proprio come lui, e un padre e una madre che sembravano adorarlo. Lo avevano informato, ma l'incontro con i genitori glielo aveva fatto *capire* sul serio. Una piccola parte di lui non riusciva a non pensare che era ingiusto, sapendo al tempo stesso che si trattava di un pensiero idiota.

Ormai da tempo aveva perso la cognizione della strada che avevano percorso. Avevano attraversato un fiume e costeggiato quello che doveva essere un enorme parco. Era come se fossero entrati in un altro mondo dove i secoli si mostravano sotto forma di enormi alberi ed edifici che parevano aver visto molto. Eppure doveva essere solo una minuscola frazione di ciò che aveva visto quel ragazzino. Strano come quegli oggetti avessero un tale effetto su di lui, ma Arthur no. Non ancora, perlomeno. Lui e Noorah erano davvero diversi, cosa di cui era grato.

Per strada non c'era quasi nessuno. Attraversarono vicoli secondari dove lui non avrebbe osato avventurarsi neanche di giorno, ma era chiaro che Arthur sapeva esattamente dove si trovava, anche se una volta erano dovuti tornare indietro perché una via era stata chiusa dalla recinzione di un edificio.

Si fermarono davanti all'ingresso di una palazzina. Sembrava un condominio qualsiasi, ma doveva significare qualcosa per Arthur. Era facile capirlo dal modo in cui appoggiò la mano su uno dei due enormi portoni alti almeno tre metri, e la fece scivolare lungo il legno. I cardini di ferro erano macchiati di ruggine, e il legno scheggiato sembrava quasi marcio. L'entrata a fianco era di data molto più recente: su un lato c'era la debole luce del pannello di un citofono. Arthur si avvicinò e digitò un codice.

Dalla porta si udì un forte ronzio, e Arthur spinse il battente. Entrarono in un piccolo corridoio che conduceva in un enorme cortile.

Fu come penetrare in un mondo che Nathaniel associava ai dipinti e ai film. Il cortile interno assomigliava più a un orto botanico: c'era un rigoglio di fiori di ogni colore, e i muri erano ricoperti di edera verde. Solo i balconi luccicanti, che seguivano un disegno a spirale su tutto il lato interno, rivelavano una superficie metallica. L'erba si stendeva da un muro all'altro, interrotta solo da lastre di pietra che marcavano piccoli sentieri. Ovunque c'erano cespugli e alberelli, e al centro si ergeva un grande ciliegio giapponese circondato da vecchie panchine di legno.

Nathaniel sbirciò dentro le finestre. Sembrava che il tempo nell'edificio fosse trascorso in modi diversi: al primo piano c'era una cucina dei tempi andati, con semplici mobili di legno e lucenti paioli di rame appesi al soffitto; al piano superiore si poteva in parte scorgere un soggiorno dove metallo e superfici nere brillavano in tale quantità che la presenza umana sembrava fuori posto.

Arthur entrò nel giardino e avanzò fino a una scultura che Nathaniel non aveva notato: era una fontana, illuminata fiocamente da luci che dovevano essere sott'acqua. Arthur si sedette sul bordo, affondò la mano a coppetta, e schizzò l'acqua verso la scultura.

Nathaniel non era un esperto d'arte, ma quando la vide capì che era eseguita con un livello di abilità manuale che aspirava alla perfezione. Rappresentava una ragazza giovane, con un vestito semplice e un grembiule allacciato in vita. Teneva in mano un vaso da cui sgorgava un fiotto continuo d'acqua. Non fosse stato per il biancore spettrale della pelle, poteva sembrare viva. Il viso non era perfetto: era reale. Nathaniel non trovò una parola migliore per descriverlo. Ma la cosa che più lo inquietò fu che la ragazza piangeva: una lacrima solitaria le scorreva lungo la guancia, ma il suo viso non era triste. Assieme al dolore c'era anche qualcos'altro. Qualcosa di enigmatico. Guardarla faceva male, Nathaniel non sapeva perché.

Lanciò un'occhiata ad Arthur. L'espressione del suo volto rispecchiava quella della statua. Nathaniel voleva domandare molte cose, ma non riuscì a dire nemmeno una parola.

Arthur si alzò e proseguì attraverso il giardino. Nascosti in un angolo c'erano dei gradini che parevano scolpiti nella roccia e scendevano fino a una porta. Arthur si mise a rovistare nel suo zaino alla ricerca di qualcosa, e cominciò ad armeggiare con la serratura.

«Persa la chiave?» chiese Nathaniel in tono mezzo scherzoso.

«Non c'è nessuna chiave».

Arthur premette un interruttore, e un corridoio che sembrava inusitatamente lungo venne illuminato da tre semplici lampadine che pendevano da una volta arcuata. Nathaniel poté intravedere una porta all'estremità opposta: le pareti erano nude, e avevano lo stesso colore grigio del soffitto e del pavimento. C'era polvere dappertutto, ma c'erano un paio di impronte che andavano fino alla porta e tornavano indietro. Vecchie impronte. Dovevano appartenere a un uomo, a giudicare dalla taglia.

Arthur chiuse la porta dietro di sé, e la serratura scattò da sola. Si incamminò lungo il corridoio, si fermò dopo qualche metro fissando il muro sulla sinistra. Le sue dita tastarono la parete cercando qualcosa, poi appoggiandosi con entrambe le mani al muro Arthur si chinò in avanti. Dalla parete si udì un piccolo scatto, e delle sezioni del muro scorsero di lato rivelando un pannello numerico. Un pannello numerico di legno.

Nathaniel lo fissò e richiuse la bocca.

Riuscì a sentire le ruote dentate fare *clic* una dentro l'altra come piccoli orologi. Doveva essere tutto meccanico. Di colpo non fu sicuro di voler essere lì. La gente veniva ammazzata per segreti ben più piccoli di quello.

«Dove stiamo andando?» chiese.

Arthur non rispose, e cominciò invece a digitare cifre a una velocità incredibile. Usava tre dita, e Nathaniel non aveva la minima possibilità di seguirlo. Dopo che il pannello fu scivolato di nuovo a posto senza emettere un suono, Nathaniel non riuscì a vedere nient'altro che una comune parete, pur sapendo della sua esistenza.

«Alcuni di noi la chiamano Biblioteca. Altri la chiamano casa».

Arthur andò alla porta e l'aprì. Dietro c'era un piccolo ascensore. Non c'era alcuna indicazione di piani, solo un pannello simile al precedente. Arthur digitò diverse cifre, e l'ascensore iniziò a muoversi, ma Nathaniel ebbe una strana sensazione.

«Ci stiamo muovendo... di lato?» chiese.

«A dire il vero verso il basso, in diagonale».

Nathaniel stava cominciando ad avvertire una certa claustrofobia, quando le porte finalmente si riaprirono. Fuori era tutto buio, ma la luce dell'ascensore gli permise di vedere i contorni di un corridoio con il soffitto arcuato che si congiungeva alle pareti. Uscirono nel corridoio, e Arthur trovò un interruttore: con un cenno del capo e un gesto cortese delle mani, indicò a Nathaniel che doveva andare avanti lui. Quando quest'ultimo giunse alla fine del corridoio, si affacciò in una stanza tanto grande che non era sicuro che la parola 'stanza' fosse appropriata. Doveva essere così che i gladiatori del Colosseo si sentivano la prima volta che prendevano parte ai combattimenti. Alla luce fioca poteva a malapena intravedere il muro dall'altra parte. Tutt'intorno allo spazio aperto c'erano colonne che sostenevano un piano dopo l'altro.

Nathaniel contò fino al quarto prima che il buio gli impedisse di arrivare oltre, e ciascuno dei piani doveva essere alto almeno tre metri.

«*Fuck*» gli sfuggì di bocca.

La parola si innalzò nel grande spazio vuoto.

«*Fiat lux!*» esclamò Arthur, e girò un interruttore.

Le lampade si accesero in successione ascendente, un piano dopo l'altro, e Nathaniel cominciò a ridere. C'erano ben sette piani! Scalette a chiocciola li collegavano tra loro, mentre una normale scala a pioli appoggiata a un muro portava al primo livello. Le ombre indistinte che aveva visto nel centro della stanza diventarono tavoli, sedie e sofà. Era semplice capire perché alcuni la chiamavano Biblioteca: ogni parete era un unico grande scaffale, e così continuava anche al secondo piano. Nathaniel immaginò che così fosse per tutti gli altri piani. Dovevano esserci decine di migliaia di libri, forse centinaia di migliaia.

« Benvenuto nel luogo dove tutto ha avuto inizio » disse Arthur.

« Tutto? »

« Questo è stato il primo posto alla cui costruzione abbiamo lavorato insieme ».

« Vuoi dire che esistono altri posti del genere? »

« No, non proprio come questo ».

Nathaniel si chiese cosa significasse, ma l'interesse per i libri prese il sopravvento. « Che genere di libri ci sono qui? »

« Tutti i generi possibili. Troverai prime edizioni di autori mai notati, vecchi libri di cucina, trattati scientifici, prime edizioni di romanzi noti in tutto il mondo e altre cose che secondo alcuni di noi valeva la pena conservare. Ma più importanti di tutto sono le nostre storie, quelle che abbiamo scritto noi ».

A Nathaniel si rizzarono i peli sulle braccia e lo assalì un senso di vertigine tanto forte che dovette sedersi. « Quindi voi avete raccolto delle cose qui? Storie? E scritto storie? Le avete pubblicate? »

« Sì, è successo anche che nei secoli qualcuno di noi sia riuscito a pubblicare delle opere minori » rispose Arthur, in un modo che suggeriva tutto il contrario. « Ma la maggior parte è solo per noi, e non sono storie fittizie. Parlo delle *nostre* storie. Tutto quello che ci è accaduto, come abbiamo vissuto, cosa abbiamo sperimentato. I due piani più in alto sono dedicati alle cose scritte da noi ».

« Ma... ma come?! Di quanti libri stiamo parlando? Come avete fatto a scrivere una simile quantità di roba? »

« Vieni ». Arthur si avvicinò alla scala e cominciò ad arrampicarsi.

Salirono un piano dopo l'altro. Nathaniel cercò di vedere cosa ci fosse negli scaffali, ma era troppo buio. Ogni piano era pieno zeppo di libri, a eccezione dell'ultimo, in cui gli scaffali erano pieni solo a metà. Quando vide i libri, rimase deluso: ciascuno scaffale aveva un nome e un anno. I libri avevano solo un numero sul dorso. I nomi erano insoliti, ma Nathaniel ne riconobbe alcuni: Varash, Ganesha, Cassiopea.

Arthur si arrestò a uno scaffale etichettato Eshu e tirò fuori un libro contrassegnato con un decimale. «Tieni, prendi questo».

Nathaniel lo aprì con cautela. Non era particolarmente grosso, e aveva un aspetto sorprendentemente nuovo. Sulla prima pagina c'era scritto: *Eshu. Circa 2500 A.C.*

«Cosa vuol dire Eshu?» chiese.

«È un nome».

«E la data indica il momento in cui è stato scritto?»

«No, indica il periodo di cui si suppone parli il libro».

«Duemilacinquecento avanti Cristo? Questa è davvero una storia accaduta quattromilacinquecento anni fa?»

«Più o meno».

Nathaniel voltò pagina. «Inglese? Eshu è il tuo nome?»

Arthur annuì. «È una delle prime storie che ho deciso di trascrivere. Credo che la troverai interessante».

Nathaniel guardò di nuovo lo scaffale chiamato Eshu. Dovevano esserci diverse centinaia di libri, ed erano meno di quelli catalogati sotto altri nomi.

«Ma come siete riusciti a scrivere tutto questo?»

«Non è così incredibile come può apparire. Non ci è mai mancato il tempo, e fino a poco tempo fa non ci mancavano neanche i mezzi. Quando è nato il Network, creare questo posto era uno degli obiettivi. Qualcuno voleva che fosse una casa, o perlomeno un luogo dove potevamo raccogliere ciò che era nostro. Qui possiamo venire a leggere le esperienze degli altri, e talvolta a rileggere le nostre per vedere come il passare del tempo influenza ciò che ricordiamo. La maggior parte è stata scritta nel corso degli ultimi duecento anni, e alcuni di noi sono di gran lunga più prolifici di altri». Arthur andò alla ringhiera e si sporse in fuori. «Prima era più difficile, ovvio. Oggi è relativamente facile sia scrivere sia conservare ciò che si è scritto, senza doverlo stampare su carta o in forma di libro».

«Non riesco a capacitarmi. Capisco che voi vivete in eterno, ma anche così... Come vi siete costruiti un posto simile, come avete fabbricato i libri? Come possono dei bambini riuscire a fare questo genere di cose?» Nathaniel udì la sua stessa voce e si rese conto di sentirsi un tantino isterico.

«Chi ha detto che ci siamo riusciti da soli? Be', oggi come oggi ci riusciamo da soli».

«E così vi siete fatti aiutare da gente normale? Voglio dire, da adulti, come me?»

«Non esattamente come te, ma sì, gente normale».

«Ma allora anche altri sanno della vostra esistenza?»

«Dipende. È possibile che una persona conosca la verità, ma non so se è ancora in vita. Nel caso lo sia, non si trova molto lontano».

«Quindi altri sapevano la verità in epoche precedenti? E vi hanno aiutato con tutto questo?» Nathaniel non sapeva perché, ma non gli piaceva il pensiero che altre persone normali fossero coinvolte.

Arthur indicò uno degli scaffali più in basso: nel legno era inciso un simbolo, una squadra e un compasso con una grande rosa al centro.

Nathaniel ebbe la sensazione di averlo già visto. «Cos'è?»

« Magari hai già visto qualcosa che gli assomiglia. Se al posto della rosa metti una grande G, forse lo riconosci ».

Quell'informazione non facilitò granché la memoria di Nathaniel.

« Con una G è il simbolo dei massoni » spiegò Arthur.

Nathaniel annuì. Aveva letto un libro su di loro molto tempo addietro. « Esistono ancora, vero? »

« Sì ».

« Ma cosa significa allora il simbolo della rosa? »

« È evidente che non potevamo realizzare tutto questo da soli. Possiamo pianificare e procurarci i mezzi, ma siamo e saremo sempre bambini. Così dovevamo farlo realizzare ad altri, altri in grado di mantenere il segreto. Furono suggerite diverse alternative, ma una si distinse dalle altre. Sono sempre esistite persone che si lasciano affascinare dal mistero, e noi abbiamo le idee chiare su che cosa motivi gli esseri umani. Si imparano alcuni trucchi nel corso degli anni ». Arthur si mise una moneta sulla palma, chiuse la mano, la riaprì e la moneta era scomparsa. « Per farla breve, infiltrammo la Loggia qui a Parigi e costruimmo un'organizzazione dentro l'organizzazione. I membri furono scelti sulla base della personalità, la posizione all'interno della Loggia e non da ultimo il potere che avevano nella società. Il nuovo simbolo rappresentava anche quello ».

« Ma voi vivete solo quattordici anni, e venite piazzati a caso in giro per il mondo. Continuo a non capire come sia possibile. E di quei quattordici anni forse solo otto sono effettivi ».

« Hai assolutamente ragione, ma la fase di pianificazione è durata almeno dieci anni. Si può predisporre un bel po' di cose in quell'arco di tempo. Il piano viveva di vita propria. Alcuni di noi hanno cominciato il lavoro, mentre io vi ho partecipato verso la fine ».

« Ma qualcuno poteva scoprirvi, no? »

« E scoprire cosa? Nessuno sapeva per chi lavorava in realtà: credevano di lavorare per una sezione segreta della Loggia ».

« Be', ma potevano scoprire il posto! »

Arthur gli voltò le spalle, si appoggiò a una delle colonne e lasciò vagare lo sguardo nella stanza. « Sì ».

« E come lo avete evitato? »

Il silenzio durò troppo a lungo. « Nel peggiore dei modi ».

Qualcosa nella voce di Arthur fece esitare Nathaniel, che però non riuscì a trattenere le parole: « Voi non escludete nessun mezzo, eh? »

Arthur si girò e lo guardò con un'aria strana. « So che Noorah ti ha minacciato usando la tua famiglia. Mi dispiace ».

L'irritazione proruppe dal nulla. « 'Mi dispiace'?! Ma fammi il piacere! Anche tu avresti fatto lo stesso! »

La voce di Nathaniel salì nell'oscurità e scomparve, per poi ritornare sotto forma di debole eco. Quando il silenzio riprese il sopravvento, non sapeva cosa dire. Avrebbe quasi voluto essere più arrabbiato.

« Io in realtà avrei fatto le cose in modo diverso da Noorah. Forse ci sarei arrivato ugualmente alla fine, se tu ti fossi ostinato a non ascoltare la ragione, ma non avrei cominciato così come lei ».

« Ragione!? » Nathaniel allargò le braccia. Cosa c'entrava tutto quello con la ragione?

Per un attimo incrociò lo sguardo di Arthur. Non doveva per forza trovarsi in quella situazione.

Il libro che aveva tra le mani sembrò di colpo diventato pesante. Si appoggiò al muro, lo aprì e lesse le prime righe, se non altro per evitare di dire qualcosa.

'La cima della piramide era già abbastanza acuminata,

anche senza la punta. L'enorme folla che ci circondava da tutti i lati ricordava il mare in tempesta, e il clamore ci gettava nella disperazione. Mancava così poco, eppure ora sembrava così lontano. Mio padre era assorto nei suoi pensieri. Probabilmente pensava alla punizione che gli sarebbe toccata se non avesse completato il lavoro nel tempo prestabilito'.

«Portatelo via se vuoi» disse Arthur, e si avviò verso la scala.

Alla fine Nathaniel richiuse il libro e lo mise nello zaino. Scesero di nuovo, ed entrarono in un altro lungo corridoio. Voleva veramente essere lì? Non gli gridava forse tutto quel luogo di starsene alla larga?

«Qui» disse Arthur, fermandosi davanti a una porta.

Questa si aprì con il rumore di un sigillo che veniva rotto. L'aria nella stanza era fredda e aveva un disgustoso odore di stantio. Il corridoio si riempì del rumore di ventilatori e macchine che ronzavano al massimo della potenza.

Entrarono. Faceva freddo abbastanza da far accapponare la pelle. Nella stanza c'erano almeno tanti server quanti ne aveva l'università nella sala principale, ma non un solo cavo pendeva fuori posto. Sulle pareti erano montate file di ventilatori, e grandi segnali di pericolo ammonivano che nella stanza erano conservati dei gas. I server erano allineati in file che confluivano verso il centro della stanza, e il loro rumore era intenso e fastidioso.

Arthur aprì un armadio e tirò fuori due plaid e due cuffie auricolari di protezione con un grande microfono a lato. «Ecco. Mi senti?»

Nathaniel annuì armeggiando col microfono.

«Ok, vediamo se tutto funziona come deve» proseguì Arthur. Prese con sé due sedie da un angolo, si sistemò vicino a un armadio rack di server e tirò fuori una tastiera, un mouse e un monitor piegato. Lo schermo era tutto nero, con l'eccezione di un puntino intermittente. «In quale sistema operativo vuoi lavorare?»

«Prima dimmi che cosa devo fare».

«Dobbiamo innanzitutto verificare i tuoi risultati» spiegò Arthur, digitando riga dopo riga i comandi.

Non c'era niente che indicasse una riga di comando o un equivalente, e Nathaniel non capiva un accidente di cosa stesse scrivendo Arthur. «Che genere di sistema operativo è questo?»

«Si chiama semplicemente OS, non si trova da nessun'altra parte se non qui. Ma adesso...» Arthur premette Invio, e lo schermo si fece di colpo riconoscibile, «... hai Unix. Dovrebbe funzionare, no?» Aprì un altro cassetto e ne tirò fuori un altro terminal giusto a lato, ci inserì una chiavetta USB che aveva in tasca e si sedette sulla sedia. «Così possiamo lavorare fianco a fianco».

Nathaniel si sedette sull'altra sedia, soffiò la frangia da un lato e guardò confuso lo schermo. «Ma cos'è che devo fare?»

«Ci arriviamo. Stai attento adesso».

L'altro schermo si risvegliò, e una lunga lista cominciò a scorrere. C'erano due elementi per colonna, un nome di persona e un nome di luogo. Nathaniel riconobbe alcuni dei nomi scritti sugli scaffali.

«Nel sistema c'è la localizzazione di molti dei Bambini, circa duecento per il momento. La inseriscono loro stessi quando e se hanno occasione di connettersi al Network. Quello che dobbiamo fare adesso è trovare un modo per controllare i risultati dei satelliti sulla base dei dati registrati qui».

Nathaniel si soffiò di nuovo la frangia da un lato. «Non si fa più in fretta a stampare i risultati e depennarli a mano? Immagino che, per esempio, Pechino possa dare molte combinazioni sotto forma di coordinate, sai che è una città gigante. Non sarà facile mettere in relazione le localizzazioni con le coordinate in quattro e quattr'otto».

«Sì, invece, se potessimo farlo una volta soltanto. Non c'è accesso ai dati di localizzazione dei Bambini attraverso la rete, o io perlomeno non ce l'ho. E la carta viene completamente aggiornata a intervalli di quattordici anni, quindi dobbiamo trovare un modo per automatizzare il processo. Noorah ha già cominciato a lavorarci. Speriamo che funzioni».

«E quanto tempo abbiamo?»

«Le due settimane della durata della conferenza, naturalmente. In quell'arco di tempo si potrebbe mettere insieme una piccola intelligenza artificiale, dunque qualche giorno dovrebbe bastare».

Nathaniel trattenne il respiro finché vide il sorriso di Arthur. «Aaah! Idiota!»

«Ammettilo, per un attimo mi hai creduto».

Purtroppo, pensò Nathaniel.

Arthur si assicurò che avessero spento correttamente il sistema, e andarono a cercare la cucina: era stata rinnovata dall'ultima volta che Arthur c'era stato, ma non c'era niente da mangiare. Nel soggiorno c'era una TV nuova, ma tutto era come prima. Non avevano cambiato nemmeno i divani di pelle. Tutto era talmente impolverato che una persona allergica avrebbe avuto un attacco soltanto a guardarsi intorno. A eccezione di due camere da letto, pulite di recente: Arthur immaginò che fosse stata Raven a predisporlo. Nathaniel sembrò trarre le sue conclusioni, ma non gli fece l'ovvia domanda.

Andarono a prendersi ciascuno il proprio bicchiere d'acqua e sedettero in una delle due camere. Nathaniel scribacchiò idee o altro su un taccuino. Arthur ispezionò armadio, cassetti e scaffali, più per noia che per altro.

«Ah, senti» cominciò Arthur, «hai salvato tutti i rilevamenti effettuati dal satellite?»

«Sì, ce li ho tutti» rispose Nathaniel, dandosi una pacca sulla tasca dei pantaloni.

Arthur cercò di ricordare cosa aveva scritto Raven. I satelliti percorrevano un'orbita semisincronizzata, il che significava che nell'arco di ventiquattro ore giravano due volte attorno alla Terra.

«Circa ventidue giorni con quarantaquattro set di dati?» domandò.

«Quarantatré, per la precisione» rispose Nathaniel.

«E possiamo usarli per testare il programma quando sarà finito?»

«Certo».

Decisero di dormire nella Biblioteca.

Arthur si assicurò di essere in una posizione confortevole prima di contattare il Guardiano.

«Se il sistema di Nathaniel funziona, è probabile che gli dirò la verità e il motivo per cui tu mi hai risvegliato» disse.

«Ma tu credi che funzionerà?» la voce del Guardiano sembrò fin troppo vicina.

«Non so, ma è meglio dei ricordi. Molto meglio. I ricordi non mi danno altro che mal di testa e sensazioni che non voglio provare».

«Qualcosa di utile dovrà pur saltar fuori prima o poi. Dovrei riuscire a recuperare altri ricordi più rapidamente».

«Lo avevi detto anche all'inizio, e non è successo un bel niente».

«Faccio quello che posso, proprio come te».

'E non è molto, per il momento' aveva voglia di dire a voce alta Arthur.

« E con l'altro allenamento come va? » chiese il Guardiano.

« Non lo so. Non ho la minima idea di cosa mi stia allenando a fare, ricordi? »

Nella voce del Guardiano si insinuò una nota allegra. « No, ma non ho dubbi che lo scoprirai. Devi solo continuare: l'effetto si farà sentire presto ».

Arthur eseguiva gli esercizi mentali, anche se li trovava del tutto privi di senso ed estremamente ripetitivi. Erano diversissimi dall'allenamento che faceva per resistere alle sensazioni provocate dai ricordi: questi erano puri problemi di logica, si trattava di visualizzare delle forme e metterle assieme in modi particolari. E doveva cercare di farlo mentre si dedicava ad altro: pensiero in parallelo lo chiamava il Guardiano. È vero che era diventato via via più facile, anche se stava pensando a tutt'altro, ma non aveva ancora idea di cosa esattamente stesse esercitando. Il Guardiano aveva detto che era meglio che non lo sapesse.

Ciò non lo tranquillizzava per niente.

XXIV

Io non lo capisco, quest'uomo.

È da molto tempo che viaggia assieme a me, ma senza mai fare domande. Non prende parte alle conversazioni. È un asceta, ma credo che nemmeno lui sappia il perché. Si comporta come uno che sta fuggendo da qualcosa. Dedica gran parte del suo tempo alla meditazione e dice che è disposto a insegnarmela.

Poco per volta mi racconta la sua storia.

Era un principe. Uno che aveva tutto, ma d'un tratto si è accorto di non avere niente. Continuo ad ascoltare, ma alla fine non gli resta più niente da dire. La sua bocca si chiude, ma il suo corpo urla le domande che lui non osa pronunciare. Non ha il coraggio di sperare, ma non può fare altrimenti.

Così gli regalo la mia ricerca, la mia meta.

Un luogo al di là della vita e della morte, un luogo senza dolore né gioia, al di fuori del cerchio. Un luogo di eterno, roboante silenzio.

Capitolo 24

Arthur si svegliò di soprassalto e rotolò fuori dal letto. Il mondo vorticava e minacciava di cedergli sotto i piedi. Perché non aveva sentito la sveglia? Ritrovò l'equilibrio e agguantò il cellulare: l'orologio digitale segnava le 08.57. Aveva dormito solo quattro ore? Si arrampicò di nuovo a letto, affondò la testa nel cuscino e lasciò che il corpo si rilassasse. Non ci volle molto tempo prima che – stranamente – si sentisse di nuovo riposato, così si alzò di nuovo. Si fece una rapida doccia e si vestì.

Nathaniel non rispose quando bussò alla sua porta.

Arthur prese un foglio, scrisse dove stava andando e lo infilò dietro la maniglia.

La stanza dei server sembrò ancora più fredda dopo la doccia calda. Aveva ricevuto due mail, una da sua madre e una da Raven. Arthur scrisse prima una rapida risposta alla madre. Raven aveva scritto un sola frase: *So che tu sai*. Arthur avrebbe desiderato che in quell'enunciato ci fosse più che un pizzico di verità. Nathaniel doveva averle mandato un messaggio. Questo, si poteva sperare, avrebbe semplificato le cose, ma Arthur non ne era sicuro.

Aggiunse un'altra frase al biglietto per Nathaniel e uscì.

L'aria era calda, ma smossa da qualche ventata fresca. Immagini di un tempo passato si sovrapposero alla realtà mentre Arthur passeggiava lungo la via. Alcuni dei vecchi negozi erano ancora lì, anche dopo settant'anni. I ricordi sgusciavano fuori da ogni luogo: un gradino dove si era seduto a mangiare, un'insegna appesa a un vetro che stava sempre un po' storta. Aveva percorso quella via così tante volte, da solo, proprio come in quel momento. Aveva camminato e sperato di poter crescere e diventare vecchio, vivere un'intera vita in quel luogo, assieme a lei. Per quanto tentasse, non riuscì a evitare la domanda. Una vita da adulto non era più un sogno irraggiungibile. Ma avrebbe reagito troppo tardi, ancora una volta?

Tutti i Bambini avevano lo stesso sogno di diventare adulti, anche se alcuni lo negavano.

Anche gli immortali non erano immuni dal rifiuto della realtà. Cosa sarebbe accaduto se fossero venuti a sapere che era possibile? Se uno di loro era pronto a distruggere l'umanità per poter morire, cosa sarebbero stati disposti a fare tutti assieme per poter vivere da adulti? E se le catastrofi che Paolo andava preparando li avessero risvegliati? E se... no, c'erano troppi 'se'.

Trovò una banca con il bancomat in un grande, nuovo centro commerciale alla fine della via, e ritirò mille euro. Non era possibile vedere il saldo sulla carta di credito che Raven gli aveva procurato, ma Arthur aveva il sospetto che avrebbe potuto prelevare più soldi di quanti sarebbe riuscito a usarne in un anno. Non era difficile trovare del cibo appetitoso, così comprò troppa roba.

La porta di Nathaniel era aperta. Lui era disteso a pancia in giù a leggere il libro, e non si accorse di Arthur finché quest'ultimo non appoggiò i sacchetti per terra.

«Buongiorno» lo salutò Arthur.

Nathaniel sollevò a malapena lo sguardo. «Questa roba è proprio vera?» e sollevò il libro, come se Arthur potesse fraintendere quello di cui stava parlando.

«Più o meno, sì. In parte sono ovviamente supposizioni. In parte mi è stato raccontato da altri, ma tutto ciò che ho vissuto è raccontato così come lo ricordo. A che punto sei arrivato?»

«Tuo padre e gli altri stanno discutendo di cosa devono fare con gli operai che hanno smesso di lavorare, ancora una volta. Chi mai si era immaginato uno sciopero durante la costruzione delle piramidi?! E questo dev'essere il primo caso di serial killer della storia».

«Cosa ti fa credere che sia solo uno?»

«Ehi, niente *spoiler*!»

«Non me lo sognerei nemmeno. Ho comprato da mangiare, e adesso preparo la colazione. Ne vuoi?»

Nathaniel chiuse il libro per vedere quanto gli rimaneva. «Ok allora, dammi cinque minuti».

«Diciamo dieci, così fai in tempo a fare una doccia».

Nathaniel arrivò con i capelli gocciolanti, e il braccio proteso davanti a sé per proteggere il libro. Arthur lo pregò di metterlo via mentre mangiavano, soprattutto perché sapeva che alcuni di loro avrebbero visto una qualsiasi macchiolina di grasso come un sacrilegio. Mangiarono in silenzio, perché tra i bocconi non c'era il tempo di dire neanche una parola.

«Ho finito» disse Nathaniel, e vuotò in un sorso il bicchiere di succo d'arancia.

«Finito cosa?» domandò Arthur, ancora con la bocca piena.

«Ho finito. L'algoritmo è finito, funziona. Devi solo inserire il codice al posto giusto, suppongo».

«E funziona?»

«Be', funzionerebbe meglio se potessimo supporre che ogni rilevamento relativo a una persona avviene esattamente nello stesso luogo, ma non è realistico».

«Capisco, ma si dovrebbe riuscire a trovare la casa giusta, dato che perlomeno i bebè rimangono a lungo nello stesso luogo».

«Sì, forse. In ogni caso ci serve ancora tempo per raccogliere i rilevamenti».

Se c'era qualcosa che non avevano, era altro tempo.

«A proposito, ci sono dei rilevamenti che sono meno stabili di altri?» domandò Arthur.

«Cosa intendi per meno stabili?»

«Rilevamenti che si spostano quando confronti i diversi risultati tra una volta e l'altra. Si può dedurre che qualcuno sia in viaggio».

«Sì, ce n'è qualcuno. Tre, per essere precisi».

«Davvero?»

«Sì, non è poi così difficile confrontare i risultati e trovare dei modelli».

«Allora, come sai che ce ne sono tre?»

«E va bene, non lo *so*, ma è altamente probabile». Nathaniel alzò gli occhi al cielo. «La maggior parte dei rilevamenti sono molto stabili, ma tre variano spesso. Pare che due di loro abitino di volta in volta in posti diversi, e un terzo sembra avere il mondo intero a sua disposizione».

«Questo me lo devi spiegare meglio».

«C'è solo uno di voi che spesso dà rilevamenti unici. Se hai cento rilevamenti, e novantanove sono stabili, la logica indica che il rilevamento instabile sia dato dalla stessa persona. Ma ci sono delle localizzazioni che si ripetono: il tipo in questione deve certamente avere diverse case in giro per il mondo o qualcosa del genere».

«Il tipo?»

«O la tipa, che ne so. Con un padre ricco, immagino». Nathaniel lo guardò strano.

«Che c'è?» chiese Arthur.

«Ti senti bene?»

«Sì certo. Perché non dovrei?»

«Per un attimo mi è sembrato che stessi per svenire.

Gli occhi ti si sono rovesciati all'indietro, erano tutti bianchi».

Arthur non ci aveva riflettuto, ma aveva cercato d'istinto la connessione con il Guardiano. Doveva essere quello che Nathaniel aveva visto.

«Sto bene» lo rassicurò.

«Quindi quella roba da zombie è del tutto normale per voi?»

«Forse è un effetto del fatto che sto crescendo, non so».

Nathaniel non sembrò convinto. «E perché stai crescendo?»

«Cos'è che Noorah ti ha chiesto di fare, davvero?»

«Guarda che te l'ho domandato per pura curiosità».

«Ti credo, ma non è questa la risposta alla mia domanda».

«Mi ha detto di prestare attenzione a cose insolite sul tuo conto, ma dubito che pensasse agli occhi bianchi effetto zombie».

«E tu che cosa credi?»

Nathaniel non sembrò avere una risposta a quella domanda, così Arthur si alzò e cominciò a sparecchiare la tavola.

«Okay, ci dev'essere una ragione».

«Brillante deduzione, Sherlock» commentò Arthur riempiendo il lavello d'acqua.

«No, voglio dire che c'è una ragione per tutto questo. Ciò che accade, accade per un motivo preciso, per uno scopo preciso».

«E quale sarebbe questo scopo?»

«Tu puoi veramente prendere il controllo del mondo».

Arthur scoppiò a ridere e si girò a guardare Nathaniel. «Eh?»

«Noorah ha detto che l'unica cosa che vi impedisce di prendere il controllo del mondo è che siete bambini».

«Sì, suona come una tipica affermazione da Noorah». Arthur cercò di immaginarsi Raven che credeva che lui avrebbe preso il controllo del mondo. Il solo pensiero lo fece ridacchiare.

Era tanto impossibile quanto assurdo.

«Perché non dovrebbe essere possibile?» volle sapere Nathaniel indispettito. «Con le tue conoscenze e il sostegno dei Bambini potresti facilmente manovrare le cose fino a diventare l'uomo più potente del mondo».

«Credo che tu debba essere nato negli USA per diventare il presidente americano».

«Come se questo bastasse a fermarvi! E poi ci sono altri modi per diventare l'uomo più potente al mondo. È la tecnologia a governare ora, e voi potete governare lo sviluppo».

«Mi dispiace, ma non ho in programma di governare il mondo. Per quel lavoro non ci sono neppure tagliato. E non è che sia stato io che all'improvviso ho deciso di diventare adulto».

«E allora chi lo ha deciso?»

«Gli alieni, naturalmente».

Un pezzetto di formaggio colpì l'anta dell'armadio proprio accanto alla faccia di Arthur e atterrò nella schiuma del lavello. Arthur continuò a lavare i piatti. Di colpo si sentì esausto. Il sistema aveva individuato Paolo: doveva essere lui. Arthur aveva bisogno di Nathaniel per andare avanti, e sapeva che avrebbe dovuto dire addio ad Arthur e alla sua famiglia, e all'idea di una normale vita da adulto. Le idee di Nathaniel sul controllo del mondo potevano anche essere stupide, ma un po' di ragione ce l'aveva: esistevano Bambini che ci avrebbero davvero provato, se ne avessero avuto la possibilità.

Aveva bisogno anche di Raven, ma come faceva a scoprire se lei era in contatto con Paolo?

Finì di lavare i piatti e si sedette al tavolo. Nathaniel era di nuovo assorbito dalla lettura. «Tu hai due sorelle, Emma e Martha, vero?»

Nathaniel sollevò lo sguardo dal libro con due occhi stretti a fessura che fecero capire ad Arthur cosa aveva voluto dire Raven nella sua mail con la descrizione di Nathaniel.

«Sì?»

«Questa domanda ti sembrerà un po' strana, ma devo avere una risposta. Sacrificheresti la tua vita per le tue sorelle?»

«Cos'è, una nuova minaccia?»

«No, nessuna minaccia. Solo una domanda. Sacrificheresti la tua vita per loro, se qualcosa le minacciasse e tu avessi la possibilità di impedirlo?»

Nathaniel mise giù il libro. «Sì».

Aveva risposto con sincerità, ma Arthur sapeva che c'era una bella differenza fra credere di fare qualcosa e farlo sul serio.

«Sei sicuro di voler essere coinvolto in tutto questo?» chiese.

«A questo punto è un po' tardi per offrirmi la scelta tra la pillola blu e la pillola rossa».

«Capisco che tu lo dica, ma ti sbagli. È vero che d'ora in poi sarai sempre legato a noi, ma non potrai...»

Nathaniel lo interruppe colpendo il tavolo con le palme delle mani. «Emma e Martha sono in pericolo?»

«Assieme al resto del mondo, sì».

«Sarebbe a dire?»

Arthur non sapeva bene da dove cominciare. Ancora non si sentiva a suo agio riguardo a ciò di cui era al corrente. Una conoscenza impossibile da capire per gli altri. «Quanto ti ha detto Noorah sul nostro conto?»

«Non molto. Che avete vissuto a lungo attraverso la reincarnazione. Non sapete perché.... Ma non hai risposto alla mia domanda!»

«Ci sto arrivando. Tu prima rispondi alle mie. Ci credi che siamo immortali?»

Nathaniel si alzò irritato dalla sedia. «Voi rinascete qualunque cosa vi succeda, quindi sì».

«E se non ci fosse nessuno in cui reincarnarsi?»

«Non è uno scenario probabile».

«Ma se fosse così?»

Arthur intuì che Nathaniel stava mettendo assieme i tasselli nella sua testa.

«Come dopo una guerra atomica globale?»

«Qualcos'altro».

«Qualcos'altro? Dici sul serio? Per esempio, se qualcuno uccidesse tutti gli esseri umani per eliminare voi?»

«In un certo senso».

«In un certo senso?! Ma parla chiaro!»

Arthur avrebbe desiderato capire a sua volta. Aveva sentito l'odio di Paolo, ma sentire non era lo stesso che capire. Se lui stesso, con migliaia d'anni di esperienza sulle spalle, non lo capiva, come poteva spiegarlo a una persona normale?

«A essere sincero è incomprensibile anche per me. Tutto quello che so è che uno di noi desidera morire. Vuole suicidarsi. L'unico modo per ottenerlo è far morire tutti. Ormai è da un pezzo che lo pianifica, e non è da solo».

«Un conto è che voi riusciate a ingannare e minacciare la gente affinché faccia questo e quell'altro, ma adesso questa storia?! Non esiste proprio, mai e poi mai!»

«Vorrei che tu avessi ragione. Ma un paio di mesi fa avrei detto lo stesso a proposito del tuo sistema, e scommetterei qualsiasi cosa che neanche tu avresti mai creduto alla nostra esistenza».

Nathaniel gli girò le spalle ed ebbe una sensazione di déjà-vu rispetto all'incontro con Noorah. Non riusciva a guardare Arthur. Non voleva vederlo. Sentire la sua voce era già abbastanza – il cambiamento era così forte che lo aveva sorpreso – ma di una cosa era sicuro: Arthur aveva ragione, ovvio che aveva ragione. Non avrebbe mai e poi mai creduto a nulla di quello che gli stava succedendo. Ma ora, dopo aver incontrato un paio di Bambini, visto le prove, visitato la Biblioteca, letto il libro... come poteva non crederci?

Afferrò lo schienale della sedia e appoggiò la fronte sulle braccia tese. «Come si può aiutare qualcuno a fare una cosa del genere?» chiese rivolto al pavimento.

«Lo aiutano uno o più adulti, in particolar modo una donna. Viaggiano per tutto il mondo, ma non so perché lei faccia parte del progetto. Ma so che tutte le armi, da quelle normali a quelle chimiche, rientrano nel piano del Bambino».

«Tutto questo per poter morire?»

«È difficile da spiegare, io stesso come ti ho detto non lo capisco, ma quel bambino odia tutto con un'intensità di cui non conoscevo l'esistenza».

Nathaniel rimuginò su qualcosa che Arthur aveva appena detto: «... Viaggiano in tutto il mondo...» Il pensiero gli scatenò un brivido attraverso il corpo e gli fece piantare gli occhi dritto in quelli di Arthur. «Dio mio. Uno che viaggia in tutto il mondo? Ecco a cosa ti riferivi quando mi hai chiesto se c'erano dei rilevamenti meno stabili di altri. Quella persona che si sposta è il Bambino di cui parli?»

«Sì».

Nathaniel sentì che le gambe gli stavano per cedere. «Come sai del Bambino e di ciò che vuole?»

«Non è un caso che io stia crescendo, o che il mio segnale sia molto più forte di quello di tutti gli altri. Devo cercare di fermarlo, e mi serve il tuo aiuto».

«Il mio aiuto?»

«Di noi due sei tu l'adulto, no?»

Nathaniel non sapeva cosa dire. Capiva cosa intendeva Arthur, ma al tempo stesso la cosa era assurda.

Quando Arthur riprese la parola, il suo sorriso triste era scomparso. «Oltre a noi due, non c'è nessun altro che ne è a conoscenza, nemmeno Noorah. Io non so chi sia il Bambino. Per quello che ne so può essere un membro del Network, perfino qualcuno che conosco».

«Ma com'è possibile che tu sappia di lui?»

«Non voglio affermare di saperlo. È la storia che mi hanno mostrato, in un certo senso».

«Mostrato? E chi te l'ha mostrata?»

«Si fa chiamare il Guardiano» cominciò Arthur.

La spiegazione di Arthur era così folle che per un attimo Nathaniel dimenticò che stavano parlando della realtà. Aveva più di tutto voglia di credere che Arthur avesse perso la ragione, ma i dettagli collimavano troppo bene fra loro. Per quanto cercasse, non trovò nulla che sembrasse illogico. Poteva rifiutare di crederci, ma allora il mondo non aveva più alcun senso. Forse non ce l'aveva comunque.

Ma doveva dare ad Arthur una risposta: lo avrebbe aiutato o no?

«Non so nemmeno a cosa sto acconsentendo» mormorò.

«E io non so cosa ti sto chiedendo».

«Questo dovrebbe farmi sentire meglio?»

«No, ma non intendo mentirti».

Nathaniel pensò alle sue sorelle, e non fu sicuro che la sincerità fosse sempre la strategia migliore. «Allora, se dico di sì cosa succede?»

«Completiamo il nostro lavoro qui. Devo parlare con Noorah. In un modo o nell'altro Arthur deve sparire, ho bisogno di una nuova identità».

Nathaniel si ricordò improvvisamente il nuovo passaporto che aveva ricevuto. «Lei ti ha già procurato un passaporto nuovo. E uno anche a me».

«Cosa? Un nuovo passaporto? Per tutti e due? Ce li hai qui con te?»

«No, ho pensato che era meglio lasciarli a casa. Tu il tuo ce l'hai».

Arthur rimase a lungo a rimuginare qualcosa, senza l'aria di voler condividere i propri pensieri. «In ogni caso devo prima tornare a casa in Norvegia. Se sparisco ora, ci sarebbero troppi punti in sospeso su cui la polizia inizierebbe a indagare».

Per il resto della serata continuarono a lavorare al programma, finché alla fine capitolarono per la fame. Arthur suggerì che tornassero all'hotel per domandare se gli potevano consigliare un ristorante. Nathaniel riuscì a strappare il permesso di portare con sé il libro.

Fuori stava per calare il buio.

Nathaniel si fermò alla fontana, e guardò ancora una volta la fanciulla piangente. Sentì Arthur fermarsi alle sue spalle.

«Sai chi era?»

Il silenzio che seguì fece pentire Nathaniel di aver domandato.

«*Catherine. Son nom était Catherine*».

Nathaniel non osò chiedere di più, e fu sollevato quando sentì che Arthur aveva ripreso a camminare.

Andarono diretti all'hotel. Arthur voleva evidentemente approfittare dell'occasione per mangiare davvero bene, e dopo una piccola discussione l'addetto alla reception gli consigliò un posto non troppo lontano. Era un ristorante carino. Chiesero un tavolo appartato, e finirono in un angolo. Nathaniel si contorse sulla sedia quando vide i prezzi sul menu. Fu Arthur a ordinare. Nathaniel si buttò sul pane fresco con burro, ma rimase scettico davanti all'antipasto, ovvero cozze al vapore.

«Perché proprio quattordici anni?» volle sapere Nathaniel, pulendosi la bocca con il tovagliolo. Le cozze erano sorprendentemente buone.

«Non lo so. A questo il Guardiano non ha nessuna risposta. Forse ha qualcosa a che vedere con le possibilità. In epoche precedenti era possibile accedere a posizioni di potere anche in giovane età. Le volte in cui è accaduto, è stato quasi sempre uno di noi».

«Avete sempre lo stesso sesso?» chiese Nathaniel, e bevve un sorso d'acqua.

«Sì, sempre lo stesso sesso, e siamo sempre ugualmente asessuali».

L'acqua spruzzò fuori dalla bocca di Nathaniel in una nuvola rarefatta, seguita da tosse e raschiamenti di gola.

«Non è esattamente quello che ti aspettavi di sentire?» sorrise Arthur.

Nathaniel scosse la testa ed esaminò le macchie sulla tovaglia, mentre Arthur continuò: «È così che siamo fatti. E siamo anche d'accordo che sia meglio così».

«Perché? Non sarebbe stato meglio sperimentare la differenza tra essere un maschio o una femmina?»

«Ne abbiamo discusso. La differenza è comunque minore di quanto si potrebbe pensare. La maggior parte di noi ha vissuto in società dove anche le donne avevano un ruolo dominante. Abbiamo sperimentato la discriminazione nelle forme più svariate. Se non puoi decidere della tua vita perché sei una donna, perché hai il colore di pelle sbagliato, perché vieni dalla tribù sbagliata o quant'altro, la sensazione alla fine è piuttosto simile. Siamo già abbastanza confusi circa la nostra identità anche se non dobbiamo cambiar sesso a intervalli regolari».

«Cosa intendi per confusi circa la vostra identità?»

«Pensa alla tua infanzia e giovinezza. A mano a mano che sei cresciuto, hai trovato persone con cui hai potuto identificarti, con cui ti sei confrontato: o in famiglia, o tra gli amici, a scuola o magari attraverso film o libri. Col tempo ti sei formato un'idea di chi sei e di come vuoi essere. A volte la percezione di te stesso corrisponde alla persona che di fatto sei, altre volte no. La maggior parte delle persone cerca la stabilità, sia riguardo a come ci vediamo noi stessi, sia riguardo a come desideriamo che ci vedano gli altri. Capisci cosa voglio dire?»

Nathaniel pensò a come la teoria di Arthur combaciava col suo modo di vedere le persone. La sua percezione di se stesso, specialmente nell'adolescenza, era stata caratterizzata dall'idea di chi non voleva essere. Per lui i modelli non erano così importanti, cercava persone che poteva rispettare. Ed era forse proprio il rispetto la cosa che maggiormente desiderava dagli altri.

«Sì, mi sembra logico. Ma qual è la tua conclusione?»

«Che noi siamo come voi, ma anche diversi. Viviamo quasi in eterno, ma siamo lo stesso degli esseri umani. Siamo costruiti allo stesso modo, quindi non c'è ragione di credere che i nostri pensieri debbano distinguersi in modo radicale dai vostri. Ma al contrario di voi, noi non possiamo dire al mondo cosa o chi siamo veramente».

«No, è ovvio».

«Quindi la conclusione è che molti di noi in realtà non hanno avuto un normale rapporto con se stessi prima di incontare i propri simili. Forse non è poi così diverso da quello che molte persone provano quando si fanno dei nuovi amici nel corso di una vita, specialmente nella transizione da bambini a adulti. Così alcuni di noi sostengono di essere ancora nel periodo dell'adolescenza, perché solo in epoca relativamente recente abbiamo compiuto quel che per la maggior parte degli uomini segna il vero passaggio alla vita adulta».

Nathaniel soffiò via la frangia e inarcò le sopracciglia. «Va bene!» fece, strascicando la vocale. «È solo una mia impressione, o questa storia sembra roba da spiattellare a una seduta dallo strizzacervelli?»

Arthur si mise a ridere. «Forse. Ad alcuni di noi piace molto formulare teorie del genere».

«E che mi dici della sessualità?» Nathaniel non era sicuro che quello fosse un tema di cui aveva voglia di parlare, ma la curiosità era troppo forte.

«Non è niente di strano, solo che non abbiamo alcun desiderio sessuale. Non vuol dire che non funzioniamo, tutti a volte siamo stati genitori».

«Tu hai avuto figli? E com'è stato?»

«Nel mio caso è successo molto tempo fa. Per la maggior parte di noi era una parte della vita come tutto il resto, ma so che per qualcuno è stato molto difficile. Dopotutto, siamo in grado di amare qualcuno esattamente come tutti gli altri».

Furono interrotti dalla portata principale. Il filetto di vitello valeva il suo prezzo, Nathaniel dovette ammetterlo. Erano entrambi affamati, e per un pezzo la conversazione cessò automaticamente. Nathaniel non sapeva con esattezza quando era accaduto, ma a un certo punto aveva dimenticato che non si trovava lì per sua volontà: Arthur gli piaceva. Questo lo infastidiva, ma solo un po'. Conclusero la cena con gelato artigianale alla vaniglia in salsa di cioccolato. Nathaniel si rifiutò di credere che potesse essere comune gelato, ma non per questo rinunciò a un'ulteriore porzione.

Quando tornarono all'albergo, Arthur prese con sé tutti i giornali che trovò alla reception. Una volta in camera mandò un sms a Raven e uno a sua madre. Quest'ultima lo richiamò quasi subito, ma Arthur tagliò corto con la scusa che doveva alzarsi presto la mattina dopo. Ciò che rimaneva da fare per quel giorno era rivivere un ricordo. Arthur sperò che almeno fosse uno semplice.

XXV

Ho una sorella.

Una sorella gemella. Non è come me, ma non è nemmeno come gli altri. Di notte mi afferra una mano, o forse sono io ad afferrare la sua. Piange più spesso quando siamo separati, come se il mio odore fosse la sola cosa che la tranquillizza. Ha passato tutta la vita assieme a me, fin da prima che io ricordi.

Finora non ci avevo mai pensato: ho occupato il posto di qualcun altro? Ho rubato una vita altrui?

È davvero di me che ha bisogno?

Capitolo 25

Arthur si lasciò sopraffare dal ricordo.

Aprì la porta, facendo scudo alla luce della lampada con il suo corpo. L'aria gli si depositò in bocca come una membrana. C'era una mescolanza di odori – sudore, alcol, fumo e paraffina – che gli fece contorcere lo stomaco e salire in gola dei reflussi acidi. La fiammella nella lampada ondeggiava, si gettava in ogni direzione come un animale selvaggio alla catena. Dell'aria fredda gli sfiorò le dita dei piedi. La casa era silenziosa a parte il russare, che sicuramente si poteva sentire fino in strada. Passò in punta di piedi su quelle assi del pavimento che sapeva scricchiolare di meno. L'uomo giaceva sul letto a pancia in giù, vestito e tutto, come se fosse accidentalmente inciampato e caduto sul letto e lì avesse perso conoscenza. Lungo un braccio c'era del sangue rappreso. Le nocche erano graffiate. L'immagine del danno che avevano provocato gli si era impressa a fuoco sulla retina.

Il fiato dell'uomo puzzava orrendamente. Trattenne il respiro mentre svitava il tappo della bottiglia, e ne versava cautamente il contenuto sui vestiti dell'uomo. L'ultima goccia colpì il collo e colò lungo la gola. L'odore del liquido gli bruciò le narici. Un sentore pesante, che si aggiunse a tutti gli altri.

Gettò la lampada sulla schiena dell'uomo, e questa si ruppe col rumore di un passo sulla neve fresca gelata. Le fiamme esplosero, e si propagarono per i neri sentieri dell'olio. Passò un'eternità prima che l'uomo si alzasse, prima che aprisse gli occhi e la bocca, prima che la sua pelle ribollisse e tutti gli altri odori fossero sovrastati da un olezzo dolciastro e marcescente.

Poi tutto fu silenzio.

Nessun urlo, nessun crepitio di fiamma, nessun grido di aiuto. L'uomo cadde dal letto, si rialzò e cozzò contro uno specchio. Piccole fiammelle continuavano a propagarsi sul letto, sul pavimento e sulla parete. Era ora di lasciare quella casa abbandonata da Dio. Il fratello era già morto. Non era riuscito a guardarlo vivere con quei dolori. Non era rimasto più niente lì.

Arthur aprì gli occhi.

Il suo corpo si risvegliò alla vita, restio a ricevere tutti i segnali che improvvisamente lo percorrevano. Sentì l'odore di pelle e carne bruciata come se si trovasse ancora nella stanza assieme all'uomo.

«Quel è lo scopo dei ricordi?» domandò a bassa voce.

Il Guardiano si materializzò a una certa distanza davanti a lui. «Capire come pensa, imparare a conoscerlo. Io non posso penetrare nei suoi pensieri».

Il corpo faceva fatica a tenersi in piedi, e quasi lo supplicava di sedersi. Le mani gli tremavano.

«Questo era un vecchio ricordo, di almeno cento anni fa. Non c'era niente: solo vuoto e forza di volontà. Non ho imparato niente a eccezione della certezza che verrò svegliato da incubi in cui do fuoco a un uomo vivo e rimango a guardare. Non ho provato alcun senso di giustizia, neppure di vendetta, anche se posso ricordare ogni dettaglio del corpo del fratellino. Paolo ha fatto in modo che morisse in fretta, non c'era alcuna possibilità di sopravvivere con quelle ferite». Le sue mani non riuscivano a smettere di tremare. Se le infilò in tasca. «Sono furioso. Io, non lui: io! Io, che non ho mai visto prima quell'uomo e non so niente di lui. Vorrei che bruciasse all'inferno. Ma Paolo... Paolo, lui non provava niente! » Gli bruciavano gli occhi, ma rifiutò di piangere.

« Non c'è giustizia al mondo, lo sapevi già » disse il Guardiano.

« Tu non capisci ». Arthur sedette per terra e sprofondò la testa tra le ginocchia.

Come poteva capire il Guardiano? Era una macchina senza sentimenti. Avrebbe voluto tremare di rabbia, ma la verità era che stava tremando di paura. Non aveva mai sentito nulla di simile. Una rabbia così cieca, così ansiosa di infliggere ferite. E il peggio era che la rabbia e la paura erano proprio le sue. D'accordo, era la combinazione dei sentimenti di due persone diverse, dalla quale scaturiva qualcosa di nuovo e di pericoloso. Ma questo qualcosa rimaneva suo.

« Non ne voglio più sapere. Basta. Elimina tutto quello che risale a più di cinquant'anni fa ».

« E se... »

« No, basta! Lo troverò, scoprirò quali sono i suoi piani. Non ho bisogno di sapere che mostro è, o come pensa: ne so abbastanza. Riuscirò a gestire quello che potrà capitare, ma basta scavare nel passato! »

Arthur interruppe il contatto. Il cuscino era bagnato fradicio. Svuotò il bicchiere d'acqua che stava a fianco del letto. L'acqua aveva un gusto strano, amaro.

Per fortuna, immergersi nell'acqua bollente della vasca gli fece provare dolore.

Qualunque cosa sostenesse il Guardiano, Arthur sentiva di non avere scelta. Non era difficile capire la rabbia di Nathaniel, perché in un certo senso erano nella stessa situazione. Qualunque cosa fosse successa da quel momento in poi, avrebbe richiesto un livello di esperienza e conoscenza che nessuno di loro aveva. Ed era ora di raccontare tutto a Raven. Non poteva più rimandare.

XXVI

Lei mi guarda, e credo che mi legga nel pensiero.

Non so perché usa le parole così di rado. Non perché non ne sia capace. Non conosce il mondo come lo conosco io, eppure sembra che capisca tutto, veda tutto, come se la sua testa reggesse tutti i misteri del mondo.

Sentiamo il pianto della mamma.

La voce di lui parla come se non ci fosse nessun altro, nemmeno la mamma. Lei dice che è posseduto da un demone, che non sta parlando sul serio. In tal caso dev'essere un demone ben furbo, perché non si mostra mai agli altri. Vorrei chiedere: perché un demone e non un dio? Ma vedo soltanto un uomo. Un uomo che sfrutta quel poco potere che ha in casa. La mamma non ne vuole parlare, ma noi sappiamo: quando si spoglia la sera, vediamo i lividi. Lo sanno anche gli altri, che però non dicono niente.

Credo che al mondo ci siano tante urla silenziose che, se erompessero tutte in una volta, la Terra si spaccherebbe come un uovo contro un sasso.

Ma mia sorella mi dà speranza.

Capitolo 26

Quel costante ronzio nelle orecchie, anche se debole, stava per far saltare i nervi ad Arthur. Nathaniel non sembrava avvertirlo per nulla. Erano diverse ore che lavoravano, ma le righe volavano attraverso lo schermo di Nathaniel con la stessa velocità di quando avevano cominciato. Arthur ormai si era rassegnato al fatto che non riusciva a stare al passo con lui. Rimanevano alcune sfide, ma se Nathaniel avesse continuato allo stesso ritmo, avrebbero finito entro la giornata.

Il giorno prima sembrava ormai molto lontano. Allora Arthur si era sentito normale, come al solito, o come si poteva definirlo. Il ricordo aveva estirpato quella sensazione. Nathaniel aveva a malapena aperto bocca per tutto il giorno.

Il cellulare prese a vibrargli in tasca, facendogli solletico sulla coscia. In un messaggio di Raven c'erano un numero di telefono e un codice.

«Pausa» annunciò Arthur, tenendo sollevato il telefonino.

Nathaniel roteò gli occhi, ma si alzò comunque. Andarono ciascuno nella propria stanza. Quando Arthur la chiamò, Raven rispose subito.

«Buongiorno» cominciò Arthur.

«Raramente. Come va?»

Che Raven non amasse molto la mattina non era una novità.

«Sorprendentemente in fretta» rispose Arthur. «Finiremo oggi, credo».

«E?»
«Niente 'e'».
«Ok, allora perché era così importante che ci sentissimo?»
Arthur prese il respiro. Certe volte era troppo tardi per tornare indietro.
«So perché non ho trasmutato il giorno del mio compleanno».
«Vuoi dire che lo sai per davvero, o credi di avere una spiegazione?»
«Voglio dire che so cosa ci controlla».
Arthur contò lentamente dentro di sé, in attesa che Raven dicesse qualcosa.
«E da quanto tempo lo sai?»
«Non puoi raccontarlo al Consiglio».
«Ok».
Arthur si appoggiò all'indietro contro la parete. «Ok, così subito?»
«Serve se dico che sto mentendo?»
Arthur sapeva che lei non avrebbe mentito. Se aveva detto ok, era quello che intendeva. «Ci vorrà del tempo per spiegare».

Riuscì a parlare per un quarto d'ora prima che Raven lo interrompesse. «Chiedi a questo Guardiano di risvegliare anche me, chiedigli di contattarmi! Non ti credo se prima non lo incontro. Ovviamente non possiamo raccontare questo al Consiglio. O – per carità – al resto del Network. Crederebbero che ti ha dato di volta il cervello».
«Già, l'ho pensato anch'io».
Grandinarono le domande, e c'erano troppe cose a cui Arthur non sapeva dare una risposta.

«Sei ancora dell'idea che non dovremmo raccontarglielo?» domandò Arthur.

«Sì. Non prima di averne saputo di più».

«Saputo che cosa, per esempio?»

«Per esempio che il Bambino non è uno che conosciamo».

«Può essere difficile».

«Allora usa quei maledetti ricordi!»

Al corpo di Arthur quell'idea non piacque. «Pensa se fosse davvero qualcuno che conosciamo...»

«Una cosa alla volta. Prima dobbiamo accertare che esista. Pensi di poterlo individuare attraverso il sistema di Nathaniel?»

«Sembra proprio di sì». Arthur spiegò la faccenda dei rilevamenti poco stabili.

La mancata reazione da parte di Raven fu essa stessa una risposta.

«Tra l'altro, ci servono diverse cose» proseguì, ed elencò quello che gli veniva in mente su due piedi. «Puoi procurarcele?»

«Certo».

«Quanto tempo ci vorrà?»

«Qualche settimana».

Anche se ciò ben si adattava ai suoi piani, ad Arthur sembrò che fosse molto tempo.

«Mi hai già procurato un nuovo passaporto».

«Sì, ce l'ha Nathaniel».

«Perché lo hai fatto?»

«Perché puo darsi che ti serva più avanti, e conviene costruire una falsa identità nel tempo. Meglio che ci siano delle tracce credibili, lasciate nel corso del tempo, nel caso qualcuno dovesse cominciare a studiare da vicino il tuo caso».

Certo, quella era una spiegazione, ma non voleva dire

che non ce ne fossero altre. Il Consiglio doveva aver cominciato a pensare a cosa volevano che facesse quando fosse diventato adulto.

«Ok. Ci risentiamo domani?» chiese Arthur.

«Diciamo tra qualche giorno».

«Ok. Noi qui andiamo avanti. Ciao». Arthur rimase seduto sul letto a riflettere.

C'era una domanda che lo tormentava più delle altre: cosa doveva fare se trovava Paolo?

Ritornarono alla stanza dei server. Nathaniel esaminò le localizzazioni, che risultarono molto precise in seguito al suo algoritmo, efficacissimo se applicato ai Bambini che stavano grosso modo fermi in un luogo. Paolo invece, se davvero era lui, non stava affatto fermo: Inghilterra, Ucraina, Sudamerica, USA, Cina. Doveva avere un aereo privato.

Arthur controllò i risultati. Rimaneva un margine di insicurezza tra i due chilometri e i due chilometri e mezzo per tutti i rilevamenti, tranne il suo e quello di Paolo. Corrispondeva a un'area minima di 12,56 chilometri quadrati, o alla peggio a una di 19,625, pensò.

Le cifre si erano materializzate con tanta naturalezza che Arthur non se ne accorse subito. Poi realizzò.

«Eh?!» esclamò ad alta voce.

Nathaniel si girò e lo guardò con aria interrogativa. «'Eh' cosa?»

Arthur non rispose.

«Cosa?» ripeté Nathaniel impaziente.

«Dimmi due cifre grandi. Due qualsiasi, basta che siano grandi».

«Duemilaquarantotto e duecentosettantunmilaottocentoventotto».

«Cinquecentocinquantasei milioni settecentomila settecentoquarantaquattro» disse Arthur immediatamente.

Nathaniel aprì il calcolatore del laptop e controllò. «Ok. E allora?»

«È quello che mi chiedo anch'io».

Arthur si appoggiò allo schienale della sedia e si sistemò per bene. Nathaniel lo guardò confuso e un po' preoccupato.

«Stai tranquillo, non sono pazzo. Ma devo parlare con il Guardiano».

Arthur chiuse gli occhi: la savana comparve all'istante.

Il Guardiano era lì, calmo come sempre, mentre Arthur non fece alcun tentativo di nascondere la propria eccitazione. «Credo che l'allenamento abbia avuto effetto. Riesco a moltiplicare tra loro due grossi numeri senza il minimo sforzo».

«Ok».

«Hai detto che era difficile spiegare a cosa poteva portare il mio sviluppo, ma questa è una cosa semplice da descrivere, no?»

«C'è qualcuno vicino a te in questo momento?»

«Sì, perché?»

«È bene che qualcuno si possa prendere cura di te se dovessi crollare».

«Cosa?»

Il Guardiano scomparve, ma una risata soffocata rimase nell'aria. «Allora, vediamo quanto sei bravo».

Arthur avvertì l'invito del Guardiano allo stesso modo dei ricordi. Esitò un attimo, poi lo seguì.

Si trovò in una stanza, se così si poteva chiamare uno spazio che aveva solo un pavimento in gravitazione. Apparvero una semplice sedia e un tavolino. Sul tavolino c'era un oggetto che assomigliava a una TV dei vecchi tempi, grande e grossa.

Il Guardiano era in piedi lì a fianco, e con le mani gli fece cenno di sedersi. « Devi risolvere gli esercizi che ti verranno mostrati sullo schermo. Andranno in fretta, quindi devi concentrarti. Continueremo finché io dirò stop. Hai capito? »

Arthur si sedette. « Di che tipo di esercizi si tratta? »

« Lo vedrai ».

Il Guardiano sparì, e l'immagine di un grosso tasto con la parola Start apparve sullo schermo. Arthur toccò il tasto e il test cominciò immediatamente. Erano semplici esercizi di logica, ma quando il Guardiano aveva detto che sarebbero passati in fretta, era un eufemismo: due esercizi erano già passati prima che Arthur avesse avuto il tempo di reagire. Tenne la mano davanti allo schermo e cercò di rispondere il più veloce possibile.

Le domande non erano difficili, ma il solo riuscire a leggerle era una sfida. Lo schermo diceva subito se la risposta era giusta o sbagliata. L'inizio fu catastrofico, ma a poco a poco Arthur trovò il ritmo, e diede più risposte giuste che sbagliate.

Ogni tanto perdeva il ritmo. E così continuò, per un bel pezzo. Non aveva idea di quante domande fossero passate, ma si sentiva come se gli occhi stessero per ritrarsi dentro il suo cranio. Il mal di testa gli trafisse le tempie come una puntura d'ape. Sbatté gli occhi, e due domande passarono sullo schermo senza che facesse in tempo a vederle.

« Può bastare » disse il Guardiano.

Lo schermo si annerì, e comparve di nuovo il Guardiano, che gli fissava la fronte come se ci fosse stato scritto sopra qualcosa. Immagini di figure e numeri gli fluttuavano ancora davanti agli occhi.

« La tua capacità è aumentata in maniera significativa » disse il Guardiano.

« La mia capacità di cosa? »

«Come credi che sia andata?»

Arthur non ne aveva la più pallida idea. «Per un breve periodo me la sono cavata bene, credo».

«Vediamo».

Lo schermo tornò in vita, e Arthur poté vedere se stesso di profilo in un fotogramma. Non riuscì a individuare cosa, ma era proprio come se in quell'Arthur sullo schermo ci fosse qualcosa di diverso.

«Pronti, attenti, via» disse il Guardiano.

Il filmato cominciò. Era tutta un'unica baraonda: le immagini si succedevano sullo schermo come se qualcuno le facesse avanzare a estrema velocità. Il braccio di Arthur saltava sullo schermo senza sosta. Era impossibile vedere se rispondeva giusto o sbagliato.

«Capisci?» domandò il Guardiano, e fermò il filmato.

Arthur fissò la propria espressione concentrata, congelata nel tempo. «No».

«In questo test non bisogna tanto dare la risposta giusta, quanto riuscire a reagire in tempo. Guarda di nuovo il filmato: adesso ho inserito in basso un cronometro e te lo faccio vedere al rallentatore».

Il filmato ricominciò, e stavolta i movimenti erano normali. Il tempo, invece, non lo era affatto. Solo i decimi di secondo scorrevano normalmente.

«Lo scopo del test è di allenare quello che si chiama il tempo soggettivo» continuò il Guardiano.

I movimenti di Arthur nel filmato stavano accelerando di nuovo oltre il normale, ma i decimi di secondo mantenevano la stessa velocità.

«Dio mio...»

«Qui stai reagendo con una proporzione di venti a uno, cioè per te cinque centesimi di secondo hanno la stessa durata di un secondo del tempo normale. Non è un ritmo che puoi mantenere a lungo, e il corpo è al massimo dello sforzo. Ne sentirai gli effetti dopo».

Arthur fissò il video e pian piano comprese la spiegazione.

«Tempo soggettivo» ripeté, assaporando la parola.

«Sì. Il tuo cervello può aumentare drasticamente la propria velocità per brevi istanti, e farti percepire un rallentamento del tempo. È più facile qua dentro, dove solo la dimensione mentale gioca un ruolo. Puoi provare a farlo nel mondo reale, ma devi ricordarti che anche se il tuo cervello può aumentare enormemente il ritmo, non significa che il corpo può fare lo stesso. C'è anche il rischio che ti venga un esaurimento, quindi limitane l'uso».

«Sarebbe a dire? Quanto lo posso usare?»

«Non lo so. Suppongo che ti accorgerai tu stesso dei tuoi limiti».

Se appurare un limite significava svegliarsi in ospedale con il corpo in preda al dolore, Arthur non era sicuro di volersi avvalere di quella possibilità.

«Ma come faccio ad attivarlo?»

«Lo hai fatto adesso in maniera inconscia, e forse grazie a un po' di pressione da parte mia, ma è sufficiente volerlo».

«Volerlo? Ah, allora è semplice».

Il Guardiano si limitò a sorridere e annuì.

«Non hai una spiegazione migliore?» chiese Arthur un po' rassegnato.

«No».

«Ma io non l'ho mai fatto prima d'ora!»

«Probabilmente l'hai già fatto molte volte. Il fatto che puoi moltiplicare grosse cifre ne è un effetto secondario ed è un buon segno. Lo fai senza pensarci».

Arthur sospirò, ma il Guardiano proseguì: «Lo scoprirai ben presto. Mettiti in una situazione in cui i tuoi riflessi prendono il soppravvento. Sai già quello che devi fare, è solo che non sai come iniziare».

Arthur pensò di capire cosa voleva dire. Era come il processo di qualunque apprendimento: in principio dovevi fare molta pratica, ma a poco a poco la conoscenza acquisita diventava una parte di te. Era come andare in bicicletta, o suonare al pianoforte un brano che le dita conoscevano a memoria. Il problema era che ora aveva saltato uno stadio del processo e doveva ripercorrerlo all'indietro. Il suo corpo aveva già acquisito l'abilità, ma lui non era in grado di governarlo.

«Trovato! Mi faccio lanciare addosso dei coltelli. Questo dovrebbe risvegliare i miei riflessi».

Il Guardiano annuì. «Sta' solo attento a tenere una distanza sufficiente, così che anche il corpo faccia in tempo a reagire».

«Era uno scherzo».

«Era una buona idea».

Arthur ebbe il sospetto che il Guardiano parlasse sul serio.

«Adesso quando mi sveglio crollo a terra?»

Il Guardiano chiuse gli occhi per un istante. «No, ma dovresti astenerti dal tentare di usare questa capacità nel mondo reale per un po'».

Arthur aprì gli occhi e guardò Nathaniel, che stava lavorando come al solito. Non sembrava essersi accorto di nulla.

Tempo soggettivo.

Arthur non poté evitare di sorridere. Tutto il corpo vibrava, fino alla punta delle dita. Se questo era l'inizio di quello che poteva fare, aveva voglia di mandare il tempo in avanzamento veloce fino alla fine. Si alzò in piedi con un salto e il mondo gli vorticò intorno. Si risedette con cautela. Doveva fare un passo alla volta, evidentemente.

«Tutto bene?» domandò Nathaniel.

«Benissimo» ribatté Arthur con un sorriso spropositato.

«Sei strano oggi».

«Più di quanto immagini».

Nathaniel lo guardò senza capire.

Finirono a sera inoltrata, e dopo aver ricontrollato tutto tre volte andarono in cucina e misero in tavola qualcosa da mangiare.

«E ora che si fa?» chiese Nathaniel. Era seduto con i gomiti appoggiati sul tavolo, e teneva in mano una forchetta con un grosso pezzo di formaggio.

«Organizza tutto Noorah. Dobbiamo prima tornare ciascuno a casa propria, poi tu vieni a prendermi in Norvegia».

«Quindi le hai raccontato tutto. Cos'hai pensato di fare?»

«Credo che farò finta di annegare in mare, travolto da una forte corrente dopo aver accusato giramenti di testa per molti giorni, o qualcosa del genere. Poi lasciamo il paese in macchina, e torniamo quaggiù».

«Torni a casa subito?»

«No, aspettiamo di essere rimasti qui una settimana. Prendila come una vacanza».

Nathaniel rimase a giocherellare con la forchetta spostando le briciole sul piatto, immerso nei suoi pensieri. 'Vacanza' era qualcosa che associava alla sua infanzia, e che non era appropriato in quel momento. La notte precedente aveva a malapena chiuso occhio, eppure non era stanco. Aveva riletto ancora il libro di Arthur, sorvolando sulle parti costituite da dialoghi, e leggendo minuziosamente i dettagli sulla costruzione. Ora sapeva com'era stata costruita la piramide di Cheope, quali segreti si celavano ancora al suo interno. *Lui* lo sapeva.

E ora sapeva anche che esistevano esseri intelligenti che probabilmente consideravano gli umani alla stregua di formiche. All'inizio si era aspettato che qualcuno venisse a porre fine a quello scherzo che era durato anche troppo, che telecamere sarebbero saltate fuori dai posti più impensati, che qualcuno lo prendesse per mano e ridesse di lui. Invece aveva finito per accettare tutto. Non l'aveva mai percepito con tanta chiarezza: aveva imparato una specie di semplice ed elegante formula matematica che spiegava tutto. Una formula che faceva andare i tasselli ciascuno al proprio posto.

Tutti tranne uno.

« Dimmi una cosa » cominciò a voce bassa, e sentì i peli drizzarglisi su tutto il corpo.

« Sì? »

« Cosa vi aspettate da me? So che non avete bisogno di me, l'ho capito. Ci sono altri adulti coinvolti. Io non sono speciale. Non posso vedere il mondo nel vostro modo. Ho fatto quello che so fare ».

Arthur incrociò il suo sguardo, stupito.

Nathaniel si constrinse a reggerlo, e con sua sorpresa fu Arthur il primo a guardare altrove.

Quest'ultimo parlò lentamente, come se scegliesse con cura le parole: « Ti ho detto che è da tanto che non vengo qui. L'ultima volta che ci sono nato è stata più di ottant'anni fa. Ero il figlio più piccolo in una famiglia di sei persone. I miei genitori appartenevano alla classe operaia, lavoravano entrambi per un uomo d'affari benestante che li trattava bene. Avevo un fratello maggiore di me di tre anni, Pierre, e una sorella che ne aveva quattro di più, Maria. Assieme a noi abitava anche la sorellastra di mia madre, Catherine».

Arthur voltò la testa e incontrò di nuovo gli occhi di Nathaniel, ma il suo sguardo proseguì oltre.

«Io non credo che esistano persone buone o cattive: le persone nascono con un carattere che governa la loro morale. È vero, talvolta ne ho dubitato. Ho incontrato persone prive di coscienza, senza capacità di provare compassione, persone che traevano piacere dal dolore altrui. Forse simili casi sono causati da difetti biologici, forse no. Ma ho anche incontrato persone che erano dei santi, persone con la capacità di amare tutti in maniera assoluta e incondizionata. È accaduto due volte. Solo due volte in diverse migliaia d'anni. Non esiste modo per descrivere come persone del genere influenzano ciò che le circonda, ma tutti se ne accorgono. È una sensazione di pelle». Arthur batté le palpebre, e i suoi occhi ritornarono a questo mondo. «Qualcuno dirà che amare tutti senza riserve sia ingenuo. Forse lo è. Ma Catherine conosceva la debolezza delle persone, e ciononostante le capiva e le amava appieno. Non avevamo altra scelta che amarla a nostra volta».

Arthur rimase seduto in silenzio a fissare il tavolo.

Nathaniel non sapeva perché, ma era chiaro che l'altro desiderava parlarne, quindi non voleva insistere per ottenere una risposta alla sua domanda.

«E poi cos'è successo?»

Arthur chiuse gli occhi. «Mancava un mese al mio quattordicesimo compleanno. Avevo predisposto tutto. Il lavoro alla Biblioteca era assicurato per molti anni. La mia famiglia sarebbe stata aiutata economicamente. Le cose erano andate secondo i piani, ma tutto quello che riuscivo a pensare, tutto quello che riuscivo a sentire, era che avrei dovuto abbandonarla, non vederla più. Catherine aveva nove anni più di me e una schiera di pretendenti, nessuno alla sua altezza, secondo me». Un sorrisetto gli passò sulle labbra. «Eravamo al parco. Catherine faceva la tata dei nipoti dell'uomo per cui lavoravano i miei, e c'ero anch'io con loro. Chiacchieravamo come al solito, tessendo piani che avrebbero duvuto cambiare il mondo. Non so come, ma la bambina più piccola, Gabrielle, all'improvviso sparì. Ricordo tutto quello che accadde come se fosse ieri: posso dirti il colore dei suoi vestiti, descrivere la coppia seduta sulla panchina a fianco, il colore dei cavalli che irruppero nel viale e il rumore delle ruote della carrozza che rotolavano sulle pietre del selciato».

Arthur prese un sorso d'acqua.

«Io esitai. Non so quanto a lungo. Non potevo salvare Gabrielle senza lanciarmi di fronte alla carrozza, e avevo un piano per ogni singolo giorno che mi rimaneva assieme a Catherine. Lei invece non esitò. In un attimo fu sopra Gabrielle e la strinse tra le braccia. Rimase inginocchiata tra i cavalli, che passarono oltre senza toccarla. Fu una scena irreale, tanto irreale come vedere la carrozza colpirla alla testa».

Nathaniel vide il volto di Arthur, e di colpo comprese l'espressione della scultura nel giardino fuori dalla Biblioteca.

«Non morì, ma fu ridotta a qualcosa che non era più una persona, non era nemmeno l'ombra di se stessa. Io la curai per i giorni che mi rimanevano. Allora non avevo alcun desiderio di continuare a vivere, e dopo rischiai di impazzire ancora una volta». Lo sguardo di Arthur era fuori posto in un corpo così giovane. Per un po' rimase in silenzio, poi riprese: «Mi hai fatto una domanda. Io non mi aspetto niente da te. Tu non sei qui di tua spontanea volontà, e fosse per me potresti ripartire, se tu lo volessi. Non ti sto mentendo. Forse ce la saremmo cavata senza il tuo aiuto, ma non vuol dire che io non abbia bisogno di te. Non so cosa sta accadendo, o se siamo in grado di fermarlo, ma più di tutto ho paura di essere preso dall'esitazione ancora una volta. Posso diventare adulto: tu non hai idea di cosa significhi, di cosa avrei dato per avere questa possibilità, e di quanto abbia paura di perderla».

Nathaniel si alzò in piedi. Non era questo che si era aspettato, per quanto non ricordasse quali fossero state le sue aspettative. Era ovvio che Arthur riteneva di aver fatto qualcosa di imperdonabile, perlomeno dal proprio punto di vista.

Nathaniel non osò dirlo a voce alta, ma non aveva forse tutta quella vicenda il sapore di una bagatella? No, se a trovarsi in una situazione simile fosse stata la sua stessa famiglia, neppure lui se lo sarebbe mai perdonato.

Arthur lo guardava, aspettando una risposta.

«Credo che forse mi sentirei meglio se il rischio non fosse così grande» disse infine Nathaniel in mancanza di qualcosa di meglio.

Il sorriso di Arthur lo sollevò. «Potrebbe essere peggio».

«Assolutamente. Poteva esserci in gioco il futuro dell'universo. Invece è solo quello della Terra».

«A ogni modo, se dovessimo fallire nessuno potrà lamentarsi».

Neppure l'umorismo nero fornì una risposta a Nathaniel.

XXVII

È in piedi sopra nostra madre, il corpo gronda sangue.

Sorride, non ci vede. Respira. Sento il mondo restringersi, il cuore battere troppo forte. Lui si merita ognuno dei pensieri che mi stanno attraversando la testa.

Mia sorella mi prende una mano, la stringe e mi trascina via.

Io non la sento. Non capisco che pensieri possa avere, per essere così com'è. Già, perché lei capisce tutto, lo capisce tanto quanto me, anzi, meglio.

Mi asciuga delle lacrime che non sapevo di avere. Mi guarda. Mi guarda attraverso, non ha bisogno di dire una parola.

Le prendo la mano e la stringo.

Se esistono persone che possono salvare tutti gli altri, sono fatte come lei.

Capitolo 27

Di colpo, i giorni presero a passare veloci. Ogni mattina c'era un nuovo messaggio di Noorah ad attenderlo. Gli aveva già procurato parecchie delle cose che le aveva chiesto: indirizzi email sicuri, cellulari non rintracciabili, modulatori vocali e computer superportatili. Arthur aveva perfino fatto un disegno di Mercer nel caso dovessero ingaggiare aiuto per cercarla. Ma tutto ciò era qualcosa che accadeva sullo sfondo: l'attività a cui Arthur e Nathaniel dedicavano più tempo era un sano turismo vecchio stile.

Nathaniel aveva creduto che non si sarebbe sentito tranquillo a sprecare tempo a quel modo. Era come se una parte di lui sapesse che la normalità, se poteva chiamarla così, era scomparsa per sempre, e quei giorni bisognava tenerli da conto.

Nel corso della settimana dovevano aver visto tutte le attrazioni conosciute e sconosciute di cui era a conoscenza Arthur. A volte Nathaniel doveva corrergli dietro, quando guizzavano tra case, parchi, musei e caffè. Perfino un muro ridipinto di un orribile color giallo riportava alla vita storie che facevano arrossire Nathaniel suo malgrado. Era un'altra epoca, e per molti versi un altro luogo, ma tutti i racconti trattavano di persone con gioie e dolori che Nathaniel poteva capire e in cui poteva riconoscersi.

Scesero lungo gli Champs-Élysées e si fermarono a guardare la Senna presso l'obelisco di Place de la Concorde. Il loro aereo sarebbe partito l'indomani. Arthur aveva telefonato a casa per dire che sarebbe rientrato prima dalla conferenza. Nathaniel non aveva capito molto della conversazione, ma era stata una strana esperienza guardare qualcuno mentire in quel modo: labbra sorridenti, ma voce esitante. Corpo energico, ma vocali strascicate. Arthur era cambiato negli ultimi giorni: era più contento, ma il suo umore si alterava in fretta, e non sempre per una ragione apparente.

Nathaniel prese un sorso di coca-cola e fissò l'obelisco e i geroglifici che lo ricoprivano. Arthur gli aveva raccontato tutto quello che c'era da sapere sul suo conto, e gli aveva tradotto gran parte del testo. Gli ultimi giorni era stato come andare in giro assieme a un'enciclopedia. Aveva intuito cosa voleva dire essere una città ricca di storia, e il contrasto rispetto a qualunque altra città americana era quasi triste. E ora lui stava accanto a un monumento che puntava verso il cielo e poteva guardarli dall'alto in basso in una prospettiva temporale incomprensibile a chiunque.

O quasi a chiunque.

Si rivolse ad Arthur, con la mano davanti agli occhi per proteggerli dagli ultimi raggi di sole. « Siamo progrediti? »

Arthur distolse gli occhi dal suo cellulare. « A cosa ti riferisci? »

« Siamo diventati migliori come esseri umani? C'è stato un progresso, la scienza ci ha portato a uno sviluppo? »

« Ultimamente me lo sono chiesto anch'io ».

« Ma tu lo sai, no? Tu ti ricordi come eravamo migliaia di anni fa. Saprai bene se siamo cambiati? »

Arthur si strinse nelle spalle. « Se solo fosse così semplice. Credi che le azioni di una persona si possano giudicare disgiunte dal tempo e dalla cultura in cui vive? »

Nathaniel ci pensò su. « Se intendi dire che c'è un relativismo etico, e che sono le circostanze esterne a decidere cosa è giusto o sbagliato, allora non lo credo. Ci sono cose sbagliate, indipendentemente da tempo e luogo. Omicidio, tortura, stupro. Cose di questo genere non si possono giustificare».

«Vuoi dire che anche uccidere per autodifesa è sbagliato?»

«Se è davvero autodifesa, si può giustificare».

«E che diciamo della tortura?»

«La tortura non è mai giusta».

«Mai?» ribatté Arthur rapido. «Non trovi che 'mai' sia una parola troppo forte? Come puoi dire che un omicidio per autodifesa può essere giustificato, e al tempo stesso che la tortura non può mai esserlo?»

Nathaniel si sentì attaccato. Il tono di Arthur era stranamente aggressivo.

«Non c'è alcun rapporto tra le due cose» obiettò. «Per torturare si dev'essere in una posizione di potere, mentre nell'autodifesa si viene assaliti».

«Quando uccidi qualcuno per autodifesa, privi una persona della vita per salvare la tua, giusto?»

«Sì...» convenne Nathaniel un po' esitante.

«Quindi ritieni che uccidere qualcuno sia giusto o sbagliato sulla base del *perché* lo si fa?»

«Sì. Quale sarebbe l'alternativa? I Dieci Comandamenti. La convenzione di Ginevra?» Nathaniel si pentì immediatamente del proprio sarcasmo.

«E l'intero scopo dell'autodifesa non è forse proprio impedire che qualcosa accada?»

Fu più il tono di voce che le parole a far esitare Nathaniel un'altra volta. «Sì, ma anche la situazione conta, non ci sono alternative».

«Immagina che ci siano alternative. Tortureresti una persona piuttosto che ucciderla? Oppure che cosa sceglieresti, la tortura o la morte?»

Nathaniel allargò le braccia. «Ma non vale!»

«Rispondi alla domanda. O non la capisci?»

«A meno di non rimanere mentalmente distrutto per il resto della vita, sceglierei la tortura, certo» esclamò Nathaniel a voce così alta che una coppia anziana di turisti che passava di lì lo guardò incuriosita.

Arthur li ignorò e proseguì. «Allora diciamo che un gruppo terroristico ha piazzato in segreto una bomba con del materiale radioattivo nella tua città natale per distruggerla, a meno che tu non trovi la bomba e la disinneschi. In qualche modo hai catturato uno dei terroristi. Questo sa dov'è la bomba, ma si rifiuta di parlare. È irrilevante perché. Per quel che ne sai tu può credere in un dio, nella natura o nei marziani. Il tempo stringe, non riusciresti nemmeno a far evacuare la zona. Migliaia di persone moriranno, molti in conseguenza dell'avvelenamento radioattivo. Non sai se l'uomo parlerà se viene torturato, ma sai che la maggior parte finisce per parlare. Diciamo che c'è il novantacinque percento di probabilità che parli. Diresti che è sbagliato torturare quest'uomo per salvarne diverse migliaia?»

Nathaniel stava per rispondere, ma si fermò. Capì dove sarebbe arrivato Arthur.

«Ho capito cosa vuoi dire, ma secondo me è sbagliato lo stesso. Quello che non riesco ad afferrare è cosa c'entra tutto questo con la mia domanda, ossia se siamo migliorati come esseri umani».

«Il punto è, molto semplicemente, che la maggior parte delle azioni si può giustificare da una certa prospettiva, date certe premesse. Tu non puoi difendere l'omicidio o la tortura in se stessi, ma di fatto nel mondo a volte devi scegliere il male minore. È facile essere categorici contro qualcosa finché non si è costretti a prendere posizione rispetto al problema specifico. Alla domanda se siamo progrediti o meno si può rispondere in più di un modo. Siamo quello che siamo sempre stati. Gli uomini sono stati egualmente intelligenti per tutto il tempo in cui ho vissuto. Ma l'intelligenza è prima di tutto la capacità di capire l'informazione che si ha a disposizione. La gente in generale era più stupida prima semplicemente perché non aveva istruzione o possibilità di acquisire conoscenza in altri modi, e in più la loro conoscenza era spesso erronea. Per noi che viviamo oggi la situazione è migliore e più facile in quanto, perlomeno in alcune parti del mondo, possiamo evitare di dover scegliere tra due mali. D'altro canto ci sono sempre persone senza scrupoli che fanno di tutto per ottenere ciò che vogliono. Si può dire che noi siamo più sviluppati o civilizzati perché spesso esiste un sistema che limita l'impunità di queste persone. Ma ci sono parecchi luoghi sulla Terra oggi che non si distinguono granché dalle situazioni peggiori in cui ho vissuto. Anzi, certi posti forse sono peggiori che mai».

C'era in Arthur una rabbia che Nathaniel non aveva mai visto prima.

Gli venne in mente che, fino a quel momento, ogni volta che avevano parlato di storia l'argomento della conversazione erano stati gli uomini fantastici. Ma la storia non poteva essere solo quello. Oltre a tutto il buono, doveva esserci stato anche molto marciume. Cose che Nathaniel non era sicuro di voler sapere.

«Ma vale la pena di salvarci?» domandò un po' scherzando e un po' serio.

«Se altri là fuori ritengono di sì, chi siamo noi per opporci?»

Nathaniel si avviò di nuovo verso gli Champs-Élysées, a passo lento. Poteva darsi che qualcuno là fuori trovasse gli uomini interessanti abbastanza da essere salvati, ma allora anche l'eventualità opposta era possibile.

Passarono dalla Biblioteca un'ultima volta, se non altro

per controllare che tutto continuasse a funzionare come doveva, e ci rimasero per quasi un'ora. Era buio quando uscirono in giardino. Nathaniel non sapeva cosa pensare del viaggio di ritorno a casa: se lo lasciavano riflettere troppo a lungo, gli veniva spesso la sensazione che c'era qualcos'altro che avrebbe dovuto fare. Provava un'inquietudine che gli rendeva difficile rilassarsi. Si immaginava che Arthur provasse lo stesso, ma non gliel'aveva chiesto.

Arthur scelse un percorso insolito per tornare all'hotel. Lo guidò attraverso vecchie vie dove non erano mai stati prima. Nathaniel sapeva all'incirca dove si trovavano, e non sembrava che Arthur stesse camminando senza meta, anche se era immerso nei propri pensieri. Da tempo ormai avevano lasciato i quartieri più eleganti, e su ogni lato c'erano alti palazzi tutti uguali.

Nathaniel li vide molto prima di Arthur. Ce n'erano quattro, tutti più vecchi di Arthur e più giovani di lui. Due di loro erano seduti su una panchina mentre gli altri stavano in piedi lì accanto, e ridevano ad alta voce per qualcosa. Uno di loro fece un cenno con la testa verso Arthur e Nathaniel, e gli altri si girarono. A Nathaniel non piacque la loro espressione.

Uno dei ragazzi si alzò dalla panchina e venne loro incontro. Nathaniel stimò che avesse sui sedici anni. Non aveva nulla di speciale, fece loro perfino un sorriso, ma questo non tranquillizzò Nathaniel, anzi.

«Non dire niente» lo ammonì Arthur.

Il ragazzo li guardò, disse ciao e qualcos'altro che Nathaniel suppose fosse una domanda. Arthur rispose qualcosa. Il ragazzo fece una risata, li indicò, e voltò la testa verso gli altri tre. Questi lo avevano quasi raggiunto, e uno disse qualcosa che fece ridere tutti a eccezione di uno. Era quel ragazzo che preoccupava sul serio Nathaniel: il suo sguardo esprimeva il desiderio di allontanarsi da quella situazione.

Arthur si ficcò le mani in tasca e domandò qualcosa in francese. Il leader del gruppo si strinse nelle spalle e disse di no. Seguì uno scambio di battute. Si guardarono intorno, e Nathaniel fece lo stesso: non c'era nessun altro nelle vicinanze.

Il ragazzo fece un passo avanti.

Nathaniel avvertì il proprio corpo indietreggiare, mentre Arthur rimase fermo, ancora con le mani in tasca. Per un attimo il ragazzo sembrò valutare qualcosa, ma il commento di uno dei suoi amici ridanciani gli fece stirare le labbra in una specie di sorriso. La mano affondò nella tasca e ne riemerse con un coltello.

Arthur continuò a restare immobile, ma estrasse lentamente le mani dalle tasche.

Il ragazzo gesticolò con la mano libera. Arthur tirò fuori il portafoglio, lo aprì e glielo gettò.

L'oggetto fu agguantato ed esaminato in un lampo.

Poi il ragazzo guardò Nathaniel, e fece un cenno con la testa.

«Tranquillo, dagli pure il portafoglio» disse Arthur.

La mano di Nathaniel si fece strada all'interno della giacca. Il portafoglio sembrò stranamente pesante. Il ragazzo gli disse qualcosa: i suoi amici stavano ancora dietro di lui senza dire niente, ma sembravano altrettanto tesi. Nathaniel lo aprì e tirò fuori le foto. Il ragazzo fraintese. Nathaniel non ebbe bisogno della traduzione per capire il significato delle parole che vennero pronunciate. Con troppa foga lanciò il portafoglio, che colpì il ragazzo sul petto e cadde a terra.

«*Ce que c'était?*» chiese il ragazzo, indicando le fotografie.

«*Family photos*» rispose Nathaniel.

«*Non, non, non*» replicò il ragazzo scuotendo la testa.

Arthur disse qualcosa, e il ragazzo per un attimo fu sorpreso. Poi fece di nuovo un sorriso e si mise a ridere.

«*We are leaving now*» disse Arthur.

Nathaniel capì che quella frase era stata un errore. Arthur fece alcuni passi indietro. Il ragazzo si lanciò un'occhiata alle spalle, poi si mise a correre verso Arthur. Ed era veloce: Nathaniel fece appena in tempo a sbattere le palpebre che era già accanto ad Arthur. Lo afferrò per il bavero e puntandogli il coltello contro il viso gli gridò qualcosa.

Arthur rimase del tutto calmo.

Nathaniel sentì di avere il corpo inchiodato a terra. Cercò di dire qualcosa, ma non un suono gli uscì dalle labbra.

Poi Arthur si mosse.

Nathaniel non riuscì a vedere cosa facesse, ma di colpo l'amico era arrivato a due passi di distanza dal ragazzo. La sua voce era tranquilla, come se nulla fosse successo. Il ragazzo gli si gettò contro a capofitto brandendo il coltello. All'ultimo momento Arthur fece un piccolo passo di lato, il ragazzo volò oltre, inciampò nel piede di Arthur e finì a terra. Nella caduta il coltello emise un rumore metallico. Il ragazzo fece appena in tempo a imprecare che Arthur gli sferrò un calcio al mento con un suono soffocato. La testa gli sbatté di lato come quella di un burattino, prima di cozzare sull'asfalto con un altro tonfo sordo. Il ragazzo rimase a terra, gli occhi arrovesciati sotto le palpebre.

Gli altri ragazzi fissarono Arthur.

Non accadde nulla.

Nathaniel sentì la propria voce, ma non aveva alcuna idea di cosa stesse dicendo.

Poi accadde tutto talmente in fretta che lui a malapena avrebbe saputo dire se erano stati i ragazzi ad affondare le mani nelle tasche, o se Arthur si era messo a correre. Non *via da loro*, ma *verso di* loro.

Il rumore del ginocchio del ragazzo che veniva dislocato dalla rotula fu nauseante. Le grida che seguirono erano irreali, così esagerate che non potevano essere autentiche. Gli altri due rimasero paralizzati a guardare, poi uno scappò. Il ragazzo rimasto brandiva un coltello, il manico che gli tremava in mano. Arthur gli si mise calmo di fronte e si strinse nelle spalle, con le mani aperte davanti a sé. Il ragazzo lo fissava come se fosse un incubo materializzato. Arthur fece un passo verso di lui, che quasi incespicò arretrando.

« *Cours* » fece Arthur, calmo.

Il ragazzo se la diede a gambe.

Gli faceva male la mano. Nathaniel la guardò: le sue nocche bianche erano strette attorno al manico di un coltello. Non si ricordava di aver raccolto quello del ragazzo. Il tipo con il ginocchio rovinato stava ancora urlando, ma Arthur non sembrò curarsene. Il ragazzo a cui aveva sferrato un calcio in testa giaceva ancora a terra privo di coscienza. Arthur gli appoggiò per un attimo le dita sul collo, poi prese i portafoglio. Raccolse il coltello da terra, lo richiuse e se lo mise in tasca.

« Okay, andiamo » disse.

Anche dopo, per un pezzo Nathaniel continuò a udire le urla.

XXVIII

A svegliarmi non è il suono, ma l'odore.

Il profumo dolce delle bacche che lui mangia sempre è mescolato a un odore che non conosco. Lei dorme accanto a me, con la mano contro la mia schiena. Lui è lì in piedi e ci guarda. Anzi, no, guarda lei. Io ho un occhio appena socchiuso, ma se anche li aprissi tutti e due non credo che lui se ne accorgerebbe.

Si infila una mano nei pantaloni e io sento ogni movimento. L'unica cosa che penso è che non riuscirà mai a toccarla. Mai.

D'un tratto lei si alza.

Si guarda intorno, confusa. Sento il respiro di lui cessare. Lei si stende di nuovo, ma è troppo tardi. Lo vedo avvicinarsi, vedo il viso di un mostro più reale, più spaventoso di quanto qualunque racconto possa descrivere. So che dovrei aspettare, ma non ci riesco.

Mi scaglio contro di lui. Urlo mentre cerco di cavargli gli occhi, voglio annientarlo una volta per tutte. Vedo il suo pugno un attimo prima che mi colpisca ed è come se il mondo si fermasse.

Ho il tempo di morire mille volte, prima che tutto diventi nero.

Capitolo 28

Il padre lo attendeva nella sala arrivi, con le mani nelle tasche della giacca come suo solito. Aveva un'espressione distante, apparentemente meravigliata, ma Arthur sapeva che registrava tutti i dettagli che gli interessavano. A intermittenza teneva d'occhio l'uscita, e quando vide Arthur piegò le labbra in un sorriso a bocca chiusa, e il corpo perse molta della sua tensione. Arthur lo raggiunse assieme alla hostess a cui era stato affidato. Il padre gli mise una mano sulla testa e gli scompigliò i capelli. Avevano smesso di darsi abbracci qualche anno prima, o meglio, era il padre ad aver smesso.

«Allora, tutto bene?» chiese.

«Sì».

«Il viaggio non è stato come ti aspettavi?»

«Non lo so. Forse».

«Qualche motivo particolare per cui sei voluto tornare a casa prima?» chiese il padre esitante, come se la domanda potesse rivelare qualcosa che lui in realtà non desiderava sapere.

«Be', la conferenza non era mica solo per me».

Il padre emise un suono che ricordava una risata, e fece un sorrisetto prudente. Arthur sapeva che quello era il figlio che conosceva, e non l'Arthur che aveva scritto un bizzarro saggio ed era andato a Parigi perché era speciale. Anche lui sorrise, ma temeva che sarebbe stato più difficile recitare il ruolo del figlio normale prima di 'sparire'.

«Se sei contento tu...» replicò il padre con un cenno del capo.

Era una bugia che Arthur avrebbe potuto smascherare anche con l'esperienza di una vita sola.

La madre fu meno sottile nelle sue domande quando arrivarono a casa, e non altrettanto facile da convincere. Era quasi come se intuisse qualcosa e potesse guardargli dentro, ma Arthur dedusse che poteva trattarsi di un rimasuglio dell'ansia risvegliata in lei dopo il primo episodio di malattia. Ben presto li avrebbero informati che lui era morto, e questo l'avrebbe segnata per sempre. Sarebbe stato esattamente come al solito, come centinaia di altre vite che aveva vissuto in precedenza. E allora perché la coscienza gli rimordeva a quel modo?

Mantenne il contatto con Raven e Nathaniel via mail. Il piano era di sparire prima del viaggio in Scozia. Sottrarsi alla vacanza era impossibile, e se Arthur fosse scomparso durante il viaggio questo avrebbe complicato le cose.

Scambiò lunghe mail con Nathaniel, le cui domande portavano a discussioni su tutto, dall'attuale qualità del cibo all'influenza della tecnologia sulla società. La cosa migliore di quelle mail, stranamente, era che discutevano dei ricordi che Arthur aveva rivissuto. Scrivere aiutava Arthur a gestire le sensazioni che questi gli avevano provocato. Le analisi di Nathaniel erano sempre utili perché rendevano più facile pensare ai ricordi come qualcosa che non era accaduto a lui in prima persona. Nathaniel gli suggerì di considerare l'intera faccenda come un gioco, e Arthur capì cosa voleva dire. Il Guardiano otteneva continuamente accesso a nuovi ricordi, ma per la maggior parte erano troppo vecchi perché Arthur desiderasse vederli. A dire il vero anche quelli recenti di rado fornivano informazioni utili, ma nell'insieme formavano un quadro preoccupante. In ogni caso, riviverli costava tempo ed energia.

Non era difficile leggere tra le righe di ciò che scriveva Nathaniel. La cosa strana non era tanto il suo eludere con cura l'incidente, quanto l'evitare anche qualsiasi tema che potesse lontanamente portare a una discussione intorno a quello che era accaduto a Parigi. Arthur non sapeva se lui stesso avrebbe avuto voglia di parlarne. Non gli rimordeva affatto la coscienza per ciò che aveva fatto: quello che piuttosto lo spaventava era la rabbia che era spuntata dal nulla. I pensieri se li ricordava a malapena, ma la sensazione gli si era impressa a fuoco nella memoria. Se non si fosse sforzato di contenersi, avrebbe potuto uccidere quei ragazzi. Non aveva dubbi che fosse un effetto dei ricordi di Paolo. Non sapeva cosa gli piacesse di meno: la mancanza di controllo, o ciò che quella mancanza aveva provocato in lui. Era preoccupato.

Il giorno designato arrivò.

Nathaniel era atterrato a Göteborg, in Svezia, e stava dirigendosi verso il confine con una macchina presa a noleggio. Arthur era seduto in giardino con la madre ed Emilie quando il telefono di casa squillò due volte. La madre rispose ma suonava libero, e non richiamarono. Arthur avvertì lo strano impulso di dire qualcosa. Avrebbe voluto abbracciare entrambe, ma gli sembrava fuori posto. Gli ci volle un'eternità per mettersi la tuta e le scarpe da ginnastica. Disse che non sarebbe stato via per molto. La madre gli ricordò la cena.

Arthur si mise a correre sul viottolo del giardino. Ben presto il sudore iniziò a colargli lungo il corpo.

Vide la macchina a noleggio da molto distante: stava parcheggiata sul ciglio della strada, vuota. Sul sedile posteriore c'era lo stesso zaino che Nathaniel aveva usato a Parigi. Una macchina venne verso di lui. Arthur si spostò di lato, si mise a fare stretching e fissò la vettura: l'autista era un uomo sui trent'anni che non lo degnò di uno sguardo, assorto in una conversazione al cellulare. Arthur scese verso il mare.

Nathaniel era a piedi nudi con i calzoni arrotolati sotto le ginocchia, e lasciava che le onde gli bagnassero i piedi. Le mani in tasca, guardava il mare. Arthur immaginò che alcuni dei loro pensieri fossero gli stessi.

« Ciao ».

Nathaniel si voltò di scatto, troppo rapido per nascondere che si era spaventato. Arthur si tolse i vestiti e li gettò a terra in un mucchio.

« È bello qua » disse Nathaniel sedendosi su una pietra. « Molto tranquillo ».

« Vuoi venire a fare il bagno? »

Nathaniel scosse la testa. « È freddo. Non so, non mi sembra giusto ».

« Non devi vederla così. La mia famiglia ha avuto più tempo con me del previsto ».

« Sì, è vero. Ma loro non lo sanno ».

Arthur si strinse nelle spalle. Non sapeva se era d'accordo con Nathaniel. Ma in ogni caso non importava.

Corse più veloce che poteva e si gettò contro una piccola onda. L'acqua fredda lo privò in un attimo del calore del corpo. Lo attraversò un brivido, ma poi si sentì bene. Piantò i piedi sul fondo melmoso e sputò fuori l'acqua salata. Aveva atteso a lungo quel momento, ma non gli sembrava come si era aspettato. Fece qualche bracciata, ma non si allontanò di molto. La corrente era davvero forte in quel punto. Fece il morto a galla, lasciandosi sballottare dalle onde. Non gli fece venire voglia di continuare.

Si rese conto che doveva farlo in fretta, come togliere un cerotto. Altrimenti così era solo una lenta tortura.

Il sedile posteriore era grande e spazioso abbastanza

per poterci stare disteso. Arthur improvvisò un cuscino con i vestiti che Nathaniel aveva portato, e nascose il corpo sotto una coperta leggera. Nathaniel guidava bene e canticchiava insieme alla radio, quando riconosceva le canzoni. Il cielo era più o meno l'unica cosa che si intravedeva dal lunotto, ma a volte nella visuale si infilava un edificio che conosceva o un pezzo di paesaggio. Alla fine Arthur chiuse gli occhi, ma neppure quello servì. Riconosceva ogni curva, sapeva esattamente dove sarebbe arrivata la successiva. Visualizzava luoghi, persone e situazioni, che cercavano di costringerlo a dire addio. I suoi pensieri si perdevano in tutte le direzioni, e a poco a poco entrò in uno stato che non avrebbe saputo dire se fosse sonno o veglia.

Doveva essersi addormentato, perché erano tracorse delle ore. Nathaniel si fermò in una piazzola di sosta, e Arthur si sedette al suo fianco sul sedile davanti, ben nascosto dietro gli occhiali da sole e il cappellino a visiera che Nathaniel gli aveva comprato. Avevano già passato la frontiera. Lo zaino con l'attrezzatura procurata da Raven era sul pavimento della macchina davanti a lui.

Aprì il passaporto e guardò la propria foto. Il suo sorriso era storto e genuino. Trovò un computer portatile, un telefono cellulare che accese e appoggiò sul cruscotto, un telefono satellitare, una manciata di carte di credito e una chiavetta USB.

Collegò il computer al cellulare, controllò di aver ottenuto la connessione a internet e mandò un messaggio a Raven. Nel suo inbox c'era una mail: era una raccolta di rapporti scritti da Raven per il Consiglio, ma alcuni erano di scarso interesse. Raven aveva iniziato ricerche elettroniche per trovare elementi rilevanti nelle zone in cui aveva soggiornato Paolo. Arthur dubitava che Paolo si fosse lasciato dietro delle tracce. Perlomeno non sembrava da lui.

« Ho fame » annunciò Nathaniel, e spense la radio.

Era la prima cosa che diceva da quando si erano messi in viaggio. Il suono di una voce dentro l'abitacolo sembrò strano. Arthur scosse la testa.

« Ok, ma almeno *io* devo mangiare tra poco. Ci vorrebbe anche una pausa per sgranchirsi le gambe ».

Arthur annuì e ripose il computer nello zaino.

Nathaniel tamburellò con le dita sul volante.

« Ho visto la mia famiglia mentre ero a casa. È stato strano. Non mi sono mai sentito tanto vicino a loro come in quel momento, ma non mi sono mai sentito neppure tanto lontano. Una parte di me quasi mi gridava di raccontare la verità, mentre un'altra parte non poteva fare a meno di vederli come dei bambini ».

Arthur sorrise. Lui e Raven erano giunti a conclusioni simili nei riguardi del Network.

« È come se non vivessimo nello stesso mondo » continuò Nathaniel.

Arthur si schiarì la voce, arrugginita dopo ore di silenzio. « Adesso non diventare troppo filosofico. Di solito non aiuta ».

« Ma capisci cosa voglio dire? Voi dovete sentirvi così tutto il tempo, no? »

« Di quando in quando. Ma in un certo senso no, per niente ».

« Cosa intendi? »

« Non credo che noi siamo legati alle nostre famiglie allo stesso modo in cui tu sei legato alla tua. Non è possibile per noi. Ma capisco cosa provi. La volontà di difenderli con ogni mezzo».

Nathaniel non rispose nulla, ma Arthur sapeva quale domanda non osava porre. La domanda che anche lui stesso si faceva, la domanda che ancora non aveva una risposta: c'era davvero un senso a tutto ciò?

Il silenzio si prolungò, e alla fine assunse la consistenza di una struttura sul punto di crollare. Arthur si schiarì la voce per cominciare a dire qualcosa, ma fu interrotto dal suo stomaco. Sembrò un terremoto dentro il suo corpo, concluso da piccoli stridii come un palloncino che si lascia scappar fuori l'aria.

Si guardarono per un attimo, serissimi.

Poi un sorriso si insinuò sulla bocca di Nathaniel, un sorriso che lui non riuscì a trattenere, e Arthur avvertì lo stesso. Si guardarono di nuovo e scoppiarono a ridere. La risata echeggiò potente all'interno della macchina. Nathaniel aveva le lacrime agli occhi, e Arthur rise tanto che cominciarono a dolergli i muscoli dello stomaco.

«Perché stiamo ridendo?» ansimò Arthur tra i singhiozzi. «Non è divertente».

«Non è divertente?! Dovevi vedere la tua faccia!»

Nathaniel scoppiò nuovamente a ridere. Arthur non fece nemmeno in tempo a scoccargli un'occhiata offesa, che il riso lo riacciuffò. Alla fine riuscirono a fermarsi, rossi in viso e col fiato corto.

Arthur sentì che qualcosa si era allentato. «Credo di rimanere un po' di stucco certe volte. Non me ne accorgo nemmeno».

«Tendi alla depressione?»

C'era una sfumatura nel tono della domanda di Nathaniel che Arthur non riuscì a identificare.

«Non lo so. Il Guardiano mi aveva avvertito che i ricordi che rivivo possono avere un certo effetto su di me, ma non pensavo che si manifestasse in questo modo».

«Dalle tue descrizioni sembrano incubi. Io non so, ma finché tu non diventi pazzo completo, io sono contento».

«Ah, se è per questo io sono già pazzo, ma mi sta bene».

«Sì, perché no?» ribatté Nathaniel, in un modo che fece dubitare Arthur della verità di quelle parole.

Si fermarono a un distributore di benzina. Divorarono ciascuno il proprio hamburger e comprarono snack e bibite. Nathaniel si prese un enorme sacchetto di dolciumi vari e diverse bottigliette di coca-cola. Arthur si accontentò di latte al cioccolato e focaccine all'uvetta.

Nathaniel collocò strategicamente il sacchetto sul cruscotto e cominciò a servirsi con voracità.

«Nessun diabetico in famiglia?» chiese Arthur.

A tutta prima Nathaniel sembrò sorpreso. «Ti ci metti anche tu adesso? Come se la lagna di Noorah la settimana scorsa non fosse stata abbastanza».

Arthur rise.

Nathaniel alzò gli occhi al cielo e bevve ostentatamente un sorso dalla bottiglia, prima di fare un rutto. «Come mai siete così buoni amici? Non vi assomigliate per niente» continuò, un po' troppo bruscamente. «Cioè, non volevo dire così, è solo che...»

«Tranquillo» lo interruppe Arthur. «Non sei il primo che me lo chiede, e di sicuro neanche l'ultimo».

Ricordava bene la prima volta che aveva incontrato Raven. Non era stato esattamente l'inizio di un'amicizia. C'erano tuttora poche persone che riuscivano a provocarlo come lei, ma adesso era per altri motivi. Grandi aspettative a volte comportavano delusioni.

«Ci sono molte vie strane che portano all'amicizia.

Anche nel Network dicono che siamo una coppia ben strana».

«Quindi tu l'hai incontrata di persona?»

«Qualche volta, in giro per il mondo».

«E cosa ti ha impedito di ammazzarla? Era più grande di te?»

Arthur sapeva che nell'ironia c'era un pizzico di sincerità. Raven aveva una capacità speciale di far sentire le persone come idioti.

«Sotto sotto è buona. Anche se vive in un mondo di sfumature di grigio e agisce di conseguenza, nel profondo di sé ha una visione delle cose più in bianco e nero, in cui io mi riconosco. E poi condividiamo certe...» Arthur rifletté un momento, «... esperienze».

«Lei non mi piace. Ho sempre la sensazione che sarebbe in grado di uccidere chiunque senza batter ciglio».

Arthur non seppe bene cosa rispondere. Con ogni probabilità Nathaniel aveva ragione, ma si poteva dire lo stesso di lui. Però in fin dei conti la questione non era la volontà di usare simili mezzi, ma per quale motivo e con quanta facilità li si usava. In realtà temeva di essere più spietato di Raven, ma era forse un'ironia che Nathaniel non era in grado di cogliere.

Il viaggio fu rapido. Per attraversare la Danimarca e la Germania ci misero meno tempo del previsto, soprattutto perché Nathaniel si divertiva a correre in macchina, e ne aveva noleggiata una con una tale potenza di cavalli che se l'avesse spinta alla velocità massima probabilmente non sarebbe riuscito a controllarla. Arthur era un tantino invidioso. Aveva guidato anche lui, ma non in quel modo. Era quasi ipnotico guardare come il mondo esterno scompariva al loro passaggio. Con Bruce Springsteen allo stereo – scelta di Nathaniel – sorpassavano una macchina dopo l'altra, e di rado venivano sorpassati.

Per esercitarsi, Arthur rallentò la velocità del mondo e si domandò come sarebbe stato guidare quando il mondo andava a velocità dimezzata. Lui non aveva alcun problema a coordinare il corpo, ma poteva trasmettere quella facilità ai movimenti dell'auto? Forse era un bene che non potesse fare la prova. Perlomeno non ancora.

Mentre facevano una pausa, si collegò a internet: la tentazione di controllare i giornali norvegesi era troppo forte. La sua sparizione aveva fatto notizia, ma ormai era stata relegata in fondo alla pagina per far posto alle catastrofi del giorno, eventi sportivi e insulse dichiarazioni di politici.

'Ragazzo presumibilmente annegato' diceva il titolo.

Non c'era nessuna foto né nome, ma avevano trovato i suoi vestiti. Qualcuno si era procurato la dichiarazione di un abitante del luogo sulle correnti in quel punto e su quanto forti potessero essere. Non una parola sulla famiglia.

Arthur chiuse internet e aprì uno dei file mandati da Raven. Era un rapporto che riguardava la ricerca sull'uso di armi biologiche. Il rapporto era vecchio, datato 4 agosto 1978, ciascuna pagina stampigliata con *Top Secret*, ma senza alcuna indicazione circa quale fosse l'agenzia investigativa a cui apparteneva il documento. Però a giudicare dalla lingua, era facile capire che il testo fosse stato scritto da un britannico. Il contenuto non era certo confortante: la lista delle ricerche presumibilmente in corso nel mondo riempiva due pagine intere. Il rapporto concludeva che la convenzione del 1972 sulle armi biologiche non era stata rispettata, ma che la ricerca appariva in calo, per motivi più pratici che politici o umani.

«Cosa stai leggendo?» chiese Nathaniel. «Ti sento sospirare sotto la musica».

«Niente di nuovo. Solo una conferma che non tutta la creatività è del tipo buono».

«Quindi nessuna nuova informazione su... Paolo?» Nathaniel pronunciò il nome come se fosse stato pericoloso dirlo a voce troppo alta.

«No». Arthur spense il computer e lo infilò nello zaino.

«Qual è il piano dopo che arriviamo a Parigi?» domandò Nathaniel rimettendosi sulla strada.

«Raven ha qualche idea».

«Chi?»

Arthur sentì la propria voce echeggiare nella sua testa. «Noorah è Raven, è quello il suo vero nome».

«Ah. E qual è il tuo, allora?»

Arthur stava per rispondere, ma Nathaniel lo prevenne. «Eshi, vero? Nel libro c'era scritto qualcosa di simile. Eshi, Esho».

«Eshu».

«Eshu» ripeté Nathaniel, cercando di imitare la pronuncia di Arthur. «Eshu. E cosa significa?»

Arthur fu infastidito dalla domanda, anche se cercava di non darlo a vedere. «È il nome di un dio».

Cercò di dirlo come se stesse rispondendo a chi gli aveva domandato di che colore era una macchina di passaggio, ma la voce lo tradì.

Nathaniel emise un suono a metà tra la risata e la sorpresa.

«Che Noorah, ehm, Raven, fosse affetta da megalomania, me lo sarei quasi aspettato, ma non da te!» esclamò, in tono canzonatorio.

«Tutti gli altri nel Network hanno nomi così».

«Cioè avete tutti nomi di dei?»

Arthur non ebbe bisogno di guardare Nathaniel per

sapere che espressione avesse in faccia. La sua voce diceva già tutto. « Non tutti, ma molti. Raven è una delle eccezioni ».

« Meraviglioso, una banda di bambini con manie di onnipotenza! Allora il vostro leader si chiama semplicemente Dio? Forse posso incontrarlo. Puoi portare a Dio i miei saluti? »

Arthur decise di non dire nulla.

« Perché il nome di un dio? Che tipo di dio è Eshu? Per caso sei il dio della salvezza del mondo? Sarebbe incredibilmente azzeccato ».

« No, purtroppo. C'è una storia anche troppo lunga dietro il mio nome. E purtroppo il mio dio preferito esiste solo nella mia personale religione ».

« Hai una religione tua? » Nathaniel sembrò scettico.

« No, no. Ho un ipotetico dio preferito. Il dio delle piccole cose significative ».

« Il dio delle piccole cose significative? »

« Sì, dovrebbe esistere un dio del genere ».

« E quali sono le piccole cose significative? »

« Possono essere tante e diverse. Per esempio il sorriso che ti fa capire che sei innamorato. O l'idea improvvisa che ti rivela il senso di qualcosa. Piccole cose ».

« E che mi dici del piccolo sasso in cui inciampi, così cadi e ti rompi un braccio? »

« Oppure quei piccoli commenti pieni di disprezzo che rovinano l'idea migliore del mondo prima che possa essere realizzata » continuò Arthur.

Nathaniel annuì infervorato. « Non esiste una religione con un dio così? In caso contrario, dovremmo fondarla ».

« Già, perché no? Ma allora abbiamo bisogno di una professione di fede » ribatté Arthur, mezzo scherzando.

Nathaniel ruotò le spalle, raddrizzò il collo e si schiarì la voce dandosi un'aria solenne. « Crediamo nelle casualità e nel destino, crediamo che perfino l'azione più insignificante possa avere le più grandi conseguenze. Dobbiamo perciò esaminare tutte le nostre azioni, sia grandi che piccole, così che ci guidino sulla via stretta, anzi no, sulla via della casualità».

Arthur si accarezzò il mento con aria di sfida. «Prevedo un problema».

«Ah, sì?»

«I credenti moriranno di una morte lenta e dolorosa, incapaci di compiere qualunque azione, terrorizzati dal pensiero che perfino un loro minimo movimento possa portare alla fine del mondo».

«Ma con la stessa logica possono anche creare il paradiso in Terra» obiettò Nathaniel.

«Saresti disposto a fare testa o croce, testa è paradiso e croce è inferno? Correresti il rischio?»

Nathaniel sbuffò. «La tua mancanza di critica costruttiva è stata notificata. Come punizione devi rispondere alla domanda iniziale: che tipo di dio è Eshu?»

Arthur piegò la testa in un piccolo inchino. «Eshu è il dio di una religione che ebbe origine in Africa, dove per la prima volta la conobbi. Ma si trova anche nei Caraibi e in altri luoghi del mondo».

«E di che cosa è il dio?»

«Di tante cose, dipende, ma per me è il dio del caos».

Nathaniel inarcò le sopracciglia. «Caos? C'è qualcosa che dovrei sapere?»

«Niente panico, non ho scelto il mio nome in funzione di quello. Piuttosto è in relazione con il modo in cui ho scoperto il Network per la prima volta».

«Ma insomma, come ti devo chiamare?»

Arthur lo guardò serio. «Bond. James Bond».

«*Shaken and disturbed?*»

Entrambi sorrisero di se stessi.

« E così anche il cattivo senso dell'umorismo non cambia a dispetto di molte migliaia di anni » constatò Nathaniel scuotendo la testa.

« È una costante umana » replicò Arthur.

« E io che credevo fosse un aspetto del carattere » continuò Nathaniel.

Arthur allargò le braccia in un gesto teatrale. « Tu sei giovane e sciocco, cosa puoi sapere? »

« Che sono giovane e sciocco. Qual è la tua scusa? » Nathaniel fissò Arthur con uno sguardo che attendeva impaziente una risposta.

Arthur si limitò a rimanere a bocca aperta, per un tempo troppo lungo.

« Si direbbe che tu sia stato contagiato da Raven » disse alla fine con una smorfia alterata.

Nathaniel rise. « Lo prendo come un complimento ».

Mise una marcia in meno e lasciò ancora una volta che il motore dimostrasse per cosa era stato creato. L'accelerazione si trasmise alla loro colonna vertebrale quando sfrecciarono oltre due automobili.

« La prossima volta prendiamo un cabriolet » mormorò Nathaniel rivolto più che altro a se stesso.

Arthur alzò il volume della musica e si appoggiò comodamente al sedile. Neppure lui avrebbe avuto nulla in contrario a un cabriolet. Era di sicuro una delle voci da aggiungere alla lista di cose che desiderava fare quando sarebbe arrivato il momento.

XXIX

Mi sveglia il suono della sua voce.

Lei canta piano, lentamente, ma le note sono così pure, quasi divine. Per un istante mi sembra di essere altrove, ma il dolore non concede illusioni. Tento di dire qualcosa, ma sento un dolore bruciante, accecante. La mandibola è spezzata e faccio fatica a non svenire.

L'unica cosa su cui riesco a concentrarmi sono le note. Giro la testa e la guardo: è ancora distesa sulla paglia, ma è nuda. Ha un aspetto strano, è come se alcune parti di lei fossero scomparse.

Mi alzo e mi siedo accanto, faccio scivolare una mano su di lei e sento un liquido appiccicarsi alla pelle. Scompare anche la mano, come se il liquido l'avesse cancellata. Lei mi guarda con il volto tremante, gli occhi spalancati, denti che battono.

« Ti prego ».

Non capisco. Cos'è questo liquido capace di rendere invisibile un corpo? « Che cosa vuoi? »

Mi lecco un dito e sento il sapore salato del sangue.

Il mio corpo trema.

Lei mi supplica di nuovo.

« Ti prego. Aiutami ad andare via ».

Capitolo 29

Fu strano ritornare a Parigi. Era come se non avessero mai lasciato la città. La Biblioteca invece non era come l'avevano lasciata: le stanze erano state riordinate, e sulle scrivanie c'erano dei computer nuovi. Dappertutto aleggiava un profumo di pulito, e il frigorifero era pieno di cibo.

« Incontreremo qualcun altro qui? » chiese Nathaniel, e si guardò attorno scettico prima di sedersi sul letto.

Arthur appoggiò lo zaino su una sedia e accese il computer. « Non credo. Raven mi ha detto che qui al momento c'è solo una redattrice, e abbastanza vecchia ».

« Quindi sulla trentina, giusto? »

« Giù di lì ».

Arthur sedette alla scrivania e controllò che ci fosse la connessione a internet. I muscoli delle spalle si rilassarono, ma non si sentiva proprio tornato a casa. Che cosa provasse di preciso, non sapeva dirlo. Il viaggio era stato molto piacevole, in primo luogo grazie a Nathaniel.

Sembrava che quest'ultimo avesse raggiunto una certa calma. « Ecco, io ho riflettuto un po': abbiamo davvero una qualche chance di fermare il *señor Loco*? » chiese scalciando via le scarpe e stendendosi sul letto. «Voglio dire, supponiamo di trovarlo. E poi cosa facciamo? »

Non era una domanda che Arthur aveva creduto preoccupasse Nathaniel, ma era una delle tante a cui lui stesso andava pensando. « Raven e io ne abbiamo discusso, ma l'unico punto su cui siamo d'accordo è che abbiamo bisogno di più informazioni. Ci sono troppe variabili sconosciute. Non sappiamo nemmeno se possiamo fidarci del Guardiano. Quindi il piano è prima di tutto trovare Paolo, e poi tentare di capire cosa sta succedendo».

«Forse voi avete dei punti deboli? Lo hai chiesto al Guardiano?»

«Sembrerebbe di no, e il Guardiano non è utile. Più di tutto voglio parlare con Paolo. Sono sempre più sicuro che non sia pazzo: non c'è niente nei suoi ricordi che indichi che abbia perso il contatto con la realtà. La cosa più importante, come sai, è che non è in grado di combinare molto senza il sostegno di altri, eppure è proprio questo che mi preoccupa di più».

Nathaniel si tirò su a sedere sul letto. «Spiegati meglio».

«Non capisco cosa ci fa Mercer in tutta questa storia. Anche se Paolo non è pazzo, devono esserci degli altri che lo sono. Certo, al mondo esistono molte sette millenaristiche, ma di solito sono locali, consistono di individui che non sono né intelligenti né dispongono di risorse particolari, e perlopiù finiscono con l'eliminare se stessi. Mercer è intelligente, e con l'aiuto di Paolo si è procurata delle risorse».

«Quindi senza Mercer...» Nathaniel non completò la frase, come se di colpo avesse realizzato cosa stava dicendo.

«Forse». Arthur prese lo zaino e si avviò verso la porta. «Non pensarci troppo. Fino a che non ne sappiamo di più, ci sono infinite possibilità. Buonanotte, ci vediamo domani».

Nathaniel disfò la valigia e aprì la posta. Emma gli aveva mandato le foto della festa di compleanno improvvisata che avevano fatto poco prima della sua partenza. Sorrise tra sé e sé al vedere la prima foto. C'erano lui e suo nipote Carl, due anni, entrambi con tanta panna in faccia quanta nel piatto. Era stato un bel weekend. Dopo tre giorni di intense ricerche su internet aveva trovato una vecchia macchina fotografica Leica, che aveva comprato per la sorella. La sola espressione del suo volto quando aveva scartato il regalo era valsa quasi tutto ciò che era accaduto quell'anno fino a quel momento. Emma aveva alternato il pianto al riso, e non si capacitava di come lui fosse arrivato a concepire un regalo del genere. Nathaniel aveva insistito che era solo una questione di gusto raffinato. Oppure di essersi fatto aiutare dagli amici della sorella, buoni ma un po' impiccioni, però quello non l'aveva detto.

Era strano, come la vita potesse cambiare tanto nel giro di pochissimo tempo. Non era il solo a essersene accorto. A tarda notte, prima di andare a letto, la sorella maggiore aveva tradotto in parole ciò che tutti sentivano: era quasi come trovare una famiglia che non si sapeva di avere. Nathaniel aveva compreso esattamente cosa voleva dire, ma per lui quelle parole avevano anche un retrogusto amaro.

Si svegliò a notte fonda, senza ricordare di essersi addormentato. Il piumino giaceva per metà a terra, e il cuscino era più sopra che sotto di lui. Benché gli sbadigli si susseguissero, non c'era verso di riaddormentarsi. Quella sensazione che aveva cominciato a notare negli ultimi tempi gli pervadeva ora l'intero corpo. Una sorta di inquietudine, una forma di tremito che perdurava.

Sedette al computer e fece il login per controllare gli ultimi risultati dei satelliti. Aveva già approntato dei nuovi algoritmi che scartavano i rilevamenti non interessanti e un programma che mostrava i movimenti di Paolo nel tempo. Paolo soggiornava soprattutto a Berna, a Città del Capo, a Gerusalemme e in un luogo nel Galles.

Nathaniel sapeva che Noorah aveva cercato di trovare un legame fra le quattro città, ma invano. Ma c'era poco da meravigliarsi: non avevano nulla su cui basarsi, e anche se con molta fortuna potevano individuare quali areoporti venivano usati, era ancora come cercare un ago in un pagliaio delle dimensioni dell'Empire State Building. Quella metafora era di Raven, ma Nathaniel poteva dirsi d'accordo.

Il Galles era il luogo più interessante, più che altro perché non c'entrava nulla con gli altri: non c'era nessuna grande città nei dintorni, il posto più conosciuto era il Parco Nazionale di Brecon Beacons. Non sembravano esserci altro che fattorie nella zona interessata. In altre parole non c'era un'alta densità di popolazione, ed era poco probabile che Paolo e Mercer facessero parte della popolazione locale. Secondo Raven quello era il posto migliore, e forse l'unico, dove avevano l'opportunità di procurarsi informazioni. I piccoli dettagli che Arthur ricavava dai ricordi erano troppo vaghi, ma con un volto e un nome, veri o falsi che fossero, avevano degli elementi da cui partire.

O così si poteva almeno sperare.

In mancanza di sonno l'alternativa era il cibo, e Nathaniel scese in cucina. Dal frigorifero emanava un odore non proprio appetitoso: i colpevoli probabilmente erano alcuni formaggi. Una caraffa di succo di frutta era la cosa più invitante, assieme a degli affettati che si ricordava dall'ultima volta.

Trovò un bicchiere e un coltello affilato, tagliò spesse fette di salame e le divorò. Avrebbe potuto mangiare qualunque cosa contenesse del sale. Il succo era freddo e con della fantastica polpa di frutta che gli rimase impigliata fra i denti.

La porta della cucina si aprì con uno schianto che gli mozzò il respiro per qualche istante.

Gli apparve Arthur, in boxer, con i capelli spettinatissimi e occhi che quasi non si volevano aprire.

«Acqua» provenne alla fine dalle labbra troppo secche.

Arthur si sedette al tavolo e seppellì la faccia tra le braccia.

Nathaniel si alzò e andò a prendere un bicchiere dalla madia.

«Non ti starai ammalando di nuovo, vero?»

Arthur borbottò qualcosa.

«Eh?»

«Il maledetto condizionatore era programmato male».

Nathaniel riempì il bicchiere d'acqua e glielo posò davanti.

Arthur allungò una mano senza guardare, e lo afferrò. Ci volle un po' di tempo prima che sollevasse la testa e bevesse. «Ancora».

A poco a poco Arthur si riprese, e preparò una colazione coi fiocchi.

Rimasero seduti a discutere a lungo dopo che ebbero finito di mangiare.

«Allora decidiamo stasera?» chiese Nathaniel.

«Se Raven non ha delle idee rivoluzionarie, suppongo di sì».

«E abbiamo la speranza di trovare Paolo nel Galles» continuò Nathaniel.

«*Rwy'n teimlo fel tynnu blewyn o'i drwyn*».

«Eh?»

«Gallese celtico. Una volta ho vissuto lì».

«Ma non parlano inglese?»

«Anche. Non sono rimasti in tanti a parlare il gallese. Non lo so».

Il cellulare di Nathaniel emise un *bip*. Lui lo aprì e lesse il messaggio. La notte lui ed Emma avevano discusso di politica, e ora lei aveva finalmente trovato il tempo di mandargli il nome di alcuni libri che secondo lei Nathaniel doveva leggere.

«Devo chiederti una cosa» disse Arthur, e si appoggiò all'indietro sullo schienale della sedia. «Ti senti pronto per andare nel Galles?»

«Perché non dovrei?»

«Non hai mai parlato di quel che è successo poco prima che lasciassimo Parigi. L'episodio di quei ragazzi».

Nathaniel si sentì contrarre le labbra. Si guardò le mani senza saper bene cosa dire. «Cosa c'entra con il Galles?»

«Tu cosa credi?»

Non gli piacque il tono di Arthur. Gli ricordava troppo quello di Raven. «Non lo so. Sei tu il cosiddetto esperto».

Arthur non sembrò curarsi del suo sarcasmo. «Non è molto probabile che accada qualcosa di simile, ma se ci dovessero capitare guai, è bene sapere se tu sai gestire la situazione».

«E che cosa dovrei gestire? Non sono qua per essere una specie di guardia del corpo».

«Perché hai raccolto il coltello?»

La sedia di Nathaniel raschiò il pavimento quando fu spinta con forza all'indietro. Lui aveva inteso alzarsi in piedi, ma non fu possibile. Il corpo si ricordava come si era irrigidito quella volta, ed era stato sufficiente a farlo vacillare. Non riuscì nemmeno a guardare Arthur negli occhi.

«Era una brutta situazione. Io ho fatto delle cose sgradevoli, ma non credo sia quello che ti tormenta di più, vero? »

La mano di Nathaniel si richiuse. Le sensazioni riaffiorarono vivide, e per un attimo si ritrovò in quella via. Poté addirittura sentire di nuovo le urla.

Le parole gli sgorgarono fuori suo malgrado. « Non ricordo di aver raccolto il coltello. Tutto quel che ricordo è la paura. Paura, e poi rabbia. Non mi faceva star male il fatto che tu li avessi aggrediti in quel modo, anzi in quel preciso momento ho sentito che se lo meritavano, ma al tempo stesso mi ha dato la nausea. Però non potevo muovermi ».

« Non è una reazione insolita ».

« Chi se ne frega di cosa è insolito! »

« Cosa ti tormenta di più: la sensazione che volevi far loro del male, o il fatto di non esserci riuscito? »

Nathaniel sbatté la palma della mano sul tavolo e guardò Arthur, ma non trovò lo sguardo che si era aspettato.

« Scusami. Non c'era bisogno di chiederlo. Ma è importante per me sapere cosa hai pensato ».

La sedia di Nathaniel scricchiolò quando lui si appoggiò all'indietro. « Non avrei potuto far nulla anche se lo avessi voluto ».

« Questo può succedere a tutti, e in un certo senso è la reazione migliore ».

« E se succede di nuovo qualcosa di simile? »

« Di questo non devi preoccuparti ».

« Non devo preoccuparmi? E se succede qualcosa nel Galles? Non è forse il motivo per cui mi hai chiesto se ero pronto a partire? »

« Il modo migliore di gestire un rischio è evitarlo nel modo più assoluto. Non si ripeteranno situazioni del genere ».

« Come se potessi prevederlo! Sarò anche giovane paragonato a te che sei vissuto per migliaia di anni, ma non sono un completo idiota».

«Va bene, non litighiamo. Cos'è che vuoi tu?»

Nathaniel esitò, ma non perché non conoscesse la risposta.

«Non avere paura» fece, guardando per terra. «Combattere come hai fatto tu».

«Posso aiutarti con la paura, se è davvero quello che vuoi. Combattere è più difficile, ma qualcosa possiamo riuscire a fare».

Nathaniel annuì, sempre con lo sguardo puntato a terra, ma alla fine alzò gli occhi.

Arthur sorrise e si avvolse la forchetta intorno alle dita con un'eleganza che avrebbe inorgoglito un prestigiatore. «Aspetta a ringraziarmi prima di aver saputo cosa comporta».

Nathaniel non capì cosa voleva dire, ma qualsiasi cosa doveva essere meglio di quella sensazione di impotenza.

Entrarono nella Biblioteca, e insieme spostarono i mobili così da fare spazio al centro della stanza. Quando Nathaniel vide cosa Arthur aveva portato con sé dalla cucina, non fu più tanto sicuro di voler realizzare il suo desiderio. Arthur depose su un tavolo una serie di coltelli, compreso un comune coltello da burro. Uno di quelli l'aveva usato Nathaniel, ed era appena stato affilato, abbastanza da poter tagliare un dito senza problemi.

Arthur prese in mano il più piccolo dei coltelli taglienti. «Ci sono molti modi per combattere, ma prima di tutto c'è una cosa che devi imparare. È anche la più difficile».

Veloce come il lampo, puntò il coltello verso il viso di Nathaniel, fermandosi solo a pochi centimetri dall'occhio.

Nathaniel avvertì il proprio corpo reagire molto prima che riuscisse a formulare un pensiero. Si sbilanciò all'indietro senza alcun controllo e cadde di peso sul pavimento. «Ma che diavolo?!»

Arthur appoggiò il coltello sul tavolo e tese una mano a Nathaniel per aiutarlo a rialzarsi. Sul suo volto non c'era neppure l'ombra di un sorriso. «*I must not fear. Fear is the mind-killer. Fear is the little-death*».*

La voce di Arthur era monotona.

Nathaniel afferrò la mano tesa e sentì che i muscoli del braccio gli tremavano. Sapeva di aver già sentito quelle parole, ma non riusciva a risalire alla loro origine. Per contro, mai prima d'ora le aveva capite tanto bene.

La sua rabbia scomparve, scacciata dalla comprensione di ciò che Arthur voleva insegnargli.

«La paura può distruggere anche il guerriero più forte e più addestrato. Ma il cervello è in molti sensi una macchina avanzata, una macchina che si può programmare. Tutto quello che serve è un motivatore, e ce ne sono molti: per esempio ostinazione, orgoglio, dolore, amore e ovviamente paura. Solo uno di questi si adatta a ciò che posso insegnarti».

«Intendi dire il dolore!»

Arthur annuì. «Certi nervi reagiscono automaticamente al dolore ben prima che tu ne sia cosciente. Il dolore è così fondamentale per tutti i nostri sensi che è in grado di soverchiare tutte le altre impressioni nel sistema nervoso».

Nathaniel accettò la logica di Arthur, ma delle immagini si stavano già imponendo alla sua attenzione: la lama

* Citazione dal romanzo *Dune* di Frank Herbert. (*N.d.T.*) 'Non devo aver paura. La paura uccide la mente. La paura è la piccola morte'. (*N.d.R.*)

del coltello sulla sua pelle, l'apertura di una ferita. Il tutto pervaso da una spaventosa sensazione che gli stava invadendo il corpo.

La mano aperta di Arthur gli sferrò uno schiaffo sulla guancia con un colpo secco.

Le immagini scomparvero, pungenti formicolii gli si propagarono come fuoco a tutta la faccia, e la voce di Arthur si mescolò al fischio nelle orecchie, mentre lui lo guardava negli occhi: «Bene. Senti la tua rabbia, usala».

Per Nathaniel l'unico modo per sfogare la sua rabbia era suonarle ad Arthur. Ma la mano di quest'ultimo si mosse più in fretta di quanto Nathaniel riuscì a vedere, e due dita si fermarono davanti ai suoi occhi, prima che lui avesse avuto alcuna possibilità di reagire. Ma non indietreggiò. Il suo sguardo oltrepassò le dita e si piantò su Arthur, che ora aveva una sorta di sorriso sulle labbra.

«Yoda era un dilettante» disse.

Si girò, prese con sé i coltelli e si portò al centro della stanza.

Nathaniel rimase dov'era, e la sua attenzione venne tutta assorbita da un unico pensiero: non era forse quello il modo per generare dei mostri?

L'addestramento al combattimento cominciò in modo più piacevole di quanto si fosse aspettato Nathaniel. Arthur utilizzò il coltello da burro per mostrargli come poteva combattere contro qualcuno armato di coltello quando lui non ce l'aveva. La lista dei trucchi sporchi noti ad Arthur appariva infinita, cosa abbastanza comprensibile: essere un bambino doveva fornire una meravigliosa ispirazione per combattere in modo tenace ed efficace.

Lui, purtroppo, non era quello che si dice un talento di natura. Il suo corpo era lento, e l'equilibrio nulla di cui vantarsi, ma ricordava ciò che gli veniva detto.

A conclusione dell'allenamento, Nathaniel doveva

combattere seriamente contro Arthur armato di un corto bastone ricavato dal manico di una scopa, mentre Arthur brandiva un coltello.

« Ogni volta che fai solo un mezzo tentativo » lo avvertì Arthur, « ti taglio ».

Nathaniel non gli credette. Fu un errore che gli costò due tagli, più che sufficienti a far scattare l'ansia, ma Arthur non gli lasciò il tempo di pensarci.

Quando terminarono Nathaniel sanguinava un po', ma nessuna delle ferite era profonda. Si sedettero su uno dei divani, entrambi col fiato grosso.

« Come ci riesci? » chiese Nathaniel. « Io ho cercato sul serio di colpirti, ma tu sapevi sempre cos'avrei fatto, anche se io ho usato tutti i trucchi che mi hai insegnato ».

« Lunga pratica. Più un altro trucco, che non è possibile insegnare ».

Nathaniel riconobbe il tono, quel tono che indicava come quello fosse tutto ciò che gli era dato di apprendere. « Ma funziona, questa roba? Mi aiuterà sul serio? »

« Non è facile a dirsi. C'è solo un test che può appurarlo, e speriamo che ti sia risparmiato. Due cose devi ricordarti. Primo: se intendi combattere, combatti. Secondo: usa altre emozioni contro la paura. Ma ricordati che la rabbia è un'arma a doppio taglio: la rabbia controllata, la rabbia del giusto, è un'arma immensa. La rabbia incontrollata è distruttiva ».

Nathaniel si passò il dito su una delle ferite. Il dolore era sordo, come se più che un taglio fosse un livido. Poteva avvertire l'angoscia, ma era lì perché lui voleva che ci fosse. Andava bene così. C'erano anche altri sentimenti che si erano insinuati dentro la sua coscienza: era orgoglioso, e un tantino sollevato. Aveva fede nel suo saper reagire, nel non essere paralizzato dalla paura, ed era quello che contava.

*

I loro cellulari emisero un *bip* quasi in contemporanea.

Si collegarono al sistema di teleconferenza, dove Raven li stava già aspettando.

« Buonasera ». La sua voce al telefono sembrò ancora più acuta.

« Ciao » risposero Arthur e Nathaniel in coro, poi si lanciarono un'occhiata vuota.

« Non vedo alcun motivo per cui non dovreste partire per il Galles appena possibile, a meno che non abbiate obiezioni ».

« No » disse Arthur.

« Nei sistemi informatici non ho trovato un modo per aiutarvi a cercare Mercer e Paolo » proseguì Raven, « ma ho fatto una lista dell'attrezzatura e ho inventato una storia che spieghi il motivo per cui siete nel Galles. Potete usarla quando parlate con la gente. L'ho mandata a te, Arthur ».

Arthur aprì la sua posta in arrivo.

« Ho allegato le informazioni per contattare una persona che può procurarvi gli articoli meno accessibili ».

Nathaniel inarcò le sopracciglia e guardò con aria interrogativa Arthur, che inclinò la testa di lato e si strinse nelle spalle. Ci volle del tempo per decrittare il messaggio.

« Dovete riconsegnare la macchina a noleggio. Comprate una macchina usata, qualcosa di comune. Avete letto la lista? »

« La sto leggendo ora » disse Arthur, e girò lo schermo in modo che anche Nathaniel potesse vedere.

« La storia fornisce una spiegazione per tutta questa attrezzatura? » domandò Nathaniel esitante.

« Non ci portiamo dietro tutto nel Galles » lo tranquillizzò Arthur.

Per un po' la linea tacque.

« A voi la scelta » disse infine Raven.

Poi raccontò loro cosa aveva scoperto su quella zona, e che cosa potevano domandare senza destare sospetto. La storia non era un capolavoro, ma probabilmente sarebbe bastata se avessero incontrato dei chiacchieroni. Arthur e Nathaniel dovevano fare delle ricerche sui propri genitori senza avere molti fatti su cui basarsi.

« E il Consiglio? Hai pensato di coinvolgerli di più, in qualche modo? » domandò Arthur.

« No. Non ha senso fino a che non abbiamo qualcosa di concreto » rispose Raven.

« Sono d'accordo » convenne Arthur, sollevato di poter evitare di pensare a ulteriori problemi.

« Ah, un'altra cosa: sto meditando di sparire » aggiunse Raven.

« Nel senso che verresti da noi? » chiese Arthur, e sorrise dell'espressione a dir poco scettica dipinta sul viso di Nathaniel, che aveva alzato allarmato gli occhi dallo schermo. Dover convivere con Raven tutti i giorni non era in cima alla lista dei suoi desideri.

« Sì, perlomeno più avanti. Prima devo avere la conferma di un po' di cose ».

« Ovviamente c'è posto per un'altra sorellastra in famiglia: non sarà difficile notare la somiglianza » disse Arthur, e lanciò a Nathaniel un cioccolatino.

« Appunto » convenne Raven seria.

« Vedo che Nathaniel già si rallegra all'idea » continuò Arthur.

« Intendi dire che ci sono tutte le premesse per un bell'amore fraterno di vecchio stampo? » disse Raven.

Arthur sentì che stava sorridendo. « Appunto » replicò.

Nathaniel scosse la testa, ma non senza un sorriso sulle labbra. Arthur con la mano fece il gesto di una chiacchiera inarrestabile quando Raven, scorrendo la lista, cominciò a entrare molto nei dettagli. Nathaniel simulò un colpo di tosse per evitare di ridere. Era quasi irreale. Le cose procedevano, in un modo o nell'altro.

Restava da vedere in che direzione.

XXX

Il corpo nudo è quasi scomparso.

Lui è davanti a me, ma riesco appena a intravederlo. Restano soltanto alcune chiazze di lui, ma mi riempiono di una rabbia che inghiotte tutto. Quando è sparito del tutto, soltanto allora mi alzo.

Sto scomparendo anch'io. Tendo le braccia in avanti, ma non le vedo.

Continuo a camminare, soltanto il mattino mi risveglia davanti al mondo.

Cado. Le mie lacrime colano, cercano di lavarmi per farmi ricomparire, ma io non voglio.

Le mie mani trovano la guaina prima che io sappia che cosa voglio.

Copro il mio corpo dai piedi alla testa.

Il mondo non mi ritroverà mai.

Capitolo 30

L'aria gli accarezzava fresca il braccio sul finestrino abbassato. Le dita della mano destra appoggiata sul volante tamburellavano a ritmo di musica. Il sole era basso sull'orizzonte e mandava raggi abbaglianti contro cui gli occhiali scuri servivano a poco. Ancora una macchina, una BMW nera, li superò nella corsia di fianco, sfrecciando a una velocità che loro potevano solo sognare. Nathaniel la seguì invidioso con gli occhi.

Ci avevano messo un giorno intero a procurarsi una macchina. Un arnese con pochi cavalli di potenza, un colore che con un po' di buona volontà si poteva definire rosso, e un nome che Nathaniel aveva problemi a pronunciare. Di spazio, invece, ne aveva abbastanza. C'era voluta un'altra giornata per radunare tutta l'attrezzatura, e non si erano curati dei suggerimenti estremi di Raven. Arthur non voleva portare con sé armi da fuoco, ma si erano procurati dei coltelli del genere non adatto a una cucina.

Ma Nathaniel non era convinto delle priorità di Arthur: un'arma era un'arma, no?

Arthur era seduto con il computer sulle ginocchia e guardava una carta geografica. Con l'aiuto del nuovo programma creato da Nathaniel erano riusciti a ridurre il raggio della ricerca a un chilometro e mezzo. Paolo non era più nel Galles, ma si era trasferito sulla costa occidentale degli USA.

La nasale voce femminile con l'accento di Oxford del navigatore li pregò di uscire dall'autostrada di lì a due chilometri, prima che la ventosa del GPS decidesse di lasciare la presa sul parabrezza e piombare tra i piedi di Arthur.

« Perfino al GPS non piace questa macchina » constatò Nathaniel.

Arthur lo tirò su per il cavo, asciugò la ventosa e la collocò di nuovo al suo posto. « Se avessi scelto tu, avremmo finito col prendere un Humvee o qualcosa di equivalente. Uno giallo, per sicurezza ».

« Certo, con la roulotte ».

Il computer emise un lungo pigolio per segnalare che la batteria stava finendo.

Arthur lo spense e collegò l'adattatore all'accendisigaro, chiedendosi tra sé e sé come mai non ci avesse pensato subito. « Non è possibile migliorare quell'algoritmo? Sette chilometri quadrati non è esattamente un'area ristretta, quando ci sono sopra delle case ».

« Non che io sappia. È matematica abbastanza standard. Certo, è possibile che a qualcuno sia venuta un'idea molto brillante, ma noi non abbiamo la migliore delle banche dati ».

Arthur guardò assente fuori dal finestrino.

« E il Guardiano? » chiese Nathaniel. « Un'intelligenza artificiale come lui potrebbe pure darci qualche dritta ».

« Lui non è utile. Non sa niente. Non sa far altro che pescare fuori un ricordo dopo l'altro ».

« Ma non è logico pensare che chi vi ha creati abbia previsto l'eventuale necessità di localizzarvi? »

Arthur sbuffò. « Forse la loro religione glielo impedisce ».

Nathaniel raddrizzò la schiena. « La loro religione? »

« Lascia perdere. In realtà non è una religione ».

« Che cosa non è una religione? »

Arthur trovò una lattina di coca-cola e l'aprì con precauzione. «Ne vuoi una anche tu?»

Nathaniel tese la mano. «Dammi quella che hai lì, e spiegami cosa intendevi dire con religione».

«È qualcosa che ha detto il Guardiano. Il motivo per cui per i creatori è così importante far sviluppare altre forme di vita».

«Non mi hai scritto che era perché desideravano dei compagni di gioco, o roba simile? 'Creature solitarie nell'universo' credo che li abbia chiamati Raven».

Arthur annuì. «Sì, ma il Guardiano dice che c'è dell'altro. Ha scelto di chiamarlo 'religione' in mancanza di altre parole».

«Cosa intendi per religione? Non venirmi a dire che vogliono salvare l'universo».

«Proprio così, sono missionari intergalattici. No, chiaro che è una faccenda un po' più complessa».

«Davvero? Puoi spiegare?»

«Quanto bene conosci la teoria dell'evoluzione?»

«Come tutti gli altri che l'hanno studiata all'università, suppongo. Ma cosa diavolo c'entra questo?»

«Ok, proverò a spiegartelo nel modo più semplice possibile da come lo capisco io. Il Guardiano non ha una grande abilità pedagogica. Come sai, l'evoluzione avviene quando si verifica un cambiamento nel materiale genetico, tale da far progredire un organismo. Adesso non importa come questo accada, in dettaglio. Supponiamo solo che accada. Ok?»

«Va bene».

Arthur si girò, dal sedile posteriore prese un bloc notes e una penna e si mise a scrivere. «Ecco. Cosa c'è scritto qui?»

Nathaniel lanciò una rapida occhiata al blocco. «Questo è vero».

«Ok, immagina che questo sia un codice genetico. Ogni lettera è un mattoncino».

«Così come lo sono i nucleotidi nel nostro materiale genetico» commentò Nathaniel, soddisfatto di se stesso.

«Sì. E poi si verifica un cambiamento». Arthur scribacchiò di nuovo sul foglio. «Cosa c'è scritto adesso?»

Nathaniel dovette contorcere la lingua per pronunciarlo. «Qursto è vero».

«Tu capisci cosa si intende, ma un programma automatico di traduzione ti direbbe che c'è un errore. *Qursto* non è una parola. Ma cosa succede se...» Arthur scrisse ancora qualcosa e rimise il foglio davanti al compagno.

«Questo è nero» lesse Nathaniel ad alta voce.

«La grande domanda è: cosa sto cercando di dimostrare?»

Nathaniel scosse con enfasi la testa. «Adesso devo rispondere a delle domande?»

«*Oui, monsieur*».

«Be', nel primo caso c'è stata una mutazione che ha creato un intoppo, mentre l'altra mutazione ha un senso compiuto. È così, la maggior parte delle mutazioni sono dannose per l'organismo».

Anche Arthur si prese una coca-cola. «Giusto di per sé, ma non è quello a cui volevo arrivare. Perché alcune mutazioni sono positive per l'organismo e altre dannose?»

«Adesso stai parlando della selezione naturale?» Nathaniel cercò di ricordarsi quel poco che aveva letto. Non gli piaceva la sensazione di non riuscire a capire cosa intendeva Arthur, neppure se aiutato.

«No, quella è una stupidaggine. Aspetta, te lo dico in un'altra maniera: perché alcune mutazioni hanno un effetto positivo e creano un cambiamento, e altre no?»

«Continuo a non capire dove vuoi arrivare».

«Sto parlando dell'interpretazione».

Nathaniel si strinse nelle spalle. « Adesso ho perso il filo ».

« La prima frase è stata rovinata, la seconda ha cambiato significato. L'abbiamo potuto stabilire perché siamo stati in grado di interpretare le frasi. La stessa cosa dovrebbe valere per il materiale genetico. Una mutazione nel materiale genetico può risultare in un nuovo organo. Be', perlomeno se facciamo finta che possano avvenire dei balzi enormi nello sviluppo. Il punto è che questo è stato deciso in precedenza. Le possibilità di sviluppo sono insite nelle possibilità di interpretazione, mi segui? »

Nathaniel tamburellò di nuovo sul volante, tenendo gli occhi sulla strada. « Credo di sì. Quello che vuoi dire è che ogni frase, o materiale genetico, se vuoi, può mutarsi in un certo numero di modi, e il risultato di ciascun cambiamento è già deciso a partire dal meccanismo di interpretazione. Ma anche quest'ultimo può modificarsi, no? »

« Sì, ma ignoriamolo per il momento. Il punto è che, se segui questa logica fino alle sue estreme conseguenze, ottieni delle idee interessanti ».

« Idee? È qui che entra in gioco la religione? E quali conseguenze? » Nathaniel cercò di immaginarsi dove Arthur stava andando a parare, ma non ci riuscì.

« Per cominciare, significa che lo sviluppo dell'essere umano, ma anche di tutta la vita sulla Terra, è stato già deciso dal codice della prima cellula, o forse è più corretto dire cellule al plurale. Immagina di avere una copia perfetta del materiale genetico della cellula, e di apportare uno o più cambiamenti che non la rovinano, e continui a farlo finché non ci sono rimaste altre possibilità, comprese anche le estensioni del codice. Allora otterrai una serie di nuove cellule, tutte con un codice un po' diverso. Fa' lo stesso con tutte queste. E poi lo ripeti ancora, e ancora, fino ad arrestarti per motivi naturali. Cosa abbiamo allora? »

Nathaniel rifletté, trovò la risposta, e si irritò leggermente per non essere giunto da solo alla prima conclusione. « Hai ottenuto tra l'altro una mappa di tutte le possibili forme di vita sulla Terra. Ma perché il processo dovrebbe arrestarsi? »

« Boh, vai a saperlo. Non deve necessariamente arrestarsi, ma è ragionevole supporlo. Non ci sono molti organismi che continuano a esistere per tutta l'eternità. Pensa alla prima cellula come il tronco di un albero, e per ogni cambiamento nasce un ramo. Se supponiamo che ogni cambiamento porti a un'ulteriore specializzazione, è logico sostenere che la prima cellula conteneva il maggior numero di possibilità di cambiamento, e che più in alto si arriva sull'albero, più diminuiscono le possibilità di cambiamento per l'organismo ».

« Non mi convince l'argomento che la prima cellula abbia il numero maggiore di possibilità. Ma ok, capisco cosa vuoi dire ».

Arthur sospirò. « Be', è qui che nasce l'idea della perfezione ».

Nathaniel lo guardò e inarcò le sopracciglia.

« È importante ricordare cosa la parola 'perfezione' significa in questo contesto » continuò Arthur. « La perfezione è semplicemente il risultato migliore a cui si può aspirare date le possibilità esistenti ».

« Ok, ma allora ci sono un bel po' di cose che sono perfette, no? »

« Sì. Se pensi di nuovo all'albero, e immagini che ogni foglia sia un vicolo cieco, cioè un organismo che non si può sviluppare ulteriormente, allora si può definire perfetto ».

« O estinto, perché non è riuscito a sopravvivere in un

nuovo ambiente. La perfezione ha il suo prezzo. Ma tutto questo non è forse del tutto ipotetico? »

« Forse, ma ho chiesto a qualcun altro nel Network, quelli con l'interesse per la biologia. Mi hanno indicato varie specie, tra le altre gli xifosuri ».

« Xifosuri? Mai sentiti ».

« Sono degli artropodi, di cui pare esistano fossili vecchi di quttrocentocinquanta milioni di anni. Si sono modificati, ma non molto ».

« E noi esseri umani abbiamo perso il mignolo del piede ».

« No, quello è solo un mito ».

Nathaniel odiava quel tono. Come se si stesse dicendo la cosa più ovvia del mondo.

« Ok, ma ancora non siamo arrivati al nesso con la religione ».

« Ora ci siamo. Questi creatori sostengono che nei mattoncini dell'universo ci sia il potenziale per un essere superperfetto, o per una razza, se vuoi. E non solo insito nelle cellule, ma fino al più piccolo componente. Per esempio nello stesso modo in cui tutti gli elementi chimici esistono a partire dalla quantità di protoni nel nucleo. Ed ecco l'idea principale: anche se esistono molti esseri perfetti, questi sono diversi fra loro ».

« Quindi qualcuno è più perfetto di altri? Un modo davvero politicamente corretto di vedere il mondo ». Nathaniel non era sicuro che la piega che stava prendendo la conversazione gli piacesse. Gli ricordava troppo certe ideologie di cui il mondo avrebbe dovuto fare a meno.

« Credono che l'universo finirà col creare questi esseri, ma non sanno dove né quando: solo che si svilupperanno col tempo. Ecco perché sono interessati a far sopravvivere la maggior parte di razze possibili il più a lungo possibile ».

Nathaniel si mise a ridere. « E perché non gli mandiamo il film *Il quinto elemento* e facciamo finta che sia un documentario? »

Arthur si girò e lo guardò senza capire. « Mandarlo? Ma l'hanno trasmesso in TV molti anni fa, ci vuole solo un po' di tempo perché arrivino i segnali, se i nostri creatori non sono ancora qui ».

« Oh, che gioia ».

« Non proprio. Ma capisci perché io la chiamo una religione? »

« Capisco che loro pensano al di fuori dei nostri ristretti schemi, questo sì. Dubito che possa avere un grande significato ».

In realtà Nathaniel non era sicuro che significasse un bel niente. C'era una delle frasi di Arthur che gli era rimasta impressa: 'Se i nostri creatori non sono ancora qui'. L'idea che potessero davvero esserci degli extraterrestri sulla Terra apriva troppe possibilità.

La radio venne disturbata da un'interferenza. Due canali combattevano una battaglia invisibile per il diritto a far ascoltare ciascuno la propria canzone, ma tutto ciò che era dato di sentire era una cacofonia di suoni. Arthur la spense, e l'unico rumore che rimase fu il monotono rombo attutito del motore. In quel preciso momento Nathaniel non aveva nulla contro un po' di silenzio. C'era già abbastanza a cui pensare.

Arthur non sapeva se credere al Guardiano. Non che avesse una qualche importanza, ma era rassicurante pensare che i creatori avessero una mentalità tale da rendere possibile capirli. Un'intera razza che perseguiva qualcosa che forse non esisteva. Era in conseguenza dell'immortalità che si erano trovati uno scopo che sembrava scientifico, ma che in realtà era più fondato sulla forza di fede e speranza? Sembrava così – non trovò una parola adatta – umano. Era uno dei pochi temi di cui il Guardiano era in grado di parlare. Dall'altro lato non nuoceva chiedere aiuto per qualcosa di specifico, Nathaniel aveva ragione.

Arthur fece slittare il sedile all'indietro e pregò Nathaniel di non disturbarlo per un po'.

Strano come la savana ogni volta fosse diversa. Il cielo aveva sempre una nuova sfumatura di colore, il vento portava con sé odori per i quali Arthur ormai non aveva più i nomi. Più volte aveva cercato di ricordarsi perché avesse scelto proprio quel luogo, ma il motivo gli rimaneva sconosciuto. Forse non era affatto un posto speciale, ma solo un insieme di ricordi, però questo non spiegava la sensazione che provava guardando il lago e le vette coperte di neve in lontananza.

Il Guardiano era seduto accanto a un grosso leone. La sua mano era sepolta nella criniera dell'animale, che sembrava confondersi con il cielo arancione. Arthur si sedette davanti al leone e lo guardò in faccia. Il leone aprì la bocca in un pigro sbadiglio, scoprendo denti che colpiti dalla luce mandarono un lampo quasi innaturale.

« Perché stai seduto qui? » domandò Arthur.

« Mi piace questo leone ». Il Guardiano grattò la bestia dietro le orecchie, e questa cominciò a ronfare sommessamente. « E poi questo per me è il massimo di vicinanza al mondo reale, o ai leoni, se è per quello ».

« Ma non è mica reale, giusto? »

Il leone guardò Arthur di sottecchi ed emise un basso ringhio.

« Tu qui puoi morire, non è reale abbastanza? » rispose il Guardiano.

Il grosso felino inclinò la testa e fissò Arthur leccandosi intorno alla bocca. Era come un enorme gattone in cerca di coccole, ma al tempo stesso qualcosa impediva ad Arthur di allungare la mano e appoggiargliela sulla testa. Cosa assurda, dato che il leone in realtà era lui stesso, esattamente come tutto il resto nella savana.

«Cosa ti tormenta di più, il dubbio o la paura?» domandò il Guardiano, captando il suo sguardo con occhi indagatori, ma miti.

Eppure fu come se tutti i suoi strati protettivi venissero grattati via, lasciandolo scoperto.

Arthur rivolse gli occhi a terra e poi di nuovo al leone. «Non dovresti saperlo tu meglio di me?»

«Io posso vedere i singoli pezzetti del puzzle, ma ciò non significa che mi faccio un'idea dell'intero quadro».

Arthur aveva voglia di chiedere cosa importava se aveva paura o era in dubbio, ma conosceva già la risposta. «Stiamo andando nel Galles».

Il Guardiano annuì come se già lo sapesse, cosa molto verosimile.

«Paolo ci va spesso. Se rimaniamo lì abbastanza a lungo, è probabile che lo incontreremo. Non ho al momento altri piani se non di parlare con lui, e poi presumibilmente ucciderlo. Non proprio una soluzione permanente».

«No» convenne il Guardiano. Per un attimo sembrò voler aggiungere qualcosa, ma poi chiuse la bocca e guardò il leone.

Arthur si alzò. Il leone lo guardò speranzoso. «Nathaniel si chiede se tu potresti aiutarci a migliorare il nostro algoritmo». Non era una domanda, solo la constatazione che avevano bisogno di aiuto. Non nutriva alcuna speranza.

Il Guardiano si alzò e gli tese la mano. «Dammi l'algoritmo, e poi potrò risponderti».

Arthur scosse la testa, un po' confuso. « Non ce l'ho qui ».

« Dammi il ricordo che ne hai ».

« Non possiedi già i miei ricordi? »

Il Guardiano sorrise rassegnato. « Non è così che funziona. Ecco cosa devi fare ».

Non era difficile approntare un ricordo così come gli aveva mostrato il Guardiano. Ma ricordare l'algoritmo in sé, vederselo nitido davanti, era un'altra storia.

« Posso farlo con tutti i miei ricordi? »

« No, è impossibile, vale solo per la conoscenza che padroneggi ».

« Oh » fece Arthur, senza riuscire del tutto a nascondere la sua delusione.

Il Guardiano chiuse gli occhi e per un attimo divenne quasi trasparente. « Non ti posso aiutare » annunciò, e aprì gli occhi. « Hai bisogno del doppio di risultati se la statistica dev'essere significativamente migliorata ».

Arthur sollevò il piede e scosse via dei sassolini, che avevano scavato piccole impronte sulla pelle. « C'è qualcos'altro che puoi fare per aiutarci? »

« No ».

Il leone si alzò e li guardò entrambi, poi si inoltrò nell'alta erba color dell'ocra e scomparve.

« Sai che cosa questo luogo rappresenta per me, dove si colloca nella mia storia? » domandò Arthur.

« È un bel posto, che esiste soltanto grazie a te. Di più non so » rispose il Guardiano, con un sorriso enigmatico. « Ma non abbiamo bisogno di saperne di più ».

Arthur si accoccolò sui talloni, prese una manciata di terra secca e ne inspirò il profumo. « Voglio stare da solo adesso ».

Il Guardiano annuì e scomparve dalla sua vista. Arthur si sedette per terra e chiuse gli occhi.

Passi felpati si avvicinarono alle sue spalle. Cauti, in attesa, guardinghi. Arthur udì il respiro molto prima di avvertirlo sul collo. Il muso freddo gli sfiorò delicatamente la nuca. Arthur si girò e guardò dritto negli occhi scuri.

« Lo so » disse appoggiando la mano sulla testa del leone e grattandolo dietro le orecchie.

L'animale gli si distese davanti, con la testa tra le zampe possenti, emettendo un basso brontolio.

« Lo so » ripeté Arthur tra sé.

In lontananza poté vedere un ghepardo abbattere la sua preda.

Veloce, efficace, brutale.

XXXI

La follia mi ha abbandonato.

Non so perché, non so per quanto tempo. I ricordi sono pochi e lontani, immagini osservate attraverso un foro, eventi di una storia che qualcuno mi ha raccontato. Una storia senza fame, senza dolore. Mi tornano in mente brevi istanti in cui guardo fuori, vedo altre persone. Un fratello che mi scuote, una madre che mi ama, un padre che mi abbandona. Cerco di immaginare tutte le altre cose che so di aver vissuto, sembra un sogno a occhi aperti ma non lo è. Come se fossi fuggito dal mio corpo, lasciando che ci abitasse qualcun altro. Ma ci sono ancora tutte le vecchie cose, smorzate come il sole al tramonto: posso guardarle senza restare accecato, senza sentire dolore. Eppure riesco solo a pensare che ancora una volta non l'ho scampata. Che sono stato riportato indietro da un'altra morte. Non posso andarmene dal mondo.

Ma forse posso cambiarlo.

Capitolo 31

L'aria era densa di umidità, e un velo di foschia grigia aleggiava sopra il suolo. Il sole si scorgeva a malapena sopra le cime delle montagne, nascosto dalle nuvole. Nathaniel non riusciva a concepire come qualcuno avesse scelto di stabilirsi lì. Non pareva esserci altro che una successione di fazzoletti di terra delimitati da muretti di pietra, strade e gruppetti di alberi. Avevano trovato una pensione la sera precedente, al margine di quella che era la loro area di ricerca. Arthur aveva chiesto che lo si lasciasse dormire il più a lungo possibile, mentre lui si era svegliato davvero troppo presto.

L'odore di unto fu la prima cosa che avvertì quando scese al bar, e il suo appetito non ne fu particolarmente stimolato. C'era già una coppia seduta in uno dei molti cubicoli marroni. Niente ricordava il posto in cui erano arrivati la sera prima, quando erano stati accolti da voci, musica e bicchieri tintinnanti, e non c'era nemmeno una sedia libera. L'unico rumore adesso era il tintinnio delle posate che raschiavano la porcellana.

Nathaniel si sedette a un tavolo d'angolo, e accese il computer portatile con un *bip* che suonò fuori posto in quell'ambiente. Aprì la carta topografica che avevano comprato alla stazione di servizio. È vero che ne avevano una anche sul computer, con annotati i rilevamenti del sistema, ma secondo Arthur era bene che controllassero anche nel vecchio modo. Un uomo non più giovane uscì dalla cucina e venne da lui.

«Vuole ordinare la colazione?» chiese, tirando fuori

penna e blocchetto come se avesse già ricevuto una risposta affermativa.

« Che cosa avete? »

L'uomo andò a prendere un menu, lo porse a Nathaniel e ne snocciolò il contenuto a una tale velocità e con un tale accento che Nathaniel ebbe l'impressione di trovarsi ancora in Francia. Guardò il menu e ordinò una colazione all'inglese. L'uomo scomparve in cucina, e Nathaniel aprì la mail di Raven. Esaminò la proposta dell'itinerario di ricerca che lei gli aveva già mandato in precedenza.

« Siete qui per fare una gita nel parco, o cosa? » L'uomo appoggiò le caraffe di acqua e succo d'arancia sul tavolo davanti a Nathaniel, che si affrettò a minimizzare la finestra.

« Il parco? Ehm... No, siamo qui per motivi di famiglia » rispose, sorpreso da quanto, una volta tanto, riuscisse a mentire in modo naturale.

« Avete famiglia da queste parti? »

« Ancora non lo sappiamo. È una lunga storia, ma crediamo che nostro nonno fosse di qui, prima di emigrare negli Stati Uniti ».

« Quindi siete qui per vedere il luogo d'origine della vostra famiglia? »

« Sì, era l'ultimo desiderio di nostra madre ».

L'uomo si grattò la barba. « Mi dispiace. È mancata di recente? »

« In primavera ». Nathaniel non aveva altro da dire, e l'uomo rimase lì impalato.

« Be', le porto la colazione. Se le servisse aiuto per trovare delle tracce di vostro nonno, non ha che da dirmelo. A proposito, io mi chiamo Kenn, e gestisco questo posto assieme a mia moglie ».

Nathaniel si presentò a sua volta e gli tese la mano.

Kenn si voltò e fece qualche passo, ma poi cambiò idea. Nathaniel avvertì una fitta allo stomaco. Aveva detto qualcosa di strano?

« Per curiosità, posso chiedere come si chiamava, vostro nonno? »

Nathaniel aprì di nuovo velocemente la finestra e controllò il nome. « Si chiamava Vaughn Bowen ».

L'uomo aggrottò la fronte, guardando davanti a sé. « No, non posso dire di conoscere quel nome. Chiederò a mia moglie, è lei che si intende meglio di queste cose ».

Nathaniel riuscì a mangiare la metà di ciò che aveva nel piatto, e si sentì come se si fosse rimpinzato di una cena abbondante. Tornò in camera, dove Arthur stava ancora dormendo, il viso tranquillo per una volta. Le preoccupazioni gli si leggevano sempre negli occhi, se si sapeva cosa guardare, ma Nathaniel non riusciva a dirgli che di recente i suoi sorrisi si erano fatti troppo corti, e che la sua risata non era la stessa di prima. Non era difficile vedere che stava facendo pressione su se stesso, specialmente dopo che aveva meditato, parlato col Guardiano o cos'altro combinasse in quei momenti. Sembrava che il sonno fosse l'unica cosa che lo aiutava, anche se quando dormiva pareva quasi cadere in coma. Nathaniel a volte si spaventava per quanto era difficile svegliarlo.

Prese lo zaino con gli accessori del computer e scese di nuovo alla piccola reception. Lì avevano un'unica linea modem per internet, collegata a un computer che ricordava un reperto da museo. Gli ci volle un po' di tempo per staccarla e ricollegarla al proprio apparecchio, così da allacciarsi a internet. Scaricò la posta e gli ultimi dati dai satelliti. Fu un errore cominciare col programma di posta, perché assorbì tutta la capacità del collegamento. Mentre aspettava l'immagine del satellite, Nathaniel avvertì quanto nervoso fosse all'idea di scorgere un puntino bianco sopra il Galles. Ma non c'era nessun puntino, e i muscoli dello stomaco si rilassarono. Paolo era a Vancouver. Lontano, lontano. Nathaniel scorse il contenuto delle mail e scrisse una breve risposta a Raven, poi controllò i suoi soliti siti web.

Quando ritornò in camera, Arthur era seduto sul bordo del letto.

«Buongiorno» disse Nathaniel, appoggiando lo zaino sulla scrivania.

«Buongiorno» ricambiò Arthur con voce mezza impastata, prima di ridistendersi. «Che ore sono?»

«E se ti guardassi il polso?»

Avevano cominciato entrambi a portare l'orologio, ma Nathaniel poteva capire che Arthur se ne dimenticasse. Lui stesso si sorprendeva spesso a tirare fuori il cellulare per vedere l'ora. «Servono la colazione ancora per mezz'ora» aggiunse.

Arthur stirò braccia e gambe con un grande sbadiglio. «Benissimo, sto morendo di fame».

Era forse mai capitato che non avesse fame? Era naturale che i ragazzini mangiassero tanto in fase di crescita, ma anche così non si spiegava la quantità di cibo di cui si rimpinzava Arthur. Nathaniel si chiese dove finiva tutta quella energia.

Si tolse le scarpe e si sedette su una sedia. «Ah, senti, ho spiegato a Kenn, l'uomo del bar, cosa ci facciamo qui. Giusto nel caso in cui ti dovesse chiedere qualcosa».

«Ok» replicò Arthur, infilandosi i calzini da disteso.

Il tempo era migliorato quando finalmente lasciarono la pensione. Il piano era di vedere la zona che avevano definito 'area di ricerca', semplicemente andando in giro con la macchina e familiarizzando con il posto. Nathaniel non ne capiva bene il motivo, ma sia Arthur che Raven sostenevano che era un buon modo per cominciare.

Guidare sul lato sinistro sembrava ancora strano, ma non ci furono grossi problemi. Le strade si snodavano attraverso il paesaggio, oltre i fazzoletti di terra verdi cuciti assieme da muretti di pietra e piccoli viottoli sterrati. La vasta gamma delle fattorie si estendeva da catapecchie pericolanti a enormi complessi che ricordavano piuttosto capannoni industriali. Di quando in quando saltavano fuori delle sorprese, come campi da tennis che di colpo spuntavano al centro di un terreno coltivato, ma in generale non c'era molto di eccitante da vedere.

Ciononostante Arthur sedeva con una penna e un blocchetto, e guardava in continuazione il GPS.

«Cosa stai cercando veramente?» domandò Nathaniel dopo un po'.

«Non cerco nulla di speciale, ma se lo vedo lo so riconoscere».

«Ma potrai pure farmi un esempio?»

«Be', no. Devo avere la sensazione che ci sia qualcosa che non va, come se vedessi una fotografia che contiene qualcosa di anormale».

«Ah. E immagini di ricavarci qualcosa?»

«Assolutamente no» replicò Arthur con un sorriso fugace. «Ma da qualche parte dovevamo pur iniziare, e può essere che in questa zona ci sia qualcosa di speciale, e che proprio questo sia il motivo per cui Paolo viene qui tanto spesso».

«Se per 'speciale' intendi insopportabilmente noioso, allora sì. Magari qui ci sta bene e basta? Un posto di cui ha bei ricordi, forse un posto in cui può allontanarsi dalla gente. Non dovrebbe essere difficile evitare di incontrare altre persone qui».

«Non è poi così male come lo dipingi tu» obiettò Arthur con un tono che assomigliava a quello di un padre. «E comunque, di bei ricordi Paolo non ne ha, per quel che ne so io».

Impiegarono il resto della giornata a percorrere tutte le strade che riuscirono a individuare sulla carta, e più di una volta finirono su strade che minacciavano di mettere fuori uso la macchina. Non c'era davvero nulla di speciale in quella zona, a meno che non esistessero delle strade sotterranee, concluse Nathaniel quando finalmente parcheggiarono fuori dalla pensione.

Di colpo si ricordò le parole che gli aveva detto spesso suo padre: 'Ogni tanto, pensa al di fuori degli schemi'. Il problema era che non era sicuro che esistessero in quel momento degli schemi.

Chiamarono Raven dalla macchina. Lei non aveva novità, ma stava ancora aspettando una risposta da un contatto che forse aveva delle informazioni sul virus che Arthur aveva sentito menzionare nel ricordo.

«Passiamo al piano B domani?» chiese Nathaniel.

«Piano B, piano C, piano D. Vediamo dove si trova il tipo in questo momento».

Collegarono il computer e scaricarono i risultati. Paolo si era spostato verso sud-est e aveva valicato il confine con gli USA. Sembrava che stesse passando poco lontano da Idaho Falls.

Arthur richiuse il computer con un piccolo colpo secco. «Andiamo a mangiare qualcosa». Uscì dalla macchina e si stiracchiò, poi sbatté la portiera.

Nathaniel cominciò a raccogliere tutti i resti rimasti nella macchina dopo la giornata di guida.

«Ci vediamo giù al bar, vuoi che ordini anche per te?» chiese Arthur.

«Volentieri, lo stesso di ieri. Mi faccio una doccia rapida, ma prima controllo che adesso ci abbiano dato una stanza per ciascuno».

Il bar non era pieno quella sera, ma c'era abbastanza vita da far loro preferire di andar via dopo mangiato. Nathaniel augurò la buonanotte e andò in camera sua a leggere.

Arthur non si sentiva stanco. Il suo ritmo sonno-veglia non era quello normale. Aveva cominciato ad approfittare di quelle occasioni per allenarsi. Allenarsi assieme a Nathaniel gli dava una comprensione molto migliore del controllo del corpo, cosa che era necessaria quando rallentava la velocità del tempo. Faceva il giocoliere con degli oggetti, giocava con i coltelli in un modo poco raccomandabile perfino ad artisti del circo.

Il suo corpo rispondeva in modo sempre più pronto, ma Arthur faticava ancora a regolare la velocità. Così facendo utilizzava molta più forza del necessario, cosa che a sua volta determinava quanto a lungo riusciva a mantenersi in quella dimensione. Controllava la funzione cronometro per vedere per quanto tempo era in grado di usare la velocità massima. Riusciva a contare i centesimi di secondo come secondi, ma non per più di cinque centesimi. Gli dava una sensazione stranissima: non era nemmeno un battito di palpebra, eppure sembrava un'eternità. Una volta o l'altra gli sarebbe davvero piaciuto provare a catturare mosche con le bacchette cinesi. Quando tutto il corpo era coinvolto, Arthur cercava di mantenere una velocità costante, di circa tre volte superiore al normale. Era al limite del possibile, ma abbastanza veloce da permettergli di fare cose che in condizioni normali avrebbero richiesto diversi anni di allenamento. Gli piaceva molto, forse troppo.

Nathaniel si svegliò alla stessa ora anche il giorno successivo.

Erano d'accordo di procedere con il piano B. Era stata una sua proposta, anche se a dire il vero aveva preso in prestito l'idea da sua sorella maggiore. Lei e la sua famiglia stavano cercando una casa nuova, e guarda caso lei sapeva esattamente dove voleva abitare. Aveva scovato il miglior agente immobiliare della zona, perché la tenesse aggiornata su quali case venivano messe in vendita. Ad Arthur e Raven l'idea di contattare un agente immobiliare era sembrata buona come un'altra. Nathaniel aveva fatto loro notare che, quali che fossero i piani di Paolo in Galles, di certo non contemplavano la coltivazione della terra, al che Raven aveva obiettato che forse stavano facendo esperimenti per una guerra biologica diretta alle materie prime, cioè malattie che colpivano i raccolti di grano e riso, e Nathaniel non era stato più tanto sicuro.

Raven aveva procurato loro le informazioni di cui avevano bisogno, così che potessero farsi passare per aspiranti acquirenti di una fattoria. Secondo Nathaniel, nessuno avrebbe creduto alla storia di giovani e ricchi americani che volevano comprarsi una fattoria in Galles solo perché un qualche membro della loro famiglia, che tra l'altro non avevano mai conosciuto, aveva abitato lì. Raven aveva ribattuto che proprio il fatto che lui era americano, e che l'intero progetto sembrava un'idiozia, avrebbe convinto la gente a crederci. La gente aveva i suoi pregiudizi. Arthur si era dichiarato d'accordo, ma aveva obiettato cautamente che forse Nathaniel non era adatto al ruolo di americano pazzo. Nathaniel era caduto nel trabocchetto con entrambi i piedi. Certo che poteva recitare la parte dell'americano ricco e pazzo! Era stato solo quando non erano arrivate altre obiezioni, e Arthur si era limitato a sorridere, che Nathaniel aveva capito di essere stato incastrato.

Una campanella gli trillò sopra la testa quando Nathaniel aprì la porta dell'ufficio dell'agenzia immobiliare. Trovarlo non era stato facile, specialmente dato che il GPS era inservibile in posti piccoli come quello. L'odore di fumo stantio impregnava i pannelli di legno alle pareti, e penetrava nelle narici quasi all'istante. Non era un ufficio grande. Sulla parete era appesa una grande cartina della zona. C'era una porta aperta che dava su una stanza che sembrava servire da cucinotto e da archivio, con grandi termos troneggianti su piccole torri di raccoglitori pieni di fogli.

Un uomo sulla cinquantina era seduto dietro una grande scrivania che aveva visto giorni migliori. Indossava un vestito che stonava con il resto della stanza, o con lui stesso, se era per quello. Alzò gli occhi dal giornale che stava sfogliando, e non fu difficile leggergli in volto la sorpresa. Li squadrò dalla testa ai piedi, e poi si produsse nel suo sorriso più affabile.

Nathaniel decise subito che non gli piaceva.

« Buongiorno, benvenuti, sono Bryce Harold, in cosa posso aiutarvi? » disse alzandosi e tendendo loro la mano.

« Be', avremmo intenzione di acquistare una fattoria » esordì Nathaniel sedendosi sulla più vicina delle due sedie di fronte alla scrivania. Si appoggiò comodamente all'indietro e allungò le braccia sui braccioli. Ricco americano pazzo, non doveva essere poi così difficile!

« Desiderate acquistare una fattoria? » ripeté Bryce fissando confuso prima Nathaniel e poi Arthur.

«Sì, a me e a mio fratello piace l'idea di una fattoria da queste parti. Voi trattate fattorie, vero?»

Bryce abbassò per un attimo lo sguardo sulla scrivania. «Certo. Quindi voi siete fratelli, e volete comprare una fattoria».

«Fratellastri, per la precisione» si intromise Arthur.

«Ovviamente» disse Bryce, con una traccia di scusa nella voce. «E che genere di fattoria potrebbe andarvi bene?»

Nathaniel esitò, come se quella domanda non l'avesse mai sfiorato. «Be', vediamo, a noi basta che non ci siano animali o che non dobbiamo arare la terra o cose del genere. Ah, e magari con una piscina, sarebbe molto carino».

Sembrò una dichiarazione sufficientemente stupida. Arthur sorrise con calore e annuì, ma il povero agente immobiliare faceva fatica a trovare sia le parole giuste che la giusta espressione del viso.

«Bene, e che somma pensate di poter investire in una proprietà del genere?»

«I soldi non sono un problema, pensavamo un paio di milioni. Di dollari s'intende, non ho idea di quante sterline siano. Il nostro avvocato si è già messo in contatto con lei».

Bryce si irrigidì per un attimo, e Nathaniel temette di aver esagerato, ma poi la memoria dell'agente lo soccorse, e due più due fecero quasi quattro.

«Posso domandarvi perché?» chiese, e sembrò pentirsene subito.

Nathaniel lanciò una rapida occhiata ad Arthur prima di rispondere. Se avesse scorto anche l'ombra di un sorriso, non era sicuro di riuscire a mantenere la facciata.

«Crediamo che nostro nonno sia originario di questa zona» fece infine.

«Ah, ecco» fece Bryce, come se questo spiegasse tutto. «Sapete dove è cresciuto?»

«No, ma è quello che stiamo cercando di scoprire».

«Abbiamo pensato che in ogni caso non sarebbe male capire com'è il mercato» si intromise di nuovo Arthur con voce da saputello.

Bryce gli fece un sorriso falso e si dichiarò d'accordo.

«E ci piace questa zona qui» aggiunse Nathaniel, alzandosi e tracciando un cerchio con il dito sulla carta.

Bryce si grattò la testa e lo guardò, continuando a non trovare parole che sembrassero adatte. «Credo che in effetti ci sia una fattoria in vendita in quella zona, ma non è esattamente l'oggetto che fa al caso vostro». Si annotò qualcosa dal computer, si alzò e andò nella stanza accanto. Tornò con un raccoglitore rosso, che mise sulla scrivania. Poi si risedette. «Siete assolutamente sicuri di volere una fattoria? Ci sono diverse case sul mercato qui, a prezzi molto vantaggiosi».

«Era il desiderio di nostra madre» disse Arthur, «ma naturalmente siamo flessibili. A ogni modo cominciamo a vedere le fattorie che sono in vendita, o potenzialmente in vendita».

«C'è un problema con quella fattoria?»

Bryce aprì il raccoglitore e lo girò verso di loro. «Suppongo che non siate interessati al bestiame».

Non c'erano molte fattorie in vendita nella zona prescelta, ma ciò era previsto. Chiesero se venivano date in affitto, o se qualche fattoria era dedicata a scopi diversi dall'agricoltura, ma Bryce non ne sapeva molto. Sì, c'era qualcuno che affittava camere ai turisti, ma più che altro come attività collaterale. Nathaniel gli lasciò il suo numero di telefono, pregandolo di contattarlo se avesse trovato qualcosa in vendita. Nel frattempo avrebbero dato un'occhiata ai dintorni e cercato di scoprire dove poteva essere nato il nonno.

Nathaniel lesse lo scetticismo dipinto in faccia a Bryce quando si congedarono. Evidentemente sarebbe stata necessaria una telefonata dell'avvocato perché l'uomo li ricontattasse davvero.

Il resto della giornata fu un incubo.

Trascorsero gran parte del tempo nella biblioteca locale, dove una feroce donna di mezza età sibilava «Ssh!» ogni volta che udiva un suono che assomigliava a un sussurro. Guai se per caso gli fosse scappato un po' da ridere. Nathaniel non si ricordava più quante edizioni del giornale locale avevano sfogliato. Come minimo avevano controllato fino a nove anni addietro, trovando solo tre nomi interessanti. Tre ragazzini, tutti morti prima di compiere quattordici anni. Due di loro erano deceduti in incidenti descritti negli articoli, ma dell'ultimo si trovava traccia solo in un necrologio. Quando lasciarono la biblioteca era rimasto ancora troppo materiale da controllare, dato che Arthur insisteva per andare indietro di almeno quindici anni.

«Mangiamo subito?» domandò Arthur quando entrarono nel parcheggio.

Il bar era di nuovo al massimo dell'affollamento, ma siccome loro avevano una camera con la mezza pensione, venne dato loro un tavolo.

Nathaniel ordinò come al solito una bistecca di manzo, Arthur scelse il piatto di pesce del giorno. Nathaniel prese una birra grande, Arthur dell'acqua.

«Questa birra mi piace sempre di più» dichiarò Nathaniel, asciugandosi la schiuma dalla bocca.

Arthur prese il bicchiere e assaggiò. «Decente».

«Non vale fare paragoni con birre che hai assaggiato nel corso del tempo. Sei sicuramente stato anche figlio di un birraio».

«No, non posso dire d'intendermi di birra, ma come ho già detto ha un sapore decente» replicò Arthur con un sorriso furbo.

Nathaniel bevve un altro sorso, e il suo cellulare emise un *bip*. Aprì il messaggio e lo lesse.

«Cosa c'è?» chiese Arthur.

«Ragazze» rispose Nathaniel, rimettendo via il telefono. «È sempre stato tanto difficile sapere come si fa ad accontentarle?»

Arthur si appoggiò all'indietro, le spalle di nuovo rilassate. «Non chiederlo a Raven, ti prego. Qual è il problema?»

«Le mie sorelle, è ovvio. Gli dico che posso far loro un prestito, dato che ho i soldi, e loro rifiutano categoricamente di accettarlo. Anzi, quasi mi insultano. Ma adesso pare abbiano cambiato idea, a patto che sia alle loro condizioni. Perché così sì che ha un senso». Nathaniel si picchiettò la tempia con l'indice.

«La famiglia e i soldi sono sempre causa delle cose più strane. Forse non gli piaceva l'idea di doverti dei soldi? Se voi siete tutti così indipendenti posso ben capirlo».

«Perché dici questo?»

«Ti piacerebbe se in questo momento tu fossi a casa tua, senza lavoro, e improvvisamente saltasse fuori tua sorella e ti dicesse che può prestarti tutto il denaro di cui hai bisogno?»

«Ma lei ha bisogno di soldi, devono comprarsi casa, hanno due bambini».

Arthur non disse niente, ma inclinò un poco la testa e lo guardò.

« E va bene, neanch'io avrei fatto un salto di gioia e accettato i soldi » ammise Nathaniel alla fine.

« Evvai! Introspezione! » esclamò Arthur, e brindò col suo bicchiere d'acqua.

Il cibo arrivò in tavola. Arthur cercò di convincere Nathaniel a scambiarsi i piatti, se non altro perché la variazione era una buona cosa, ma lui rifiutò: gli piaceva il manzo. Semmai poteva assaggiare un pezzetto di pesce. Ben presto a uno dei tavoli vicini iniziarono a cantare, e la canzone si propagò all'intero bar. A Nathaniel sembrò di trovarsi nel mezzo di una pubblicità della birra. Ogni tanto non capiva nemmeno che cosa cantassero. Quando anche Arthur iniziò a cantare il ritornello a squarciagola, non poté far altro che ridere. Si alzò e indicò il proprio bicchiere vuoto per far capire al compagno le sue intenzioni. Lanciò un'occhiata al tavolo d'angolo, da cui era partito il canto. Erano gli unici che cantavano anche le strofe.

C'era una sedia vuota all'estremità del bancone; si sedette lì e aspettò che il barista lo notasse. Non c'erano molte persone della sua età: solo tre ragazzi e una ragazza che potevano avere sui diciotto-vent'anni. Lei era molto carina. E teneva la mano di quello che le era seduto accanto. Nathaniel non aveva comunque tempo per le ragazze.

La canzone finì, e il vociare raggiunse ben presto il volume di prima.

Nathaniel si fece dare una birra, ne prese un sorso e guardò verso Arthur, il quale sedeva concentrato giocando con una moneta, che scorreva a velocità innaturale intorno e sopra ciascun dito, per poi ricominciare.

Dal tavolo dietro a Nathaniel si sentì un piccolo schianto, seguito dal rumore di uno schizzo. Un uomo con un'enorme barba e una pancia ancora più enorme, che quasi debordava da una giacca di pelle marrone scuro, si alzò in piedi e si spazzolò via la birra dai pantaloni. All'altro lato del tavolo sedevano una donna di mezz'età e un uomo. Lei aveva lunghi riccioli scuri, occhiali quadrati e stringeva una borsetta con su scritto DKNY. Le sue labbra erano troppo rosse sul volto pallido. Guardava l'uomo grosso con irritazione.

L'uomo accanto a lei bevve un sorso della propria birra e si strinse nelle spalle. Sembrava più giovane di lei, indossava un blazer e una T-shirt grigia con una scritta impossibile da decifrare.

« Puoi avvisarli tu? » disse l'uomo grosso con un inconfondibile accento americano, indicando la grande pozzanghera di birra sul pavimento.

Nathaniel rispose: « Certo » si girò e fece segno al barista.

« Come stavo per dire, è un risultato senza senso. Non abbiamo alcuna possibilità di sapere se abbiamo inserito correttamente il fattore anomalie di gravitazione ». Era la voce dell'uomo grosso. « Dovremmo effettuare le analisi con i parametri attuali e riprendere da dove ci siamo interrotti ».

Nathaniel sentì il corpo irrigidirsi. Tutte le altre conversazioni si ridussero a un indistinto rumore di sottofondo. La voce della donna era profonda e maschile, ma tanto fredda quanto l'apparenza di lei, e con uno strano miscuglio di accenti. Nathaniel l'avrebbe detta australiana, ma c'era qualcosa che non tornava del tutto.

« Quante volte ve lo devo ripetere? L'avete visto anche voi cosa è successo con una modifica anche minuscola dell'1,3. Non possiamo ignorarlo ».

Una ragazza uscì dalla cucina con un secchio d'acqua e uno straccio, e asciugò il pavimento.

«Lasciamolo decidere a *lei*» ribatté l'altro uomo, con spiccato accento texano. «Può farcela da sola».

Fu il modo in cui disse 'lei', come se fosse l'argomento risolutivo per qualunque discussione, che fece rizzare a Nathaniel i peli sul braccio. Nessuno intorno al tavolo disse più nulla.

Nathaniel smontò dallo sgabello e li guardò di sfuggita mentre si girava per tornare da Arthur. Quest'ultimo era ancora assorbito dalla moneta. Di colpo levò in aria la mano con la palma piatta, come un segnale di stop, e la moneta era scomparsa. Lanciò un'occhiata soddisfatta a Nathaniel, e la moneta gli riapparve improvvisamente in mano. Nathaniel si chiese se doveva dirgli che l'effetto di quel trucchetto era in procinto di esaurirsi.

Si chinò sopra il tavolo verso Arthur e mormorò: «Sai per caso cosa sono le anomalie di gravitazione?»

«No, perché?»

«Allora se...» cominciò Nathaniel, ma si interruppe.

«Cosa?»

«Guarda tu stesso. Vai all'estremo del bancone e da' un'occhiata alle tre persone sedute lì al tavolo. Adesso, subito!»

Arthur si alzò, andò al bancone e fece un segno al barista. Si voltò un attimo e lanciò un'occhiata verso il tavolo, per poi rivolgersi di nuovo al barista e scambiare qualche parola con lui.

«Ma li hai a malapena guardati!» disse Nathaniel confuso quando Arthur ritornò.

Arthur scosse la testa. «Ho visto abbastanza. Cosa hanno detto? Ripeti più esattamente che puoi».

Nathaniel cercò di rendere quello che aveva sentito. Mentre ascoltava, Arthur appoggiò il mento sulla mano e lasciò vagare uno sguardo pigro per il bar.

«Ok. Hai le chiavi della macchina?»

«Non posso guidare adesso» rispose Nathaniel, sollevando il boccale di birra.

Arthur lo guardò con espressione vuota. «O tu o io, a te la scelta».

«Ma dici sul serio? Magari è solo gente qualunque. Non è il caso di...»

«Avrebbe potuto essere gente qualunque» lo interruppe Arthur alzandosi. «Ma poi hanno fatto un nome».

Nathaniel non fu veramente sorpreso. Guardò la birra e i piatti.

«Ho chiesto di lasciarci la cena in camera» disse Arthur, come se gli avesse letto nel pensiero.

Uscirono, e Arthur corse ad aprire il bagagliaio. «Siediti in macchina». Prese uno zaino e lo appoggiò sul sedile posteriore. Tirò fuori l'attrezzatura per la macchina fotografica e montò la lente.

Nathaniel teneva d'occhio l'uscita, ben sprofondato sul sedile anteriore.

Arthur fece qualche scatto di prova con la macchina fotografica e controllò che gli accessori supplementari a raggi ultrarossi rendessero delle foto di qualità sufficiente.

«Abbassati» disse a Nathaniel.

«Come facciamo a seguirli senza farci scoprire? Non ci sono quasi altre macchine per strada».

«Non credo che se lo immagineranno neanche lontanamente».

Nathaniel abbassò lo schienale all'indietro. «Chi ha detto cosa di preciso?»

«La donna ha nominato Mercer. Ha detto che sarebbe tornata presto, e che avrebbero dovuto aspettarla».

Nathaniel fu assalito da una nausea improvvisa e imprecò piano tra sé.

*

Ogni minuto era un'ora.

Passò mezz'ora. Nathaniel aveva un gran bisogno di andare al bagno, e stava già per uscire dalla macchina quando un'Audi nera entrò nel parcheggio e rimase ferma con le luci accese. Un uomo dai capelli rasati con jeans e maglietta nera uscì dalla macchina, si accese una sigaretta e si appoggiò al cofano. Arthur gli fece varie foto. Non molto dopo, i tre uscirono dal bar e si diressero verso l'uomo. Il rumore costante della macchina fotografica pareva un po' troppo forte, e Nathaniel scivolò il più possibile giù nel sedile.

« Ok, stai pronto, adesso partono » disse Arthur.

« Cosa devo fare? » Sentì accendersi il motore, la ghiaia che scrocchiava sotto le ruote della macchina. La luce spazzò il paesaggio e il rumore si allontanò.

« Tirati su, adesso! » comandò Arthur, con un'intensità che Nathaniel non aveva mai sentito prima. « Vai! »

Nathaniel accese il motore e si immise sulla strada. Perlomeno non aveva più bisogno di andare al bagno.

XXXII

Quanto sono prevedibili, questi uomini.

Si nascondono sempre nello stesso posto, sempre dietro alle stesse cose. Si arrogano il diritto di parlare in nome di qualunque cosa possa essere definita dio, alcuni addirittura ci credono. Si ergono a deputati, giudici, carnefici, padroni di decidere del giusto e dello sbagliato, della vita e della morte. Tutto ciò che fanno mette in ombra dieci volte ogni uomo onesto. Appena li vedo, sento la mia anima cadere a pezzi, pezzi che vengono inghiottiti dalle tenebre.

Ricordo ancora le parole che lei mi ha rivolto tanto tempo fa. Li supplico di rispondermi, di mandarmi un segno, ma sento soltanto il vuoto. Odo solamente l'eco delle sue parole.

« Giudicali meritevoli oppure condannali ».

Ma sembra che io sia eternamente condannato a non avere un corpo adulto, eternamente condannato a non potermi comportare come un uomo.

Capitolo 32

Arthur aprì gli occhi e ricordò i suoni uditi in sogno, senza capire cosa fossero. Si tirò a sedere sul letto e si strappò di dosso la maglietta. La macchina fotografica era sul pavimento, collegata al computer. Cliccò un tasto, e lo schermo si risvegliò. Il trasferimento dati era completo. In realtà non avrebbero dovuto usare la quota a loro disposizione per trasferire dati per mezzo del telefono satellitare, ma Raven doveva ricevere le foto il prima possibile, e Arthur non voleva utilizzare la connessione internet della pensione. Chiuse la posta, e apparve la carta geografica. Il giorno prima Paolo era stato sulla costa orientale degli USA, ma ora si stava dirigendo in Europa, presumibilmente nel Galles. Con ogni probabilità era in viaggio verso di loro.

La notte sembrava già molto lontana. Avevano trovato delle persone che lavoravano con Paolo, e di conseguenza anche la sua base, e tra non molto avrebbero trovato anche lui. Non sapevano ancora chi fossero quelle tre persone né cosa facessero, probabilmente erano dei ricercatori, o di astronomia o di geologia. Ad Arthur quel fatto non piaceva per nulla. I momenti in cui la sua fiducia nel genere umano era stata ai minimi storici erano paradossalmente legati alla ricerca o alla religione. Religiosi capaci di tutto in nome di ciò in cui credevano, ricercatori capaci di tutto per arrivare a sapere.

E una cosa era certa: Paolo non usava questa gente a scopi benefici per l'umanità.

Nessuno dei ricordi più recenti gli aveva dato anche solo un'idea di cosa avesse fatto Paolo nell'ultimo anno. Alcuni quasi non avevano senso, e sembravano più che altro incubi. Incontri con persone, loschi accordi per la consegna di attrezzatura, ma mai nulla di definitivo. Arthur aveva avuto uno scoppio di rabbia col Guardiano, come se potesse servire a qualcosa. Ancora non aveva escogitato un modo per fermare Paolo, tranne quello più ovvio.

Guardò fuori dalla finestra. In giardino c'era un triciclo rosso che assomigliava a quello che Emilie aveva barattato con uno dei gattini del vicino. Non fosse stato per l'allergia della madre, avrebbe probabilmente potuto tenerlo. Arthur aprì la finestra e inspirò l'aria fresca.

Ogni cosa aveva fine.

Bussarono alla porta, ed entrò Nathaniel. «Da quanto sei sveglio?»

«Da non molto».

Nathaniel sbadigliò e sedette sul pavimento davanti al computer. Arthur prese il cellulare e controllò se Raven avesse risposto al messaggio.

«Cosa si fa ora?» chiese Nathaniel.

«Niente, prima che io abbia parlato con Raven».

«Ma poi?»

Arthur si voltò di scatto. «Non lo so, porca miseria! Va bene?!»

Si guardarono, Nathaniel con la sorpresa dipinta in volto.

«Scusa. Non volevo» disse Arthur e si girò dall'altra parte.

Lo vide con la coda dell'occhio, qualcosa di grande e bianco che volava in direzione della sua testa. Il mondo rallentò la velocità, ma nemmeno la reazione più istantanea sarebbe riuscita a evitare che il cuscino lo colpisse dritto in faccia.

«Stupido idiota!» Quando il mondo ritrovò la sua consueta velocità, la voce di Nathaniel arrivò come una grossa ondata che si infrange sulla riva. Aveva gli occhi lucidi. « Credi che non mi accorga di cosa fai, di cosa dici e non dici? Affermi che i ricordi non aiutano, ma dopo hai la faccia tutta grigia. Non hai nominato la tua famiglia neppure con una parola, ma controlli in continuazione siti di notizie norvegesi. Sei tu che devi fare il superuomo e mantenere la calma! Non io! »

Arthur raccolse il cuscino, e tenendolo in braccio si sedette sul bordo del letto. « Non è che io non ci abbia provato, ma... » Lisciò il cuscino e lo girò. « Non lo so. Non so nemmeno se dipende da me ».

« C'entra qualcosa? »

Arthur sentì tornare a crescere l'irritazione. « Certo che c'entra! Io so quali sono le mie capacità. Ma in questo preciso istante... »

« Almeno evita di far finta di niente. È una cosa che odio ».

Arthur ebbe la sensazione che la reazione di Nathaniel fosse dovuta a qualcosa con radici più profonde della situazione concreta in cui si erano appena trovati. « Ok. Ci proverò ». Si alzò e consegnò il cuscino a Nathaniel. « Grazie » disse a bassa voce.

Nathaniel sembrò confuso per un attimo, poi si sistemò il cuscino dietro la schiena e si appoggiò al bordo del letto. « Di nulla. Ma la prossima volta tiro qualcosa di più duro ».

La sua voce era un po' troppo alta e rauca.

« In quel caso probabilmente me lo sarò meritato. Solo assicurati che dopo io mi svegli! »

« E allora perché mai dovrei tirare qualcosa di più duro? » volle sapere Nathaniel.

« Per sentirti meglio? »

Nathaniel sorrise. « Sì, forse ».

*

Fecero colazione leggendo ciascuno il proprio libro, e rimasero così per il resto della mattinata fino a che Raven finalmente non mandò un messaggio pregandoli di chiamarla. Aveva visto le foto, e letto il loro rapporto. Poteva volerci un'eternità per estrarre informazioni dai pochi elementi che avevano, ma era perlomeno qualcosa. Nemmeno Raven era particolarmente entusiasta dell'attività di quei ricercatori. La cosa più importante era identificare Paolo e Mercer, tutto il resto passava in secondo piano.

« Se mi date un'identità, cambia tutto » dichiarò. « Appena ho una traccia da seguire, niente mi potrà fermare ».

« Io voglio parlare con Paolo » disse Arthur, come se fosse in contraddizione con quello che aveva detto Raven.

« Naturalmente, ma non c'è nessuna fretta. Ora che sappiamo di questa base e di queste persone, abbiamo sempre un modo per raggiungerlo. Possiamo lasciargli un messaggio o un numero di telefono, e lui dovrà chiamarci ».

Arthur si morse il labbro inferiore. « E come la mettiamo con Mercer? Se la uccidiamo alla prima occasione, sarà ancora più difficile per Paolo ».

Nathaniel tentò di nasconderlo, ma Arthur si accorse della sua reazione.

Anche la piccola pausa di Raven fu eloquente. « Ma se non hai con te nemmeno un'arma da fuoco, Arthur. Raccogliamo prima le informazioni, poi possiamo decidere il da farsi ».

Nathaniel si schiarì la voce. « Come facciamo a risalire alla sua identità? E una foto mica risolve automaticamente tutti i nostri problemi, no? »

« No, ma insieme alle sue abitudini di viaggio dovremmo riuscire a identificarlo» dichiarò Raven. «Fidatevi di me. Datemi una foto, e lo troverò».

«Ci vorrà del tempo» commentò Arthur.

«Certo che ci vorrà del tempo, ma questo è l'unico modo. L'unico modo sicuro».

Arthur scosse la testa, ma non disse nulla.

«E se non riusciamo a fare una foto, cosa succede?» volle sapere Nathaniel.

«Ci riusciremo» ribatté Arthur.

Continuarono a discutere ancora per un po' prima di mettersi d'accordo su quando avrebbero richiamato Raven. Arthur e Nathaniel impacchettarono tutte le loro cose e sistemarono i bagagli in macchina.

Prima di tutto ritornarono alla biblioteca locale, dove c'era una collezione di vedute aeree che potevano usare per farsi un'idea della zona in cui si trovava la fattoria dov'erano andati i ricercatori. Nathaniel si assicurò di aver fotografato le immagini più importanti e le trasferì subito sul computer. Dopo il giro notturno, sapevano che la fattoria si trovava in fondo a una strada privata. Restava da escogitare il modo più semplice per tornare lì senza essere scoperti. Dovevano anche pensare alle vie di fuga. Non c'erano strade sul retro dell'edificio, quindi la cosa migliore era proseguire ancora un pezzetto e poi attraversare i campi a piedi, ma così si escludeva qualsiasi forma di ritirata veloce nel caso fossero stati scoperti. Ci voleva oltre un chilometro di cammino, e perfino in quel caso potevano essere costretti a percorrere l'ultimo tratto strisciando per non essere visti. Per fortuna le previsioni davano cielo coperto, ma non pioggia.

Nathaniel provò a cercare informazioni sulla fattoria, o su chi ci aveva abitato, ma non trovò nulla. Arthur non voleva domandare a nessuno. Per il momento ne sapevano abbastanza, e non c'era motivo di comunicare ad altri il loro interesse.

Gli ultimi risultati dei satelliti indicavano che Paolo si trovava in un punto sopra l'Atlantico, e Arthur si mise immediatamente a cercare quale volo di linea fosse diretto a Cardiff, la capitale del Galles. C'era solo una partenza possibile, ma anche l'eventualità che Paolo usasse un jet privato non era da escludere. A ogni buon conto, da qualche parte sarebbe dovuto atterrare, e in teoria doveva essere possibile ottenere informazioni a riguardo. Era probabile che Paolo avrebbe raggiunto la fattoria in serata. Mandarono a Raven un sms con le ultime notizie e le chiesero di controllare le informazioni sul traffico aereo.

La proprietà consisteva in tre costruzioni: un edificio abitativo, un fienile e qualcos'altro che era difficile identificare dalla foto. C'era un giardino su un lato e sul retro dell'abitazione. In confronto a quest'ultima, il fienile sembrava gigantesco: la superficie doveva essere almeno cinque volte tanto. Una strada sterrata conduceva fino a lì. Su ogni lato c'erano campi coltivati. Avvicinarsi alla fattoria restando al riparo di cespugli o alberi era quasi impossibile. L'unico modo era girarci attorno, così che il fienile rimanesse fra loro e l'abitazione. La questione era se il fienile venisse utilizzato per qualcosa: doveva pur esserci un motivo se i tre della pensione erano lì, e il fienile era abbastanza grande da nascondere parecchie cose.

Si fermarono a un chilometro di distanza.

« E se hanno armi da fuoco? » chiese Nathaniel, fissando i vestiti neri che Arthur aveva riposto sul sedile posteriore.

« Me la caverò. In ogni caso, non penso che tu dovresti venire fino alla casa. Basta uno di noi due per fare le foto. Io sono più piccolo di te, e so muovermi senza far rumore. È meglio che tu rimanga in macchina ».

« Forse sì ».

« Io sguscio fino all'abitazione e faccio le foto che ci servono. Tu aspetti, e puoi fare rapporto a Raven nel caso succeda qualcosa ».

« Ma come faccio a sapere cosa succede? »

« Ci teniamo in contatto col cellulare ».

Nathaniel tirò fuori il proprio e lo mise in carica. « Avremmo dovuto avere un apparato radio o qualcosa del genere ».

« Troppo tardi per pensarci adesso ».

Arthur si frugò le tasche per accertarsi che si ricordava dov'era tutto quanto. Era tutt'altro che disarmato: con un coltello e l'abilità di analizzare tutto in *slow motion* era in grado di avere la meglio anche sul soldato più addestrato.

Rimaneva solo da aspettare.

Stava finalmente giungendo il crepuscolo, e nel cielo si affollavano nuvole scure che minacciavano pioggia. Nathaniel parcheggiò la macchina in una piazzola accanto alla strada. La fattoria stava sull'altro lato di un piccolo dosso, e si riusciva a malapena a scorgere il fienile in lontananza. Arthur indossò i vestiti scuri e si spalmò la faccia di trucco nero. Era nero dalla testa ai piedi, inclusi i guanti e un passamontagna che alla fine gettò via perché era più fastidioso che utile, sostituendolo con un semplice berretto nero. Controllò il livello di batteria della macchina fotografica e del cellulare, e li infilò nello zaino.

« Ok, mando un sms quando raggiungo il retro del fienile. Non venirmi a cercare. Se non rispondo, tu te ne vai e contatti Raven ».

« Aspetto qui, leggo un libro o qualcosa del genere ». Nathaniel si ficcò le mani tremanti in tasca.

« La cosa migliore è che tu non sia neppure nei paraggi. Fai un giro in macchina e ritorna più tardi ».

«Ma posso provare a tenerti d'occhio». Nathaniel tirò fuori il binocolo da visione notturna che avevano comprato.

«Ok» convenne Arthur alla fine, e si sedette su una roccia sul ciglio della strada. Chiuse gli occhi e inviò alcuni semplici messaggi al Guardiano senza darsi la briga di ricreare la savana.

La risposta giunse inaspettata: «Perché non ucciderlo adesso?»

Arthur rispose con una sola parola: «Informazioni».

Arthur scavalcò la staccionata e si avviò attraverso il campo. La terra era arata di fresco, e assieme all'aria umida l'odore gli riportò alla memoria momenti di gran lunga più tranquilli. Poteva appena discernere la luce della fattoria. Proseguì lungo il limitare del terreno fino ad arrivare alla fila di alberi e pietre che segnavano il confine con un altro campo, e la seguì in direzione della fattoria. Era stranamente facile vedere per terra nonostante la coltre di nubi nascondesse sia la luna che le stelle.

Si avvicinò all'ultima staccionata. Il fienile era enorme. C'era solo una lampada che faceva luce. Era appesa sul lato destro dell'edificio, con un filo quasi invisibile tra un palo e la parete. Arthur tirò fuori il binocolo e guardò lo spiazzo antistante alla fattoria. C'erano vecchi macchinari da lavoro e un trattore, tutti ben disposti lungo un lato. Accanto a una delle pareti c'era una vecchia vasca da bagno, la cui superficie chiara quasi emanava una luce propria. Il fienile aveva un grande portone oltre a due porte più piccole sul retro.

Arthur mandò un sms a Nathaniel per spiegargli dov'era, poi scavalcò la staccionata e sgattaiolò verso il fienile.

Cadde qualche goccia sparsa di pioggia. Una parte del tetto era stata sostituita con della lamiera, e dato che regnava un grande silenzio il rumore della pioggia sulla superficie ondulata coprì qualunque altro suono. Per quanto poteva vedere non c'erano tracce di persone o di ruote. Controllò le porte del fienile: dovevano essere chiuse a chiave in qualche modo dal di dentro. Il portone non volle toccarlo. Il viottolo che portava alla casa principale si trovava sulla destra, così Arthur decise di tenersi sulla sinistra del fienile.

Si distese a pancia in giù e sbirciò verso la casa da dietro l'angolo. Era più grande di quanto si fosse immaginato. La luce dalle finestre faceva sì che la vegetazione gettasse lunghe ombre. Davanti al fienile erano parcheggiate tre automobili, tra cui Arthur riconobbe l'Audi della sera prima. Tirò fuori la macchina fotografica, zoomò sulle targhe, scrisse i numeri in un sms e lo inviò sia a Nathaniel che a Raven. Il binocolo rivelò il contorno di un macchinario satellitare attraverso dei cespugli. Non era possibile guardare dentro la casa, dato che le finestre erano troppo in alto. Arthur rimise la macchina fotografica nello zaino.

Dalla sua postazione non c'era alcun modo di avvicinarsi di più alla casa senza attraversare lo spazio aperto, così Arthur ritornò sul retro del fienile e riprese la via del campo. Strisciò lungo il terreno fino ad arrivare alla siepe che divideva il giardino dal campo. Questa era troppo alta per poter guardare al di sopra, ma Arthur riuscì a sbirciarvi attraverso in alcuni punti. Su quel lato non proveniva altrettanta luce dalle finestre, ma non si riusciva comunque a vedere un granché.

Arthur cominciò a percorrere la siepe in tutta la sua lunghezza per vedere se c'erano punti in cui intrufolarsi. Era quasi arrivato alla fine, quando udì delle voci provenienti dalla casa. Era impossibile sentire cosa dicevano, ma erano due voci maschili.

Una porta cigolò, e le voci divennero subito più distinte. Due figure uscirono in giardino e si accesero una sigaretta. Erano i due uomini della pensione. L'uomo grosso esalò il fumo in un filo sottile verso l'alto e sputò per terra. L'americano più giovane si chinò in avanti e disse qualcosa, ma parlavano così piano che Arthur non poté afferrare nulla. L'uomo grosso si limitò a scuotere la testa e prese un'altra boccata. L'americano fissò il cielo. Non dissero nulla, e avevano l'aria tutt'altro che soddisfatta. Rientrarono e si chiusero la porta alle spalle.

Il viso di un ragazzino apparve per un attimo alla finestra accanto alla porta. Arthur avvertì il brivido familiare dell'adrenalina scorrergli nelle vene.

Tutto ciò che gli serviva era una foto.

Mandò un sms a Nathaniel e continuò il percorso intorno alla casa. La siepe si trasformò in un muretto in pietra molto più basso, lungo cui Arthur dovette strisciare. Era come se la casa fosse stata costruita su una sorta di rigonfiamento del terreno; su quel lato tutto il resto si trovava a un livello più basso. Da quella posizione, a meno che non si fossero affacciati alla finestra, non sarebbe mai riuscito a far loro una foto. Certo, poteva aspettare con la speranza che prima o poi si sarebbero mostrati alla finestra, ma non ci fece troppo affidamento. Doveva trovare un posto da cui si poteva vedere bene l'interno della casa.

Sul lato corto non c'erano finestre.

Arthur arrivò alla fine del muretto e guardò l'aia. Da quel lato sembrava molto diversa. Sul davanti del fienile c'era solo una semplice porta. In alto sul muro c'erano due buchi, proprio come se una volta lì ci fossero state delle finestre. Arthur tirò fuori il binocolo. Provò a calcolare l'angolatura, ma era difficile misurare la distanza al buio. Se riusciva ad arrivare là in alto, forse era possibile vedere dritto dentro le finestre sul davanti della casa. Nel peggiore dei casi forse ci si poteva nascondere un giorno intero, e fare le foto quando fossero usciti dalla porta. Ripercorse la stessa via all'indietro, e mandò un sms per spiegare la situazione. In un modo o nell'altro doveva entrare nel fienile. Non aveva molte altre possibilità se non provare la porta sul retro.

Con cautela, abbassò la maniglia. La porta scivolò di lato molto più facilmente di quanto avesse creduto, e per fortuna in perfetto silenzio. Arthur guardò in alto. Lucidi binari di metallo, molto più nuovi della porta stessa, luccicavano alla debole luce della luna.

La aprì quel tanto che bastava per sgusciare dentro, e la richiuse. Dentro era buio pesto. Solo un piccolo spiraglio di luce che proveniva da sotto la porta rivelava che stava camminando su un pavimento cementato di fresco. Doveva tirare fuori la torcia? Arthur chiuse gli occhi e lasciò che si abituassero all'oscurità.

Ascoltò.

Annusò.

Dall'interno proveniva una sorta di sibilo, come aria che fuoriuscisse lentamente da un palloncino.

E cos'era quell'odore?

Arthur inspirò attraverso il naso, ma l'odore non divenne più distinto. La bocca invece fu pervasa da uno strano sapore metallico. Aprì gli occhi, badando a non guardare verso lo spiraglio di luce. Con prudenza, fece qualche passo verso l'interno della costruzione. I passi echeggiarono in modo anomalo per un fienile. Era impossibile distinguere il soffitto, ma Arthur poteva percepire il grande spazio aperto che si stendeva davanti a lui. Il pavimento era pulito e ricordava quello di una fabbrica. Ancora più in fondo, Arthur intravide una luce azzurrognola.

I contorni di tre grandi container a poco a poco si fecero visibili. Stavano quasi l'uno addosso all'altro, con un piccolo spazio sul lato lungo. Tra di essi correvano grossi fasci di cavi. L'aria tra i container era più fredda, e Arthur improvvisamente poté vedere il proprio respiro. Avanzò tra i container, spalancando le orecchie. Il ronzio proveniva principalmente da uno di essi. Poteva essere quello il motivo per cui Paolo era così spesso nel Galles? Arthur mandò un sms a Nathaniel. Col coltello in mano e il più silenziosamente possibile, girò l'angolo. Solo uno dei container era aperto, ed era da lì che proveniva la luce azzurra. Non c'era nient'altro nelle vicinanze. Niente porte, niente finestre, niente luce. Arthur raggiunse l'apertura e guardò dentro.

File su file di luci lampeggiarono verso di lui.

Non furono i computer ad attirare la sua attenzione. In fondo, in un angolo, stava un'enorme cassa ricoperta di brina, collegata con cavi a ogni singola macchina. Non assomigliava a niente che avesse mai visto. Arthur raschiò con cautela il sottile strato di ghiaccio che ricopriva il vetro: l'intera cassa era piena di un liquido denso, con piccole bolle d'aria. Il colore era di un caramello chiaro, quasi come sciroppo, ma molto trasparente. Montati su una lastra di metallo contò venti processori mobili, tutti collegati fra loro. Chiunque avesse creato la scheda madre sapeva il fatto suo.

Arthur prese la macchina fotografica e appoggiò la mano sul bordo della cassa per far sciogliere la brina quel tanto che bastava per fare una foto decente. Sperava che qualcuno nel Network avrebbe potuto confermare i suoi sospetti, ma era abbastanza sicuro di trovarsi di fronte a una forma di elaborazione parallela fino ad allora sconosciuta. Un superprocessore che governava tutti gli altri computer.

Per che cosa i ricercatori avevano bisogno di una simile potenza di calcolo?

Fece diverse foto al sistema. Doveva distruggerlo?

Non ancora.

Poteva sempre ritornare. Meglio quando Paolo e Mercer fossero stati molto, molto lontani.

Aveva bisogno di altri strumenti, qualcosa in grado di connetterlo al sistema senza fili. Ciò che si celava dietro la tecnologia, lo scopo per il quale serviva, era probabilmente molto più importante della tecnologia stessa. La cosa migliore era andarsene senza farsi vedere, parlare con Raven e poi ritornare. Mise via la macchina fotografica e sgusciò attraverso la porta.

Una mazzata lo colpì proprio in faccia.

Stranamente ci volle del tempo prima che tutto si oscurasse, e l'unica cosa che Arthur riuscì a pensare fu perché mai non avesse visto arrivare il colpo.

XXXIII

« In pace mi corico e subito mi addormento: tu solo, Signore, al sicuro mi fai riposare ».

Dorme tranquillo, questo monaco, ma non per molto. Inquisitio Hæreticæ Pravitatis, *è il nome pomposo dietro il quale si sono nascosti. Quanto sono ciechi, questi esseri umani, nella loro ricerca di qualcosa in cui credere. Ma quest'uomo no, lui non è cieco. Da dove vengono questi mostri? Per quale ragione ce ne sono ovunque, in qualunque forma? Sorrideva, mentre loro ardevano sul rogo. Sorrideva e lodava il Signore, mentre loro urlavano. Quanto poco si sa del mondo, e quanto poco si sa sulla fede.*

Uno degli aghi mi punge la mano, facendola sanguinare.

Lui, per fortuna, è disteso bocconi. Devo essere rapido, non posso fallire. Sovrappongo i polpastrelli, a mo' di scaletta, e metto un ago fra l'uno e l'altro. Trattengo il respiro, compio gli ultimi passi. Ognuno degli aghi trova il suo posto nel suo collo.

Lui si sveglia.

So che sta cercando di aprire gli occhi, so che vorrebbe muoversi, urlare, ma il suo corpo non gli obbedisce.

La voce del mio vecchio maestro mi sussurra da un'epoca ormai passata: « Il nostro compito è guarire, non nuocere ».

Io gli do la stessa risposta che lui ha dato tante volte a me: « Ma quando la carne è guasta deve essere amputata ».

Mi siedo accanto a lui.

La sua palpebra non vuole restare aperta, così la fisso con un ago. Adesso lui mi vede, ma non riesce a capire. Gli sorrido, tiro fuori il suo piccolo crocifisso e bisbiglio: « Quoniam non habent futurorum spem mali et lucerna impiorum extinguetur *».*

Gli bacio la fronte.

Poi comincio a scrivere su di lui.

Capitolo 33

Aveva tutto il corpo rattrappito in una sgradevole posizione. Ogni singolo movimento veniva punito con una fitta di dolore. Arthur aprì gli occhi e si trovò a fissare una superficie bianca sopra di lui. Un grosso tubo fluorescente pendeva dal soffitto e diffondeva una luce opaca e giallastra. Si rovesciò di lato per cercare di alzarsi dal divano. Mentre si alzava, la vista gli si sdoppiò. Si asciugò la bocca, e sulla pelle gli rimasero trucco nero e macchioline rosse di sangue. Aveva la guancia gonfia, ma il naso non era rotto.

Era impossibile dire se si trovasse nel fienile o nell'abitazione, sempre che fosse ancora nella fattoria. Non c'erano finestre, solo una vecchia porta di legno. Il pavimento era coperto di linoleum. Contro un muro c'erano una scrivania e una sedia, e davanti al divano stavano un tavolino e un'altra sedia. In un posacenere sul tavolino c'erano dei mozziconi di sigaretta.

Arthur si controllò le tasche. Il cellulare era sparito assieme a tutto il resto, ma al polso aveva ancora l'orologio. Per quanto tempo era rimasto privo di conoscenza?

Era passata più di un'ora da quando aveva inviato a Nathaniel l'ultimo messaggio. Restare privo di sensi così a lungo era anormale, a meno che non avesse riportato gravi danni alla testa. Gli avevano fatto anche qualcos'altro? Il suo corpo lo pregò senza tanti complimenti di sedersi nuovamente. Era più semplice lasciarsi cadere all'indietro sul divano. Il dolore fu intenso quando la testa colpì il cuscino.

Arthur chiuse gli occhi e cercò di evocare il Guardiano e la savana.

Al terzo tentativo riuscì a concentrarsi. L'atmosfera nella savana era quasi innaturale, come se tutta l'aria fosse immobile e tutti i rumori fossero imprigionati in attesa di essere rimessi in libertà. Il cielo era scuro, un tappeto di nuvole nere copriva l'orizzonte.

Arthur riuscì a stare in piedi, ma ciò richiese concentrazione. I dolori alla testa persistevano.

Il Guardiano gli si materializzò davanti. « Sei ferito ». Fece un passo verso di lui e gli mise una mano sulla spalla. Dal suo tocco irradiava calore. « Che tipo di ferita è? Grave? »

« Non sono sicuro di quanto sia importante in questo momento. Puoi vedere dov'è Nathaniel? »

Il Guardiano scosse il capo. « Cosa è successo? Qualcuno ti ha colpito alla testa? »

« Sì ».

Gli occhi del Guardiano si restrinsero per una reazione che Arthur interpretò di rabbia. « Perché sei qui? Lo sai che stare qui richiede energie. Devi andartene! »

Arthur fece finta di non aver sentito. « Ho bisogno che tu mi fornisca due ricordi. Il ricordo migliore di Paolo, e quello peggiore. È possibile? »

« Perché? »

« Puoi farlo, puoi darmi quei ricordi? »

Il Guardiano fece un cenno affermativo quasi impercettibile. « Non so come reagiresti nella tua condizione attuale ».

« Tanto posso morire anche subito. E poi la ferita non è così grave ».

« Non sono le tue condizioni fisiche a preoccuparmi ».

Riflettendo sul possibile significato di quelle parole, ad Arthur si strinse lo stomaco.

« Facciamo in modo che io continui ad avere una condizione fisica, e del resto possiamo preoccuparci dopo » affermò, ma sentì che la voce lo tradiva.

« Quale vuoi prima? Quello buono o quello cattivo? »

Arthur emise una risata rauca. « Le cattive notizie arrivano sempre per prime, no? »

« Ok. È un incubo che fa spesso, non un vero ricordo. È spaventoso ».

Erano tutti spaventosi.

La consueta sensazione arrivò quando il Guardiano appoggiò la mano sopra la sua.

Il suo corpo fu percorso da un tremito.

Il vento fece sbattere la finestra contro il muro con una tale violenza che quasi la sfasciò. Di colpo la stanza si tramutò in un inferno di fogli che vorticavano nell'aria. Il freddo lo aveva attanagliato già da prima che uscisse dal letto. Richiuse la finestra e la bloccò. Il sole non era ancora sorto, ma poteva vedere il piatto paesaggio desolato che si stendeva a perdita d'occhio. Non c'era niente: non un albero, non un cespuglio, non un filo d'erba. Solo un unico grande deserto frustato da una tempesta.

Dalle pareti provenivano dei mormorii.

Qualcosa stava arrivando. Ne era sicuro. Qualcosa di terribile stava arrivando. Si era già trovato in quel luogo, vero?

Tutti i suoni scomparvero.

Avanzò verso la porta. Non voleva aprirla, ma lo fece ugualmente. Il mormorio ricominciò. Ogni voce diceva il suo nome. Arrivarono, uno dopo l'altro, e al suo nome faceva seguito il loro. Tutti nomi che voleva dimenticare.

Il corridoio era un falò di ombre che ondeggiavano alla luce proveniente dal basso.

Qualcosa stava arrivando.

A ogni passo gli sembrava di dover sollevare il mondo intero. Il corpo si rifiutava terrorizzato, lottava per stare fermo, ma lui non aveva scelta. La paura lo ghermì e gli si insinuò sotto la pelle. Poteva avvertire piccoli insetti strisciare tra i suoi peli che si erano rizzati, li sentiva percorrere tutte le sue membra, alla ricerca di un posto in cui penetrare.

Potevano pure farlo a pezzi da dentro con le loro unghiette, se solo questo gli avesse evitato di guardare oltre la ringhiera delle scale.

I loro occhi si illuminarono vedendolo.

Lui fissò quei volti noti, vide i corpi nudi e deformati, le cicatrici in bella mostra. Vide ogni dettaglio come se fosse stato davanti a ognuno di loro. I loro nomi lo trafissero come frecce acuminate. Le ferite infette riempirono la stanza di un odore acre, nauseabondo. La vita intera gli passò nella mente in pochi istanti. Nella stanza non c'era più alcun suono. Tutti lo fissavano con lo stesso sguardo, ciascuno gli lanciava la propria accusa silenziosa. Qualcosa dentro di lui si infranse lentamente. Ogni passo era una preghiera di misericordia. Non voleva vederli. Ma la nostalgia lo tormentava, come inesorabili ondate. Li amava. Così come ne aveva nostalgia.

Li odiava.

Stavano attorno a lui in un circolo. Nessuno diceva nulla. Poté leggere in tutti lo stesso pensiero. La bocca si aprì, ma lui non aveva voce. Non aveva parole.

Li amava. Erano quei pochi per cui avrebbe fatto qualsiasi cosa, li avrebbe difesi contro tutto, fino alla fine.

«Non avevi alcun diritto».

Nessuno di loro parlava, parlavano tutti.

Lui non sapeva. Ogni sguardo lo bruciava. Lo avevano già giudicato.

Si sentì svanire, sentì come tutto il suo essere divenisse un buco vuoto che implorava di essere riempito con qualcosa. Quasiasi cosa. Dolore, rabbia, pazzia.

Girò su se stesso e vide i loro volti come erano stati una volta.

Quanto aveva amato il profilo di lei controluce! Le spalle che sempre gli si rilassavano quando tornava a casa e vedeva che lo stavano aspettando. Lo sguardo pensoso di lei ogniqualvolta scopriva qualcosa di nuovo.

« Non avevi alcun diritto ».

Era solo la voce di lei. Era gracchiante, ben lungi dalla bellissima voce che aveva avuto una volta. Udì il debole fischio dell'aria che le fuoriusciva dalla lunga ferita aperta sulla gola. Si ricordava lo sguardo di lei quando si era voltato a guardarla. Si ricordava il calore del suo sangue che gli scorreva lungo il corpo.

« E per questo ti puniamo ».

La paura inghiottì ogni cosa, e ciononostante lui avvertì le lacrime che scorrevano, le unghie che penetravano nella pelle, e sangue caldo sulle dita. Sentì le gocce colpire il pavimento come il ticchettio di un orologio. Tremava così forte che il mondo intero sussultava.

« Sarai sempre solo ».

Sparirono, lasciandosi dietro solo l'oscurità. Non si accorse che stava urlando fino a quando non gli venne a mancare il fiato.

Qualcuno lo stava scuotendo.

Arthur udì la voce del Guardiano da molto lontano. Aprì gli occhi e vide un volto, labbra che si muovevano. Distolse lo sguardo, non voleva vedere niente.

« Respira. Guardami. Alzati in piedi ».

La voce era pervasa da una forza che lo costrinse a obbedire. Arthur si asciugò le lacrime. Non aveva parole. Paolo amava ciascuna di quelle persone. Avevano tutte avuto un significato speciale per lui, incalcolabile, ma in quell'incubo lo ossessionavano.

Paolo li aveva uccisi tutti.

Arthur non ne conosceva il motivo. Era tutto un caos di sentimenti. Lui, no, Paolo, riteneva che fosse stato sia giusto che sbagliato ucciderli.

Non era la paura la sensazione peggiore, ma il vuoto che avvertiva dentro di sé. Era una fame che niente poteva placare. La solitudine di chi aveva avuto tutto e perso tutto, volta dopo volta. Non solo perso: rovinato, distrutto. Erano pensieri che non si lasciavano arrestare, e stritolavano tutto.

Ma non c'era nessuna follia.

«Rivivi il prossimo ricordo: cancellerà alcune delle sensazioni che ti pervadono ora».

Arthur prese la mano del Guardiano e di nuovo si abbandonò.

Stava guardando verso la casa.

Da fuori poteva sembrare un incendio di piccole proporzioni, ma lui sapeva che, non appena una parte dell'edificio fosse crollata lasciando entrare l'ossigeno dall'esterno, ci sarebbe stata un'esplosione di fiamme. Mercer cominciò a correre, e dal punto di osservazione di Paolo, portato sulla spalla di lei, il mondo prese a sobbalzare. Sorrise quando le fiamme sfondarono le finestre, provocando ondate di aria compressa che facevano male alle orecchie. Alla fine lei era venuta veramente a prenderlo. Se solo il mondo intero fosse potuto bruciare così, se solo il futuro fosse potuto scomparire come stava facendo quel passato. Anche la sola speranza valeva un tentativo, no? Chiuse gli occhi e non ebbe paura nemmeno per un istante di poter cadere, di poter sfuggire alla salda presa di lei.

Avevano iniziato il viaggio.

La voce del Guardiano sembrò giungere da molto lontano. « Basta così ».

Arthur aprì gli occhi e si distese sulla schiena. La stanza gli vorticò intorno come se il divano fosse una giostra. Si costrinse ad alzarsi in piedi, appoggiandosi al divano, fino a che smise di ondeggiare e sentì tornare l'equilibrio. Erano trascorsi sì e no cinque minuti, ma per il corpo valevano come parecchie ore.

Arthur prese coscienza dei sentimenti che ancora si agitavano dentro di lui. Sapeva che nessuna azione, nessuna parola avrebbe fatto cambiare idea a Paolo. Non era nemmeno sicuro che Paolo avesse torto.

Pian piano gli tornarono le forze.

Cercò nella stanza oggetti che avrebbero potuto aiutarlo, ma non c'era niente tranne il posacenere. Lo prese con sé e lo nascose tra il sedile e il bracciolo. Non si udiva alcun suono. La porta sembrava ben isolata, quindi era impossibile sapere se là fuori ci fosse qualcuno. Abbassò la maniglia con un movimento lento, proprio come se stesse aprendo una porta in modo normale. Era chiusa a chiave, ovviamente. Non era una serratura complicata, e forse se avesse avuto qualche attrezzo sarebbe riuscito a farla scattare.

Non c'era niente da fare.

Arthur si distese sul divano e tentò di dormire, senza successo.

Passò lenta un'ora, e i suoi pensieri vagavano. Perché non veniva nessuno a controllarlo? Cosa aspettavano? Nella sua mente, Arthur passò in rassegna diversi scenari.

Avevano trovato Nathaniel.

Avevano cose più importanti da fare.

Lo abbandonavano lì, senza parlare con lui.

Volevano isolarlo il più a lungo possibile, lasciandolo a domandarsi perché non veniva nessuno.

Le alternative erano troppe, e Arthur aveva appena deciso di pensare a qualcos'altro quando qualcuno infilò una chiave nella serratura. Dall'interno della porta provenne il rumore di una stanga di ferro che scattava. La maniglia si abbassò.

Nathaniel pendeva a peso morto tra le braccia di due uomini. Era coperto di sangue, aveva il labbro spaccato e un occhio gonfio. Due dita penzolavano divaricate in modo innaturale.

Ma respirava.

Dietro a loro entrarono un bambino sui dieci, undici anni, e Mercer. Il bambino gli lanciò una breve occhiata senza batter ciglio, e disse agli uomini di deporre Nathaniel sul divano. Quei due non erano di certo due scienziati: reggevano Nathaniel come se fosse stato un sacco, non un uomo torturato. Uno di loro sorrideva perfino.

C'era qualcosa di strano sul viso di Nathaniel, qualcosa nel suo sguardo. Come se fosse presente, ma al tempo stesso no. Ricordava uno stato di shock, ma c'era qualcosa di terribilmente sbagliato. Arthur sentì la rabbia montargli dentro, ma la accantonò, seppellendola sotto strati di altri sentimenti.

I due uomini guardarono Mercer. Questa fece un cenno verso la porta, e loro scomparvero.

Mercer richiuse la porta e si accomodò su una delle sedie. Paolo sedette sul tavolo, con le gambe a penzoloni come un qualsiasi ragazzino. Con i suoi jeans blu scuri e la felpa grigia sembrava un bambino qualunque. Aveva la pelle abbronzata dal sole, che gli faceva risaltare i capelli biondi e gli occhi azzurri. Ma gli occhi e l'espressione del viso erano ben lungi da quelli di un bambino innocente.

«Scusa». La voce di Nathaniel fece sobbalzare Arthur. Lacrime gli scorrevano sulle guance, e gli occhi si appuntarono per un attimo su di lui. Arthur riconobbe quell'espressione: era l'espressione di uno che si era arreso.

«Credo che forse sia lui a dover chiedere scusa a te» si intromise Paolo con voce acuta. Parlava un inglese che non rivelava alcun accento particolare. «Perché ti abbia trascinato dentro a tutto questo è incomprensibile». Lo disse in tono tranquillo e sincero.

Arthur appoggiò la mano sulla spalla di Nathaniel. Lui sussultò al contatto, ma la lasciò stare dov'era.

«Mi dispiace che abbia dovuto subire questo» continuò Paolo, «ma il dolore sarà comunque di breve durata. Dovevamo assicurarci che ci dicesse quella che secondo lui era la verità».

Era un brillante attore? Non era per niente l'essere che Arthur si era immaginato. Sembrava sinceramente dispiaciuto.

«Peccato che usare la tortura con te non serva a nulla. D'altro canto però vuol dire che possiamo comportarci da persone civili. Devo ammettere che trovo la sua storia un tantino sconcertante, ma ho sempre avuto il sospetto che ci fossero altri come me. Anche se non ho la minima idea del perché abbiano bisogno di più Bambini. A proposito, come devo chiamarti? Arthur? Eshu?»

«Arthur. E io, come devo chiamarti?»

Paolo annuì come se qualcosa avesse senso. «Sai già il mio nome, e conosci lei». E indicò Mercer.

«Chi è che ha bisogno di più Bambini, e a che scopo?»

«Dei, demoni, creatori, chiamali come vuoi. Genitori crudeli che abbandonano i loro figli a un destino al di là di ogni logica. Il tuo caro amico Nathaniel non ha saputo dire molto sul motivo per cui ci troviamo veramente al mondo. Immagino che tu ne sappia più di quanto gli hai raccontato». Nella voce di Paolo qualcosa era cambiato. Un'esitazione appena percettibile.

«No. Io ho una spiegazione. Non è la stessa cosa di sapere».

«Sentiamo, allora».

Arthur non vide alcun motivo per non dire la verità. Paolo ascoltò di buon grado, senza interrompere. Era soprattutto il viso di Mercer a preoccupare Arthur. Durante l'intera conversazione sedeva immobile, fissandolo. C'era qualcosa in lei che gli dava i brividi.

«Credi sul serio a quello che ti dice questo Guardiano?» fece infine Paolo. «Sei così ingenuo? Un'intelligenza artificiale. È un pensiero affascinante, ma è ovvio che sono solo fesserie».

«È importante se sia vero o meno? Finché quello che lui dice sul tuo conto corrisponde alla realtà, la spiegazione è irrilevante».

Paolo si passò il pollice avanti e indietro sulle labbra, con lentezza. «Credevo di aver trovato un modo per terminare il loro disgustoso giochetto, ma potrebbe sembrare che siamo entrambi le pedine di un gioco. I nostri creatori non sono molto lontani, e non lo sono mai stati». Rivolse gli occhi a terra e continuò con voce quasi apatica: «Non mi sorpenderebbe se alcuni di loro fossero stati qui tutto il tempo. Piccoli guardoni perversi che osservano i loro giocattoli. O forse cavie da laboratorio è un termine più appropriato per noi». Sembrava che stesse parlando tra sé. «Osservarli, per poi giudicarli, hanno detto. Non possono lamentarsi se io comincio prima, no? Questo mondo è infestato. Noi uomini non meritiamo di vivere. Dato che siamo gli unici sul pianeta con la facoltà di ragionare, dovremmo vivere da esseri pensanti. Invece ci trattiamo a vicenda con odio e disprezzo, siamo peggio degli animali». Sollevò di nuovo gli occhi e guardò Nathaniel, poi proseguì: «Ci meritiamo tutti di morire. Anche quelli di noi che si lasciano guidare dalla ragione. Perché in tutti noi c'è spazio per orrori che superano di gran lunga la nostra capacità di amare e creare. Non veniamo giudicati per quello che siamo, ma sulla base del nostro potenziale, di quello che possiamo diventare».

Arthur guardò Nathaniel, che si era appoggiato di nuovo allo schienale del divano e aveva chiuso gli occhi. La sua cassa toracica si alzava e si abbassava tranquilla, ma sotto la sua mano Arthur poteva sentire il cuore dell'amico battere all'impazzata.

«Forse hai ragione» disse stringendosi nelle spalle. «Ma non si spiega perché *tu* dovresti mentire sul motivo che ti spinge a far questo». Sedette sul bordo del divano, proteso in avanti con i gomiti sulle ginocchia e le mani intrecciate davanti a sé. «È possibile che siamo pedine di un gioco o che ci meritiamo di morire, ma non è per questo che *tu* porti avanti il tuo piano. O forse Nathaniel non ti ha detto che io ho accesso alla tua memoria, ai tuoi ricordi e ai tuoi sentimenti? Sei così codardo che devi mentire perfino a te stesso?»

Paolo smise di dondolare i piedi e incrociò il suo sguardo. «Ha menzionato qualcosa del genere, ma non mi ha fatto nemmeno un solo esempio decente. Però può essere che non fosse nella sua forma migliore quando è arrivato a quel punto della storia. Era sorprendentemente poco collaborativo».

Arthur sentì rinascere dentro di sé la rabbia. Perché Nathaniel non aveva raccontato quello che sapeva e basta?

«A ogni modo» proseguì Paolo, «non è di nessuna importanza quello che tu credi o meno. Non cambia nulla».

Arthur si alzò di scatto dal divano. Paolo saltò in piedi

fulmineo e tirò fuori una pistola che aveva nella tasca posteriore dei jeans. Mirò dritto al petto di Arthur e scosse la testa. Mercer rimase a sedere con calma assoluta guardando la scena.

« Per il momento non ho intenzione di ucciderti » disse Paolo, « ma se devo farlo non esiterò un istante ».

Arthur non poté evitare un sogghigno. « Grazie, lo so. Tu uccidi chiunque, anche le persone che ami ».

La reazione fu appena percettibile, ma Arthur vide le sue parole far breccia e detonare sotto la superficie. Sapeva di avere solo una chance.

« Hai fatto qualche bel sogno di recente? » Arthur attese un attimo, poi si risedette, calmo.

Il labbro inferiore di Paolo tremava leggermente, ma non ne uscì parola.

« Il mio preferito è il sogno in cui ti svegli nel letto, con il vento che ti strappa al sonno. Le voci che ti inseguono attraverso tutte le pareti. Ti ricordi la sensazione di quando esci in corridoio? Quando supplichi a ogni passo di essere risparmiato? Certo che te lo ricordi: come potresti dimenticare? Sai che qualcosa sta arrivando, ma tutte le volte ti dimentichi cosa. Daresti qualunque cosa per evitare di rivivere quel momento ».

Quelle parole diedero ad Arthur un senso di nausea, e chissà cosa risvegliavano in Paolo. Per un attimo fu certo che Paolo avrebbe sparato.

Il cambiamento si verificò per gradi, ma fu brutale. Arthur sapeva che alcuni Bambini nei periodi di follia avevano delle alterazioni della personalità che di per sé avrebbero potuto dare origine all'idea di ossessione, ma non l'aveva mai sperimentato a distanza ravvicinata. Ora davanti a lui c'era un'altra persona: una persona con un volto che esprimeva una quantità indicibile di dolore. Fu lo sguardo a catturare la sua attenzione. Conteneva un odio così forte che uccidere non era abbastanza. Un odio che voleva infliggere il maggior dolore possibile e dilaniare ogni cosa a piccoli brandelli che non potessero mai più essere rimessi assieme.

Arthur ebbe davvero paura.

Si accorse che Mercer si era irrigidita, ma non osò distogliere lo sguardo dagli occhi di Paolo.

Si costrinse a pronunciare le parole, cercando di mantenere calma la voce. «Ti ricordi com'era Yali poco prima che le tagliassi la gola? O vogliamo parlare di Pietro? Si meritava davvero di morire?»

Paolo avanzò di qualche passo, la canna tremante della pistola puntata verso la fronte di Arthur.

«Non mi spari? Perché esiti?»

«Taci» intimò Paolo a bassa voce.

Arthur si allungò appena in avanti e sussurrò: «Non hai alcun diritto».

Fu come se una mano invisibile si serrasse intorno a Paolo. L'intero corpo si irrigidì, e un'espressione animalesca gli passò sul volto.

Il colpo giunse rapido, ma non servì. Il mondo era già entrato nella sua danza lenta, e tutti i movimenti erano graziosi e fluidi, come diretti da una mano d'artista. Arthur si lasciò cadere sul divano all'ultimo momento. Il calcio della pistola continuò la sua traiettoria sfiorandogli il viso, così vicino che poté sentire l'odore delle mani di Paolo.

Arthur fissò quel volto deformato dall'odio e dalla paura, sul punto di perdere il controllo. Aumentò la velocità del mondo e usò lo schienale del divano come un trampolino per rimettersi in piedi più rapidamente. Afferò il braccio di Paolo e lo bloccò col proprio braccio destro. Sfruttando la forte spinta in avanti impressagli dal corpo, fece piroettare entrambi su se stessi. Il corpo dell'altro non ebbe altra scelta se non di seguire il movimento, e Paolo fece automaticamente un passo indietro per recuperare l'equilibrio. Ad Arthur sembrò un'eternità aspettare che il proprio piede si muovesse. Afferrò la pistola con la mano sinistra e si arrestò di colpo, mentre bloccava a Paolo l'altro braccio e dava un calcio al piede su cui si reggeva. Sentì le ossa raschiare l'una contro l'altra nel momento in cui la spalla si slogava.

Non ci fu alcun grido.

Arthur strappò la pistola dalla mano penzoloni di Paolo e lasciò che questi cadesse in avanti. Voltò la testa e guardò in direzione di Mercer.

Si era alzata, e aveva un innaturale sorriso sulle labbra.

Un brivido attanagliò la schiena di Arthur. Le puntò contro la pistola, ma lei si stava già rotolando per terra. Con un movimento impossibile, allungò il braccio verso qualcosa che teneva sotto ai vestiti. Il metallo mandò un bagliore. Stava per rialzarsi in piedi e aveva quasi estratto del tutto la pistola, quando Arthur riuscì finalmente a prenderla di mira e sparò due colpi.

Le pallottole colpirono Mercer al petto, e una nuvola di minuscole gocce rosse esplose e si dissolse nell'aria. Mercer continuò come se nulla fosse successo, il sorriso ancora sulle labbra. Sollevò senza fretta la pistola, e quando premette il grilletto Arthur si gettò di lato. Qualcosa lo colpì alla gamba, ma lui non avvertì alcun dolore. Non ancora. Raccolse le forze che gli rimanevano e si lasciò cadere all'indietro mentre puntava l'arma verso la testa di Mercer. Gli occhi di lei seguirono la pistola, e il sorriso sparì. Le labbra si contorsero in un ringhio.

Arthur premette il grilletto.

La stanza esplose di luce. Era come se lì dentro fosse sorto un sole. Il corpo di Arthur fu perforato di raggi che bruciavano come su pelle scottata. Non fu possibile vedere nulla finché la luce non sparì e non fu sostituita da una strana nebbia. Arthur guardò Mercer, che giaceva sul pavimento con un buco nero in fronte. I suoi occhi non erano umani. Il suo corpo era circondato da un alone luminoso.

Arthur non aveva forze per continuare a tenere a freno il tempo. Il dolore alla gamba lo raggiunse, e lui cadde a terra con gli occhi chiusi. Con un barlume di coscienza cercò di capire se il proiettile l'aveva colpito vicino all'arteria.

Diversi pensieri si contendevano la sua attenzione, ma d'un tratto una nuova considerazione sospinse via tutto il resto. Era una sensazione mai provata prima. La nebbia che avvolgeva sia lui che Nathaniel stava lentamente risucchiando loro la vita. Se non si arrestava, sarebbero morti. Era come se si stessero addormentando, e di primo acchito non gli sembrò poi una cattiva idea.

Qualcosa si schiuse dentro la sua testa.

Dei profondi colpi di tamburo risvegliarono una pulsazione dai recessi del corpo. Il battito si diffuse in tutto il suo essere, e si trasmise anche a Nathaniel. Era come se il suo corpo si fosse esteso, e avesse ricevuto una nuova serie di sensi. Poteva sentire fin dove arrivavano i nuovi limiti. Quando la pulsazione incontrò la luce di Mercer, fu come spingere una superficie ruvida con delle spine. Per un attimo sembrò che riuscisse a respingere la luce, ma poi la pressione aumentò e lui non ebbe alcuna possibilità di resistere. Si sforzò il più possibile, ma senza esito.

Aprì gli occhi e guardò Mercer. Gli rispose uno sguardo incredulo che bruciava in un modo che non avrebbe dovuto essere possibile. La sua concentrazione vacillò, facendo ondeggiare la pulsazione come una fiammella al vento. Non stava facendo altro che rimandare l'inevitabile.

La stanza scomparve in una nuvola di intonaco sgretolato e polvere.

Non ci fu alcun rumore, alcuno scoppio. Solo un muro

di aria e piccole particelle acuminate che gli punzecchiarono il corpo. Per un attimo sentì di perdere conoscenza. Non riusciva a vedere nulla, ma udì una figura entrare nella stanza e sederglisi accanto. Cercò di aprire gli occhi, ma bruciavano troppo.

«Bada solo a respirare».

Arthur si accorse che un nuovo campo di forza, simile a un alone, si diffondeva per la stanza avvolgendo sia lui che Nathaniel. Era come se una brezza calda giocasse con loro. Assieme respinsero la luce di Mercer, e Arthur sentì come il proprio corpo e quello di Nathaniel si rilassassero di nuovo, e le forze gli tornarono. La luce si ritirò, ma solo per gettarsi sopra quella nuova figura, che non aveva alcuna difesa. Arthur poté percepire la violenza dell'assalto. D'istinto estese il proprio alone verso il misterioso nuovo arrivato, ma l'aura luminosa di Mercer lo aggredì di nuovo.

«Non preoccuparti, Arthur. Prendi, Nathaniel, mangia questo, subito. Capito?»

Arthur udì un debole grugnito, ed ecco la voce di Mercer, ruvida, ma con una strana risonanza: «Chiunque tu sia, sei già morto. Non credere che questo ti aiuterà».

«Ne sei davvero sicura?» ribatté la nuova voce, con una nota di scherno che strappò ad Arthur un sorriso nonostante gli facesse male.

«Tu sei morto» disse Mercer. «E ciò mi basta».

La voce non diede alcuna risposta.

Ogni cognizione del tempo sparì.

Quando Arthur avvertì che la luce finalmente si ritraeva, era del tutto privo di pensieri e sentimenti. L'ultima cosa che sentì fu una pezzuola calda sulla nuca. Scottava, e tutto sprofondò nel buio.

XXXIV

Il tempo passa e dicono che il mondo sta progredendo.

In Europa si parla di magneti, elettricità, astronomia, filosofia. Si producono vetri che ingrandiscono e meccanismi che fanno volare gli oggetti. C'è chi dice che gli dei dovranno cedere il passo alla conoscenza, alla scienza, all'uomo. Come fanno a cedere il passo, se non sono mai esistiti?

Lo chiamano progresso, ma continuano a trucidarsi a vicenda. Sono gli stessi di sempre, ma ora si ammazzano in nome della scienza. Una volta lo chiamavano 'sacrificio', adesso 'esperimento'. Fabbricano armi in grado di massacrare decine di uomini in un colpo. Producono veleni che uccidono lentamente da dentro. La matematica analizza le traiettorie dei corpi celesti, ma quelle che cadono sono palle di cannone. Creano queste nuove parole, mescolandole con quelle vecchie, ma continuano a parlare di onore e rispetto. Loro sono quelli civilizzati, tutti gli altri popoli del mondo sono barbari. Sono tanto ingenui.

E troppi, troppi.

Capitolo 34

« Tieni, metti questo sotto la testa prima di bere ».

Arthur riconobbe la voce. Qualcosa di morbido gli fu sospinto sotto la testa, e lui la sollevò rigidamente. Le sue labbra entrarono in contatto con un caldo bordo metallico. Un liquido freddo si riversò nella sua bocca, risvegliando la lingua. Arthur deglutì e la gola gli bruciò, ma il corpo sapeva ciò di cui aveva bisogno: avvertì ogni singolo movimento dell'acqua mentre questa gli percorreva le viscere, e sentì il freddo attanagliarlo dal di dentro. Udì che la tazza veniva riempita di nuovo. Un po' per volta i pensieri riacquistarono chiarezza.

Si tirò su a sedere e aprì gli occhi.

« Rimettiti giù. Devi riposare e bere acqua ».

Arthur capì di colpo che era Nathaniel a parlare, ma la voce era stranamente monotona. La stanza era piena di polvere che turbinava nella luce fioca. La faccia e le mani di Nathaniel erano pulite, ma i suoi vestiti sembravano essere stati usati come stracci per la polvere. Su una delle pareti c'era un buco delle dimensioni di una piccola porta. Dappertutto erano sparsi pezzetti di cemento, e sembrava che la gran parte del muro danneggiato fosse stata semplicemente polverizzata.

« Il Guardiano... » cominciò Arthur, senza trovare le parole per completare la frase.

Nathaniel annuì e gli porse la tazza.

« Dov'è? Dove sono Paolo e Mercer? »

« Non lo so ».

Arthur guardò le dita di Nathaniel. Erano sane. Su di lui non c'era traccia di ferite.

« Le tue ferite sono scomparse, cosa è successo? »

Lo sguardo di Nathaniel vacillò, e il viso gli si irrigidì per un istante.

Arthur provò a muovere la gamba. Non c'era alcun dolore.

« Ferite? Quali ferite? » chiese Nathaniel, guardando a terra. La sua mano tremava un po', ma la voce conservava il tono monotono. « Devi stare calmo e bere molta acqua. Se no corri il rischio di subire gravi danni ».

Arthur cercò di alzarsi, ma crollò prima di arrivare a metà del movimento. Nathaniel lo sostenne, Arthur spalancò entrambe le braccia e per un pelo non colpì Nathaniel in faccia.

« Hai sentito quello che ti ho detto? Devi stare calmo e bere molta acqua ».

« All'inferno! »

Nathaniel non si curò del suo scoppio d'ira. Arthur capì che c'era qualcosa di spaventosamente sbagliato. Incrociò lo sguardo di Nathaniel, e fu come guardare un robot. Non un'unica emozione gli si poteva leggere in faccia. Solo uno sguardo freddo e meccanico che pareva volerlo analizzare.

Arthur si sforzò di ricordare.

Cos'era accaduto?

C'erano troppe cose che non avevano senso. Aveva sparato a Mercer, tre volte. Uno dei proiettili l'aveva colpita in testa, ma lei era ancora viva. Cosa ci faceva lì il Guardiano? Come poteva essere lì? Sempre che fosse lui, beninteso. Chiunque fosse, li aveva salvati da Mercer. Quell'essere si era sacrificato per salvarli. Erano stati in pericolo di vita, e non sapere perché se ne rendeva conto lo rendeva furioso.

«Ti ricordi il Guardiano?» chiese.

Di nuovo, lo sguardo di Nathaniel vacillò, come se cercasse un appiglio su cui far riposare gli occhi.

«Mi ricordo un uomo. Un uomo anziano, o forse no. Aveva i capelli grigi. Mi ha aiutato a rimettermi in piedi. Ha detto che tutto sarebbe andato bene».

«Ti ha fatto qualcosa? Ti ha aggiustato la mano?»

«Perché avrebbe dovuto?» Nathaniel sembrò sorpreso, ma scrollò la mano come se ci fosse passata sopra una mosca.

«Cosa ha detto?»

«Che tu devi riposare e bere molta acqua».

«Tutto qui?»

«Ha detto che sarebbe andato tutto bene, e che avrebbe spiegato ogni cosa». Nathaniel parlava come se stesse leggendo un testo.

No, era più come se un testo venisse recitato attraverso di lui. Era tutt'altro che tranquillizzante.

Arthur fece scorrere lo sguardo sul proprio corpo, e trovò il buco del proiettile nei pantaloni. La stoffa tutt'intorno era rigida per il sangue. La strappò con cautela ed esaminò la gamba: la pelle era impiastricciata di sangue, ma non c'era nessuna ferita. Al posto di un'apertura slabbrata c'era una macchia grigia. Ci strofinò sopra un dito. Era tutto normale, solo se premeva in quel punto gli faceva male, come se fosse stato un livido.

Ci volle molto tempo prima che riuscisse ad alzarsi in piedi.

Quando uscirono dalla stanza la polvere aveva cominciato a posarsi, ma non aveva coperto le tracce di sangue che conducevano verso la porta. Le tracce li condussero attraverso il fienile e fuori sull'aia, tra il fienile e l'abitazione. I due uomini che avevano portato dentro Nathaniel giacevano quasi l'uno sopra l'altro di fronte all'entrata dell'abitazione. Uno di loro stringeva in mano una pistola. I corpi erano contorti: ricordavano più delle sculture che degli uomini veri, i volti tranquilli e rilassati. Era come se dormissero, ma il sangue secco che usciva loro da naso e orecchie spazzò via ogni dubbio.

Nathaniel li guardò per un attimo, poi si accucciò e si allacciò le stringhe di una scarpa come se niente fosse accaduto. C'era senza il minimo dubbio qualcosa che non andava in lui.

Arthur si chinò sopra gli uomini e frugò loro nelle tasche. Prese quello che trovò, e dovette usare tutta la sua forza per strappare la pistola dalla mano di uno di loro. Se la ficcò nella tasca posteriore dopo aver controllato la sicura.

Trovarono i ricercatori dentro l'abitazione. Due di loro erano seduti, riversi sopra sopra un tavolo, con i volti incollati a un laghetto di sangue. Il terzo giaceva sul pavimento, raggomitolato con le mani intorno alla testa.

Nathaniel li guardò senza batter ciglio, e cominciò a rovistare dentro cassetti, valigie e armadi.

Arthur si sedette su una sedia e lo guardò. «Cosa stai facendo?»

«Tu cosa credi? Qui devono pur esserci informazioni su cosa stessero architettando».

«Te lo ha detto il Guardiano di farlo?»

«Il Guardiano? No. Mi ha chiesto di fare in modo che tu stessi tranquillo e che bevessi molta acqua. Be', perlomeno sei seduto. Vuoi ancora acqua?»

In effetti Arthur era ancora assetato, ma non era quello l'importante.

Nathaniel buttò all'aria dei vestiti che erano dentro

una valigia, si bloccò e guardò Arthur. « Perché mi fissi così? C'è qualcosa che non va? »

« Non lo so. Tu come ti senti? »

« Come al solito ».

« E cosa vorrebbe dire? »

« Non riesco a capire cosa mi stai chiedendo ».

Arthur era incerto se fare ancora domande, ma c'era almeno una cosa alla quale voleva avere una risposta. « Quindi non ti fa male da nessuna parte? Niente danni? »

Lo sguardo di Nathaniel era vuoto come prima. « Di che razza di danni parli? »

« Niente. Che ne dici di usare quei sacchi lì per mettere dentro la roba? »

Nathaniel annuì e depose i sacchi sul tavolo. Ci mise dentro tre computer portatili e alcuni effetti personali, bloc notes e libri. Arthur rimase seduto, era tutto quello che riusciva a fare. Nathaniel voleva esaminare tutte le stanze della casa, ma secondo Arthur sarebbe stato meglio tornare più tardi. Ciononostante, Nathaniel insistette per fare almeno un rapido giro prima di andarsene. Arthur non osò lasciarlo andare solo, e facendosi sorreggere riuscì ad accompagnarlo.

Fortunatamente per la maggior parte le stanze erano vuote e sembravano quasi non essere state usate. Solo il soggiorno e la cucina rivelavano che qualcuno ci aveva abitato: un lieve sentore di rosmarino sminuzzato di fresco proveniva da una ciotola accanto a diversi vasetti di spezie. Sul tavolo c'era una pentola, e l'acquaio era pieno di piatti. Non sembrava esserci alcun segreto nella casa, eccetto ciò che i muri dovevano aver visto e sentito.

Alla fine, Arthur si sedette sull'unica poltrona del soggiorno, col mal di testa che gli martellava dal di dentro.

« Puoi andare a prendere la macchina? » chiese a fatica.

Vide Nathaniel annuire e scomparire.

Fu il sapore di ferro la prima cosa che registrò.

Solo quando si passò la lingua intorno alle labbra capì che stava sanguinando dal naso. Si strinse le narici, non prima di aver fermato il sangue, poi avvertì il noto senso di vertigine. Non si stupì quando si rese conto che il suo corpo si stava afflosciando.

Nathaniel sollevò con delicatezza Arthur dal sedile posteriore dell'auto.

C'era voluto molto tempo per ripulirsi da tutte le macchie di sangue, per non parlare del colore sulla faccia di Arthur, ma Nathaniel non si era dato per vinto finché quasi tutto non era scomparso. È vero, non erano stati molto prudenti mentre ispezionavano la casa, eppure non riusciva a capire come avessero fatto a insozzarsi di sangue a quel modo. Per fortuna avevano diversi indumenti di ricambio. Arthur pesava molto più di quanto si era immaginato pesassero i quattordicenni. Con cautela, lo adagiò sul letto.

Non fu per niente sorpreso di notare che l'uomo era nella stanza. Stava seduto sul pavimento con gli occhi chiusi stringendo tra le mani qualcosa che assomigliava a una tavoletta, e non sembrò accorgersi della loro presenza.

L'oggetto aveva emanato uno strano alone di luce quando l'uomo era entrato nella stanza del fienile. Ne aveva staccato un pezzetto e aveva invitato Nathaniel a mangiarlo. Il frammento gli si era sciolto sulla lingua, senza alcun particolare sapore.

«Siete qui. Bene». L'uomo si alzò dal pavimento e si sedette a fianco di Arthur. «Stenditi anche tu, Nathaniel».

«Perché?»

«Vorrei effettuare alcune analisi su entrambi, ed è meglio se sei disteso mentre lo faccio, ok?»

Era un buon motivo.

Nathaniel si tolse le scarpe e si distese sul letto a fianco di Arthur. «Che tipo di analisi?»

«Credo che sia meglio se dormi ora, e ne parliamo dopo».

Nathaniel sbadigliò e chiuse gli occhi. L'uomo gli aveva sorriso, ma lui era sicuro che in realtà fosse triste.

XXXV

« Tu, figlio mio, tu cambierai il mondo ».

Lei mi prende in braccio e mi guarda negli occhi. Vorrei distogliere lo sguardo, ma in questa donna c'è qualcosa che mi trattiene. La luce mi brucia, eppure lei mi appare nitida. La seta bianca è insanguinata, i lunghi capelli neri sono annodati e il bel volto è spaventosamente stanco, ma lei mi stringe come un dono di un dio.

Vedo di nuovo gli occhi di lei e scopro che il suo sguardo non si è mai staccato dal mio. Le braccia tremano, lei mi posa sul suo petto.

Un uomo si avvicina a noi e mi prende la mano.

« Il nostro principino ».

Capitolo 35

Arthur fu svegliato da un fetore marcio e penetrante. Aprì gli occhi e dovette controllarsi per non scattare all'indietro d'istinto. Aveva il viso così vicino a quello di Nathaniel che le loro ciglia quasi si sfioravano. Nathaniel russava rumorosamente. Arthur si guardò intorno ed ebbe la strana impressione di sapere già dov'era. Si tirò su e vide l'uomo seduto al centro della stanza: era vestito di abiti normali, ma i capelli grigio argento erano inconfondibili. C'era qualcosa di sbagliato, terribilmente sbagliato.

La pelle dell'uomo era raggrinzita, gli occhi quasi coperti dalle pieghe di pelle che parevano doversi staccare da un momento all'altro. Solo gli occhi erano gli stessi. Il Guardiano sembrava in punto di morte.

« Come ti senti? » gli chiese. Era la stessa voce, ma aveva perso tutta la sua profondità e sonorità.

Come si sentiva? Si ricordò con un brivido di aver fatto a Nathaniel la stessa domanda.

« Cosa sta succedendo? Chi *sei* tu? »

« Capisco che tu abbia molte domande, ma abbiamo poco tempo ».

« Poco tempo per cosa? »

« Poco tempo prima che io muoia ».

Di colpo Nathaniel si alzò e si grattò la testa. « Ciao. Ho dormito tanto? »

Arthur guardò l'orologio. Erano trascorse quasi ventiquattr'ore da quando si era risvegliato alla fattoria.

« Perché sei tutto grigio sul collo? » continuò Nathaniel, guardando Arthur.

«Grigio sul collo?» Arthur si toccò con la mano, ma non sentì nulla di anormale. Però si ricordò la macchia grigia sulla gamba, dove avrebbe dovuto esserci la ferita del proiettile.

«È l'effetto della riparazione che ho dovuto apportare ai vostri corpi» disse il Guardiano. «Il colore in sé non è pericoloso, e andrà via».

«Cosa diavolo sta succedendo? Dove sono Paolo e Mercer? Cos'hai fatto a Nathaniel? E tu, cosa sei realmente?» Arthur non riusciva a controllarsi. Non voleva controllarsi.

Il Guardiano sollevò la mano e sembrò voler dire qualcosa, invece rimase in silenzio.

La rabbia di Arthur si dileguò con la stessa velocità con cui era sorta. Tanto in fretta da non essere naturale.

«Cosa mi hai fatto?» domandò.

«Ti ha fatto qualcosa?» si intromise Nathaniel quasi in contemporanea.

La sua voce era talmente ottusa che ad Arthur venne voglia di tirargli un paio di ceffoni così, sui due piedi, ma ancora una volta l'irritazione sbollì con innaturale rapidità.

«Arthur, devi rimanere concentrato, non lasciarti sopraffare dalle emozioni. Nathaniel, ho fatto ciò che dovevo fare per salvare quello che rimaneva della tua mente. Arthur ha bisogno di te, quindi non avevo scelta».

«Salvare la mente di Nathaniel?» ripeté Arthur.

Una parte di lui si rese conto che era ora di accantonare le emozioni, ma un'altra parte reagì come un animale in trappola. Lanciò un'occhiata a Nathaniel e avvertì una debole nausea.

«Tu non te lo ricordi, Nathaniel» disse il Guardiano, «perché ho eliminato la tua memoria di quanto è accaduto. L'essere che conosci come Mercer ti ha interrogato, e i metodi che ha usato ti hanno danneggiato in maniera quasi irreversibile».

«Ma come, se sto benissimo?!» ribatté Nathaniel.

«No. Anche adesso sto bloccando certe cose nella tua testa. Era l'unico modo possibile».

«Sei dentro la mia testa? Come puoi essere dentro la mia testa!? Non ti voglio nella mia testa».

Arthur non voleva guardare il compagno, non voleva vedere quel volto senza espressione.

Si costrinse a formulare la domanda di cui già conosceva la risposta: «Prova almeno qualche emozione?»

«No» rispose il Guardiano.

«Perché non provo nessuna emozione?» chiese Nathaniel.

«Mercer ha usato tutti i ricordi peggiori, tutte le peggiori emozioni immaginabili, per obbligarti a dire la verità. Ha disattivato tutti i meccanismi di difesa presenti nel cervello, meccanismi che sono lì per ottime ragioni».

«Credo di rivolere indietro le mie emozioni» disse Nathaniel.

Il Guardiano annuì e guardò la tavoletta.

«Puoi farlo?» chiese Arthur.

«Ci posso provare, ma in realtà non lo so. È da quando eravate alla fattoria che sto cercando di riparare il danno. Ci vuole tempo, e il tempo è una cosa di cui sono a corto».

Il Guardiano porse la tavoletta ad Arthur, che esitò un poco prima di prenderla. Era un grande schermo. Intorno non c'era alcun bordo, nessun pulsante, solo una superficie metallica che emanava una debole luce, con simboli mai visti prima.

«Appoggiaci sopra la palma della tua mano» disse il Guardiano.

La superficie era strana al tocco. Quando l'aveva presa

in mano gli era sembrata di metallo, ma ora gli si incollò saldamente alla palma. Per un breve istante gli solleticò la pelle. Arthur ritrasse d'istinto la mano, e un'impronta perfetta apparve e poi sparì.

«Adesso riconosce sia te che Nathaniel» disse il Guardiano.

«Si può sapere cos'è?» chiese Arthur.

«È quello che vi tiene in vita, e che può darvi una possibilità contro Mercer. Non posso spiegare molto di più». Uno spasmo violento percorse il braccio sinistro del Guardiano, ma lui non sembrò preoccuparsene. «Mi dispiace non potervi spiegare tutto, ma sappiate che fermarli è molto più importante di quanto crediate».

«Più importante che fermare il piano per eliminare ogni essere umano dalla faccia della Terra?» chiese Arthur.

«Non posso dire nulla».

«Cosa intendi con questo? Ci stai dicendo qualcosa ora. Spiegaci cosa sta accadendo. Chi o che cosa sei tu? Chi o che cosa è Mercer, e cosa ha fatto a Paolo?»

«Vorrei potervelo spiegare, ma se ti dico che non posso, vuol dire che è così. Capisci?»

Arthur lottò per un attimo contro la tentazione di tirare la tavoletta in testa al Guardiano. «Prima mi menti a proposito di quello che sta accadendo, poi dici che non puoi dire la verità. Ma quanto è dura quella tua testaccia?! Ti hanno creato con capacità limitata, o l'evoluzione non ha funzionato per il genere di creatura che sei?»

«Mi dispiace. Non è una mia scelta».

«E di chi diavolo è la scelta?»

Il Guardiano sostenne il suo sguardo, ma non disse niente.

«Perché me?» chiese ancora Arthur. «Non potevi usare uno degli altri Bambini?»

« Controllati. Questo non sei tu. Usa le tecniche che ti ho insegnato per bloccare le emozioni provocate dai ricordi. La tua rabbia passa attraverso il sistema difensivo che ti ho insegnato perché sei tu a permetterglielo ».

« Così che anch'io possa finire come Nathaniel? È questo che vuoi? » Arthur non era sicuro di aver detto la cosa giusta, e se ne pentì subito.

Le immagini arrivarono da sole, si fecero sempre più intense. Lui non voleva pensarci, ma divenne impossibile. La tecnica era così automatizzata che fu quella a governarlo per un attimo. Pian piano si accorse di come i suoi pensieri stessero cambiando. Oppure gli stava accadendo qualcos'altro? Anche i pensieri di un attimo prima erano i suoi, ma ora era come se qualcuno gli avesse appena spiegato qualche cosa di ovvio, qualcosa che avrebbe dovuto capire da solo.

« Cosa sta succedendo? » chiese.

Stava per perdere il controllo della realtà? Era tutto un'unica grande allucinazione?

« Sono i ricordi di Paolo che provocano questa reazione, specialmente gli ultimi due, assieme al fatto che il tuo corpo è stato costretto ad andare a mille per difendersi dall'attacco di Mercer. Non saresti sopravvissuto se non fosse stato per me. E se tu non fossi riuscito ad attivarti, ora sarebbe tutto finito ».

Arthur si ricordava la sensazione che gli era fluita attraverso il corpo. Come se il mondo fosse stato molto più reale intorno a lui mentre l'alone pulsava.

« Cos'era quel campo di forza? Cosa ci è successo? »

« È difficile spiegare. Non perché io non possa, ma sarebbe altrettanto difficile spiegare i colori a un cieco dalla nascita. Sai che la materia e l'energia sono due aspetti diversi dello stesso fenomeno: ciò che tu concepisci come 'mondo' è costituito in misura maggiore da un campo di energia più che di materia. Quello che hai sperimentato era una nuova serie di sensi».

«Cosa ci avrebbe fatto la luce di Mercer?»

«Lo stesso che sta accadendo a me. Vengo polverizzato».

«Perché ci hai salvato? Perché non li hai fermati?»

«Non posso».

Arthur non voleva accettare quella risposta, ed era sul punto di fare altre domande quando il Guardiano raddrizzò la schiena e cominciò a tossire forte. Sulle labbra gli rimasero goccioline di sangue. Uno degli occhi mandò un barbaglio innaturale, come una lampadina in procinto di esaurirsi.

«Quanto tempo ti rimane?» chiese Arthur.

«Non lo so. Qualche minuto, forse mezz'ora».

«Cosa facciamo adesso? E questa?» Arthur sollevò la tavoletta.

«Dalla a Nathaniel: vediamo se il danno è stato riparato almeno in parte».

Il Guardiano chiuse gli occhi e per un pezzo rimase seduto così immobile e silenzioso che Arthur cominciò a chiedersi se non fosse morto.

«Cosa sta succedendo?» chiese Nathaniel all'improvviso, con voce tremante.

«Sto togliendo alcuni blocchi» spiegò il Guardiano, «e allo stesso tempo ti lascio ricordare un po' di quello che è accaduto. Cerco di farlo per gradi, in modo che non ritorni tutto di colpo».

Gli occhi di Nathaniel cominciarono a spostarsi da un lato all'altro e le pupille si trasformarono, come se provassero a seguire qualcosa. Brevi tremiti gli attraversarono il corpo a ondate, e gli fecero aprire e allungare le dita.

«No. No, no!»

C'era puro terrore nella sua voce, ma Arthur sentì che gli dava sollievo.

Nathaniel gridò. Non forte, ma con un suono che si protrasse nel tempo fino a che l'intera stanza vibrò assieme al suo grido. Con la faccia contorta e scosso dai tremiti, cadde all'indietro sul letto.

« Basta! » urlò Arthur.

« Non posso fare nulla di più » disse il Guardiano. « Non riesco a riparare il danno ».

« Rimarrà così? » Arthur fissò Nathaniel, che sembrava di nuovo dormire.

« No, ma non recupererà mai una normale vita emotiva. Perderà quasi tutto ».

« Tutto? Cosa vuoi dire? »

Nathaniel si girò su un fianco e cominciò a russare sommessamente.

« Si ricorderà cosa gli piace mangiare, che genere di musica gli piace ascoltare, ma non ne farà mai la stessa esperienza di prima. È probabile che molti dei suoi ricordi si altereranno col tempo. Cambierà il modo in cui pensa ».

« Ma sarà pur possibile fare qualcosa ».

« Posso tentare, ma nel migliore dei casi sarà solo una goccia nell'oceano ».

« È una vita che vale la pena di vivere? » Le parole gli uscirono di bocca prima che potesse riflettere.

Con un grosso sforzo, il Guardiano si alzò in piedi. « Non pensarla così. Forse col tempo la macchina riuscirà a trovare un rimedio. Hai bisogno di Nathaniel se devi fermare Paolo e Mercer. Ho già spiegato a Nathaniel come può usare la macchina contro Mercer ».

Arthur guardò la tavoletta che giaceva sul letto accanto a Nathaniel e la prese. Ora la superficie era opaca, ma emanava ancora una debole luce.

«Come puoi darci un oggetto simile, quando non ci puoi spiegare niente?»

Gli occhi del Guardiano sorrisero per un attimo. «Chiamala una scappatoia, se vuoi. Puoi considerarlo un computer organico».

«È nanotecnologia, tecnologia quantistica?»

«È una cosa che funziona. Ho rimosso le parole d'ordine e la crittografia dai tre computer che avete preso alla fattoria, e ho esaminato il contenuto. Credo che dobbiate farlo anche voi appena possibile. Speriamo che la chiave di ciò che stai cercando si trovi proprio lì». Il Guardiano si accasciò sul pavimento, ma si puntellò con la mano. «Sembra che la mia acqua stia tornando all'universo. Strano. Non credevo di essere uno capace di sacrificare se stesso».

«Tu non sei un'intelligenza artificiale, vero?»

Non una parola provenne dal Guardiano, che si appiattì col ventre a terra. «Quando Nathaniel si sveglierà, si ricorderà quasi tutto. Puoi credere quello che vuoi, ma avete bisogno l'uno dell'altro in più di un modo. Non dimenticarlo. Fai sapere agli altri Bambini quello che sta succedendo».

La testa gli cadde riversa di lato, gli occhi quasi chiusi. Un odore simile a zolfo si sparse per la stanza, e il Guardiano sparì lentamente, soffiato via come una formina di sabbia.

Arthur rimase seduto per un pezzo a fissare il punto in cui era giaciuto l'uomo, dove nemmeno un contorno era più visibile. Non sapeva cosa credere. Tutto sembrava irreale.

Andò a prendere uno dei computer che avevano portato con sé e lo accese. Mentre l'apparecchio si attivava, trovò un cellulare e chiamò Raven.

Squillò molte volte prima che lei finalmente rispondesse. « Sì? »

« Ciao » fece Arthur, ma non riuscì a decidere come cominciare.

« Sì? » ripeté Raven infastidita.

« Ok. Ho bisogno di una connessione per trasferire dati. Probabilmente un grosso quantitativo ».

« Molti gigabyte? »

« Credo molte centinaia. Abbiamo tre apparecchi che devono essere analizzati immediatamente. Può essere che tu debba farti aiutare da altri ».

« Di cosa stiamo parlando? « La voce di Raven si fece di colpo vigile.

« Ancora non lo so, ma non sono certo buone notizie ».

« Come fai a saperlo, se non sai che cos'è? »

Arthur rimase in silenzio abbastanza a lungo da sentire che Raven prendeva il fiato per dire qualcosa, ma poi cambiò idea. « Abbiamo incontrato Paolo e Mercer. E il Guardiano ».

« Cosa?! Avete incontrato il Guardiano? »

« Mercer non è umana, e dubito che il Guardiano sia... fosse una forma di intelligenza artificiale. Mi ha mentito anche a proposito di altre cose ».

« Non umana? »

« Si è beccata un proiettile in fronte, e per tutta reazione si è arrabbiata. Non so che cosa sia, ma non ha il nostro stesso DNA, per così dire ».

« E voi avete incontrato Paolo, Mercer e il Guardiano tutti insieme?! »

« Il Guardiano ci ha salvati. Lui non era insieme a loro. È morto per salvarci ».

« Salvarvi? Di cosa stai parlando? »

Arthur le raccontò tutto quello che era accaduto, sforzandosi di ricordare con la massima precisione. Si sorprese a scuotere la testa diverse volte mentre parlava. Come facesse Raven a credergli, non riusciva a capirlo.

«Vogliono ucciderci tutti, ne sono sicuro. Bisogna vedere come. Il laboratorio di ricerca qui nel Galles non era stato creato per scopi benefici».

«Ma tu non sai su cosa stanno facendo ricerca?»

«No. Ti mando i dati il prima possibile, ma non so quale sia il modo più semplice per farlo. Ho anche delle foto».

Sentì Raven battere velocissima sulla tastiera.

«Dammi una mezz'ora, e vedo se riesco a trovare una soluzione. Ma può essere che sia Mercer che il Guardiano facciano parte dei nostri creatori, e che abbiano avuto dei conflitti fra loro?»

«Non lo so. Paolo parlava come se sapesse qualcosa da molto tempo, qualcosa che purtroppo non ha alcun senso. Io credo che qualcuno o qualcosa, lo abbia manipolato, forse fin dall'inizio».

Paolo li aveva chiamati pedine di un gioco. Arthur aveva paura che avesse ragione, ma non riusciva a immaginarsi un gioco in cui ci fosse in palio un intero pianeta. No, forse non un pianeta. Una razza intelligente.

«Se sono sufficientemente avanzati da averci creati, perché mai usare così tanto tempo per far distruggere il mondo da uno di noi? Se fossero i creatori, avrebbero avuto la tecnologia per fare da soli molto di quello per cui hanno usato sia Paolo che te».

«Lo so».

Arthur in realtà non era sicuro di sapere un bel nulla. Il mondo era ormai ben diverso dallo stesso mondo del giorno prima.

«Comincia a esaminare il contenuto dei computer» disse Raven, distogliendolo dai suoi pensieri. «Suggerisco che torniate a Parigi il più in fretta possibile».

«Ok».

«Ti mando un programmino via mail. Vedi se riesci a scaricarlo nel posto in cui sei».

«Va bene».

«E preparati a partecipare a una riunione del Consiglio».

Arthur non sapeva bene cosa Raven intendesse dire.

Si salutarono, poi Arthur chiuse la telefonata e guardò Nathaniel. Raven non l'aveva menzionato neppure con una parola, non aveva fatto una singola domanda a riguardo, ma Arthur la conosceva abbastanza da sapere che quell'argomento la tormentava, così come era tutt'altro che tranquilla nonostante si sforzasse di apparire calma e controllata. Che lo facesse per il bene proprio o per il suo, Arthur non lo sapeva, ma le era comunque grato.

Volevano davvero eliminare tutti.

Di colpo si rese conto che non ci aveva mai creduto per davvero, ma ora non era più in dubbio. Pensarci lo mandava in confusione. Ciò che più lo spaventava non era l'eventualità che ci riuscissero. Da un lato era pronto per morire, una parte di lui perfino l'agognava. Ma se Paolo e Mercer tentavano e non riuscivano... quel pensiero non riusciva a sopportarlo.

Presе il computer in grembo, si sedette sul letto con dei cuscini dietro la schiena e cominciò a scorrere il contenuto. Aprì un file e iniziò dall'alto.

XXXVI

Lei legge per me tutte le sere.

Mi parla in tutte le lingue che padroneggia. Lascia che i musicisti riempiano le giornate di canti e melodie. Mai una volta che mi parli come se io fossi un bambino. Dice che sa che io capisco, così come tante altre madri, ma a lei riesco a credere. Della paura non m'importa più. Voglio che lei sappia tutto, che capisca. Non vedo l'ora che arrivi il giorno in cui potrò pronunciare parole mie. Ogni notte bisbiglio fra me e me, aspetto che arrivi la mia voce. Lei mi parla delle sue ansie, di quelle di lui, intesse una storia che mi dimostra che questa donna vede molte più cose di chiunque altro.

Una notte sento me stesso pronunciare la parola che da tanto tempo attendevo di pronunciare.

Scendo dal mio letto ed entro nel suo. Quando dorme è più bella che mai. Le afferro le dita. Lei apre gli occhi, mi guarda e sorride. Io ricambio il sorriso. C'è solo una parola che io possa dirle.

« Grazie ».

Capitolo 36

«... Nessuna scelta. Puoi farlo sì o no?»

La voce di Arthur era un'eco nella testa di Nathaniel, che si sollevò con cautela e si girò verso il compagno.

«Ci risentiamo più tardi, adesso Nathaniel si è svegliato».

Nathaniel rivolse gli occhi alla propria mano, e poté sentire il rumore delle ossa che venivano frantumate. Sollevò la mano e la tenne davanti al volto, la guardò e la piegò. Non c'era nessun dolore, e la mobilità era normale. Era solo un ricordo. Ricordava tutto ciò che era accaduto, ma era quasi come se l'avesse visto in un film e non vissuto in prima persona. Alcune parti di lui erano distrutte, lo sapeva, allo stesso modo in cui sapeva che due più due fa quattro, ma non lo capiva. Gli mancavano le emozioni, ma *cosa voleva dire*?

Qualcosa lo solleticò.

Lo sguardo gli cadde sulla tavoletta che giaceva accanto ad Arthur. Era diventata una parte del suo corpo. Poteva toccarla con la stessa facilità con cui si toccava il naso con un dito. Le inviò un pensiero, e quella gli rispose.

Nathaniel non trovò parole per ciò che era appena accaduto.

Arthur lo guardò con un'aria che lui identificò come preoccupata.

«Cosa ti preoccupa?» chiese Nathaniel.

L'espressione di Arthur si mutò in sorpresa. «Come ti sen... come va?»

«Sono sveglio, ma il mio corpo è stanco».

«Ti ricordi cosa è successo?»

«Sì».

«Quindi sai cosa ti è accaduto?»

«Sì». Nathaniel guardò Arthur con più attenzione: aveva gli occhi rabbuiati e la faccia tesa, più del solito, ma c'era anche qualcos'altro, qualcosa che non si ricordava di aver mai visto prima. C'era qualcosa di insolito nei suoi occhi. I computer che si erano portati via erano accesi e disposti in cerchio attorno a lui, e il pavimento era ricoperto di fogli.

«Con chi stavi parlando al telefono?» chiese.

«Con Raven. Ho scoperto cosa stavano studiando».

«Cosa?»

«Vulcani, o meglio, *un* vulcano. Conosci il Parco di Yellowstone?»

«Sì».

«I tre ricercatori del bar erano geologi. Hanno studiato il modo di far esplodere il vulcano. Ecco per cosa usavano tutta quella potenza di calcolo. Creavano delle simulazioni per scoprire come far esplodere il vulcano con la stessa violenza di una volta».

«Di una volta?»

«Volevano vedere se era possibile provocare un'eruzione tanto forte come la prima. Pare che le eruzioni successive siano state di intensità via via minore».

«Be', ma li abbiamo fermati. Sono morti, no?»

«Credo che avessero più o meno finito, rimanevano solo alcuni test. La loro conclusione era che potevano riuscirci».

Nathaniel si alzò dal letto. «Allora cosa facciamo adesso?»

Arthur gli rispose con un'occhiata che Nathaniel non fu capace di interpretare, ma prima che facesse in tempo a chiedere Arthur gli aveva piazzato il computer tra le mani. «Leggi l'articolo sullo schermo».

Nathaniel tornò a sedere. L'articolo contava parecchie pagine, ma cominciava con la storia del parco. Scorse rapidamente il testo e ne rilesse alcune parti una seconda volta. Molte cose le sapeva già, c'era stato una volta molto tempo prima. Suo padre era andato a trovare alcuni amici nel Wyoming, e una gita al parco nazionale era stata obbligatoria.

Yellowstone Caldera era il nome ufficiale del vulcano.

Il parco nazionale era unico per più di un aspetto. Tutto indicava che là un tempo doveva esserci stato un vulcano, ma era passato molto tempo prima che qualcuno lo trovasse. Fatto non strano, considerando che il cratere era così enorme che ci volle una fotografia aerea perché i ricercatori capissero che ci stavano lavorando giusto al centro. Era lungo settantadue chilometri e largo cinquantacinque. Pochi vulcani potevano vantare dimensioni tanto imponenti.

E, contrariamente a ciò che molti credevano, era ancora attivo. Era esistito per più di due milioni di anni, ed eruttava a intervalli regolari, con una forza inconcepibile. Tra un'eruzione e l'altra passavano tra i seicentocinquantamila e i settecentomila anni. L'autore dell'articolo sottolineava che era quasi impossibile immaginarsi di che ordine di potenza si trattasse. In epoca moderna, l'eruzione meglio documentata era quella del Mount St. Helens nello stato di Washington. L'intero fianco della montagna era crollato nel maggio 1980, dopo alcuni mesi di attività, che era iniziata con un terremoto. La cima fu ridotta di cinquecento metri, e i danni all'ambiente circostante furono catastrofici. Eppure, secondo la scala VEI, che misura la forza di un'eruzione vulcanica, si era trattato di un incidente modesto, solo un quattro.

Nel 1883 nel Mar d'Indonesia esplose Krakatoa: la potenza fu equivalente a duecento megatoni, ovvero circa tredicimila bombe atomiche del tipo che fu fatto esplodere su Hiroshima. Alcuni sostennero che l'onda d'urto fece il giro del mondo per sette volte, e che le ceneri scagliate nell'atmosfera causarono uno degli inverni più freddi dopo l'era glaciale. L'eruzione fu valutata di grado sei sulla scala VEI. Questa, a somiglianza della scala Richter per i terremoti, era logaritmica, il che significava che il grado sei era dieci volte più forte del grado cinque, e quindi cento volte più forte del grado quattro. Si pensava che un'eruzione a Yellowstone sarebbe stata valutata di grado otto.

Equivaleva alla detonazione di quattrocento bombe atomiche del tipo più potente mai testato. La sola onda d'urto avrebbe distrutto gran parte del Nordamerica, e questo prima che lava e ceneri venissero rigurgitate in quantità inimmaginabili. Nel peggiore dei casi, l'intero continente poteva venir ricoperto da una coltre di cenere spessa un metro. Cosa sarebbe accaduto al clima globale era impossibile a dirsi, ma non c'era dubbio che avrebbe avuto conseguenze catastrofiche per il mondo intero. L'ultima eruzione era avvenuta da circa seicentomila anni, e prima o poi si sarebbe ripetuta.

Chiaramente, Paolo preferiva prima.

Arthur fece leggere a Nathaniel diversi altri articoli. C'erano teorie su come si formavano i vulcani, cosa influenzava la loro attività, perché le eruzioni andavano perdendo la loro forza, quali segnali avrebbero indicato l'imminenza di un'esplosione.

Infine restava un semplice documento Word che era stato creato sul computer che teneva sulle ginocchia. Conteneva disegni, equazioni e grafici. Una sezione di testo con relativi disegni era tutto ciò di cui aveva bisogno: era la posizione in cui doveva essere collocata la bomba atomica perché avesse l'effetto desiderato. Nathaniel non aveva la piena comprensione di tutti i processi implicati, ma capì abbastanza da rendersi conto che l'intenzione era di influenzare l'enorme massa magmatica che si trovava al di sotto del Parco di Yellowstone.

La bomba sarebbe stata la prima pedina del domino da cui sarebbero partiti movimenti che avrebbero aumentato la pressione nella camera magmatica fino a spaccare la crosta terrestre. C'era scritto quanto doveva essere potente una bomba di quel genere: almeno cinque megatoni.

«Hanno una bomba atomica?» chiese Nathaniel.

«Forse» rispose Arthur.

«È possibile?»

«Sì».

«Come possono essersela procurata?»

Arthur sollevò per un attimo lo sguardo e sembrò riflettere. «In molti modi. Sono girate voci sul conto di piccole bombe fuoriuscite dall'ex Unione Sovietica acquistabili alla borsa nera, ma su questo ho i miei dubbi. C'è ancora un grande rischio di essere sorvegliati. Crediamo sia più probabile che abbiano localizzato una bomba andata perduta».

«Una bomba atomica andata perduta?»

«Spesso si tratta di bombe non innescate a bordo di aerei precipitati, ma ce ne sono senz'altro anche nei sottomarini».

Nathaniel si appuntò in particolare una parola. «Hai detto che è probabile che abbiano localizzato una bomba. Tu sai che ne hanno una sul serio?»

«No, ma ho trovato questa». E Arthur girò il computer verso Nathaniel.

Sullo schermo c'era la scansione di una lettera, proveniente da U.S. Geological Survey, datata un po' più di un mese prima. La lettera concedeva il permesso di effettuare studi geologici in un'area precisa, e il permesso era già attivo da un mese.

Nathaniel riconobbe subito le coordinate: erano le stesse del documento che aveva appena letto.

« Capisco. È probabile che abbiano una bomba. Forse un'eruzione del vulcano di Yellowstone non sterminerà l'intero genere umano, ma in ogni caso dobbiamo fermarli ».

« Lo so » ritorse Arthur, con un'irritazione che Nathaniel non capì.

« E se fosse troppo tardi? Un'eruzione a Yellowstone sarebbe davvero la catastrofe che descrivono? »

Arthur si alzò da terra e si sedette sul letto. Incrociò le mani dietro la testa e si massaggiò il cranio. « Hai letto delle altre esplosioni portate come paragone? Di Krakatoa? »

« Sì ».

« Krakatoa non è l'eruzione più grossa che io mi ricordi. Nel mare Egeo, in Europa, c'è un'isola chiamata Santorini. Quel vulcano esplose con una forza di sei virgola cinque, o forse sette. Uno di noi era sull'isola quando successe, e io stesso ero sulla terraferma attorno a quella che oggi è Atene. Non so quanto fosse alto lo tsunami, ma non fu difficile vederlo dalla cima delle montagne. L'acqua scomparve dalla costa, come se qualcuno avesse tolto un tappo gigante dal fondo del mare. Prima dello tsunami arrivò il rumore dell'esplosione e la pressione dell'aria scagliò pietre, vegetazione e persone per chilometri. La gente era convinta che fosse la fine del mondo, e chi vide l'onda e sopravvisse giurò che era una punizione degli dei. Un'eruzione a Yellowstone sarebbe almeno dieci volte più potente, probabilmente anche di più se hanno calcolato bene la posizione della bomba. Il mondo non finirà, ma il Nordamerica sarà inabitabile per un bel pezzo. Gli USA e il Canada verranno ridotti a steppe di cenere, il clima globale impazzirà, si verificherà una carestia di proporzioni inimmaginabili e potrebbe divampare qualsiasi genere di conflitto».

Nathaniel analizzò con attenzione ogni parola. La cosa più importante era fermare Paolo, ma tutto il tempo i suoi pensieri andavano a cosa doveva fare per salvare le sue sorelle. Avrebbe voluto avere due piani, uno per Paolo e uno per le sorelle, ma anche quello era illogico: se non riuscivano a fermare Paolo, tutto il resto non importava più. Oppure...?

«Perfino con un'esplosione del genere» obiettò, «sembra improbabile che tutti muoiano. Qualcuno sopravviverà, avrà bambini, e Paolo sarà intrappolato come prima».

«Sì, ma mi è rimasta impressa una cosa di uno dei ricordi». Arthur si massaggiò la nuca. «Paolo non ha un solo piano, ne ha molti. Yellowstone è il *fimbulvinter*, il segnale di cui il mondo intero si accorgerà. Credo che abbia predisposto che quando il vulcano esploderà, questo sarà il segnale che farà scattare tutti gli altri piani in giro per il mondo».

«E cosa accadrà?»

«Vai a saperlo! Se fossi in lui, farei perlomeno in modo che tutti i vecchi conflitti si risvegliassero».

«Può riuscirci?»

«Non lo sappiamo. Forse. Non è Paolo che ci preoccupa: sono Mercer e il Guardiano. Tutto sembra una messa in scena. È come se fossimo parte di un enorme gioco, senza sapere se siamo noi i giocatori, o chi questi siano, quali sono le regole, o che cosa ci stiamo giocando. Il

Guardiano ha detto che la posta è molto più alta di quanto crediamo, ma cosa diamine significa?»

Sembrava che Arthur volesse fuggire da un momento all'altro.

Nathaniel si ricordò ciò che aveva detto il Guardiano a proposito della rabbia di Arthur. Doveva rammentargli l'allenamento, ma non doveva farlo troppo spesso, o alla fine avrebbe smesso di funzionare. Ma Arthur non stava sbraitando ad alta voce, quindi probabilmente era ok.

«A chi ti riferisci quando dici 'non lo sappiamo'? Noi chi?»

«Io e Raven. Non ne abbiamo ancora parlato con il Consiglio».

«Tutti i membri del Network verranno informati?»

«Sì. È necessario. Vorrei anche vedere che quelli del Consiglio non fossero d'accordo!» La voce di Arthur divenne quasi un grido.

«Preferisci che la tua famiglia muoia all'istante» domandò Nathaniel, «o che sopravviva e debba subire quello che verrà dopo?»

Era chiaramente una domanda a cui Arthur non era preparato. Per un attimo sembrò sul punto di esplodere di rabbia, ma poi crollò di nuovo. A Nathaniel fece venire in mente un animale catturato.

«Non c'è bisogno che rispondi. Era solo una curiosità».

Arthur finse di guardare lo schermo, ma non era difficile capire che in realtà teneva lo sguardo fisso davanti a sé. Nathaniel cercò di immaginarsi come lui stesso avrebbe agito, ma non servì a nulla.

«Capisco perché me lo hai chiesto. Non ho nessuna risposta valida. Nessun'altra se non che gli esseri umani sopportano molta miseria, finché c'è speranza. Siamo fatti così, nel bene e nel male».

«Posso chiederti qualcos'altro? Sulla tua famiglia?»
Arthur si strinse nelle spalle.
«Raven non sembra pensare per niente alla propria famiglia, mentre tu sei affezionato alla tua. Sei sempre stato così, o c'è qualcosa di speciale nella famiglia che hai adesso?»
«Non ho nessuna risposta valida neanche a questa domanda. Non so perché questa famiglia mi manchi così tanto. Non è certo una cosa nuova».
«Ma» obiettò Nathaniel, esitante, «tu questo non l'hai mai fatto prima d'ora».
«No, è vero» convenne Arthur, e si alzò. «Parliamo d'altro. Dobbiamo fare le valigie e partire il prima possibile».
«Dove andiamo?»
«Prima di nuovo a Parigi, e poi a Yellowstone, immagino».
«Bene».
Nathaniel si mise subito a preparare i bagagli. Non sapeva cosa avrebbe dovuto fare una volta finito. Si sedette sul bordo del letto e cominciò a fare programmi. C'era qualcosa che stuzzicava la sua attenzione, come una parola di cui conosceva il significato, ma di cui non ricordava il suono. La lingua era pronta a pronunciarla, mancava solo il segnale di partenza. Era la sensazione di qualcosa? Non lo sapeva, e alla fine scompariva da sola. Almeno adesso la paura era soltanto una parola, e questo rendeva tutto più facile.
Eppure Nathaniel non era sicuro che fosse solo un vantaggio.

XXXVII

Le racconto storie.

Brancolo fra le parole, incespico per la premura. Le getto addosso una storia dopo l'altra, ma lei non mi crede. Allora le racconto delle mie vite, così come vorrei che fossero. Per un istante rido di fronte alla sua espressione confusa, ma vi vedo tanto dolore. Lei non vuole credermi, ma ormai non c'è modo di tirarsi indietro. Canto le canzoni con le quali lei mi ha cullato per farmi addormentare, le restituisco le parole che mi ha dato.

Arriva il mattino e nessuno di noi ha più lacrime.

Mi alzo e le bacio la mano. Lei mi rivolge quello strano sguardo.

« Qual è il tuo nome? »

« Quello che mi hai dato tu ».

« Ma tu non sei piccolo, sei gigantesco ».

« Quel nome è l'unico che mi sia mai appartenuto ».

Lei mi prende la mano e la bacia. « Il mio principino, Paolo ».

Capitolo 37

Poteva sentire i bassi provenire dalle cuffie che giacevano accanto al cuscino. Non riuscì a riconoscere la canzone, cosa che la irritò. Chiuse gli occhi, si rimise le cuffie sulle orecchie e tentò di ritrovare quello stato di fluidità in cui la musica l'aveva condotta, ma non era pronta. Era solo un rumore stressante. In quel preciso momento aveva bisogno di concentrarsi.

Spense la musica e si distese sulla schiena con le mani sotto la testa.

Arthur l'aveva sorpresa. Raven non aveva mai sperimentato quel lato di lui prima di allora. Sapeva bene a cosa aveva alluso molto tempo addietro, ma a quell'epoca lui non aveva manifestato un interesse degno di nota, quindi non si era aspettata che ora le facesse una simile pressione. La gente poteva cambiare personalità in una situazione di stress, ma ai Bambini non accadeva quasi mai. Arthur aveva menzionato di avere problemi causati dai ricordi, ma secondo Raven non aveva modificato la sua personalità. Era più come se alcuni dei suoi lati fossero stati rinforzati.

Si morse un'unghia troppo cresciuta. Prima di cominciare, avrebbe dovuto informare il Consiglio.

Forse.

Più di tutto aveva voglia di sedersi su un pullman diretto a Yellowstone il più in fretta possibile, ma purtroppo Arthur aveva ragione. Era più utile là dove si trovava.

Un altro pensiero la colpì: quella notizia avrebbe portato gli altri del Consiglio a rivelare alcuni dei loro segreti? C'era sempre stata la regola non scritta che non ci si doveva immischiare in ciò che facevano gli altri, o nel modo in cui lo facevano, ma in quel preciso momento Raven aveva proprio voglia di sapere quale contributo avevano da dare. Anche il fatto che non aveva dubitato di Arthur nemmeno per un secondo la preoccupava. Non era per niente da lei.

Si alzò dal letto e andò a prendere il computer. Nella testa le si materializzarono delle liste, una per ciascuno dei mini-progetti che doveva portare a termine per avere tutto pronto. La cosa più importante era informare il Consiglio, quello purtroppo non si poteva aggirare. E per una volta tanto Raven non aveva la minima idea di come avrebbero reagito. Solo il fatto che il codice da lei usato per contattarli era quello per 'catastrofe' sarebbe stato sufficiente a farli partecipare alla riunione con un atteggiamento diverso dal solito.

Digitò le ultime quattro cifre del codice.

Ci vollero trenta minuti.

Raven fu sorpresa dalla rapidità della reazione. Chiamò la centrale e attivò il modus conferenza. Uno dopo l'altro si connessero.

«*Merde*» disse Mani con una voce da cui si intuì che era stato strappato al profondo del sonno.

«Se avessi saputo che questa funzione sarebbe stata usata per davvero, avrei scelto qualcos'altro» fece eco Amon in tono irritato.

«Be', ecco la lezione per non aver riflettuto sulle tue scelte» disse Anko, ma non senza una nota di simpatia nella voce.

«Spero che valga il casino che dovrò passare qui dopo» disse Amon, e tossì allontanando il microfono.

«Allora, cos'è questa dannata catastrofe?» chiese Mani.

«Il nostro caro Paolo probabilmente ha una bomba

atomica, e vuole farla esplodere sotto il Parco di Yellowstone» rispose Raven.

In linea ci fu silenzio assoluto.

«Balle!» esclamò Mani.

«Non credo, purtroppo» ritorse Raven.

«È stato Eshu a scoprirlo?» domandò Amon.

«Spiega un po'» fu tutto ciò che disse Anko.

Raven spiegò loro la storia così come gliel'avevano raccontata.

«E tu gli credi?» esclamò Mani. «Non so quale sia l'idiozia più grande, la storia in sé o il fatto che tu ci creda. Questa è proprio una bufala».

Raven se lo immaginò che roteava leggermente gli occhi, come faceva sempre.

«Se vuoi usare qualche dio come modello esplicativo invece degli alieni» rispose, «fa' pure. In ogni caso, continuiamo ad avere un problema».

«E questi documenti, i risultati della ricerca, quando te li manda?» chiese Anko.

«Verranno caricati sul nostro server appena possibile. Alcuni sono già reperibili. Dovreste leggerli subito».

«Cosa ha pensato di fare?» volle sapere Anko.

«Mi ha chiesto di procurargli un jet privato. Immagino che partano subito, ma il piano non è ancora del tutto pronto. Vuole che io mi infiltri nel sistema informatico della National Security Agency».

Imprecazioni volarono sulla linea.

«Dovevi proprio suggerirglielo?» chiese Mani.

«Io non ho suggerito un bel niente» disse Raven. «Non l'ho neanche menzionato, ma può essere una mossa furba considerato cosa vuole ottenere Eshu».

«Ne abbiamo già discusso una volta» disse Amon. «Non è un'alternativa. Non possiamo operare in questo modo, è semplicemente troppo rischioso». Dal tono della sua voce sembrava che si fosse stufato di parlarne, anche se ne avevano discusso solo brevemente in precedenza.

«Questo non è lo stesso progetto. Credi che possiamo mandare una mail alla Casa Bianca e tutti i problemi verranno risolti? No. Da soli non ce la possiamo fare. Il nostro punto di forza è tutto il tempo a nostra disposizione, ma in questo momento di tempo non ne abbiamo. Ci serve aiuto, e subito. Ci serve qualcosa che faccia svegliare di brutto le autorità. L'idea è appunto che sia facile per loro rintracciare la fonte dell'infiltrazione fino a scoprire i documenti che rivelino il piano di un'azione terroristica. Allo stesso tempo approntiamo delle caselle di posta false che loro terranno sotto controllo. In quel modo possiamo far trapelare informazioni quando ne avremo bisogno». Raven lasciò a malapena che il silenzio facesse effetto. «Se voi avete qualche idea, ditelo pure».

Per un attimo fu incerta su cosa si augurava di più: se ricevere il consenso per mettere in atto la sua idea, o poter condividere anche lei le risorse cui avevano accesso gli altri.

«Tu hai già deciso di farlo, qualunque cosa diciamo» dichiarò Amon.

Raven non aveva ancora preso una decisione, ma non lo contraddisse. Essere prevedibile era noioso.

«Avete altre idee sì o no?»

Qualcuno in linea sospirò rassegnato.

«Forse» disse Anko. «Ma prima devo controllare un bel po' di cose».

«Come farai, Raven?» chiese Mani.

Raven sorrise tra sé. «Le ragazze non spiattellano mica i loro segreti così, lo sai bene».

«Oh, se ci riesci non ce la farai mai a trattenerti dal raccontarlo».

Le dita si strinsero intorno al filo. Era decisamente diventata troppo prevedibile.

«Mettiamo che sia vero» disse Amon. «Perché dovremmo cercare di fermarli? Una catastrofe del genere non potrebbe essere quello che finalmente ci risveglierebbe e ci lascerebbe diventare tutti adulti?»

«Vuoi che questa frase sia messa nel verbale che leggerà anche Gabriel?» chiese Anko, con una voce che Raven conosceva fin troppo bene.

«Sì, e perché diavolo non dovrebbe? Me ne frego di quale sia la visione di Gabriel in questo momento. È una domanda appropriata. Sì, se il vulcano esplode molti moriranno, ma tanto tutti muoiono prima o poi. Voi sapete bene al pari di me cosa possiamo fare se a tutti i Bambini sarà concesso diventare adulti. Se là fuori ci sono esseri che vogliono ridurci in poltiglia, perché non dovremmo approfittare dell'occasione per rispondere all'attacco come si deve? Qualcuno mi può rispondere?»

Raven stava per dire qualcosa, ma Anko la precedette. «E se non veniamo risvegliati? E questa catastrofe in ogni caso è soltanto l'inizio. È vero, con il nostro sapere possiamo governare meglio gli uomini, ma questo presuppone che ci sia rimasto qualcuno da governare. Ci sono delle scelte che non si fanno e basta. Ma come sempre possiamo fare come vogliamo noi, quindi se tu, Amon, desideri stare fermo a guardare la distruzione, prego, fai pure. Ma questa discussione è finita. Come sta Eshu?»

Raven non sapeva bene cosa rispondere. «Le sue condizioni sono stabili, ma è cambiato. Quanto non lo so, e credo che neanche lui sia in grado di spiegarlo. E poi è impossibile dire quale sia stata la causa. Può essere stato il risveglio, o i nuovi ricordi, la situazione in sé oppure una combinazione di tutti questi fattori. Io sarei volentieri corsa a raggiungerlo il prima possibile, ma non posso farlo finché non abbiamo finito qui».

«E il resto del Network?» chiese Mani. «Dobbiamo informarli?»

«Perché no?» chiese Raven.

«Perché siamo un manipolo di individui» ribatté Mani.

Raven dovette ammettere che aveva ragione.

«Gli altri possono aspettare un po', ma credo che noi dobbiamo preparare qualcosa» dichiarò Anko. «Dovremmo anche controllare se qualcuno può aiutarci a verificare le valutazioni geologiche effettuate. Credo che sia un vantaggio se riusciamo a parlare con Eshu entro breve».

«E se mandassimo qualcuno nel Galles?» propose Raven.

«Posso vedere se ho una persona adatta» rispose Mani.

Discussero brevemente di quali fossero le immediate priorità, e per una volta tanto non si trovarono in disaccordo. Conclusero la riunione e stabilirono un nuovo incontro di lì a due giorni.

Raven aveva già scaricato tutti i diversi software che le servivano, più il codice di programmazione criptato che aveva suddiviso e distribuito in posti diversi. Fin da quando lei aveva concepito l'idea, era stato sviluppato con l'unico scopo di attaccare l'infrastruttura delle autorità. Quella volta lo scopo era tutt'altro, ma non si era mai dimostrato necessario. Il mondo si era stabilizzato da solo. In ogni caso ci sarebbero voluti tre giorni prima che Raven fosse stata pronta a cominciare. Doveva anche impadronirsi di uno degli innumerevoli network illegali di computer privati che si trovavano in rete. Calcolava che un *botnet* di due-tremila apparecchi sarebbe bastato.

Il fatto più irritante era che doveva sacrificare uno dei suoi migliori depositi per l'archiviazione di dati. Il trucco era creare materiale abbastanza difficile da decriptare che sembrasse autentico alla NSA, ma allo stesso tempo non *troppo* difficile. L'unico modo per farlo era utilizzare tecniche che, se implementate nel modo corretto, sarebbero state impossibili da penetrare. Ma ciò presupponeva che chi riceveva il materiale fosse abbastanza bravo da poter cercare difetti del genere e trovarli in fretta.

Purtoppo, significava anche che potevano passare poche ore come diversi giorni prima che gli esperti si impossessassero dei documenti. Era ben lungi da una situazione ottimale, ma Raven non vedeva altra via d'uscita. E poi c'era una domanda alla quale ancora non aveva trovato risposta: cosa doveva fingere di voler rubare dalla NSA?

Continuò a tessere piani fino a notte fonda.

Ci volle un tempo sorprendentemente lungo per procurarsi un jet privato. E non era stato certo economico, ma Raven non aveva né tempo né voglia di cercare l'offerta migliore. L'importante era che a Parigi ci fosse un jet pronto ad attendere Arthur e Nathaniel quando fossero tornati dal Galles.

Si stava preparando a continuare la programmazione quando arrivò la mail di Arthur. Era criptata, e Raven dovette provare diverse combinazioni di password prima di riuscire ad aprirla.

Era una lista impressionante di proposte di equipaggiamento, e Raven capì come mai Arthur ne aveva criptato il contenuto: c'erano troppe parole che sarebbero state facilmente intercettate da sistemi di sorveglianza come Echelon. L'email avrebbe fatto scattare qualunque allarme. Raven cercò su Google le proposte di attrezzatura per ottenere maggiori dettagli, aggiunse alcuni punti alla lista e la postò su un forum a cui avevano accesso pochissime persone. Per una volta sperò che i suoi contatti non si facessero alcuno scrupolo.

XXXVIII

« Com'è possibile? »

La aspettavo da tanto tempo, questa domanda. La rodeva da dentro. Non so rispondere. Lei mi chiede se ne esistono altri, mi chiede dei miei dei, ma io ho soltanto le risposte di prima. Lei non ha detto a nessuno che cosa sono io.

« Il nostro piccolo segreto ». Lei lo chiama così. Dice che il mondo non deve sapere che cosa sono, perché non è pronto ad accettarlo. Ha ragione, ovviamente, ma ormai non me ne importa quasi più.

Parliamo giorno e notte. Io le parlo del mondo e lei mi parla di questa nazione in perpetuo tiro alla fune. Ha un progetto per me, vuole che io unisca queste persone.

Non ho cuore di dirle la verità.

L'idea di abbandonarla è insostenibile. Vuole vivere qui e io non la voglio vedere mai più. Non ho più la forza di sentir parlare di questi obiettivi che lei prefigge a se stessa e a me, di tutte le imprese che lei spera di compiere assieme a me.

Forse potrei convincerla a provarci da sola.

Capitolo 38

Le nuvole scolpivano il loro piccolo paesaggio bianco e azzurro. Il ronzio cupo del motore del jet gli entrava e usciva dalla coscienza, là dove stava comodamente disteso nell'enorme, morbido sedile. Dall'altro lato dormiva Nathaniel, sotto una coperta. I due piloti si trattenevano nella cabina di guida e avevano scambiato giusto poche parole con loro. Erano rimasti sorpresi quando avevano capito chi erano i passeggeri, ma non avevano reagito quando Nathaniel aveva dato loro l'itinerario spiegando che poi sarebbero dovuti rimanere a disposizione per un certo tempo. Sembravano abituati alle situazioni più strane.

Arthur fece scorrere ancora una volta la mano sulla tavoletta. Questa si risvegliò, e la superficie brillò più chiara quando si avvicinò al suo corpo. Reagiva in modo altrettanto sensibile con Nathaniel. L'amico non era stato in grado di fornire alcuna spiegazione sul perché solo lui o la tavoletta dovevano toccare Mercer per trasmettere il virus, e perché ad Arthur non era stata data la stessa capacità. Arthur non sapeva se gli piaceva l'idea che i loro corpi fossero invasi da piccoli robot, e non aveva detto a Raven della tavoletta. Forse perché non sapeva come lei avrebbe reagito. C'erano molte domande legate a quell'oggetto: si sarebbe autodistrutto se attaccava Mercer? Che tipo di ferite era in grado di guarire? Poteva dare all'umanità la facoltà di fare passi da gigante nel futuro?

Mise giù la tavoletta e si sistemò il computer in grembo. Tutti i dati erano stati caricati sul server della Biblioteca, di modo che Raven potesse trasmetterli facilmente altrove.

Si sperava che altri sarebbero riusciti a ricavare dall'informazione più di quanto avesse fatto lui. Arthur aveva ormai scorso tutti i documenti presenti nei pc, e aveva riunito i più importanti sul proprio apparecchio. Non dicevano niente su come Paolo aveva pensato di effettuare la perforazione a Yellowstone: probabile che organizzasse la maggior parte delle cose da solo e non condividesse le informazioni se non era strettamente necessario.

La sveglia del suo orologio suonò per ricordargli che i satelliti avevano terminato di inviare l'ultimo risultato. Arthur attivò la connessione internet attraverso il ricevitore radio dell'aereo e aprì la mail, che conteneva quattro immagini in allegato. Paolo era stato rilevato in un punto sopra l'Atlantico mentre loro erano a Parigi. La questione era se lui e Mercer fossero andati direttamente a Yellowstone. Ci volle un po' di tempo a scaricare le immagini. Le carte contenevano solo i risultati significativi, e ciascun rilevamento era segnato su una mappa dettagliata, di modo che fosse più semplice vedere di quale zona si trattava. Come al solito, si potevano ricondurre due dei rilevamenti ad altri Bambini, e il terzo era impossibile che fosse Paolo, a meno che non fosse in grado di teletrasportarsi da un luogo all'altro. Paolo non era al Parco di Yellowstone.

Arthur stava per chiudere l'immagine, quando qualcosa catturò la sua attenzione. Aveva visto qualcosa di importante, ma non sapeva cosa. Tornò a ingrandire la zona e navigò sulla cartina.

Il nome gli balzò di colpo agli occhi sullo schermo.

Nathaniel aveva menzionato il posto una volta, era dove abitava sua sorella maggiore. Era così ovvio che avrebbe dovuto pensarci fin dall'inizio... oppure no? Mercer sapeva cosa aveva fatto a Nathaniel. Poteva credere che il Guardiano l'avesse guarito? L'unica conclusione doveva essere che Paolo e Mercer ignoravano quale fosse la condizione attuale di Nathaniel. Sarebbe stato impossibile intimorire una persona senza sentimenti. Secondo il Guardiano, Nathaniel avrebbe affrontato ogni situazione in maniera razionale, e ciò significava molto probabilmente che valeva la pena sacrificare qualsiasi vita per fermare Paolo. Questa constatazione lo spaventò.

Purtroppo era un calcolo di una semplicità spaventosa. Se Nathaniel fosse stato normale, Arthur non avrebbe potuto essere sicuro della sua scelta. Se Nathaniel fosse stato normale, avrebbe sacrificato ogni cosa per la sua famiglia. Cosa volevano ottenere Paolo e Mercer col rapimento di una sorella? Se volevano mettere fuori gioco Nathaniel, ciò doveva significare che ammettevano la possibilità di essere fermati. Perché altrimenti si sarebbero scomodati?

Piani diversi cominciarono a prendere forma nella testa di Arthur. Doveva essere possibile usare quella mossa a loro vantaggio. Non si faceva nessuna illusione che Mercer avrebbe lasciato andare qualcuno illeso.

Una o due vite umane per la possibilità di salvare il pianeta?

Per un breve attimo Arthur fu in disaccordo con se stesso, ma era un sacrificio accettabile.

Ma Nathaniel avrebbe acconsentito? Poteva essere rimasto ancora un briciolo di sentimento in lui? Se Paolo e Mercer tentavano di ricattare Nathaniel, Arthur doveva sfruttare al massimo quell'occasione, anche se ciò significava mentire a Nathaniel.

Non si accorse dell'ultima mail di Raven prima di aver riflettuto a lungo su cosa dire a Nathaniel. Raven gli aveva rispedito la lista dell'attrezzatura con dei commenti. Si era procurata quasi tutto e un po' di più, ma dovevano ritirare la roba a Houston. Tutto era stato pagato in anticipo. Era stato pattuito anche un orario, ma se non ce l'avessero fatta potevano cambiarlo. Arthur controllò l'orologio. Non aveva la minima idea se fosse semplice o meno cambiare rotta. Andò alla cabina di guida e informò i piloti che i piani erano stati modificati. Quelli annuirono, ma il secondo pilota gli guardava spesso oltre le spalle, come se sperasse che Nathaniel sarebbe venuto a confermare l'ordine. Arthur comunicò l'orario in cui dovevano essere all'aeroporto di Houston, e per un attimo sembrò che i due avrebbero protestato, ma tutto ciò che il pilota disse fu che sarebbe costato di più.

Arthur fece spallucce, uscì e si richiuse la porta alle spalle.

« Non senza pancake » mormorò d'improvviso Nathaniel, poi sorrise nel sonno e si girò dall'altra parte.

Era strano vedere il suo viso illuminarsi come aveva fatto innumerevoli volte in passato. Ovunque si trovasse in quel momento, era beatamente soddisfatto.

Arthur si sedette e lo guardò. Ricordi felici. Era solo il corpo che ricordava modelli esercitati da tempo, o Nathaniel provava sul serio gioia in quel momento? Il pensiero che un individuo fosse soltanto la somma dei suoi ricordi non era affatto nuovo per Arthur, ma era tutt'altra cosa sperimentarlo sulla propria pelle.

Non aveva la forza di contare quanti ricordi di Paolo gli erano stati trasmessi, ma in ogni caso erano solo una frazione della memoria che Paolo si trascinava dietro. Era stata Mercer a forgiare quei ricordi attraverso migliaia d'anni, o aveva solo fatto in modo che quel Bambino sperimentasse il lato peggiore dell'umanità, volta dopo volta?

No, c'erano anche momenti belli, dovevano esserci. Qualcosa che rappresentava un contrasto, che infondeva una speranza. Qualcosa che per brevi periodi poteva riempire un vuoto, solo per renderlo ancora più grande e più spaventoso dopo. Povero ragazzo, ma Arthur non riusciva a provare nulla per lui. Anche se fosse stato possibile, Mercer era ancora là.

Tutto era cambiato. Se Arthur avesse davvero creduto che sarebbero riusciti a sterminare tutti quanti, poteva quasi essere tentato di lasciare che accadesse. Perché tutto prima o poi doveva avere una fine, no?

Lanciò un'occhiata a Nathaniel e sbadigliò. Negli ultimi giorni non aveva dormito molte ore, e anche quando c'era riuscito, si era svegliato stanco come prima. Non sognava più, o perlomeno non si ricordava nulla, e meditare non funzionava. Non riusciva a trovare la calma. Tutto il suo corpo era un fascio di vibrazioni che lo costringevano a rimanere in costante attività. Aveva tentato di trovare rifugio nella savana, ma era come fuggire da se stesso. La savana era lui stesso, e gli rimandava solo un'impressione visiva di come si sentiva dentro.

Chiuse gli occhi e cercò di addormentarsi.

Lo svegliò il rumore delle dita sulla tastiera. Nathaniel stava fissando concentrato lo schermo, mentre le dita scorrevano sui tasti.

Arthur guardò l'orologio: aveva dormito per quattro ore. Aveva più di tutto voglia di infilarsi i tappi nelle orecchie e continuare a dormire, ma il cervello aveva finito di macinare mentre lui dormiva.

«Ciao» fece Arthur, stropicciandosi gli occhi.

«Buongiorno».

«Cosa stai scrivendo?»

Nathaniel si fermò. «Formulo pensieri».

«E su cosa?»

«Su me stesso».

« E come va? »

« Mah, sono incerto. Mi sono svegliato con il bisogno di scrivere. Non so perché ».

Arthur accese il proprio pc. « Ho scaricato le ultime immagini per vedere se Paolo è andato a Yellowstone. Era quello che pensavo, ma sono passati prima in un altro posto ».

« E dove? »

« Tieni, lo puoi vedere tu stesso ».

Nathaniel prese il pc e guardò lo schermo. Arthur si aspettava una reazione, qualunque cosa. La speranza svanì.

« Credo che abbiano puntato la tua famiglia » disse.

« Sembra probabile ». Nathaniel gli porse di nuovo l'apparecchio.

Cosa doveva dire Arthur? Domandargli senza mezzi termini se era disposto a sacrificare la sua famiglia?

Nathaniel prese il telefono dell'aereo e cominciò a comporre un numero. Arthur si alzò e gli fermò la mano. Lo sguardo di Nathaniel era paurosamente vuoto.

« Non puoi chiamare da qui, né da alcun posto in cui l'identità che stai usando possa essere rintracciata » sussurrò Arthur.

« Ma devo avvertirli! »

« Puoi chiamare da una cabina telefonica o qualcosa del genere dopo che saremo atterrati. Non possiamo rischiare che la polizia investighi una chiamata partita da questo aereo ».

« Puoi far passare la conversazione attraverso il sistema di conferenza? »

« Non lo so. Devo sentire Raven ».

Nathaniel rimise a posto il telefono. « E cosa credi che vogliano fare? »

« Probabilmente rapire qualcuno e poi contattarti per

proporre uno scambio di ostaggi». E forse fare qualcosa per comprovare che facevano sul serio, ma non era il caso di menzionarlo.

«Cosa vogliono?»

«Te, me, non lo so».

«E tu cosa avresti fatto?»

Arthur si appoggiò all'indietro e guardò a terra. «Tu capisci che vogliono ammazzarci tutti, indipendentemente da cosa promettono?»

«Be', è ovvio, considerando quello che stanno cercando di realizzare».

«Non so cosa abbiano pianificato. Ma devo chiederti una cosa, e non è una bella domanda. Sacrificheresti la tua famiglia per il resto del mondo?»

«Sì» rispose Nathaniel dopo un po', ma con voce esitante.

«Lo so che sembra brutto, ma possiamo usare questo a nostro vantaggio».

«Capisco».

Capiva davvero? Era impossibile sapere se stava mentendo oppure no. Nathaniel riprese a scrivere, come se il discorso fosse chiuso. Forse aveva ragione.

I tasti producevano una rapida successione di *clic*, Nathaniel era assorto e non lo calcolava. Meglio così, perché non sembrava esserci niente di adatto da dire.

Atterrarono all'aeroporto William P. Hobby a Houston all'alba. Entrambi erano già svegli da alcune ore e avevano preparato una semplice colazione che avevano condiviso anche con i piloti. Passarono la dogana senza intoppi. Tutta l'attrezzatura sarebbe stata consegnata loro da una persona nel terminal. Dovevano sedersi su una panchina fuori da Interfaith Chapel e aspettare che qualcuno li contattasse. Arthur dedusse che Raven avesse scelto il posto non senza una certa ironia. Prima Nathaniel voleva telefonare alle sorelle. Arthur si mise accanto alla cabina telefonica e ascoltò. Nathaniel parlò in fretta con quello che doveva essere il marito della sorella maggiore. Sembrava che tutto fosse a posto. La sorella minore stava da loro, ma di recente era andata a fare una gita con alcuni amici. Nathaniel chiese dove, ma l'altro non lo sapeva. Nathaniel disse che poteva provare a chiamarla al cellulare, si accomiatò in fretta e mise giù.

Il cellulare della sorella non era raggiungibile. Nathaniel provò sette volte di seguito, poi lasciò un messaggio in segreteria telefonica pregandola di richiamarlo al numero del suo vecchio cellulare e di lasciare un messaggio.

Ad Arthur in quel momento parve di aver visto un cambiamento in Nathaniel, ma non ne era sicuro.

Sedettero fuori dalla cappella.

Erano passati sì e no dieci minuti quando un uomo sulla cinquantina, vestito di jeans blu scuri, grossi stivali da cowboy e camicia nera, li avvicinò e si presentò come Silas Smith. Era un uomo grosso e dalle spalle larghe, e camminava in un bizzarro modo asimmetrico, come se avesse le gambe legate assieme. Nathaniel si alzò e lo salutò, mentre Arthur rimase seduto.

«Hai con te il passaporto?» chiese Silas tendendo la mano.

Nathaniel si sfilò il passaporto dalla tasca interna. L'uomo lo esaminò con attenzione prima di restituirglielo.

«Anche tu» disse ancora, indicando Arthur. Arthur glielo tenne sollevato davanti agli occhi, combattendo contro l'impulso di mostrare l'irritazione che l'aveva pervaso all'improvviso.

«Seguitemi» fece Silas.

Entrarono in una grande zona lounge, dove un ometto di origini asiatiche li stava aspettando con un carrello su cui c'erano due grandi valigie di plastica che avevano l'aria di poter resistere a parecchi colpi di mazza.

Silas si cacciò la mano in tasca e pescò le chiavi, assieme a una busta. « I documenti illustrano il contenuto delle valigie, più i permessi ».

L'uomo girò il carrello così da rivolgere la maniglia verso Nathaniel, e gli fece un breve cenno col capo. « Divertitevi ».

Quando Silas e l'asiatico si voltarono per andarsene, quest'ultimo domandò qualcosa nella propria lingua. Silas fece una breve risata e rispose nello stesso idioma.

Nathaniel afferrò il carrello e lo sospinse davanti a sé con molta più forza del necessario. « Hai capito cos'ha detto? »

Arthur prese la busta e la aprì, mentre con lo sguardo seguiva i due uomini. « Più o meno. Ha domandato se davvero volevamo far saltare in aria le cliniche per l'aborto ».

« Cliniche per l'aborto? »

« Dev'essere qualcosa che si è inventata Raven ».

« E che cosa ha risposto? »

« Che era più probabile che volessimo pescare con la dinamite ».

La lista corrispondeva a quella che Raven aveva mandato in precedenza. In cima c'era un foglio che certificava che Nathaniel era in possesso della licenza di specialista in brillamento, e poteva trasportare esplosivi. In aggiunta aveva il permesso di trasportare esplosivi in aereo, se della giusta classe.

« Sembra che sia tutto a posto. L'unica cosa che ci manca ora sono nuovi cellulari ».

Riuscirono a caricare tutta l'attrezzatura a bordo dell'aereo, poi ritornarono al terminal e comprarono vestiti e cellulari. Ci misero un'oretta, e quando ebbero finito si presero anche una pizza da asporto.

I piloti erano pronti a proseguire il viaggio.

Non avevano avuto il permesso di decollare all'ora predisposta da Arthur, ma era solo un ritardo di mezz'ora, e lui aveva calcolato simili evenienze nel piano. Tuttavia, ogni istante che passava senza che succedesse niente rendeva Arthur più irrequieto. Il capitano li informò che dopo quella tratta sarebbe stata obbligatoria una pausa di dodici ore. Nathaniel rispose che non c'era problema, visto che molto probabilmente potevano aspettarsi una pausa di tre giorni. Il pilota disse che allora avrebbero potuto avere un altro aereo, e che sarebbe costato molto meno. Nathaniel rispose che ci avrebbe pensato su, cosa che diceva sempre quando doveva prima discuterne con Arthur. Il capitano fece un sorriso cortese e scomparve di nuovo nella cabina di pilotaggio.

Arthur prese dei piatti e sistemò il cartone della pizza tra di loro.

Nathaniel spostò dal sedile le borse con i vestiti nuovi e si sedette. Lanciò un'occhiata alla pizza, poi pescò la scatola del cellulare da una delle borse e la aprì. « Dovrebbero funzionare subito, vero? »

Arthur annuì tenendo in una mano una fetta di pizza e raccogliendo con l'altra il formaggio filante che ne colava. Nathaniel trovò la nuova SIM card e la sistemò nel telefono, assieme alla batteria, poi mise in carica l'apparecchio.

« Cosa facciamo per l'aereo? » chiese.

Arthur aveva appena preso un'altra fetta, e scosse la testa guardando in direzione della cabina di pilotaggio. Si sporse in avanti e abbassò la voce. « Lo teniamo per tre giorni, con l'opzione di prolungamento. È un vantaggio che già ci conoscano, nel caso dovesse capitare qualcosa ».

«Vuoi dire nel caso dovesse capitare qualcosa a me».

«È un'eventualità che dobbiamo tener presente, e al tempo stesso lavorare per il contrario».

«Cos'altro potrei fare, a parte contattare Raven?»

«Ci sono molte possibilità, a seconda di quello che succede. Posso scrivere alcune ipotesi di scenario in un documento, così le puoi leggere. Ok?»

Nathaniel annuì e cominciò a mangiare. Arthur tirò fuori un libro, ma i suoi pensieri rifiutarono di concentrarsi anche su una sola frase. Leggeva le parole su ciascun rigo, ma non aveva idea di cosa avesse letto tre secondi prima.

I motori dell'aereo partirono con uno stridio, e dagli altoparlanti provenne la voce del secondo pilota: «Ci portiamo sulla pista di decollo, abbiamo avuto il permesso di partire prima del previsto. Siete pregati di allacciare le cinture di sicurezza e di spegnere qualsiasi apparecchio elettronico».

«Del tutto inutile» borbottò Nathaniel senza alzare gli occhi.

Arthur mise via tutto, chiuse gli occhi e scomparve nella savana. Là era tutto immobile, solo un vento freddo gli solleticava i piedi. Il sole campeggiava sull'orizzonte come una grande palla di fuoco rossa. L'aria opprimente gli rese pesante il respiro.

Arthur gridò con tutta la forza di cui era capace. «Ehi! C'è nessuno?»

Si sentì stupido. Non era così che soleva chiamare il Guardiano. Perché mai si trovava nella savana? Si concentrò, e tutto divenne di un bianco sgradevole. Cercò di vedere la sala delle colonne in cui l'aveva condotto il Guardiano. Fu come paragonare un sogno alla realtà. Arthur chiuse gli occhi e lasciò che ogni cosa fosse libera di fluttuare. Si trattava di vedere se poteva inviare un messaggio nello stesso modo in cui il Guardiano lo aveva inviato a lui. Con gli occhi della mente vide qualcosa che cresceva, aumentando di continuo, finché non ce la fece più a tenersela dentro e lasciò che esplodesse fuori di lui, con un'onda che generò una sfera sempre più grande. Il messaggio conteneva una sola parola: *Aiuto*.

Non aspettò alcuna risposta.

Quando ritornò dalla savana, erano in quota. Si riusciva a malapena a vedere attraverso lo strato di nuvole.

Arthur si tolse la cintura di sicurezza e si alzò. Aveva bisogno di pensare ad altro. Bussò alla porta della cabina di pilotaggio: non c'era occasione migliore per imparare a volare.

XXXIX

« È impossibile ».

Queste parole cadono a terra e muoiono assieme a me. Le ho detto la verità. Lei mi guarda con quegli occhioni scuri, sulla fronte ci sono due piccole rughe. Trattiene il respiro. I suoi piedi tremano così tanto da far rumore contro il terreno. Quante cose vorrei dirle, quante altre vorrei riprendermi. Le lacrime colano lungo la guancia e io riesco a pensare soltanto che finora non aveva mai pianto.

« Hai mentito ».

Dice soltanto questo, prima di andarsene. La rincorro, mi aggrappo alle sue ginocchia, la imploro di perdonarmi. Lei si ferma e abbassa lo sguardo su di me. Il suo volto intriso di dolore mi costringe a inginocchiarmi. Non trovo le parole. Le sue, in compenso, mi risuonano nel cranio. La sua pelle mi brucia la mano.

I suoi passi sono come martellate nella stanza silenziosa. Quando spariscono, resta solamente il vuoto.

Capitolo 39

Arthur scorse le pagine che aveva scritto nelle ultime ore. Non contenevano alcun geniale piano di riserva. Anzi, c'era ben poco riguardo a cosa avrebbero potuto fare Raven e Nathaniel in caso qualcosa fosse andato storto. La maggior parte erano descrizioni di ciò che Arthur aveva sperimentato nei ricordi di Paolo. Purtroppo se li ricordava alla perfezione.

Aveva riportato le cose più importanti, ma non aveva scritto più di una pagina per ciascun ricordo. Strano come avesse la sensazione di conoscere davvero Paolo, anche se tutto ciò che sapeva si poteva riassumere in poche pagine. Quello che aveva su Mercer ne riempiva due. Aveva disposto le pagine secondo il tema, così che i ricordi relativi agli stessi argomenti venivano uno di seguito all'altro. Aveva pensato di dargli anche un ordine cronologico, ma non era sempre facile attribuire una data ai diversi ricordi. La Rivoluzione di Ottobre nel 1917, le riserve indiane nel Diciannovesimo Secolo, il regno degli Atzechi nel Cinquecento. Era stata una faticaccia trascriverli tutti, ma c'era riuscito. Il solo guardare le pagine adesso era come tenere gli occhi fissi su una fiamma accesa.

Tutto ciò che aveva a che fare con Yellowstone lo aveva saltato, concentrandosi invece su quello che doveva accadere lì dopo un'esplosione vulcanica. Non ne sapeva molto dei piani di Paolo, ma poteva facilmente rivedere nella memoria la mappa che quest'ultimo aveva disegnato una volta, con il vulcano al centro.

Ragnarök, la fine del mondo. Dai ricordi aveva riconosciuto alcuni luoghi legati ai piani, si ricordava qua e là un nome, frammenti di conversazione che alludevano alla distruzione. Di facce ce n'erano a sufficienza, ma Arthur era pittosto scettico su quanto fosse utile ricordarle. Aveva scritto due pagine sull'uso delle armi biologiche, una pagina su diversi trafficanti di armi e una con informazioni che sperava potessero essere usate per scoprire il network economico di cui si serviva Paolo.

Le ultime due pagine trattavano di quella che sembrava la costituzione di cellule terroristiche in Medio Oriente e in Asia. Non era un lavoro di cui andare molto fieri. Non aveva ancora disegnato tutte le facce, ma era nei suoi piani. L'intera faccenda sembrava del tutto priva di senso. E anche se avesse trovato qualcosa di concreto, cosa ci avrebbe fatto?

Guardò di sottecchi Nathaniel, il quale a sua volta aveva battuto furiosamente sui tasti nel corso delle ultime ore, ma ora sembrava aver finito.

«Come va?» chiese Arthur.

«Ho fame».

«Intendevo dire con la scrittura».

«Mah! Credo di aver finito per stavolta».

«Stai ancora scrivendo su te stesso?»

Nathaniel chiuse il computer e si chinò in avanti. «No. Mi piacerebbe scoprire in che modo sono stato modificato. Forse tu puoi aiutarmi?» Ma poi scosse la testa. «Ma non adesso. Più tardi, quando saremo fuori dall'aereo».

Arthur fu sollevato di evitare quella conversazione in quel frangente. Cosa doveva dirgli? Che non sarebbe mai più ritornato a essere se stesso?

«Mercer ha lasciato un messaggio» disse Nathaniel, porgendogli il telefonino.

Arthur sentì una voce all'altoparlante, ma non ce la fece ad appoggiarci l'orecchio. Invece rimase a fissare Nathaniel, che sedeva calmo in attesa.

Un'altra voce si inserì. Apparteneva a una ragazza, spaventata e confusa. « Nathaniel, dicono che vogliono incontrarti. Io sto bene, ma... » Stava per scoppiare in lacrime. « Dicono che se non vieni mi succederà qualcosa ». Dal telefono provennero dei crepitii.

La voce di Mercer era calma. « Hai il resto del giorno per rispondere al messaggio, cioè circa tredici ore. Buona giornata ».

Arthur riascoltò il messaggio ancora una volta. Sentì rumori di auto in sottofondo, come se si trovassero accanto a una strada. C'erano anche altre voci, ma era impossibile capire cosa dicevano.

« Cosa facciamo adesso? » chiese Nathaniel.

« Rispondiamo. Scopriamo cosa vogliono ».

« E poi dobbiamo trovare un modo per sfruttarlo ».

Arthur annuì. Dovevano trovare qualcosa da sfruttare. O qualcuno.

« Aspettiamo il più possibile prima di rispondere, o lo facciamo subito? » chiese ancora Nathaniel. « Cosa si aspettano loro? »

« Non credo che il tempo abbia importanza. Rispondigli adesso, così è fatta ».

Ci volevano ancora alcune ore prima di giungere a destinazione. Arthur faceva fatica a star seduto tranquillo. Sarebbe saltato giù col paracadute, se fosse stato possibile. Lo infastidì ancora di più che Nathaniel avesse ricominciato a scrivere.

Andò in fondo all'abitacolo, si stese sul divano e chiamò Raven. Nathaniel gli scoccò una lunga occhiata quando Arthur iniziò la conversazione usando la loro versione modificata dell'antico egizio. Le spiegò la situazione, e ciò che aveva pensato fino a quel momento.

« Una volta arrivato a Yellowstone, non dipendi più da Nathaniel » disse Raven. « La cosa più importante non è uccidere Mercer, ma fermare i loro progetti. Dovresti in ogni caso avere un piano che non includa Nathaniel ».

« Forse. Non capisco perché perdono tanto tempo dietro a Nathaniel. Non avrebbero avuto bisogno di fare un bel niente, perciò tutto questo deve pur significare qualcosa ».

« Sono d'accordo, ma c'è una cosa positiva in questo. Devono aver paura che voi possiate fermarli, altrimenti perché lo farebbero? »

« Speriamo ».

Ma forse c'era un'altra spiegazione. Arthur guardò la tavoletta, che stava ancora sul tavolino accanto al suo sedile. Poteva darsi che a spingerli fosse il desiderio di impossessarsi di quella, e non tanto la paura di essere fermati? Oppure piuttosto era proprio la tavoletta l'unica cosa in grado di fermarli?

« Per tua informazione, ho due *botnet* sotto controllo. Circa novemila computer sono pronti. Dato che sei stato tu a richiederlo, volevo solo dire che da questa cosa potrebbe scoppiare un gran caos ».

« Che genere di caos? »

« Per depistare, metto in circolo dei virus particolarmente aggressivi. Forse possono influenzare altri sistemi ».

Arthur sapeva che 'forse' non era la parola che in realtà lei aveva pensato di usare. « Ok. Quando credi di poter cominciare? »

« Dovrei essere pronta tra cinque o sei ore, se non succede niente di imprevisto ».

« Mandami un sms quando inizi ».

« Lo farò. Eshu, non correre rischi inutili. La cosa più importante è la tua sopravvivenza. E ricorda, *in keber ebnak khaweeh* ».*

All'udire quelle parole, Arthur sentì che le labbra quasi gli si stiravano in un sorriso . « Ok, ci sentiamo più tardi. Buona fortuna ».

« Speriamo che la fortuna non sia necessaria ».

Arthur non era sicuro di essere d'accordo con Raven che la cosa più importante fosse sopravvivere. Lui aveva intenzione di fare tutto il possibile per fermarli, anche se questo avrebbe avuto come conseguenza la sua reincarnazione, o nel peggiore dei casi la sua morte definitiva. Quello era di per sé un pensiero bizzarro, qualcosa con cui non sapeva se era in grado di relazionarsi. Ma Raven forse aveva ragione per quanto riguardava Nathaniel.

Era da un pezzo che Arthur non sentiva il proverbio con cui lei aveva concluso la telefonata, anche se veniva spesso usato nel Network, beninteso, in senso ironico: 'Quando tuo figlio cresce, trattalo come se fosse tuo fratello'. C'erano troppi fra le loro schiere che consideravano gli adulti alla stregua di bambini. Ma non era proprio così che lui aveva visto Nathaniel. O meglio, in un certo senso l'aveva pur fatto, ma c'era anche dell'altro. Era necessario potersi fidare di lui se dovevano riuscire nell'impresa.

La pioggia scrosciava mentre si dirigevano all'edificio del terminal all'aeroporto di Yellowstone, ciascuno con il proprio zaino sulle spalle e le valigie, che spingevano sulle ruote. Avevano ripartito il contenuto degli zaini in

* Proverbio egiziano che significa: 'Quando tuo figlio cresce, trattalo come un fratello'. (*N.d.T.*)

modo che fosse pressappoco identico per entrambi, ma Arthur si accorse che lui portava il proprio molto più facilmente di Nathaniel. Forse era dovuto al fatto che si sentiva come una molla tesa, con tutti i muscoli carichi e pronti. Oppure che Nathaniel era ancora debole.

Di solito Arthur non era in cattiva forma, ma in quel momento avvertiva l'energia come mai prima. Avrebbe potuto mettersi a correre senza problemi. Il Guardiano aveva detto che la tavoletta li avrebbe curati. Era possibile che avesse fatto di più? In quel caso doveva valere anche per Nathaniel. Arthur accantonò quel pensiero. Forse lui era solo ansioso di passare all'azione.

«Cosa facciamo adesso?» chiese Nathaniel.

«Noleggiamo una macchina».

«E poi?»

«Troviamo un hotel per la notte, e del cibo. Riguardiamo tutta l'attrezzatura che abbiamo con noi. Aspettiamo che rispondano al tuo messaggio».

Nathaniel si arrestò e si regolò meglio lo zaino sulla schiena. «Mi serve un po' di tempo per finire una cosa».

«Che cosa?»

«Un testamento».

Fu una sorpresa, ma Arthur non protestò. «Cosa hai pensato di scriverci?»

«Voglio dividere i soldi tra le mie sorelle di modo che abbiano sempre un gruzzoletto di riserva. Nessuna delle due è molto brava con l'economia».

«Quindi hai bisogno di un avvocato per certificarlo».

«Ce ne sarà pure qualcuno sul posto. Possiamo risolvere la cosa domattina presto. Ci vorrà poco, ho tutto pronto».

Noleggiarono una macchina all'aeroporto. Finirono col prendere una Ford Escape blu scuro. Nathaniel non sapeva dire se fosse un nome adatto o meno. La macchina aveva una quantità di accessori extra, di cui il GPS era l'unico che servisse loro a qualcosa.

Trovarono una stanza a West Yellowstone. Con poco più di mille abitanti, il paesino non rispondeva esattamente alle loro aspettative. Accanto all'hotel c'era un fast food, dove ordinarono degli hamburger che portarono con sé in camera.

Nathaniel sedette sul bordo del letto e guardò Arthur svuotare gli zaini con una mano, mangiando patatine fritte con l'altra. Ogni cosa venne allineata davanti agli zaini.

«Questo cos'è?» domandò Nathaniel, indicando un apparecchio arancione.

«Un contatore Geiger».

Nathaniel non ne sapeva molto di radioattività, tranne che massicce dosi di radiazioni potevano causare una morte dolorosa. Ma la morte non lo spaventava più. Non che desiderasse di morire, ma lo considerava come un possibile risultato degli eventi nel prossimo futuro.

Arthur aveva ordinato quasi tutto in numero doppio. C'erano coltelli, corde, apparecchi radio, occhiali per visione notturna, GPS e quattro barattoli pieni di espolosivo al plastico, vestiti e una montagna di contenitori senza etichetta.

Arthur collocò le armi insieme, lontano dal resto.

«Ok, cominciamo con questo» disse, scegliendo uno dei contenitori.

Quando ebbero rimesso ogni cosa a posto negli zaini erano ormai le due di notte, e avevano ripassato tutto due volte. Nathaniel teneva in mano gli esplosivi per familiarizzarsi con il materiale al tatto. Sembrava quasi come la plastilina che i bambini usavano per giocare, ma non del tutto. Arthur gli aveva insegnato una regola semplice da ricordare per giudicare quanta potenza esplosiva fosse racchiusa in un pezzetto di materiale grande come la palma di una mano. Una cosa era conoscere la formula di Einstein per la relazione tra energia e massa, ma ben altra cosa era immaginare la reale detonazione. Distruggere era troppo semplice.

«Qual è il piano adesso?» chiese Nathaniel.

Arthur era seduto sul letto con una delle pistole in mano. Non avevano ancora parlato delle armi da fuoco. «Credevo che Paolo e Mercer ci avrebbero contattati già da un pezzo. Non ho un solo piano, ne ho molti. Ho stilato una lista delle priorità, in modo che sarà più semplice prendere decisioni mano a mano che cambia la situazione».

Lo stesso aveva fatto Nathaniel. Era come un gioco in cui alcune regole erano stabilite, ma la maggior parte no.

Fece un cenno affermativo verso Arthur, che continuò: «Se hanno una bomba atomica, dobbiamo distruggerla. Senza quella il loro piano crolla. Mercer è il prossimo punto sulla lista, poi Paolo».

«Sai come si distrugge una bomba atomica?»

«Tu perlomeno hai tenuto in mano una delle soluzioni. Ho richiesto delle informazioni al Network. Basta che mettiamo fuori uso il meccanismo di controllo, ed è tutto a posto. Nella peggiore delle ipotesi dobbiamo far brillare la bomba».

Nathaniel raccolse uno dei contatori Geiger e lo accese. «Così possiamo finire per spargere materiale radioattivo in una riserva naturale?»

«Meglio lì che in una città, ma comunque non si diffonderà tanto».

«A quale distanza dobbiamo tenerci per sopravvivere?»

«Non è un problema. Abbiamo detonatori molto avanzati che si possono programmare fino a ventiquattr'ore o far scattare a distanza. O moriamo nell'esplosione stessa, o abbiamo tempo sufficiente per metterci in salvo».

Se si fossero verificate le giuste condizioni, tutto avrebbe funzionato. Nathaniel non credeva che Arthur confidasse che sarebbe stata un'impresa semplice.

«Ok». Arthur sollevò uno degli zaini. «Mettiti questo, che regoliamo le cinghie».

Nathaniel lo indossò e fece qualche passo per provare come se lo sentiva addosso.

«Vorrà dire qualcosa il fatto che non abbiano risposto al messaggio?» chiese, afferrando l'estremità delle cinghie e tirandole.

«Non lo so. Non c'è niente di prevedibile in quello che fanno. Ma non credo che dobbiamo preoccuparci».

«Io non sono preoccupato. So cosa significa e mi ricordo di esserlo stato, ma è tutto. Sembra un sentimento senza senso, non sei d'accordo? Perché dovrei lasciarmi influenzare da qualcosa che forse può succedere? Non ha senso».

Arthur lo guardò per qualche istante. «Forse».

«Tu sei preoccupato? Per me?» chiese Nathaniel. Non ci aveva mai riflettuto prima di quel momento, ma i cambiamenti d'umore di Arthur erano un problema. E poi c'era l'avvertimento del Guardiano. Poteva fidarsi di Arthur? Aveva scelta?

«Tu che cosa credi?» rispose Arthur.

«Credo di sì, ma non so per cosa, o quanto ti influenzi».

Arthur si sedette sul bordo del letto e si stropicciò la fronte. «Non possiamo parlarne domani? Abbiamo un lungo viaggio davanti a noi».

«Ma certo».

Nathaniel non si sentiva stanco, ma se Arthur non aveva voglia di parlare, non ne aveva voglia punto. Si tolse lo zaino, lo appoggiò al letto e andò in bagno.

Arthur si distese e fissò il soffitto. Il sistema aveva confermato che Paolo era a Yellowstone, nella stessa zona in cui avevano il permesso di compiere perforazioni. Sì, era senza dubbio preoccupato.

Il cellulare emise un *bip*.

Aprì il messaggio di Raven: 'Cominciata Fase Uno, tutto è andato secondo i piani'.

In un certo senso era sollevato: significava che non si poteva più tornare indietro. Per un attimo si chiese se avevano fatto la cosa giusta, ma Nathaniel aveva ragione su un punto: non aveva senso preoccuparsi per cose che potevano accadere. O erano già accadute, se era per quello. E come doveva misurarsi con Mercer, come una pattuglia di polizia o un suo equivalente? No, c'era bisogno di qualcuno che prima sparasse, e poi facesse domande.

Arthur si svegliò. Una volta tanto si ricordò un sogno, ma questo sparì quando cominciò a ripensarci. Il letto di Nathaniel era vuoto, così come la sedia dove aveva appoggiato i suoi vestiti. Arthur gettò il piumino sul pavimento e saltò giù dal letto. Nessun biglietto, nessun sms. Non mancava nulla, tranne il pc di Nathaniel.

Prese il cellulare e cominciò a comporre il numero, poi lo buttò sul letto. A che scopo? Entrò in bagno. Il sole del mattino splendeva attaverso la finestra. Arthur la spalancò. Fu grato per l'acqua fredda della doccia.

La macchina stava nello stesso posto. Arthur caricò

tutto nel bagagliaio. Quando ebbe finito era affamato, e si stava recando al buffet della colazione quando Nathaniel entrò passeggiando nel parcheggio con il computer sotto il braccio.

« Siamo pronti a partire? » chiese mettendo il pc sul sedile posteriore.

« Perché non mi hai detto che uscivi? »

« Stavi dormendo. Ho dedotto che era meglio se dormivi il più a lungo possibile ».

« Ma potevi almeno lasciare un messaggio! »

Nathaniel giunse la mani di fronte a sé. « Sì ».

Arthur riabbassò di schianto il bagagliaio e chiuse a chiave la macchina. « Hai sistemato quello che ti serviva? »

« Sì, il testamento è fatto ».

« Ok, mangiamo e andiamocene ».

Arthur inserì le coordinate della zona nel GPS e richiese le istruzioni di guida. Aveva guardato la cartina e si era fatto un'idea di come avvicinarsi all'area in cui Paolo e Mercer avevano ottenuto il permesso di eseguire perforazioni. Non c'era nessuna attrazione turistica nelle vicinanze, ma la mappa sembrava fatta per dei bambini, così non si fidava. Paolo non aveva trascorso più di un giorno nella zona, quindi Arthur nutriva una piccola speranza che non fossero ancora riusciti a combinare un granché, ma non ne era certo. Dopotutto la data del permesso risaliva a un intero mese prima, e nella peggiore delle ipotesi potevano aver già finito.

Arthur guardò la carta ancora una volta. Il posto si trovava in una valle a cui era possibile accedere scendendo lungo il fianco di una delle alture. C'era solo una strada che vi conduceva, e qualsiasi veicolo probabilmente sarebbe stato individuato anche a grande distanza dalla zona di scavo. L'unica possibilità di arrivare sul posto non visti era entrare nella valle dal lato opposto. La carta indicava un grande bosco che confinava con la zona interessata. Sarebbe stata una valida alternativa, se non fosse stato che era anche l'unica.

Qualunque cosa tramassero Paolo e Mercer, avevano di certo calcolato che Arthur e Nathaniel avrebbero scoperto dove si trovavano e avrebbero tentato di fermarli.

Stavano guidando da quasi un'ora, quando il telefono di Nathaniel prese a vibrare così forte che cadde dal cruscotto.

Arthur lo afferrò al volo e abbassò la radio. «Pronto?»

«Buongiorno» disse Paolo. «Fammi parlare con Nathaniel».

«È occupato».

«Forse dovrei richiamare in un momento più opportuno? Forse dopo che avremo slogato il braccio alla sua cara Emma?» Nella sua voce non c'era l'ombra di sarcasmo.

«E va bene. Un attimo».

Arthur coprì il microfono con la mano. «Accosta. È Paolo. Puoi far finta di essere arrabbiato?»

Nathaniel svoltò di lato e inchiodò i freni. Prese il cellulare senza rispondere alla domanda.

«Sì?» disse, spegnendo il motore.

«Bene, temevo che Arthur non sarebbe stato ragionevole».

«Cosa vuoi?»

«Prima di tutto voglio che tu risponda a qualche domanda. Dove siete in questo momento?»

Nathaniel guardò Arthur, e questi annuì.

«Stiamo andando al Parco di Yellowstone».

«Sapete dove siamo?»

«All'incirca».

Dal telefono provennero dei crepitii, e una voce di ragazza si udì molto più alta di quella di Paolo. «Nathaniel? Sei lì?»

«Sì, sono qui, Emma. Stai bene?»

«Sto...» E la voce sparì.

«Sta bene» disse Paolo, «e continuerà a star bene se farai come ti dico».

«E perché dovrei? Voi avete l'intenzione di uccidere tutti gli abitanti di questo pianeta, quindi che senso ha?»

Fu una risposta inattesa. Per un attimo Arthur considerò di strappare di mano a Nathaniel il cellulare, ma forse la sua imprevedibilità costituiva un vantaggio.

«Io non desidero farle del male, ma posso sempre lasciare che Mercer la interroghi. A te la scelta».

La mano sinistra di Nathaniel tremava, ma lui non sembrò accorgersene. Arthur non aveva idea di cosa gli stesse passando per la testa, ma era grato della calma che conservava, per quanto innaturale fosse.

«Cosa vuoi che faccia?»

«Devi venire qui, da solo. Fa' scendere Arthur dove vuoi, ma se lo vedo puoi immaginarti cosa accadrà. Adesso dove siete esattamente?»

«Non lo so».

«Vai a Madison, mando qualcuno a prenderti. Porta con te la tavoletta, altrimenti non serve che tu venga. Ti richiamo».

Nathaniel rimise il telefono sul cruscotto. «E adesso cosa facciamo?»

«Devo pensare».

La mano di Nathaniel aveva smesso di tremare, e nulla sembrava indicare che la conversazione avesse prodotto un qualche effetto su di lui, ma Arthur cominciò a dubitare che i piccoli apparecchi facessero il loro dovere. Forse arginavano solo i suoi ricordi dietro una diga, che prima o poi sarebbe scoppiata.

Dunque non volevano loro, bensì la tavoletta.

Chiuse gli occhi e fece rallentare il mondo. Riassunse tutte le problematiche e cominciò a suddividerle. La tavoletta era il problema principale, dato che lui non sapeva cosa sarebbe accaduto se Mercer se ne impossessava. Decise di ignorarlo: se necessario, poteva sacrificare quella assieme a Nathaniel.

Guardò la cartina: non erano lontani da Madison, ma la distanza era maggiore per Paolo, se lui si trovava alla base. Se Arthur fosse riuscito a fermare il loro lavoro, anche solo per un giorno o due, poteva essere sufficiente. Forse. Tutto dipendeva dal successo di Raven. Arthur guardò la cartina ancora una volta.

C'era solo una possibilità.

Arthur uscì dalla macchina, aprì il bagagliaio ed estrasse uno degli zaini. Trovò la pistola e fece girare il caricatore.

Nathaniel lo guardò dallo specchietto retrovisore.

Arthur andò alla sua portiera e la aprì.

Nathaniel stava per uscire dall'auto, ma Arthur lo fermò. «Io scendo qui. Tu prendi la tavoletta e li incontri. Fa' come ti dicono».

«E tu cosa fai?»

«Meno sai, meglio è. Non puoi raccontare a nessuno ciò che non sai».

Nathaniel annuì, ma ad Arthur parve per un attimo di vedere qualcosa nei suoi occhi. «Ma hai un piano? Io non posso far niente da solo».

«Ho un piano, non scappo. Ok?»

«Ho un'alternativa?»

«È difficile costringerti a guidare da solo».

Nathaniel riaccese il motore.

« Tra l'altro, non hai bisogno di correre » aggiunse Arthur.

« E quanto forte vuoi che vada, allora? »

« Il più piano che puoi senza destare grandi sospetti ». Arthur aprì la tasca laterale dello zaino e tirò fuori dei guanti e un coltello, che fissò alla cintura dei pantaloni.

« Vuoi che faccia qualcosa? » domandò ancora Nathaniel.

« No, fa' solo quello che ti dicono ». Arthur richiuse la portiera e fece un cenno d'assenso verso il compagno.

Dopo che la macchina fu ripartita, gli rimase attorno una nuvola di polvere. In lontananza scorse un'automobile venire nella direzione opposta, e sperò che non ne arrivassero altre contemporaneamente, perché allora le cose potevano complicarsi davvero.

Si fece un taglio sull'avambraccio, e il sangue cominciò a colare. Se lo spalmò sulla fronte e sulle guance, poi si imbrattò la faccia anche con terra e sabbia. L'unica cosa che mancava erano delle lacrime, ma quelle proprio non riusciva a spremerle fuori. Si stese a pancia in giù sul ciglio della strada e attese.

I freni stridettero. La macchina si arrestò e venne spento il motore. Si aprì una portiera, e la voce di un uomo disse: « Oh, mio Dio ».

Arthur aspettò che l'uomo fosse a pochi metri di distanza, si rotolò sulla schiena, puntò la pistola verso di lui e sparò. Sebbene il proiettile non gli fosse passato nemmeno vicino, l'uomo si accasciò a terra, mortalmente pallido. Il silenzio che seguì fu strano, ma poi una donna gridò. Subito dopo seguì un pianto di bambini.

« Rimani a terra. Se ti muovi, sparo. Capito? »

Arthur puntò la pistola verso la macchina. La donna era seduta davanti, e dietro c'erano due bambini piccoli. La donna stava ancora gridando, ed era sul punto di perdere il controllo.

Arthur si avvicinò alla portiera dell'autista e la indicò con la pistola. «Fuori dalla macchina! Porta con te i bambini, e non accadrà niente».

La donna non reagì. Entrambi i bambini piangevano a dirotto e chiamavano la madre, che era impietrita.

«Non fargli del male!» implorò l'uomo. «Prendi quello che vuoi, ma non fargli del male».

Arthur si girò. «Alzati. Adesso!»

L'uomo si alzò in piedi e guardò pieno di paura Arthur, il quale si allontanò dall'automobile.

«Falli uscire dalla macchina, maledizione!»

Qualcosa cambiò nell'atteggiamento dell'uomo. Corse alla macchina e quasi strappò uno dei bambini dal sedile, poi andò dall'altra parte e aprì la porta. «Liz, fuori dalla macchina. Fuori dalla macchina, adesso!» Appoggiò per terra il bambino e sollevò l'altro dal suo sedile.

La donna sedeva ancora immobile.

La prese per il braccio. «Elisabeth! Fuori!»

Finalmente lei reagì e con lentezza uscì dalla macchina.

Arthur ritornò al lato del guidatore. «Chiudete le altre porte e andatevene!»

L'uomo eseguì, facendo attenzione allo stesso tempo a tenere le mani in alto. «Non sparare. Prendi la macchina, ma non sparare».

Arthur sedette all'interno. Non era esattamente quel che si dice una macchina veloce, ma sarebbe bastata. Accese il motore e mise in prima. Perché non poteva esserci il cambio automatico?

Dallo specchietto retrovisore lanciò un ultimo sguardo alla famiglia ferma sul ciglio della strada. Si erano trovati nel posto sbagliato al momento sbagliato, come molti altri sulla faccia della Terra.

Guardò l'orologio mentre aumentava la velocità. Di tempo a disposizione ne aveva davvero poco, e non ne sarebbe trascorso molto prima che qualcuno passasse di lì, raccogliesse la famiglia, chiamasse la polizia e scattassero le ricerche dell'auto.

Doveva trovarne un'altra. I numeri gli turbinavano in testa: chilometri, velocità e minuti furono calcolati e stimati ancora una volta.

Era contento di non avere la minima idea delle proprie probabilità di riuscita.

XL

Lei non mi parla.

Cerco di entrare in camera sua, ma lei non vuole vedermi. Le scrivo lettere che poi infilo sotto la porta, ma lei le brucia e lascia la cenere davanti alla soglia. Mio padre rincasa, ma nemmeno lui riesce a cavarle una parola di bocca. Mi chiede di spiegare, ma io non ci riesco. Arriva il dottore e dice che lei sta morendo, morendo di fame, di dolore, di follia, non lo sa di preciso nemmeno lui, perché la voce di lei si è come seccata. Dopo un'altra notte, mio padre si chiude in camera di lei e finalmente sento la sua voce.

« Vengono a trovarmi di notte ».

Mi sveglio subito, ma sono in tanti. Legano braccia e gambe al letto. Lui resta sulla soglia a guardare. Non mi viene nemmeno da gridare. Con un gesto, li invita a uscire dalla stanza, poi viene a sedersi accanto a me. Il suo volto sembra tanto pacifico, ma mi accorgo che ogni movimento è uno sforzo.

« È morta ».

Sta sorridendo. Un sorriso che minaccia di annegarci tutti e due, così distolgo lo sguardo.

« Per causa tua ».

La mia testa annuisce per conto proprio.

Lui mi posa una mano sul petto. « Ma tu vivrai in eterno. Ti sembra giusto? »

Guardo di nuovo il suo volto e riconosco fin troppo facilmente la follia che vi si è insinuata dietro.

Lui tira fuori la bottiglia e la posa su di me. « Voglio il tuo segreto ».

Non riesco a trattenermi. Una risata inarrestabile si riversa fuori da me. Pur con l'acido che mi sta corrodendo, sorrido. Sorrido fino a svuotarmi, mentre l'acido mi perfora.

Capitolo 40

Il ragazzo rischiò di inciampare più volte correndo giù per la discesa. Non doveva aver preso la patente da molto. Arthur gettò le vecchie chiavi sul sedile dell'auto della famiglia, si sedette al volante di quella nuova e partì. Poteva correre molto più veloce del normale con l'aiuto delle sue forze. Era come se fossero costantemente attive, ma alla potenza più bassa. Non osò andare al massimo, poteva destare attenzione indesiderata, e non aveva voglia di usare la violenza. Quella capacità, invece, era perfetta per guidare e leggere la cartina nello stesso tempo. Mancavano solo quindici chilometri, e ancora non aveva visto l'ombra della polizia.

Arrivò all'aeroporto quattro minuti più tardi del previsto. Lasciò la chiave infilata nell'accensione, e abbandonò la macchina aperta e con la radio accesa. Se a qualcuno veniva in mente di rubarla, ancora meglio. La pistola se la infilò in tasca, e si buttò lo zaino in spalla dopo essersi ripulito la faccia da terra e sangue.

Che l'aeroporto non fosse molto grande era un vantaggio: al centro della pista stavano allineati piccoli velivoli, e attorno a molti di essi c'erano delle persone. Per fortuna l'aereo con cui avevano viaggiato loro non era nelle vicinanze. Forse Arthur sarebbe riuscito a noleggiare un apparecchio facendo finta di voler vedere Yellowstone dall'alto, ma non aveva tempo per quel genere di cose.

Un uomo sulla trentina stava da solo accanto a un piccolo velivolo a elica.

Arthur si guardò intorno, poi si avvicinò. «Salve».

L'uomo quasi sbatté la testa su una delle ali, e lanciò ad Arthur un'occhiata infastidita.

« Mi scusi, non volevo disturbarla. Mi chiedevo solo se poteva rispondere a qualche domanda. Ah, io mi chiamo John » proseguì Arthur e tese la mano.

L'uomo esitò prima di stringergliela. « Kevin. Allora ti interessano gli aerei? »

« Sì, diciamo così. O meglio, a dire il vero mi interessa saltare col paracadute ».

L'uomo sorrise, e si asciugò le mani con un panno che pescò dalla tasca posteriore. « Ma guarda, saltare col paracadute... eh sì, è una bella emozione. Ma tu non sei forse ancora un po' piccolo? »

Arthur fece spallucce. « Lei ha un paracadute a bordo di questo aereo? »

« Sì, in effetti ne ho uno in dotazione, ma non so se avrei il coraggio di usarlo. Sta qui da tanto tempo. Certo, a pensarci bene, sempre meglio che precipitare con l'aereo, se si presentasse l'eventualità. Ma dai, cosa vado a pensare! »

Arthur estrasse la pistola e la puntò sull'uomo, togliendo la sicura. Un guizzo di shock e di comprensione passò sul volto dell'uomo.

« Questo aereo mi serve in aria, all'istante » disse Arthur.

« Ma cosa diavolo...?! »

« Questa non è una pistola giocattolo, e non ci metto niente a usarla ».

L'uomo spostò il peso da un piede all'altro in un modo che indicava che possedeva una qualche forma di allenamento fisico. Certo che doveva averlo.

Arthur attivò le sue forze e prese accuratamente la mira. Il proiettile colpì l'uomo di striscio alla coscia, e una nuvola di goccioline di sangue si sparse nell'aria. La sorpresa gli impedì di gridare, ma l'uomo cadde all'indietro come un sacco. La gente si voltò, cercando di individuare la causa dello sparo.

«Ti ho solo scalfito, dopo non ti rimarrà quasi alcuna ferita. Era un colpo d'avvertimento, e il prossimo sarà in mezzo agli occhi se non ti alzi e non entri nell'aereo».

L'uomo era troppo arrabbiato per aver paura. «Sei pazzo? Qual è il tuo problema?!»

Arthur mirò alla fronte. «Conto fino a tre. Posso volare da solo, se proprio ci sono costretto, ma in quel caso tu rimani qui. Morto. A te la scelta».

«Piccolo bastardo! Se pensi che io...»

«Uno».

Qualcuno cominciò a indicarli, cosa di cui entrambi si accorsero.

«Due».

Arthur lo guardò negli occhi e si strinse nelle spalle.

«L'aereo non è nemmeno pronto! Il serbatoio è mezzo vuoto!»

«Stai calmo, non andiamo lontano. Dentro l'aereo. Adesso. Prima tu. La gente comincia a incuriosirsi».

L'uomo si rialzò, tenendosi una mano sulla coscia. La gente intorno cominciò a gridare per richiamare la loro attenzione. L'adrenalina doveva ancora pompare abbastanza forte nelle vene dell'uomo da non fargli notare il dolore. Si introdusse nell'abitacolo e si sedette al posto di guida, e Arthur lo seguì, buttò lo zaino sul retro e chiuse lo sportello.

«Niente trucchi. Fa' come ti dico, e anche oggi ritorni da moglie, bambini e cane. Non ho nessun motivo per spararti, a meno che non me ne dia uno tu. Dov'è il paracadute? È questo?»

L'uomo annuì guardando il pacco che Arthur estrasse da sotto il sedile.

«Accendi il motore, chiama la torre di controllo. Dammi l'altra cuffia. Comincia a portarti sulla pista di decollo».

Il motore partì con uno stridio. Arthur si guardò intorno. La gente veniva verso di loro da diverse direzioni, e qualcuno parlava al cellulare. Non ci voleva una grande fantasia per immaginarsi cosa stavano pensando. Una persona con una pistola, un aereo. Era una ricetta efficace per attirare l'attenzione.

«Torre, qui Kevin Davids, november-eight-niner-two-five-echo, devo decollare subito».

L'altoparlante crepitò.

Arthur si intromise. «Torre, nel caso non capiate bene cosa si intende per subito: ho una pistola puntata alla testa di Kevin, e adesso ci portiamo sulla pista di decollo. Fate in modo che sia tutto a posto. Ok?» Lo disse con uno strano accento, per cui l'uomo lo guardò strano.

Alla fine una voce di donna rispose. «Kevin, cosa sta succedendo? È uno scherzo?»

«Pista di decollo, presto!» disse Arthur, agitando la pistola.

«Vedi di sgombrare quella maledetta pista, Judy!»

L'aereo si portò lentamente in avanti. Alcune delle persone a terra l'avevano quasi raggiunto.

«Più in fretta! Preferirei evitare di sparare a quelli là».

«Che accidenti di problema hai, ragazzo? Qualunque sia la cosa da cui cerchi di fuggire, sarà impossibile dopo questo».

«Non hai capito. Non sto scappando da qualcosa, la sto rincorrendo».

Pochi minuti dopo erano in aria, e solo allora Arthur si permise di rilassarsi un attimo.

«Vola prima verso nord e poi abbassati più che puoi, e fai rotta verso il parco. Quello che ho detto prima è vero:

salterò fuori dall'aereo e non mi vedrai mai più. Scusami se ti ho sparato».

L'uomo sembrò faticare a comprendere cosa stava accadendo. Arthur cominciò a disfare lo zaino. Pesava troppo per portarsi dietro tutto nel salto.

Quello era un problema. Anche Kevin era un problema. Arthur sistemò tutto quanto nel retro dell'abitacolo. «Vola qui». Indicò un punto sulla carta. «E poi gira dritto a sud. Ok?»

L'uomo guardò confuso la carta. Non era purtroppo tanto confuso come dava a intendere, e Arthur sapeva che stava cercando di memorizzare tutto quello che aveva visto.

Arthur indossò il paracadute. Il paesaggio era difficile da riconoscere dall'alto. Doveva atterrare nel posto giusto. Se finiva troppo lontano, avrebbe perso del tempo prezioso che non aveva. Se atterrava troppo vicino, l'avrebbero visto dal basso come un grande piattello su cui tirare.

Dalla sua gola provenne una risatina strozzata.

A giudicare dall'occhiata che gli scoccò, l'uomo aveva avuto la conferma di tutti i suoi sospetti: quel ragazzino era un folle. Era difficile contraddirlo: tutto in quel piano sapeva di follia.

Arthur si concentrò ed esaminò attentamente il paesaggio. Con lentezza riuscì a calcolare la propria posizione. Voleva avere il vento a suo favore.

«Torna ancora indietro».

L'aereo virò pian piano in direzione opposta alla base degli scavi. Arthur ripose tutte le cose che non aveva bisogno di portare con sé in fondo all'abitacolo. Si assicurò lo zaino attorno alla vita con la corda, con un nodo che si lasciava disfare facilmente.

«Adesso apro il portello. Non andare nel panico. Tra

poco sarò sparito, e tu potrai fare quello che vuoi. Purtroppo non puoi usare la tua radio». Arthur prese entrambe le cuffie, le scollegò e le gettò fuori dal velivolo. «Ti suggerisco di tornare all'aeroporto il più presto possibile. Ti staranno aspettando. Scusa il disturbo».

L'uomo non sembrò credergli.

Arthur si gettò a occhi chiusi.

Non aveva mai saltato col paracadute, ma era proprio la stessa sensazione che aveva provato quando aveva incontrato il Guardiano per la prima volta. Contò dentro di sé prima di aprire il paracadute. Fu contento di aver tirato fuori la maggior parte del contenuto dello zaino, perché il peso quasi gli disarticolò entrambe le braccia. Si guardò intorno. Non fu difficile individuare i punti di riferimento che aveva memorizzato nel paesaggio. Alzò gli occhi verso il paracadute. Sperò che non fosse di un colore molto contrastante con l'azzurro del cielo, anche se ormai era comunque troppo tardi.

L'esplosione dell'aereo fu appena udibile.

L'uomo avrebbe ricordato troppo. Al contrario delle persone incontrate per strada, lui aveva mantenuto la calma. Arthur non aveva alcuna intenzione di diventare un ricercato. Non adesso. E specialmente non in quel modo. Se fosse sopravvissuto, non voleva impiegare il resto della sua vita a nascondersi.

Il suolo si avvicinò rapido.

Scosse la testa fra sé e sé nell'attimo in cui si sorprese a dubitare che l'impatto sarebbe stato morbido.

XLI

L'aria mi graffia le narici.

Mi schiaccio contro il pavimento e mi faccio strada verso la parete, attraverso il labirinto di gambe. Alcuni di loro riescono a stare in piedi solo perché non c'è spazio per cadere. Non mi ricordo quand'è stata l'ultima volta che ho dormito. L'eterno sferragliare sopra le traversine è come una ninnananna. Nella parte inferiore della parete trovo un foro di aerazione abbastanza grande da guardarci attraverso e respirare.

Il treno frena in maniera troppo brusca.

Sento grida soffocate nella parte anteriore del vagone, mentre l'ammasso umano si comprime ancora di più. Fuori ci sono soldati dappertutto. Sembrano formiche, con le loro uniformi, apparentemente ignare di ciò che sta accadendo intorno a loro. Le recinzioni di filo spinato sono alte diversi metri e sembrano non finire mai, proprio come l'abbaiare degli ordini e dei cani.

Tutto si ferma.

Nessuno dice niente, come se restando in silenzio potessero far dimenticare al mondo la loro esistenza. Hanno già sentito parlare di questo posto, glielo leggo in volto. Un uomo, accanto a me, rivolge una preghiera silenziosa a Dio.

I portelli scorrevoli vengono aperti e sbattono con un gran fracasso, facendo sobbalzare tutti.

Un ufficiale comincia a parlarci, ci ordina di disporci in due file. Nessuno oppone resistenza. Potrei mettermi a correre e prendermi un proiettile nella schiena, ma voglio sapere. Devo.

Le porte della doccia vengono chiuse da uomini che hanno già visto l'inferno. Non possono esserci persone innocenti, qui. Non in questa nazione. Non in questo mondo.

Basta così.

Capitolo 41

Dallo specchietto retrovisore Nathaniel guardò la figura farsi sempre più piccola e infine scomparire. Arthur si comportava in modo diverso dal solito, ma Nathaniel non riusciva a capire bene come. La questione era se fosse una cosa positiva o meno. Arthur era preoccupato per lui. Lui stesso non provava più sentimenti, ma questo non significava che non li riconoscesse negli altri. Forse Arthur era diventato più freddo, più cupo. Il Guardiano aveva menzionato qualcosa a proposito delle sue condizioni, ma Nathaniel non si ricordava cosa fosse. Era qualcosa che riguardava i ricordi. Se Arthur si spingeva troppo oltre, lui doveva rammentargli la tecnica. Era tutto. Sperava che fosse abbastanza.

Qual era il limite di velocità in quell'area? Nathaniel rallentò e ridusse la scala della mappa del GPS per poter avere un'idea complessiva della zona. Arthur l'aveva pregato di non fare nulla, ma Paolo o Mercer non si sarebbero forse aspettati che lui tentasse qualcosa? Nathaniel si fidava di Arthur, ma a tutto c'era un limite. Fermò la macchina in un tratto abbastanza rettilineo e tirò fuori lo zaino. Ci doveva pur essere qualcosa che poteva fare. Rovesciò il contenuto nel bagagliaio e cominciò a pensare. Non c'erano molte possibilità, ma una era meglio di niente. Trovò il coltello e il nastro adesivo e iniziò a lavorare.

Squillò il telefono.

«Sì?»

«Dirigiti verso Old Faithful. Dopo aver passato Madison, fermati alla prima area di sosta. La trovi sul lato destro, circa tre-quattro chilometri dopo Madison. Un uomo ti aspetterà lì . Ok?» La voce di Mercer suonava come se stesse parlando con un vecchio amico.

«Ok».

«Arthur è con te?»

«No, è rimasto indietro».

«Ti teniamo d'occhio. Se vediamo Arthur, ti posso garantire che non incontrerai più tua sorella».

«Ok».

Mercer mise giù prima che Nathaniel riuscisse a dire ancora qualcosa. Cercò di chiamare Arthur, ma trovò solo la segreteria telefonica. Lasciò un breve messaggio in cui spiegava cosa gli avevano detto di fare.

Il traffico di automobili in entrambe le direzioni aumentò. Nathaniel cercò di ricordarsi quanti visitatori il parco era solito accogliere nell'arco di un'estate, ma non ci riuscì, anche se era sicuro di averlo letto in un dépliant nell'ufficio dell'avvocato quella mattina. Dovevano comunque essere decine di migliaia. Quanti di loro sarebbero stati in pericolo se avessero dovuto far esplodere la bomba? Quanti sarebbero morti? Prima non sarebbe stato in grado di fare quello che stava facendo in quel momento, anche se era una scelta ovvia. L'alternativa era la morte di un numero ancora più grande di persone. Era sbagliato privare qualcuno della vita, ma era altrettanto sbagliato non salvarla. Una vita era una vita, e dieci vite erano più di una.

Cos'era cambiato davvero in lui quando aveva perduto i sentimenti? Era così che la moralità aveva a che fare tanto coi sentimenti quanto con la giustizia? Perché adesso era in grado di compiere un'azione che avrebbe privato della vita così tante persone, e prima no? L'azione era pur sempre la stessa. I pensieri continuarono a dibattersi, senza che Nathaniel giungesse ad alcuna conclusione.

Rallentò di nuovo.

Non fosse stato per il cartello, non si sarebbe mai accorto di Madison. L'area di sosta arrivò di lì a poco. C'erano diverse automobili, e la gente stava sparpagliata sulle panchine a godersi il sole. Nathaniel parcheggiò e uscì dalla macchina. Due famiglie erano sedute a mangiare, ma non c'era nessuno che sembrasse aspettarlo. Prese la tavoletta dall'auto e la mise sotto un braccio; in tasca aveva il passaporto e il portafoglio.

C'era una grande roccia piatta vicino alla macchina, e Nathaniel si sedette lì sopra ad aspettare. Dopo venti minuti una grande jeep proveniente dal senso opposto entrò nella piazzola. Dentro c'erano due uomini, che si diressero dritti da lui.

Uno di loro uscì dal veicolo e lo indicò. « Sei tu Nathaniel? »

Nathaniel annuì e si alzò. L'uomo era quasi tanto largo quanto alto, e non pareva esserci molto grasso su quel corpo. I capelli tagliati corti e il mostro orientale tatuato sul collo gli davano un'aria che molti probabilmente avrebbero trovato minacciosa. Indossava una giacca troppo calda per quella giornata, che nascondeva a malapena le armi che si portava dietro.

Andò all'auto di Nathaniel e gettò un'occhiata all'interno. « Ok, tu vieni con noi. Niente scherzi. Se io non rispondo al telefono a intervalli regolari, sai cosa succede a tua sorella ».

Nathaniel fece spallucce e si sedette nel retro della jeep. Sospettava che la sorella avrebbe passato dei guai comunque. L'uomo si sedette accanto a lui. Si vede che non avevano pensato di perquisirlo. Strano.

Partirono. Anche l'autista aveva i capelli corti, ma gli occhi nello specchietto non davano l'idea di uno pronto a uccidere. Fischiettava piano una semplice melodia, che

Nathaniel non riconobbe. Non sembrava che avessero fretta. L'uomo accanto a lui fissava la strada attraverso il parabrezza come se tutto fosse normale, ma non era difficile vedere che lo teneva d'occhio.

Viaggiavano da un'ora e mezzo. Si erano fermati a una stazione di servizio, dove l'autista aveva riempito una tanica di benzina e l'aveva messa nel bagagliaio. Il cellulare dell'uomo aveva squillato solo una volta. Nathaniel dedusse che si stavano avvicinando alla destinazione, quando la strada all'improvviso diventò uno sterrato e i passeggeri quasi sobbalzarono sui sedili, anche se stavano andando piano. Non c'erano altre macchine, e passarono diversi cartelli che avvertivano che quella non era una strada comune. L'uomo a fianco di Nathaniel prese a guardarlo più spesso, come se si aspettasse che sarebbe accaduto qualcosa.

Nathaniel guardava fuori dal finestrino cercando di ricordarsi l'aspetto della zona sulla mappa.

Aveva fatto quello che poteva. Tutto ciò che sarebbe accaduto d'ora in poi era fuori dal suo controllo, con un'eccezione. Si chiese quale fosse il piano di Arthur. Erano passate quasi tre ore da quando si erano separati. È vero che loro erano andati piano fino a lì, ma era improbabile che Arthur li avesse preceduti. Altamente improbabile.

Nathaniel scorse il campo base già da molto lontano.

Il fondovalle era piatto, e la torre di trivellazione si ergeva come un'erbaccia metallica nel paesaggio aperto. La descrizione della mappa era corretta. Sembrava impossibile scalare i fianchi delle montagne. Il bosco era fitto e arrivava così vicino al campo base che gli ricordò quella scena nel *Signore degli Anelli* in cui la foresta comincia a mettersi in marcia. Diverse automobili erano parcheggiate a qualche distanza dal campo base: due camion con il piano di carico vuoto, un grosso furgoncino con un portello aperto e due jeep, identiche a quella in cui sedevano loro. C'erano quattro grandi tende allineate nelle vicinanze della torre. Nathaniel non vide persone, e la torre non pareva in funzione, cosa che era un buon segno oppure uno pessimo. Accanto alla torre giacevano grandi quantità di tubi accatastati, e c'era una marea di apparecchi, generatori e cavi che andavano in ogni direzione. Ma nemmeno una persona.

Parcheggiarono l'auto accanto alle altre jeep.

Uscirono. L'autista squadrò Nathaniel da capo a piedi, poi lo invitò a svuotare le tasche e a sollevare la T-shirt.

«Vai» disse l'uomo grosso, facendo un cenno in direzione dell'accampamento. Sembrava a disagio, sia nell'aspetto che nella voce.

Mercer venne fuori da una delle tende. Indossava gli stessi identici vestiti dell'ultima volta, e si riparava gli occhi dal sole con la mano mentre guardava verso di loro. Scomparve di nuovo dentro la tenda.

Di colpo Nathaniel fu assalito dalla nausea e per un attimo ebbe l'impulso di vomitare, ma gli passò.

«Rimanete qui». L'uomo grosso si rivolse sia a Nathaniel che all'autista. Quest'ultimo prese un accendino e si accese una sigaretta, mentre il suo compagno si dirigeva verso la tenda. Nathaniel si infilò una mano in tasca. La reazione dell'autista fu così rapida che quasi non la vide, ma la pistola che gli venne puntata contro era reale abbastanza. Lo sguardo dell'uomo, però, era ancora mite. Nathaniel ricordò a se stesso che a volte le supposizioni erano pericolose.

«Fuori la mano dalla tasca, lentamente». Parlava inglese in modo tale da sembrare la parodia del cattivo in un film.

Nathaniel obbedì e sollevò la tavoletta con entrambe le mani tenendola davanti a sé quasi come uno scudo.

L'autista abbassò la pistola.

« Nathaniel! » gridò Emma nell'attimo in cui sgusciò fuori dalla tenda. Sembrava illesa.

L'autista disse a Nathaniel di incamminarsi. Emma gli corse incontro e gli si gettò al collo con una forza tale da farlo quasi cadere all'indietro. Le lacrime le scorrevano lungo le guance.

« Nathaniel, cosa sta succedendo? Chi sono questi? Cosa vogliono da te? »

Nathaniel la circondò automaticamente con entrambe le braccia, sapendo che era importante. Da qualche parte nel profondo della sua coscienza fu come se ricordasse qualcosa, qualcosa che non riusciva a esprimere in parole, qualcosa che premeva per venir fuori. Mercer e Paolo uscirono dalla tenda assieme all'uomo grosso.

« E così Arthur ti ha lasciato venire qui? » chiese Paolo. « Solo? »

« Sì ».

« Sai dov'è? »

« No. So solo che ha abbandonato l'auto dopo la tua telefonata ».

Paolo lo guardò senza dir nulla. Mercer fissava la tavoletta. Emma gli stringeva così forte il braccio che le sue unghie sembravano aghi.

« È strano. Che cos'ha? » chiese Paolo.

« Credo che quell'oggetto lo governi in qualche modo » rispose Mercer. « Non ne sono sicura ».

Quell'oggetto lo governava? Nathaniel non aveva mai formulato quel pensiero, ma non era impossibile. Qualunque cosa fosse la tavoletta, possedeva poteri che superavano la sua fantasia. Certo che poteva influenzarlo, ma la logica era la logica. Ciò che aveva fatto era comunque giusto.

«Cosa facciamo adesso?» chiese Paolo.

«Appoggia la tavoletta per terra» disse Mercer.

«Lasciate andare Emma» replicò Nathaniel.

«Tu appoggiala per terra e allontanati di due passi, e lei potrà andare».

Nathaniel fece voltare Emma verso di sé. «Va' alla macchina, Emma. Ti accompagneranno via da qui. Te lo prometto». Guardò Mercer cercando una sua reazione. «Poi metterò giù la tavoletta».

Paolo fece un cenno di assenso all'autista, che prese Emma per il braccio e tentò di portarla via con sé.

Emma gridò e si divincolò, ma Nathaniel le afferrò una mano e la strinse forte. «Andrà tutto bene. Fidati di me».

Emma lo guardò, come se all'improvviso lo vedesse per la prima volta.

«Vai» ripeté Nathaniel lasciandola libera.

«Metti giù la tavoletta» intimò Mercer.

Emma sembrò in procinto di crollare a terra, ma si incamminò verso l'auto, girata di lato, con il viso rivolto verso il fratello.

Nathaniel le fece un cenno col capo, poi si voltò verso Mercer e gettò la tavoletta a terra fra sé e gli altri due.

Mercer cercò di apparire indifferente, ma indietreggiò in modo quasi impercettibile.

«E adesso?» domandò Nathaniel.

«Prendilo» ordinò Paolo all'uomo grosso.

L'uomo gli afferrò un braccio e glielo bloccò dietro la schiena. Nathaniel non oppose alcuna resistenza.

Paolo raggiunse la tavoletta e la raccolse con cautela. Nathaniel sperò che esplodesse, ma si rivelò una speranza vana.

«Lui ci serve?» chiese Paolo.

«Di certo non nuoce averlo» rispose Mercer. «Non posso fargli nulla, visto che è stato a contatto con la macchina. Non so quanta influenza abbia su di lui, ma mostra qualche debole reazione nei confronti della sorella, quindi possiamo provare quella strada».

«Risponderò a qualsiasi domanda» disse Nathaniel. «Non c'è motivo di minacciarmi».

«Credi che ci fidiamo di te?» ribatté Paolo. «Mi dispiace, ma non esiste proprio».

«Avrete le stesse risposte qualsiasi cosa facciate a Emma. Non ne ho altre».

«Vedremo» commentò Paolo.

Nathaniel tese i muscoli, ma non aveva alcuna possibilità di muoversi, stretto com'era nella presa d'acciaio dello scagnozzo.

Paolo fece un cenno all'uomo che si era allontanato con Emma.

«Lasciatela andare, io...» cominciò Nathaniel.

Qualcosa di bagnato lo spruzzò sulla nuca e sulla faccia. Al tempo stesso esplosero dei colpi tanto rapidi che non riuscì a contarli. Sentì la stretta attorno alle sue braccia allentarsi. Mercer parve cadere all'indietro, ma poi rotolò su se stessa a terra e prima che Nathaniel facesse in tempo a muovere un dito era di nuovo in piedi.

Paolo crollò al suolo. Emma gridò, e Nathaniel si girò verso di lei. L'uomo la teneva davanti a sé puntandole la pistola alla testa, ma si guardava freneticamente intorno. Nathaniel non poteva vedere Arthur, ma doveva essere lui a sparare. Gli rimaneva un'unica possibilità. Scalciò via le scarpe. Mercer non era lontana: si mise a correre con tutte le sue forze verso di lei.

I loro occhi si incontrarono per un istante. Il sorriso di Mercer gli suscitò di nuovo un'improvvisa nausea, ma lui la represse. Ora lei era quasi alla sua portata. Nel preciso istante in cui Nathaniel si gettò verso di lei, Mercer rotolò di lato e lui atterrò al suolo così pesantemente che rimase ad annaspare in cerca d'aria. Esplosero ancora colpi, e Nathaniel sentì qualcuno correre. Si costrinse a rotolare sulla schiena.

Arthur arrivò correndo a una velocità incredibile.

Un altro colpo. Piccole scintille bluastre sprizzarono attorno al corpo di Mercer, e qualcosa che assomigliava a proiettili le ricaddero intorno.

A Nathaniel restava da fare una cosa sola, ma quando?

La più grande paura di Arthur era cadere durante la corsa.

Era difficile mirare mentre correva, ma sfruttò al massimo i suoi poteri. Rallentò notevolmente il tempo per brevi intervalli. Non nutriva la minima speranza che i proiettili avrebbero provocato danni, ma forse avrebbero sortito quel piccolo effetto sorpresa di cui c'era bisogno. Nathaniel aveva reagito con una rapidità sorprendente, ma sembrava che Mercer non volesse correre alcun rischio.

Arthur non fu sorpreso quando comprese che i proiettili che sparava contro di lei venivano fermati da una sorta di scudo. Svuotò il carrello e caricò di nuovo l'arma. Paolo era disteso a terra e lo stava prendendo di mira con una pistola, ma non sparava. Perché no?

Arthur si bloccò.

Nathaniel giaceva ancora a terra, e guardava ora Arthur ora Mercer, mentre le sue labbra si muovevano come se stesse parlando con se stesso.

« Non spararegli » intimò Mercer a Paolo, fissando Arthur. « Dovrà provare tanto dolore quanto ne ha inflitto a me ». Fece qualche passo ed estrasse un coltello dalla guaina appesa alla cintura.

Arthur mirò prima all'uomo che teneva ferma Emma. Gli sparò un colpo alla testa e poi puntò su Paolo, ma Mercer si intromise fra di loro prima che avesse il tempo di sparare anche solo un colpo. Allora Arthur prese di mira lei, e fece fuoco due volte. Di nuovo sprizzarono scintille azzurre, e due proiettili appiattiti caddero a terra.

«Spero che tu abbia un coltello» fece Mercer, «altrimenti sarà noioso».

Arthur spostò la pistola nella mano sinistra, e tirò fuori il proprio coltello. Era più piccolo di quello di Mercer, ma non di molto. Era possibile che lo scudo, o qualunque cosa fosse ciò che la donna aveva intorno, non funzionasse a distanza ravvicinata.

Arthur avanzò verso Nathaniel.

«Se si alza, sparagli» disse Mercer indicando Nathaniel.

Arthur continuò ad avanzare verso il compagno, ma Mercer non volle attendere oltre. C'erano quasi quindici metri fra di loro, ma la donna si mosse con tale rapidità che se Arthur non avesse avuto i poteri attivati tutto sarebbe finito in quel momento. I coltelli si incontrarono così veloci e con tale intensità che il loro rumore sembrò un unico suono che durava a oltranza. Arthur sparò un colpo a distanza ravvicinata, ma il proiettile rimbalzò. Non aveva alcuna possibilità di puntare la pistola direttamente addosso alla donna senza offrire il fianco a un attacco. Mercer si ritrasse per un breve istante, prima che Arthur sferrasse un nuovo assalto, stavolta ancora più rapido. I coltelli guizzarono, a pochi millimetri soltanto dalla pelle.

Il calcio arrivò all'improvviso, ma Arthur lo vide al rallentatore, e lasciò che il proprio corpo si muovesse sull'onda del movimento impresso dal colpo.

Dopo, Mercer rimase a guardarlo con disprezzo. «Come mi aspettavo. Sei davvero un bambino. Nessun istinto, nessun equilibrio. Nessuna capacità di leggere l'avversario eccetto quando freni il tempo».

Arthur si rialzò. Gli faceva male qualche costola, ma i dolori erano così distanti che non se ne curò.

«Perché fate questo? Perché volete sterminare il genere umano?»

«Chi ha detto che vogliamo sterminarvi? Probabilmente ci riuscirete da soli. Non una grossa perdita, nel grande schema delle cose. È sorprendente quanto poco siate in grado di contribuire». Mercer parve delusa. «Non avete nulla di unico. Nulla».

«Anche se quello che dici fosse vero, cosa abbiamo fatto per darvi fastidio?»

Mercer fece una breve risata. «Fatto? Credevi davvero che voi foste speciali? Com'è che lo chiamate? Nel posto sbagliato al momento sbagliato? Voi siete uno sbaglio, nient'altro. Ma non preoccuparti, stai per morire, una volta per sempre, oggi stesso».

Non c'era nessun motivo per cui Mercer dovesse mentire. Arthur vide che Nathaniel era in procinto di alzarsi, ma anche Paolo vide la stessa cosa. Nathaniel non aveva alcuna chance di raggiungere Mercer senza essere colpito. Aveva gli occhi ridotti a fessure e tutto il corpo teso. Qualunque fosse l'azione che aveva in programma, sarebbe accaduta nei pochi attimi successivi.

Arthur si slanciò in avanti fingendo di voler attaccare Mercer con il coltello, ma all'ultimo momento le si gettò di lato così da ottenere un'apertura verso Paolo. Nello stesso istante sparò. Era assurdo sperare di centrare il bersaglio, ma i colpi fecero sì che Paolo si raggomitolasse su se stesso cercando di farsi il più piccolo possibile, e non fosse in grado di sparare a Nathaniel. Poi Mercer gli fu di nuovo addosso. Bloccare il suo attacco non era possibile, e il coltello della donna gli affondò nell'avambraccio. Arthur non avvertì alcun dolore, ma la mano perse all'improvviso tutta la sua forza e il coltello scivolò via.

Nathaniel scattò con tutta l'energia di cui era capace. Arthur non poté dire se si muoveva rapido o lento. Una lieve speranza si affacciò, ma scomparve non appena Paolo si riprese. I proiettili colpirono Nathaniel alla coscia e al braccio, e lui cadde malamente a terra, neppure prossimo a raggiungere Mercer. Ma tenne gli occhi fissi su di lei, tutto il tempo, perfino mentre cadeva.

«Tu non sai niente!» urlò. La sua voce era strana.

Mercer fece un passo verso di lui. «Che cosa hai detto?»

«Ho detto che non sai niente, non hai capito un bel niente! Il Guardiano è qui, dentro di me». Nathaniel si sollevò lentamente con il braccio illeso. In un movimento bizzarro, avvicinò i talloni.

«Allora pregalo di salvarti» ritorse Mercer. «Peccato, purtroppo, che io sappia che è già morto». Estrasse la pistola e si mosse verso Nathaniel.

«Proprio come te...» disse Nathaniel, e sbatté i talloni l'uno contro l'altro.

Il mondo svanì inghiottito da un'onda di luce, aria e fragore.

Ad Arthur tornarono pian piano le forze.

Mercer si rialzò con un ringhio disumano, stringendo ancora nei pugni coltello e pistola. Aveva un taglio lungo e profondo sulla gola, ma non sanguinava. Il suo viso era contorto dalla rabbia quando avanzò verso Arthur.

Il calcio lo colpì allo stomaco con tale forza che il mondo per un attimo scomparve di nuovo. Mercer gli si sedette sopra e gli puntò il coltello alla gola. Prese qualcosa dalla tasca e glielo premette contro il torace. Da quel contatto con la sua pelle scaturì una strana energia.

«Non mi dispiacerebbe se ad aspettarti ci fosse la vostra patetica versione dell'Inferno» disse, e premette più forte.

Ad Arthur sembrò che ogni suo muscolo dovesse lacerarsi. Tutto il corpo fu percorso da scosse tali che pensò stesse per saltar su da terra. La pulsazione si fece più intensa. Arthur voleva urlare, ma nessun muscolo reagì come di consueto. Sentì la punta del coltello penetrare lentamente attraverso la pelle. Mercer gli parlava, ma lui non era in grado di capire una sola parola.

All'improvviso udì un'altra voce che gli sussurrava qualcosa, da molto, molto lontano. E il mondo si trasformò.

Anche volendo, Arthur non avrebbe potuto evitarlo.

Non era difficile riconoscere il posto. Tutto era bianco, e solo grazie all'esperienza fatta in passato Arthur ebbe la sensazione che ci fosse qualcosa su cui poggiare i piedi.

Mercer era dieci metri davanti a lui. Si guardava attorno confusa, e pareva sul punto di cadere da un momento all'altro. Indossava dei semplici, larghi pantaloni rossi. Assomigliava a un essere umano, ma i seni e i capezzoli erano scomparsi. Non aveva neppure l'ombelico, e le braccia erano di una lunghezza anormale. La sua pelle aveva uno strano colore bluastro e sembrava quasi splendere di luce propria. Il volto non era lo stesso, anche se era facile riconoscerla. Era più stretto e più magro di quanto fosse anatomicamente possibile, e più androgino. C'era qualcosa di macabro in tutta la sua figura, qualcosa di ultraterreno.

Arthur si guardò a sua volta: aveva l'aspetto di sempre, ma poteva muovere il braccio come se nulla fosse accaduto.

«Vlan Shock?» Un guizzo di paura passò sopra il volto di Mercer.

Arthur non sapeva di che cosa stesse parlando. In un modo o nell'altro aveva costretto Mercer a seguirlo nello stesso spazio dove lui e il Guardiano si erano incontrati.

«Com'è possibile?» gridò Mercer. «Cos'hai fatto?» Si guardò il corpo meravigliata, poi fissò Arthur. «Non ne hai la minima idea, vero? E ciononostante sei riuscito a far questo. Questo, che noi da così tanto tempo abbiamo perduto!»

Arthur l'ignorò. Cercò di manipolare lo spazio come aveva fatto in passato, ma le regole non erano più le stesse. Lo spazio rimase una grande, piatta superficie bianca. Cos'era successo?

Arthur non aveva dubbi che fosse stata quella voce a mandarlo lì. Ma Mercer, come c'era venuta anche lei? Sperò che il mondo reale si fosse arrestato, che il coltello di Mercer non gli stesse più penetrando nella pelle. D'istinto si portò una mano alla gola, ma non sentì nulla.

Mercer assunse una strana posizione, tenendo le palme delle mani rivolte in fuori all'altezza del petto e chiudendo gli occhi. Il suo respiro pian piano cessò, e dalle sue mani emanò una debole luce. Mosse il corpo controllata, componendo figure che dovevano aver richiesto molti anni di perfezionamento. Era come se con le braccia circondasse qualcosa. I suoi movimenti si fecero sempre più rapidi, e la luce aumentò di pari passo. A poco a poco davanti a lei si materializzò una spada. Questa seguiva perfettamente i suoi movimenti, come se non fosse altro che un prolungamento del suo stesso corpo.

Quella strana spada non aveva una lama nel vero senso del termine, ma una sottile linea blu circondata da un alone nebbioso. Non emetteva alcun suono, ma Arthur poté avvertire le vibrazioni attraverso l'aria. Mercer sollevò le palpebre e parve quasi non credere ai suoi occhi. Per un attimo Arthur pensò che gli ricordava un bambino piccolo. Capì il perché. Guardarla era innegabilmente ipnotico.

Mercer posò di nuovo gli occhi su di lui, con uno sguardo lungi dall'amichevole. Si posizionò in un modo che annunciava che quella era una battaglia, e Arthur il suo avversario. Arthur chiuse gli occhi, si concentrò, e percepì il bastone tra le proprie mani. Queste riconobbero il bambù molto prima che lui lo vedesse. Era un po' più lungo di lui, e aveva un bilanciamento perfetto.

Mercer attaccò senza fare alcun rumore.

Il primo colpo fu duro, dritto al bersaglio, senza alcuna forma di raffinatezza. Le mani tremarono quando la spada entrò in contatto con il bastone. Mercer si strinse nelle spalle: probabilmente non funzionava come aveva creduto. Arthur dedusse che né la potenza fisica né la forma dell'arma avevano alcun significato in quel luogo.

Mercer si ritrasse e cambiò posizione.

Arthur attaccò con prudenza, a titolo di prova, mentre cercava di ricordarsi forme di combattimento che aveva appreso molto tempo addietro. Ogni fendente fu respinto a colpi secchi, come se fossero esercizi di riscaldamento.

« Lo sai che cosa succede se muori qui dentro? » chiese Mercer mentre giocava con la spada in una mano e la faceva danzare in cerchio. « Non è il tuo corpo che muore qui. Sei tu stesso. Tutto ciò che sei. Tutto ciò che sei stato ».

C'era del vero in quelle parole. Arthur poteva quasi sentirlo sulla pelle. Erano i ricordi che sarebbero morti. Il corpo sarebbe sopravvissuto, ma non sarebbe rimasto nulla di ciò che era lui. Eshu sarebbe morto.

Il pensiero non lo spaventò, era quasi seducente. Dimenticare tutto prima della fine. Non era forse una benedizione?

Solo un riflesso gli evitò di essere tagliato in due dalla spada. Per un attimo Arthur rimase confuso, ma Mercer continuò ad attaccare, e i pensieri furono spinti via dalla concentrazione. Il suono delle armi che si incontravano era come un crepitio di nacchere mentre i due si danzavano intorno. La lunghezza del bastone rendeva facile tenere Mercer a distanza, ma il ritmo si faceva sempre più serrato. Se Arthur si fosse fermato, anche solo per un secondo, sarebbe stato spacciato. Ma non poteva. Non voleva.

Arthur spezzò il ritmo e attaccò più rapido che poté.

Il terzo colpo saettò verso il braccio di Mercer, ma lei con una mossa sovrumana si contorse e lo schivò, cosicchè il bastone le scalfì appena il braccio. Ciononostante il dolore fu sufficiente da farle digrignare i denti.

« Questa commedia è durata abbastanza » disse, e spiccò il salto verso Arthur.

I fendenti di spada gli grandinarono addosso. Rapidi, da ogni direzione. Passo a passo fu costretto a indietreggiare. La mano di Mercer gli colpì il petto con tale forza ché Arthur venne sollevato da terra. Atterrò sulla schiena, e sfruttò l'attimo per rotolare via e rialzarsi in piedi, ma il bastone era scomparso.

Mercer rimase immobile a guardarlo, e annuì fra sé. « Spero che dopo questo rimanga qualcosa del tuo cervello, così possiamo scoprire cosa ti hanno fatto. Riprendi la tua arma. Non mi interessa una vittoria sleale ».

Arthur cominciò a ridere. Sleale? Era fuori da ogni realtà.

Mercer gli stava davanti quasi immobile, ma in tutta quell'arroganza Arthur colse un pizzico di insicurezza.

« E io che credevo che voi foste creature avanzatissime! In che senso non vuoi una vittoria sleale? Non dovresti piuttosto ringraziarmi per averti portato qui, se non siete nemmeno in grado di farlo da soli? Cos'altro avete perso? »

Mercer doveva aver sentito ogni parola, ma non sembrò ascoltare.

«La tua arma» intimò. «Ora».

Arthur dovette far forza su se stesso per non mettersi a urlare come un bambinetto. Doveva esserci qualcosa che poteva fare. Mercer non conosceva per nulla quel mondo, e quella era la sua debolezza. Arthur rivide con gli occhi della mente tutto ciò che era successo là dentro, e un piccolo dettaglio risaltò più vivido degli altri. Era una pazzia, ma non aveva nulla da perdere.

Pensò a un osso, un femore, e lo sentì nel pugno. Tagliato, affilato e levigato per diventare una delle armi più primitive, una delle primissime che aveva usato. Una parte dell'osso era limata per consentire una presa migliore, tuttavia era abbastanza spesso da adattarsi bene alla mano. L'estremità tondeggiante era massiccia, e poteva facilmente spaccare un cranio; l'altra estremità era acuminata, affilata e dura come un qualsiasi coltello. La sensazione di tenere l'osso in mano era così familiare che Arthur si chiese se non fosse una copia esatta di quello che aveva usato quando era stato un membro della casta dei guerrieri.

«Voi siete un'infamia per l'universo» dichiarò Mercer, e avanzò su di lui facendo roteare la spada una volta.

L'attacco era semplice da prevedere, e Arthur lo bloccò. Due nuovi attacchi, che furono bloccati a loro volta. Mercer lo stava saggiando, come se pensasse che Arthur stesse cercando di ingannarla con il passaggio da un'arma lunga a una corta. Quando sferrò l'attacco vero e proprio, accadde così in fretta che Arthur non sarebbe riuscito a bloccarlo con il femore neanche se avesse voluto, ma d'altra parte non era quella la sua intenzione.

L'arma più antica dell'uomo era l'uomo stesso.

La spada gli si abbatté vicino al il collo, ma Arthur la

fermò con la mano. Per quale motivo lì dentro non si sarebbe potuto utilizzare qualsiasi oggetto come arma?

Il dolore non assomigliava a nulla che avesse mai provato prima. Non era come se qualcosa gli avesse tagliato una mano, ma come se fosse stato tagliato *lui* tutto intero, in una volta sola. Come se tutto ciò che lui era fosse stato disgregato e ridotto a brandelli, più e più volte. Ma aveva arrestato l'attacco.

Ci volle un attimo prima che Mercer capisse cos'era accaduto, ma ormai era troppo tardi.

La punta penetrò da sotto il mento dentro la testa come fosse stata aria.

Nessuna resistenza, niente sangue.

Solo un paio d'occhi che fissavano davanti a sé fin quando non furono scomparsi assieme al resto del corpo. Le supposizioni di Arthur non erano state del tutto esatte. Qualsiasi cosa dicessero le leggende di Vlan Shock menzionate da Mercer, comportavano un'arma, e Arthur ne capì il motivo. Erano pensieri e forza di volontà le armi con cui avevano combattuto, ma era più difficile credere a certe idee che ad altre. Ora sentì che le forze lo stavano abbandonando. Mercer non esisteva più, ma nel mondo reale il suo corpo stava ancora sopra il suo, con il coltello in procinto di bucargli la gola. Anche priva di conoscenza, Mercer poteva finire per ucciderlo.

XLII

Sono in tre, e stavolta hanno imparato.

Avrei dovuto saperlo, che non sarei riuscito a fuggire. Mi tasto in cerca del coltello, ma poi ricordo che è rimasto dentro di lui. Eccoli al mio fianco, mentre i proiettili fischiano dappertutto. È una questione personale, non me la caverò con un colpo alla testa. Non dopo avere ucciso suo fratello. Almeno avessi tenuto un proiettile anche per me.

Lui sbuca dal nulla e il bastone mi colpisce alle spalle.

Cerco di mantenere l'equilibrio, ma è troppo tardi.

Mi legano stretto a una sedia.

« Rispondi! »

Mi sputa in faccia, ma io rido. Il martello mi frantuma un dito e tutto diventa nero. Sto già andando verso un mondo dove nessun dolore mi può raggiungere. Ogni colpo non fa che avvicinarmi a una nuova vita.

Gli spari sono come scoppiettii in lontananza.

Non ho intenzione di rimanere qui, ma la voce mi trattiene. Non vedo niente, eppure davanti a me c'è lei, la prima. Il mondo mi strattona ancora a sé e nel giro di un istante riecco il dolore. Grido, mi accascio, ma ci sono due braccia che mi reggono con infinita delicatezza, come se io fossi un neonato. Ma è la voce di lei a trattenermi dall'arrendermi.

È ora di finirla.

Capitolo 42

Il corpo di Mercer gli crollò addosso come una marionetta coi fili recisi. Il coltello cadde di lato e gli graffiò la pelle, vicino alla gola. Arthur provò a sollevarla, ma lei era troppo pesante. Allora Arthur cercò di farla rotolare di lato. Le orecchie gli fischiavano ancora, e tutto il dolore era tornato con intensità rinnovata. Qualcuno gridò.

Arthur chiamò a raccolta le energie che ancora gli rimanevano, e con un grosso sforzo si tolse da sotto il corpo di Mercer. La pistola giaceva a terra, e Arthur la raccolse mentre si guardava attorno.

Paolo lo stava già prendendo di mira.

Gli spari suonarono come piccoli scoppiettii attutiti. Nello stesso istante attorno a lui si accesero scintille bluastre, e i proiettili ricaddero a terra davanti ai suoi occhi. Lo scudo avvolgeva sia lui che Mercer nei decimi di secondo in cui fu visibile.

Paolo sembrò sorpreso al pari di lui.

Arthur prese la mira e sparò un colpo.

Paolo urlò di dolore nell'attimo in cui il proiettile gli colpì la mano, e la pistola venne sbalzata via. Paolo cominciò a correre verso le macchine. Arthur sparò ancora. Il proiettile stavolta lo colpì al ginocchio, e lui crollò a terra.

Emma corse verso di loro. Nathaniel giaceva immobile, ma c'era qualcosa di strano in lui. Una sostanza grigia ribolliva dalle sue ferite, e si era già estesa a ricoprire tutta la metà inferiore del corpo e parte di quella superiore. Arthur cercò con gli occhi la tavoletta, e la localizzò nel luogo esatto in cui era atterrata dopo che Nathaniel l'aveva gettata a terra.

Paolo arrancò bocconi verso la sua pistola.

Arthur lo prese di mira e stava per premere il grilletto quando gli venne in mente che Paolo gli serviva più da vivo che da morto, o per meglio dire in un corpo che rendeva possibile la comunicazione. Si rialzò, raggiunse il più in fretta possibile la pistola e riuscì a calciarla lontano prima che Paolo potesse impossessarsene.

«Sei arrivato troppo tardi» commentò Paolo con voce tranquilla. Ricordava un bambino che aveva sonno e voleva dormire. Poi si voltò sulla schiena e guardò in aria.

«Stai mentendo» disse Arthur.

«Ho delle ragioni per mentire? Cosa hai fatto a Mercer?»

«Vallo a sapere. Non credo che tornerà».

Paolo non sembrò credergli.

Emma passò accanto a loro correndo.

«Quella ragazza è un tipo fuori del comune» disse Paolo.

Arthur afferrò la pistola dell'altro, svuotò il caricatore e scagliò lontano le due parti.

«Aiutatelo! È vivo! Aiutatelo!» La voce di Emma era lacerante.

Non poteva essere vero. Nessuno era in grado di sopravvivere a una simile esplosione. Ma la materia grigia poteva provenire soltanto dalla tavoletta, e Arthur si fece di colpo insicuro. Non poteva abbandonare Paolo senza controllare se questi aveva addosso altre armi. Lo sguardo di Paolo gli disse che aveva capito a cosa stava pensando.

Arthur estrasse delle fascette da elettricista da una tasca dei pantaloni e infilò la pistola nella fondina sotto l'ascella. Paolo gli porse le mani prima che Arthur facesse in tempo a chiederglielo. Non ebbe la forza di domandare perché. Non ancora. Esaminò la ferita sotto al ginocchio di Paolo. Non era una forte emorragia. Poteva aspettare.

« Per piacere, aiutatelo! » gridò Emma.

Arthur recuperò la tavoletta e si sedette accanto a Nathaniel. Emma era vicina alla sua testa, le mani rosse di sangue, ma stranamente composta.

Nathaniel non era soltanto vivo, era anche cosciente. I suoi occhi li cercarono entrambi, le sue labbra si mossero appena. Arthur guardò il corpo del compagno. L'intera gamba sinistra era scomparsa, solo un moncone grigio rimaneva all'altezza del fianco. La destra era ridotta a brandelli dal ginocchio in su, e sotto non c'era rimasto più niente. Quella materia grigia era dappertutto, e l'emorragia si era arrestata.

Arthur si guardò il braccio, dove il coltello di Mercer aveva reciso i tendini. La stessa sostanza ricopriva anche quella ferita. Emma teneva la mano a Nathaniel. Arthur non sapeva cosa fare. Era solo la tavoletta a mantenere in vita l'amico, ma era evidente che faceva già il possibile. La sostanza grigia copriva tutto lo stomaco.

Arthur non capiva come Nathaniel ci fosse riuscito, ma doveva aver piazzato dell'esplosivo attorno alle gambe.

« Dobbiamo fare qualcosa! » gridò Emma. « Cos'è questa roba? Via! Toglila! »

Arthur appoggiò la tavoletta sullo stomaco di Nathaniel. Questa si illuminò al tatto, e si incollò saldamente al corpo del compagno.

« Ma cosa fai?! »

« L'unica cosa che può salvarlo » rispose Arthur, il più calmo possibile.

Appoggiò la propria mano sulla tavoletta e provò a compiere alcuni movimenti nel modo in cui aveva visto fare al Guardiano. L'oggetto reagì al suo tocco, ma era impossibile capire cosa stesse accadendo. Arthur chiuse gli occhi e si concentrò con tutte le sue forze per mandare un messaggio alla tavoletta. Per un attimo avvertì una specie di contatto, che però svanì rapido com'era sorto.

La tavoletta si fece sempre più calda. La mano gli scottava, ma Arthur non osò lasciare la presa. Nathaniel ebbe qualche colpo di tosse, le sue pupille si contrassero e per un attimo sorrise attraverso i dolori.

« Mi dispiace ». La sua voce era roca e a malapena un sussurro.

Emma dapprima si spaventò, poi le lacrime cominciarono a colarle lungo le guance. « Perché...? No, tu non morirai. Non puoi. Ospedale, dobbiamo portarti in un ospedale ».

Lo sguardo di Nathaniel era uno sguardo da fratello maggiore. « Emma, ascoltami. Qualunque cosa succeda, devi fidarti di Arthur. Me lo prometti? Capisci quello che ti dico? »

Emma li guardò entrambi confusa. « Ssh, non parlare ». Si asciugò le lacrime e si rivolse ad Arthur. « Chiama il 911 ».

« Emma! »

Lei sussultò. La voce di Nathaniel non era più alta di una voce normale, ma suonò quasi come un grido. « Emma, ascoltami. Non posso spiegare, ma tu devi fidarti di me ».

« Dobbiamo aiutarti, possiamo... »

« Emma... » Nathaniel cominciò a tossire, ma sostenne lo sguardo della sorella.

« Sì, prometto, prometto » disse Emma, con le lacrime che continuavano a rigarle le guance.

Nathaniel guardò Arthur con occhi annebbiati. « Li abbiamo fermati? »

« Sì » rispose Arthur, e sperò che fosse vero.

Staccò la mano dalla tavoletta: la palma era coperta da

piccole bolle. Temette che se il calore aumentava, avrebbe dato fuoco ai vestiti di Nathaniel.

Quest'ultimo guardò la tavoletta, e poi Arthur. «Non riuscirà a tenermi in vita ancora a lungo, ormai. Posso sentirlo, in un certo senso. Devi portarla con te».

Lentamente, le palpebre di Nathaniel si chiusero.

«No, no, no» gridò Emma. «Non puoi morire! Nathaniel, non puoi!»

Un piccolo sorriso apparve all'angolo della bocca del fratello, ma gli occhi rimasero chiusi. «Emma, avrei rifatto tutto di nuovo, solo per te. Ma molte più vite erano in pericolo, ed è andata bene. Vi voglio un bene immenso, Emma, ma tanto questo lo sai». Aprì gli occhi e guardò verso il cielo. «Strano. Non sono mai stato un sostenitore della vita dopo la morte, ma in questo momento non avrei niente in contrario. Grazie, Arthur. Abbi cura di loro per me».

La sua testa scivolò quasi impercettibilmente di lato, il sorriso ancora sulle labbra. Sembrava che la tavoletta avesse riportato indietro il vecchio Nathaniel per un breve momento.

Emma si gettò su di lui gridando più volte il suo nome.

Ad Arthur sembrò per un attimo di essersi staccato dal suolo, come se vedesse tutto da molto lontano. Da qualche parte dentro di lui c'era un buco che si espandeva pian piano. Si rialzò, e avrebbe voluto essere da tutt'altra parte. Ma non aveva ancora finito.

Paolo era calmo come prima, là dove stava disteso con le mani sullo stomaco e la gamba illesa tirata un po' su.

«Dov'è la bomba?» chiese Arthur.

«Sottoterra, è ovvio».

«Come hai intenzione di farla esplodere?»

«Il meccanismo di conto alla rovescia è già stato attivato. Non resta che aspettare».

Arthur gli immobilizzò anche i piedi con le fascette da elettricista e andò alla tenda da cui aveva visto uscire Paolo e Mercer. L'interno assomigliava a un piccolo laboratorio, con diverse apparecchiature piazzate su tavoli lungo i lati. Un tavolo in particolare attrasse la sua attenzione: sopra c'era un computer portatile collegato a qualcosa che sembrava un trasmettitore, oltre a una vecchia scatola arrugginita su cui c'erano grossi pulsanti che potevano essere del secolo passato. Tutti gli apparecchi erano collegati fra loro con cavi dall'apparenza casalinga che sembravano essere stati collegati in gran fretta.

Arthur prese il cellulare e compose il numero di Raven, che però non rispose. Arthur cliccò su un tasto del computer, e gli fu richiesta una password. Provò le password che il Guardiano aveva trascritto per loro dai computer trovati nella fattoria, e al terzo tentativo ebbe l'accesso. Per un attimo fu certo che fosse una trappola, e che l'apparecchio gli sarebbe esploso in faccia, ma non accadde nulla. Provò ancora una volta a chiamare Raven.

Sullo schermo apparve una finestra di dialogo.

Arthur cominciò a passare in rassegna i comandi usati di recente. Uno si distingueva dagli altri: era la parola russa per 'Controllo'. Arthur cliccò Invio e la finestra si riempì di testo. Tutto era in russo, e alla fine c'era una casella di testo con cursore lampeggiante in attesa di un nuovo comando. Arthur ci digitò la parola per 'Stato'.

Innescata. 74.36.14.

Riprovò.

Innescata. 74.36.10.

Arthur esaminò con attenzione la riga di comando, prima una volta, poi un'altra. Solo uno di essi era esattamente ciò che cercava, ma volle assicurarsene una volta di più prima di inviare l'ordine di disattivazione della bomba.

L'urlo di Emma gli perforò ogni fibra del corpo.

Arthur si precipitò fuori. Controllò per prima cosa Paolo, il quale aveva sollevato la testa e guardava anche lui Emma. Lei era seduta, sola. Nathaniel era scomparso. Solo piccoli resti rimanevano al suolo.

«Che diavolo è successo?» domandò Paolo.

Arthur non disse niente, ma rientrò nella tenda. Sentì gli occhi di Paolo conficcarglisi nella schiena.

Si trovò davanti la riga di comando lampeggiante.

Dopo una breve esitazione, richiese un aggiornamento sullo stato.

Disattivata.

Arthur non sentì nulla. Né speranza, né sollievo. Rimase semplicemente a fissare lo schermo. Per l'ennesima volta prese il cellulare e compose il numero di Raven.

«Hai un minuto di tempo» fu il secco saluto di lei. In sottofondo si sentiva il ticchettio costante di una tastiera.

«La bomba è sottoterra, ma credo di averla disinnescata».

«Eh? Come *credi*?»

«Perlomeno è quel che c'è scritto sullo schermo».

«Sarebbe una cosa buona che tu ne fossi sicuro, per la miseria».

«Tu come sei messa?»

«Sono più bravi di quel che credessi, ma ho la loro attenzione».

«Bene. Nathaniel è morto».

Al telefono si fece un breve silenzio. «E gli altri?»

«Emma è viva, Mercer è morta, in un certo senso. Paolo è vivo».

«In un certo senso? Come sarebbe a dire?»

«Non ci pensare, è morta. Hai suggerimenti per cosa devo fare adesso?»

«Elimina tutto ciò che può metterti in relazione al luogo. Magari puoi usare dell'esplosivo? Non so. Ma quando prima ti ho detto un minuto non era uno scherzo. Tu stai bene? »

Ad Arthur venne più che altro voglia di ridere di quella domanda. « Sopravviverò. Quanto tempo credi che abbia prima che arrivino le autorità? »

« Almeno una mezza giornata, ma forse non molto di più ».

« Va bene, ti richiamo dopo. Non so ancora come farò ad andarmene da qui ».

« Ok, in bocca al lupo ».

Emma guardava fisso davanti a sé. Teneva fra le mani la tavoletta, che ripuliva minuziosamente da terriccio e polvere. Arthur andò da lei e le si accoccolò di fronte.

Lei gli porse la tavoletta come in trance. « Sono pazza? C'è qualcosa che non va in me? »

Arthur prese la tavoletta, ma non le lasciò la mano. « Ascoltami. Quello che ha tenuto Nathaniel in vita così a lungo è anche quello che ha causato la sua scomparsa. So che lui ha fatto tutto questo per te, ma non so per quale motivo. Dobbiamo andarcene da qui. Tra poco arriverà gente. Pensi di farcela? »

Gli occhi di Emma guizzarono incontrollati attorno. Era come se non volesse fissare lo sguardo su nulla di ciò che la circondava, e chiudendoli si risvegliavano immagini ancora peggiori.

Arthur le strinse forte la mano. « Emma! Nathaniel voleva che ce ne andassimo da qui. Capisci? »

Lei annuì.

« Ok, sali su una delle macchine. Sai guidare? »

Lei annuì di nuovo.

Arthur si alzò e quasi la tirò su di peso. Emma cominciò a camminare. Arthur la seguì passando oltre Paolo, che sembrò non esistere per lei.

« Aspettami in una delle macchine, vedi se riesci ad accendere il motore, e tieniti pronta a partire ».

Arthur attese che Emma fosse arrivata a metà strada verso le auto, poi si voltò e tornò da Paolo.

« Cosa hai intenzione di fare di lei? » domandò quest'ultimo.

Arthur sentì crescere in sé il disgusto, ma non sapeva se era a causa dei risvolti impliciti della domanda, o perché ci aveva già pensato anche troppo. « Portarla via di qui. Lei non sa nulla ».

« Ne sa abbastanza. Dopotutto ho risposto di buon grado alle sue domande. Non che mi abbia creduto ».

Neppure Arthur gli credette, neanche per un secondo. « Sai chi era veramente Mercer? Sai perché qualcuno vuole ucciderci? O sei semplicemente così debole che ti lasci volentieri usare da loro? »

« Ha qualche importanza? Non so cosa siano, ma sono sempre esistiti. È stata una scelta mia, non loro. Avrei potuto fermare tutto in qualunque momento, posso farlo adesso, se voglio »

« Ma non vuoi ».

« Non mi dire che non mi capisci, te lo leggo in faccia. Una parte di te sa benissimo di cosa sto parlando ».

« Forse lo capisco meglio di te. Non per questo diventa giusto ».

Paolo si tirò su a sedere. « Giusto, sbagliato, qui non c'è una soluzione. Se tutti muoiono perché io premo un pulsante, perché non farlo? Tanto tutti muoiono, prima o poi ».

« Lo sai che è impossibile uccidere tutti, qualunque cosa tu faccia. Qualcuno sopravviverebbe. Tutto ciò che otterresti è di riportare indietro il tempo. Lei ti ha usato, ti ha manipolato fin dall'inizio, e tutto per uno scopo di cui tu evidentemente non sai nulla ».

«Vedremo. In ogni caso adesso è troppo tardi per tornare indietro. Tra qualche anno questo posto esploderà, e il mondo con lui».

«3Fg0j7».

Paolo sembrò aver ricevuto una scossa elettrica.

«Vuoi che continui? Za84jkL, giusto?»

Paolo si irrigidì per un attimo, prima di sferrare un calcio con le gambe legate. Evitarlo fu facile. Il suo volto era contorto dalla rabbia. «Bastardo! Ti ucciderò!»

Arthur non sentì nulla.

Sollevò la pistola. «Lo so che non vuoi dirmi niente adesso, ma avrai abbastanza tempo per ripensarci. Ci vediamo tra qualche mese, io e te. Goditi la tua vita da neonato. Non piangere troppo».

Lo sguardo di Paolo non vacillò.

Arthur premette il grilletto, una volta sola.

Dapprima perquisì le tasche di Paolo, poi andò dove era caduto Nathaniel e raccolse la tavoletta. Era ancora calda al tatto. Svuotò anche le tasche di Mercer, e prese quello che trovò. Non sapeva che genere di corpo Mercer si fosse fabbricata, ma c'era il rischio che contenesse segreti che era meglio non cadessero in mani altrui.

Ricordò le parole del Guardiano a proposito della tavoletta. Sollevò il braccio di Mercer e ci infilò sotto l'apparecchio. Subito dal nulla scaturirono dei lunghi fili grigi che in men che non si dica avvilupparono tutto il corpo. Arthur riprese la tavoletta e indietreggiò. Il corpo emise un bagliore rosso e si disintegrò con un piccolo sbuffo d'aria. Perlomeno su quello il Guardiano non aveva mentito.

Per un attimo Arthur valutò la possibilità di rovistare in tutte le tende, ma era sicuro che non avrebbe trovato nulla di più. Tutto ciò che voleva era allontanarsi da quel luogo il più in fretta possibile. L'accampamento sarebbe stato perquisito da innumerevoli persone.

L'ultima cosa che fece fu versare una tanica di benzina sui corpi. Ci gettò sopra un fiammifero e se ne andò. Ma l'odore di carne bruciata lo raggiunse lo stesso.

Emma partì nell'attimo in cui Arthur si sedette in macchina.

Le ruote slittarono sulla ghiaia, sparando sassolini contro l'auto parcheggiata dietro. La velocità era esagerata, e Arthur pregò Emma di rallentare. Non avevano fretta. Nessuno sapeva cos'era successo in quel luogo, non ancora. Arthur estrasse il cellulare e mandò un sms a Raven pregandola di annullare l'aereo il prima possibile.

Cosa doveva fare adesso? E come doveva regolarsi con Emma? Credeva tuttora che Nathaniel non le avesse raccontato ogni cosa, ma non ne era più del tutto sicuro.

Lei teneva entrambe le mani strette attorno al volante, i tendini visibili sotto la pelle bianca. Sedeva protesa leggermente in avanti, e sembrava così concentrata che Arthur si chiese se avesse sentito che le aveva detto di diminuire la velocità.

« Emma, rallenta ancora. Devo chiederti una cosa ».

Lei non rallentò, ma fece un cenno di assenso col capo.

« Ti hanno detto che cosa stava succedendo? Cosa volevano fare? »

« Hanno detto che avevano una bomba atomica. Che volevano far saltare in aria l'intero parco ».

Arthur sentì un nodo alla bocca dello stomaco. « Hanno detto chi erano e perché ti avevano rapito? »

« No. Il ragazzino ha detto che Nathaniel aveva qualcosa che a loro serviva. Un'arma. Io non gli ho creduto. Nathaniel non avrebbe mai tenuto con sé un'arma. Giusto? »

« Giusto. Ti ha raccontato qualcosa su di me, o su se stesso? »

« Cosa sta succedendo? Perché vogliono far saltare in aria il parco? Non ha alcun senso! Voi chi siete? »

« Non posso spiegartelo. Nathaniel non voleva che tu venissi coinvolta in tutto questo ».

« Ma lo sono già! Nathaniel è morto! Cosa devo raccontare a Martha? »

Era così semplice. Troppo semplice. Niente più domande.

« Non devi dire nulla. Non devi parlare con nessuno di ciò che è accaduto qui, mai, con nessuno. Se lo fai, ti garantisco che qualcuno rovinerà le vostre vite. Quello di cui tua sorella verrà informata è che Nathaniel è morto in un incidente da qualche parte nel mondo. Non ha bisogno di sapere il resto, è la cosa migliore e più sicura per entrambe ». Sentì lui stesso quanto duro suonasse quel messaggio. « Non intendevo spaventarti. Le persone che ti hanno rapito non ci sono più, e non torneranno. Le autorità ben presto verranno informate, e faranno tutto il possibile per scoprire cos'è successo. Ma non ci riusciranno. Non devi dire niente a nessuno. Nathaniel e io siamo gli unici a sapere, e ho promesso a Nathaniel di tenerti al di fuori ».

« Nathaniel ha detto che dovevo fidarmi di te. Nathaniel non si fidava mai di nessuno. E tu hai sparato a quel ragazzino ».

Arthur cercò di immaginare il turbine di pensieri che doveva agitarsi nella mente di Emma. Aspettò che lei dicesse qualcosa. Il silenzio era soffocante. La pistola gli premeva nel fianco. La tirò fuori, l'asciugò e la lanciò fuori dal finestrino. Cosa doveva fare adesso? Tutto era finito, ma la sensazione di vuoto interiore non era diminuita. Si pentì di aver sparato a Paolo. Perché non aveva pensato a portarlo via con sé in macchina?

Pensieri idioti, non erano altro che pensieri idioti.

La strada sterrata finì. Per un attimo Arthur quasi rimpianse gli scossoni e i sobbalzi. Emma guidava come se sapesse dove andare.

« Dove stai andando? » chiese Arthur.

« A casa ».

« Allora dobbiamo prendere un pullman, un treno o un aereo. Non possiamo usare questa macchina a lungo ».

Emma sembrò riflettere, poi annuì. Accostò al ciglio e si fermò di colpo. « Abbiamo una carta stradale? »

Arthur cercò di richiamare alla memoria la mappa che aveva studiato prima. Conosceva le strade, ma sapeva ben poco su quali possibilità di trasporto pubblico si trovassero nelle vicinanze.

« Continua pure su questa via. Dopo un po' arriveranno dei cartelli. Dirigiamoci a sud-ovest. Andiamo a Salt Lake City ».

Emma ripartì, all'apparenza soddisfatta della risposta.

Arthur non sapeva per quanto tempo lei avrebbe resistito. Probabilmente avrebbe continuato a guidare fino a crollare. Doveva lasciarla subito dopo averla messa sulla via di casa? I pensieri gli si agitavano nella mente, senza trovare alcuna risposta.

Il rumore lo svegliò.

Un basso profondo, come se qualcosa stesse rotolando dentro le ruote della macchina. Proveniva da ogni dove e da nessun luogo preciso. Dapprima Arthur pensò che ci fosse qualche guaio al motore, ma non sembrava che Emma avesse notato nulla.

« Cos'è questo rumore? » chiese Arthur.

«Quale rumore?»

«Quel rumore basso, come una specie di brontolio».

Emma diminuì la velocità e si protese in avanti, come se questo potesse servire. «Ma io non sento niente!»

«Ferma la macchina, per piacere».

Arthur uscì.

Il rumore si fece ancora più forte. Non veniva dalla macchina, era ovunque.

«Che diavolo è?»

Come se qualcuno avesse sentito la sua domanda, la terra cominciò a tremare debolmente. Arthur spalancò le braccia per mantenere l'equilibrio. Si voltò verso la zona che avevano abbandonato. Gli alberi cadevano al suolo come in una coreografia di danza, spaventosa e bellissima allo stesso tempo. In lontananza franavano fianchi di montagne. Il rumore era assordante. Emma rimase seduta immobile, con le mani sul volante, come se niente fosse.

Il suolo sotto i suoi piedi si innalzò spaccandosi, mandandolo a finire a terra a gambe levate. Arthur chiuse gli occhi e si aggrappò al terreno. Non credeva alle casualità, e c'era solo una cosa che poteva aver provocato il terremoto in quel momento. Una strana sensazione gli dilagò per il corpo. Dapprima non la riconobbe. Poi ci lottò contro. Quello che provava era sollievo. Il panico lo afferrò con la stessa facilità con cui il terremoto falciava gli alberi.

Tutti i bastioni di difesa crollarono, e di colpo Arthur si ritrovò di nuovo nella savana.

Le fiamme erano alte metri, su tutti i fronti. Gli ruggivano intorno, assieme alle urla degli animali, che in preda al panico e alla pazzia si attaccavano l'un l'altro. Non c'era alcun luogo in cui rifugiarsi. Il calore lo colpì in raffiche che gli bruciarono la peluria sulla pelle. Il cielo era un buco nero.

Arthur cadde in ginocchio e cercò di ritrovare la propria voce, ma respirare era doloroso. Qualcosa dentro di lui urlava, ma c'era anche una voce quieta, un debole sussurro che lo calmò. Non era forse questo ciò che lui voleva, ciò che attendeva da così tanto tempo? Arthur si costrinse a rialzarsi. Guardò le fiamme e desiderò che sparissero.

Tutto ciò che provava era un senso di vuoto. Un vuoto infinito, che risucchiava tutti i sentimenti e gli suscitava un intenso desiderio di addormentarsi.

Le fiamme si allargarono e giocarono con lui, costringendolo a spostarsi. Gli animali urlavano come ossessi intorno alla pozza d'acqua. Il fuoco stringeva il cerchio attorno a loro, e qualcuno saltò nelle fiamme per pura disperazione. Il mondo veniva divorato sotto i suoi occhi.

Si accorse a malapena di un movimento ai margini del suo campo visivo.

Il leone avanzò su di lui, del tutto incurante del caos che infuriava attorno a loro. C'era qualcosa di regale nel corpo muscoloso che si avvicinava. Gli occhi che lo fissavano erano lo specchio di un'anima perduta. Spalancando le fauci, il leone ruggì verso di lui.

Ogni cosa si placò.

Le fiamme cessarono e lasciarono il posto a un freddo buio che gli penetrò fin dentro il corpo facendo irrigidire i muscoli. Si sentì immensamente stanco. Non ce la faceva più. Non era questo che voleva, ma non ce la faceva più a lottare. Tutto doveva aver fine.

Il leone venne verso di lui senza esitare. Con un enorme balzo gli si lanciò contro in silenzio. Arthur poté vedere ogni dettaglio della bestia con una chiarezza innaturale: i denti, gli artigli, i baffi, la criniera, tutto era come sotto una lente di ingrandimento. Chiuse gli occhi e abbassò le spalle.

Sembrò trascorrere un'eternità.

Non c'era alcun pensiero nella sua mente. Una volta tanto, ogni cosa era ferma e silenziosa.

Era un'eternità.

Perché mai voleva togliersi la vita?

Non osò aprire gli occhi. Un vento fresco lo accarezzò sulle spalle, portando con sé il familiare profumo della savana. Caldo e sole gli fecero ardere il corpo. Gli occhi gli bruciarono, quando li socchiuse per scrutare l'orizzonte.

« Non è ancora finita. Non ancora ».

La voce era lì, proprio davanti a lui, ma non lo spaventò. Il leone era sparito. Qualcosa cominciò a prendere forma. Migliaia di piccole gocce di pioggia danzavano nell'aria, si fusero l'una con l'altra e formarono una figura. Arthur riuscì a discernere braccia, gambe, un tronco e una testa, ma la figura si disfaceva in continuazione e si dissolveva in qualcos'altro. Non faceva mai in tempo a pensare a ciò che vedeva prima che fosse scomparso.

Arthur chiuse gli occhi per cercare di concentrarsi abbastanza da parlare. « Sei il Guardiano? »

I sentimenti della creatura traboccarono su di lui. Lo avvolsero di gioia, orgoglio, tristezza, scetticismo, incertezza e curiosità. Laddove il Guardiano era stato un rubinetto da cui sgocciolavano sensazioni, questo era un fiume in piena.

« Non esiste nessun Guardiano. Hanno frainteso la funzione in cui sono incappati ».

La voce era esattamente come la forma: danzava tra un tono e l'altro. Arthur udì in contemporanea molte voci conosciute. Il padre e la madre, Nathaniel, Paolo, il Guardiano. Non era una sola lingua. Erano tutte, ma insieme divennero qualcosa di più che una somma delle parti. Ogni parola era perfetta. Non c'era spazio per malintesi, e allo stesso tempo erano presenti tutte le sfumature.

«Sei uno di coloro che ci hanno creato?» Arthur riaprì gli occhi. Non poté vedere alcun volto, ma ciascun sentimento si poteva leggere come una parola. Non c'era nulla di ostile. La creatura nutriva un profondo rispetto per lui, e al tempo stesso era insicura nei suoi confronti.

Cos'era accaduto?

«Tu non eri solo te stesso. Voi non siete stati creati per affrontare le memorie l'uno dell'altro. Dentro di te ormai c'era anche l'altro, e questo stava per distruggerti».

Arthur non avvertiva alcuna differenza rispetto a un attimo prima. Si ricordava ancora quello che aveva vissuto Paolo.

«Non è possibile per te avvertire la differenza, perché ho eliminato ciò che era fuori posto».

Arthur indietreggiò. «Tu sai quello che penso».

Un sentimento si fece più forte degli altri: *umiltà*.

«In questo momento sì. Ma ora ti lascio».

«Non capisco. Perché sei qui? Perché proprio ora?»

Vergogna.

«Ho scelto di mostrarmi ora».

Perché la creatura si vergognava?

«Chi siete? Perché ci fate questo? È stata la bomba a causare il terremoto, vero?»

«Noi siamo ciò che siamo, ma non abbiamo nulla a che fare con questo. Il terremoto è venuto dalla bomba».

«Quindi non l'ho fermata?» Arthur avvertì l'amarezza dentro di sé.

Tristezza.

«Io l'ho riattivata».

«Cosa?!»

«È l'alternativa migliore».

Le parole erano appesantite da una tale pregnanza di significato che ascoltarle faceva male.

Arthur sapeva di non desiderare la risposta, ma doveva chiedere. «Perché? Come può essere questo il meglio per l'umanità?»

Speranza.

«Vi dà tempo».

«Tempo per cosa? Non possiamo arrestare il terremoto adesso».

«Avete tempo per pianificare, perché sarebbe successo comunque».

Immagini gli vorticarono nella mente. Il vulcano che stava per risvegliarsi alla vita da solo, dopo centinaia di migliaia di anni di sonno. La bomba che avrebbe reso l'esplosione meno intensa.

Quell'improvvisa consapevolezza gli fece dimenticare di respirare. Non voleva che fosse vero. Non poteva essere vero. Tutto, ma non questo. Non era giusto. Era assurdo.

«P-perché?» balbettò. «Perché tutto questo, se non serve a nulla?»

«Non posso darti spiegazioni. Noi non abbiamo il permesso».

«Noi. Noi chi? Chi è Mercer, chi è il Guardiano? Cosa volete da noi?»

Aspettativa.

«Voi non siete pronti per la risposta. Non ancora».

«Pronti?! Qualcuno ci vuole sterminare, ucciderci tutti!»

Dolore.

«Ci sono destini peggiori della morte».

«Allora perché mi avete fermato? Perché non mi avete lasciato morire?» Arthur avvertì una sottile sensazione di disagio dopo aver formulato la domanda. Non aveva inteso parlare così.

Vergogna. Orgoglio. Curiosità.

«Equilibrio».

«Equilibrio?»

Curioso.

Non arrivò alcuna risposta.

«Quello di Paolo? Equilibrio tra cosa?»

«No, Paolo ha il suo proprio equilibrio».

Meraviglia.

«Vuoi dare a Paolo un nuovo inizio?»

«Un nuovo inizio? Cosa intendi dire? Ho bisogno di Paolo e della sua conoscenza. Devo sapere che cosa ha progettato».

«Non hai risposto alla domanda».

«Non capisco cosa mi stai chiedendo!»

«Lo capirai. Sarà una tua scelta».

Tutti i sentimenti scomparvero, e rimase soltanto uno strano buco nello spazio. Le gocce di pioggia si muovevano più lentamente e offrivano solo un lieve accenno di tutte le forme che avevano creato.

La creatura era sparita.

I sentimenti si agitavano selvaggiamente dentro di lui, ma Arthur non aveva più alcun bisogno di nasconderli. Era un bene che ci fossero. Sapeva cosa c'era alle sue spalle, aveva un'idea di cosa doveva fare. Il mondo era ancora un incubo a cui fare ritorno, ma lui non aveva paura. Non c'era più nessun vuoto. Esistevano davvero destini peggiori della morte.

Aprì gli occhi.

Il terremoto era finito, per quella volta.

Arthur sedette in macchina, tolse le mani di Emma dal volante e le tenne fra le sue.

Erano solo le sue lacrime a scorrere.

XLIII

Apro gli occhi.

Lei è seduta sulla sedia davanti al letto e mi guarda come se avesse sempre saputo che ero sveglio. È molto più giovane di quanto la sua voce faccia pensare. Guardo il mio corpo, vedo le suture e le bende, ma non sento nessun dolore. Le dita dei piedi si tendono a dovere e sento le ginocchia che sfregano l'una contro l'altra. Non sono paralitico, né anestetizzato. Lei si alza e mi porge un bicchiere con una cannuccia.

«Andrà tutto bene».

Lo dice come se fosse un'ovvietà. Mi verrebbe quasi da sorridere, ma mi limito a scuotere la testa. Subito lei fa la stessa cosa, ma la sua espressione è una strana mescolanza di tristezza e rabbia.

«È stato difficile trovarti».

Io non dico niente.

«Sarebbe ora di fare ciò che devi».

Chi è questa donna?

«Sei pronto a decidere per la fine?»

Epilogo

L'aria fredda le pizzicò le guance. Emma soffiò fuori il fumo in un filo lungo e sottile che alla luce del cartello al neon giù in strada assunse un bagliore bluastro. Delle voci troppo alte e penetranti risero, producendo un'eco tra le alte pareti. Emma si sporse oltre la balaustra del balcone e picchiettò col pollice sulla sigaretta. Una delle persone lanciò una bottiglia, che si frantumò a terra con uno schianto.

La sigaretta volò verso il suolo.

L'aria nella stanza le si appiccicò addosso come un vecchio amico. Emma scavalcò il mucchio di vestiti e saltò sul letto. La luce del salvaschermo le rese il viso ancora più pallido. Toccò la tastiera per riportare sullo schermo il documento.

Quante volte ormai lo aveva letto?

Arrivata a quindici, aveva perso il conto. Non sapeva ancora cosa credere. Fissò la data sulla lettera. Non aveva alcuna sensazione del tempo trascorso. Nessuna percezione di tutti i giorni che erano passati da quando si era chiusa dentro, ossessionata da una cosa sola. C'erano momenti in cui desiderava non aver mai ricevuto la lettera. Quella breve lettera che consisteva in tre righe, e che lei aveva impiegato mesi a decifrare. Tre righe che l'avevano condotta al documento davanti a lei. Tre righe che Nathaniel le aveva lasciato, nella certezza che solo lei avrebbe capito cosa intendeva.

Era come se qualcuno le avesse dato un ceffone in pieno viso, forte.

Prese un'altra sigaretta, ma la gettò via. Scorse le pagine fino alla fine:

Non so se faccio bene a raccontarti questa storia. Non so come ti sentirai dopo. Se stai leggendo questo messaggio, allora non sono più in vita.

Ho dovuto scriverlo, così che tu sapessi. Ma non è solo per te che l'ho fatto. La mappa in allegato mostra come trovare la Biblioteca. È la tua unica probabilità di trovare Arthur o Raven. Sono certo che farai ciò che ritieni giusto. L'ho scritta perché voglio che tu sappia che la mia storia non è un'invenzione, e perché voglio che tu conosca la verità sul mondo.

Mi dispiace di non esserci più. Vi voglio un bene immenso.

Nathaniel

XLIV

L'ultima pedina è pronta.

Siamo tutti altrettanto strani nelle nostre mancanze? Io non sento più il vuoto, quel buco che inghiotte tutto, là dove dovrei avere un'anima. Al suo posto c'è la calma, la consapevolezza che fra poco sarà finita. Per quanto tempo ho desiderato diventare adulto e vivere una vita normale? Adesso è la morte a tranquillizzarmi, la morte che mi permette di riposare. È così che si sentono le persone anziane? Eppure da qualche parte dentro di me c'è l'idea che la calma renda piacevole la vita. Mi spaventa più di ogni altra cosa. Più del fatto che quel vuoto possa tornare.

E io non ce la faccio più.

Perdonami, ma non ce la faccio più.

Fotocomposizione Editype s.r.l.
Agrate Brianza (MB)

Finito di stampare
nel mese di maggio 2014
per conto della Adriano Salani Editore s.u.r.l.
dal Nuovo Istituto Italiano d'Arti Grafiche - Bergamo
Printed in Italy